赵子曰·二马

老舍 著

应急管理出版社

· 北京 ·

图书在版编目（CIP）数据

赵子曰；二马／老舍著． −− 北京：应急管理出版
社，2022

ISBN 978 − 7 − 5020 − 9398 − 3

Ⅰ.①赵… Ⅱ.①老… Ⅲ.①长篇小说—小说集—
中国—现代 Ⅳ.①I246.5

中国版本图书馆 CIP 数据核字（2022）第 113244 号

赵子曰 二马

著　　者	老　舍
责任编辑	高红勤
封面设计	薛　芳

出版发行 应急管理出版社（北京市朝阳区芍药居 35 号　100029）
电　　话 010 − 84657898（总编室）　010 − 84657880（读者服务部）
网　　址 www.cciph.com.cn
印　　刷 北京市兆成印刷有限责任公司
经　　销 全国新华书店

开　　本 710mm×1000mm^1／$_{16}$　**印张** 23　**字数** 350 千字
版　　次 2022 年 9 月第 1 版　2022 年 9 月第 1 次印刷
社内编号 20220362　　　　　　**定价** 68.00 元

目　录

赵子曰　1

二马　163

赵子曰

第一

1

钟鼓楼后面有好几家公寓。其中的一家，字号是天台。天台公寓门外的两扇三尺见长，九寸五见宽，贼亮贼亮的黄铜招牌，刻着："专租学员，包办伙食。"

从事实上看，天台公寓的生意并不被这两面招牌限制住：专租学员吗？遇有空房子的时候，不论那界人士也和学生们同样被欢迎。包办伙食？客人们除非嫌自己身体太胖而想减食去肉的，谁也不甘心吃公寓的包饭；虽然饭费与房租是同时交柜的。

天台公寓的生意也并不因为履行招牌上所说的而减少：唯其不纯粹招待学生，学生才来得更踊跃，唯其饭食不良，住客们才能享受在别个公寓所享不到的利益。例如，拿两件小事说：客人要叉麻雀，公寓的老板就能请出一两位似玉如花的大姑娘作陪。客人们要喝酒，老板就能供给从京北用猪尿脬运来的，真正原封、漏税的"烧刀子"。

天台公寓住着有三十上下位客人，虽然只有二十间客房。因为有两位客人住一间的，而没有一位住两间的。这二十间客房既不在一个院子里，也不是分作三个院子，折衷的说，是截作两个院子；往新颖一点说，是分为内外两部。两部之中隔着一段粉板墙，上面彩画一些人物鬼狐。有人说画的是《聊斋志异》上的故事。不幸，还没遇见一位敢断定到底画的是《聊斋》上那一段。

内外两部的结构大大的不相同：外部是整整齐齐的三合房，北、南、西房各五间；内部是两间北房，三间西房，（以上共二十客房。）和三间半南房是：堆房、柜房、厨房和厕所。

公寓老板常对有考古癖的客人们说："在公寓开张以前，这本来是两家的房子，中间隔着一堵碎砖砌的界墙。现在那段粉板墙便是界墙的旧址。"此外，他还常含着泪说："拆那堵界墙时候，从墙基发现了一尊小铜菩萨。他把那尊菩萨卖了三块洋钱。后来经别人一转手卖给一个美国人，竟自卖了六百块大洋。"到如今那群有考古癖的人们，想起来就替公寓老板伤心，可是很少有追问那尊小菩萨到底是那一朝代的。

因为有这样的结构，所以客人们管外部叫"紫禁城"，内部叫"租界"。一因其整齐严肃，一因其散落幽静。证之事实，"紫禁城"和"租界"两个名词用得也颇俏皮恰当，外部的房屋齐整，（十五间中甚至于有两间下雨不漏水的！）租价略高，住客们自然的带一些贵族气象。内部呢，地势幽僻，最好作为打牌喝酒的地方，称为租界，信为得体。就是那半间厕所，当客人们不愿见朋友或债主子的时候，也可以权充外国医院，为，好像，政客们的托疾隐退之所。

2

关于天台公寓的人物的描写实在是件难事。一来，住客们时来时去，除了几位没有以常搬家为一种运动的习惯的，很少有一住就是一年半载的。二来，一位客人有一位的特别形体的构造，和天赋的特性；要是不偏不向的细说起来，应当给他们一一的写起传记来才对。而且那一本传记也不会没有趣味，因为那一个人的生命都有一种特别滋味。里院王大个儿的爱唱《斩黄袍》，外院孙明远的小爆竹似的咳嗽，王大个儿半夜三更的唱《斩黄袍》，以抵抗孙明远的连珠炮响的咳嗽，……就是这些小事也值得写一本小说；再往小里说，崔老板的长杆大烟袋，打杂的李顺的那件短袖长襟宽领缺钮的蓝布大衫，也值得描写一回。然而，取重去轻，我们还不能不简单着写：虽然我们明知道天台公寓的真象决不像我们所写的这样粗简。当我们述说一个人或一件事的时候，我们耳边应当挂着王大个儿的《斩黄袍》和孙明远的咳嗽；眼前应当闪映着崔老板的大烟袋，和李顺的那件在历史上有相当价值的蓝布大衫。这样，我们或者可以领略一些天台公寓的复杂情况了。

老太太买柿子是捡大个儿的挑，历史家写历史是选着红胡子蓝靛脸的人物写，就是小说家也常犯这路"势力眼"的毛病；虽然小说家，比老太太和历史家聪明一些，明知道大个儿的柿子未必不涩，红胡子蓝靛脸的人们未必准是英雄。无论怎么说吧，我们不能不由天台公寓全体的人物中挑出几个来写。

3

天台公寓的外部以第三号，五间北房当中的那一间，为最大，公认为天台公寓的"金銮殿"。第三号的主人也俨然以内外部的盟主自居。

第三号的主人是天台公寓最老的住客，一部《天台公寓史》清清楚楚印在他的脑子里，他的一举一动都有所影响于公寓的大局。不但此也，第三号的主人是位最和蔼谦恭的君子。不用说对朋友们虚恭有礼，就是对仆役们也轻易不说一个脏字；除了有时候茶泡的太淡，酒热的过火，才金声玉振的赞美仆役们几声："混蛋！"不但此也，第三号的主人是《麻牌入门》，《二簧批评原理》的著作者。公寓的客人们不单是亲爱他，也很自傲的能和这样一位学者同居。不但此也，第三号的主人在大学，名正大学，学过哲学，文学，化学，社会学，植物学，每科三个月。他不要文凭，不要学位，只是为学问而求学。不但此也，第三号的主人对他父母是个孝子，虽然他有比一脑子还多的"非孝"新思想。每月他至少给他父母写两封信，除催促汇款之外，也照例写上"敬叩钧安！"不但此也，……

第三号的主人的姓？居《百家姓》的首位，赵！他的名？立在《论语》第一章的头上，子曰！

赵子曰先生的一切都和他姓名一致居于首位：他的鼻子，天字第一号，尖、高、并不难看的鹰鼻子。他的眼，祖传独门的母狗眼。他的嘴，真正西天取经又宽又长的八戒嘴。鹰鼻、狗眼、猪嘴，加上一颗鲜红多血、七窍玲珑的人心，才完成了一个万物之灵的人，而人中之灵的赵子曰！

他不但得于天者如是之厚，凡加以人事者亦无所不尽其极：他的皮袍，从"霜降"穿过"五七国耻纪念日"，半尺来长的雪白麦穗，地道西口老羊皮。他的皮鞋，绝对新式，英国皮，日本作的，冬冷夏热，臭闻远近的牛皮鞋。……

　　道德，学问，言语，和其他的一切，不跟别人比较，（也没有比较的必要。）他永远是第一。他不要文凭，学位；有时候可也说：

　　"咱若是要学位的时候，不要哲学博士，不要文学博士；咱要世界第一，无所不有的总博士。"

　　有两件事他稍微有一点不满意：住的房是第三号，和上学期考试结果的揭示把别人的姓名都念完，才找到"赵子曰"三个墨饱神足的大字，有点儿不高兴！然而，（然而，一大转也。）客人们都管第三号叫"金銮殿"，自然第一号之意寓其中矣。至于名列榜末呢，他照着镜子自己勉励："倒着念不是第一吗！"于是那一点不高兴，一片雪花儿似的那一点，没其立足之地了。

　　还有一件不痛快的事，这一件可不似前二者之容易消灭：他的妻子，在十年前，（赵子曰十五岁结婚。）真是九天仙府首席的小脚美人。他在结婚后三个月中，受爱情的激动，就写了一百首七言绝句赞扬她的一对小金莲。现在赶巧了在隆福寺的旧书摊上，还可以花三个铜子买一本赵著的《小脚集》。可是，现在的人们不但不复以窄窄金莲为美，反异口同韵的诋为丑恶。于是"圣之时者"的赵子曰当然不能不跟着人们改换了"美"的观念。他越看东安市场照像馆外悬着的西洋裸体美人画片，他越伤心家中贮藏着的那个丑女。

　　他本是个海阔天空，心怀高朗的学者，所以他只诚实的赏识真的美，只勤恳的搜求人生的真意，而不信任何鬼气弥漫的宗教。不幸，自从发觉了他那"头"，或者说那"匹"，妻子的短处以后，他懊悔的至于信了宗教以求一些精神上的安慰。他的信仰物，非佛，非孔，非马克思，更非九尾仙狐，而是铁面无私的五殿阎君。牌余酒后，他觉得非有些灵魂上的修养不可，他真的秉着虔诚，匍匐在地的祷告起来：

　　"敬求速遣追魂小鬼将贱内召回，以便小子得与新式美人享受恋爱的甜美！阎君万岁！阿门！"

　　祈祷之后，他心中轻快了许多，眼前光明了许多，好似他的灵魂在七宝莲池中洗了一回澡。他那个小脚冤家，在他半闭着的眼中，像一条黑线似的飞向地狱去了；然后金光万道，瑞彩千条，无数的维新仙子从天上飘然而降。他的心回复了原位，周身的血脉流的顺了故辙，觉得眼前还有一盏一百二十烛力的西门子电灯，光明！希望！他从无聊之中还要安慰自己，"来吧！再爽快爽快！"于是"金銮殿"中两瓶烧酒由赵子曰的两片厚嘴唇热辣辣直刺到他灵魂的深处！

可怜的赵子曰！

第二

1

第三号差不多是天台公寓的公众会议厅：一来是赵子曰的势力所在，号召得住。二来是第三号是全公寓中最宽绰的房子。

第三号的聚谈和野树林一样：远看是绿丛丛的一片，近看却松，槐，榆，柳各有特色；同样，他们的谈话远听是一群醉鬼奏乐，乱吵；近听却各有独立不倚的主张与论调：

"你说昨天那张'白板钓单'钓的多么脆！地上见了一张——"

第一位没有说完，第二位：

"店主东，黄骠马的马字，不该耍花腔儿呀！谭叫天活着的时候——"

第二位没说完，第三位：

"敢情小翠和张圣人裂了锅啦！本来吗——"

第三位没说完，第四位：

"你们想，我入文学系好，还是哲学系好？我的天性近——"

第四位没说完，大家一齐喊：

"莫谈学事！"

第三号的聚谈如此进行，直到大家的注意集中于一点，第三号的主人开始收拾茶碗，墨盒，和旁的一切可以用作武器的东西。因为问题集中的时候，茶碗墨盒便要飞腾了。第三号的主人倒不准是胆子小怕流血，却是因为茶碗摔碎没有人负责赔偿。

第三号的聚谈，凭良心说，也不是永远如此，遇到国家，社会，学校发生重大事故的时候，大家也真能和衷共济的讨论救济的方法。不幸，就是有时候打起来，第三号的主人也甘心为国家，社会而牺牲几个茶碗。

2

夜深了，若不是钟鼓楼的钟声咚咚的代表着寒酸贪睡的北京说梦话，北京城真要像一只大死牛那么静寂了。鬼似的小风卷着几片还不很成熟的雪花，像几个淘气的小白蛾，在电灯下飞舞。虽然只是初冬的天气，却已经把站街的巡警冻得缩着脖子往避风阁里跑了。

这种静寂在天台公寓里是觉不到的，因白天讲堂上睡足了觉的结果，住客们不但夜间不困，而且显着分外精神。王大个儿的《斩黄袍》已从头至尾唱了三遍。孙明远为讨王大个儿的欢心，声明用他的咳嗽代替喝彩。里院里两场麻雀打得正欢，输急了的狠命的摔牌，赢家儿微笑着用手在桌沿上替王大个儿拍板。外院南屋里一位小鼻子小眼睛的哲学家，和一位大鼻子大眼睛的地理家正辩论地球到底是圆的还是方的。两位的辩论毫无结果，于是由这个问题改到讨论：到底人们应当长大鼻子大眼睛，还是小鼻子小眼睛。……

只有北屋里的方老头儿安稳的睡熟了，只有他能在这种环境下睡的着，因为他是个聋子。

第三号里八圈麻雀叉完，开始会议关于罢课的事情。赵子曰坐在床上，臀下垫着两个枕头，床沿上坐着周少濂，武端。椅子上坐着两位：莫大年和欧阳天风。

天台公寓住着有三十上下位客人，现在第三号的会议却只有此五位：一来因为客人们并不全属于一个大学；二来纵然同是一个大学的学友，因省界，党系之不同，要是能开超过十个人以上的会议，也显着于理不合。

周少濂是位很古老的青年，弯弯的腰像个小银钩虾。瘦瘦的一张黄脸像个小干橘子。两只小眼永远像含笑，鼻尖红着又永远像刚哭完。这样似笑不笑，似哭非哭的，叫人看着不能起一定的情感。细嫩的嗓音好似个七八岁的小姑娘，可是嗓音的难听又决不是小孩子所能办到的。眉上的皱纹确似有四五十岁了，嘴唇上可又一点胡子茬没有。总之，断定他至小有七岁，至大有五十，或者没有什么大错儿。他学的是哲学，可是他的工夫全用在作新诗上。他自己说：他是以新诗来发表他的哲学。不幸，人们念完他的新诗，也不知为什么就更糊涂了。他张口便是新诗，闭口便是哲学。没有俏皮的诗句，该他说话的时候也不说。有漂亮的诗句，不该他说话的时候也非说不可。现在他穿着一件灰布棉袍，罩着一件旧蓝哔叽的西服上身。这样不但带出几分"新"的味道，而且西服口袋多，可以多装一些随时写下来的诗句的纸条儿，以免散落遗失了。

至于武、莫二位呢，他们全是学经济学的。他们听说西洋银行老板，公司经理全是经济专家。他们也听说：银行老板，与公司经理十个有九个是秃脑瓢，双下巴颏儿，大肚子；肚子上横着半丈来长的金表链。所以，他们二位也都是挺腰板，鼓肚皮，缩脖子，以显项上多肉。至于二位不同之点虽然很多，可是最容易看出来的是：莫大年的脸，红的像一盘缩小的朝阳，武端的脸是黄的似一轮秋月。莫大年的红脸肉嘟嘟的像个小胖子，人们也叫他小胖子；武端的黄脸肉上也不少，可是没有人想起叫他小胖子。有些人实在想叫他"小肿子"，又觉得不好出口，虽然肿和胖是差不多的。莫大年是心广体胖，心里有什么，嘴里就说什么。武端是心细体胖，心里揣着好的，嘴里却说着坏的，因为坏的说着受听。莫大年是肥棉袍，宽袖马褂，好像绸缎庄的少掌柜的。武端是青呢洋服，黄色法国式皮鞋，一举一动都带着洋味儿。

欧阳天风呢，他在大学预科还不满七年呢，大概差两个学期。他抱定学而不厌，温故知新的态度，唯恐其冒昧升级而根基打的不坚固。他和赵子曰的每科学三个月的方法根本不同，可是为学问而求学的态度是有同样的可佩服的。他的面貌，服装，比赵子曰的好看的不止十倍，可是他们两个是影形不离的好朋友。赵子曰只有和欧阳这么个俊俏的人相处，才坦然不觉自己的丑陋；欧阳天风只有和赵子曰这样难看的人相处，才安然不疑自己的娇美。他们两个好像庙门前立着的那对哼、哈二将，唯其不同，适以相成。他们两个还有一点不同的地方：赵的入学是由家里整堆往外拿洋钱，在公寓中打麻雀西唰花唰一五一十的输洋钱。欧阳不但不用从口袋里往外掏钱，却是因叉麻雀赚钱而去交学费。设若工读互助会要赠给半工半读的人们奖牌，那可以无疑的断定，那块金质奖牌是要给欧阳天风的。他们两个的经济政策根本不同，可是在麻雀场上使他们关系越发密切；赵子曰要是把钱输给欧阳天风，除了他以为叉麻雀是最高尚的游戏以外，他觉得无形中作了一桩慈善事业。

3

第三号的会议开幕：

"李顺！"主席，赵子曰，坐在床上像一座小过山炮似的喊："李顺！""李顺！"

没有应声！

"李——顺！——"主席的脸往下一沈，动了虎威。

没有应声！

"叫李顺干什么？"莫大年问。

"买瓜子，烟卷！没有这两样，这个主席我不能作！"赵子曰挑着眉毛很郑重的说。

"不早了，大概他睡了。"莫大年说着看了看胖手腕上的小金表："可不是，两点十分了！"

"咱们醒着，打杂的就不能睡！"主席气昂昂的说。

"也别怪李顺，"莫大年傻傻忽忽的替李顺解说："八小时的工作，不是，不是通行的劳工限制吗？"

"先别讲理论！他该睡，我们不该吃瓜子！"主席理直气壮的一语把莫胖子顶回去了！

屋中静默了一刻。

"不管理论，"莫大年低着头像对自己说："人道要讲吧！"

"好！"主席说："老莫，听你的，讲人道，瓜子不吃啦！烟呢，难道也——"

"我有！来！吃一枝！"武端轻快的打开银烟盒递给赵子曰。主席的虎项微俯，拿了一枝烟。烟卷燃着，怒气渐次随着口中喷出的香雾腾空而散。

"我还是差涵养！"主席摇着头很后悔的样子说："止不住发怒！你的话，老莫，永远和孔圣人一样的高明！好，现在该商议咱们的事了。我说，老李怎么不来？！"

"好！人家老李那能和咱们一块会议！"武端慢慢的说："你猜怎么着？

哼！老李决不赞成罢课，不来正好！"

"主席！"周少濂诗兴已动，张着小鲇鱼似的嘴，扯着不得人心的小尖嗓，首先发言："此次的罢课是必要的。看！看那灰色的教授们何等的冷酷！看！看那校长刀山似的命令，何等的严重！我们若不抵抗，直是失了我们心上自由之花，耳边夜鹰之曲！反对！反对科举式的考试！帝国主义的命令！"他深深的喘了一口气接着说："从文学上看来，这是我的意见！"他又喘了一口气："至于办法，步骤，还不是我脑中的潮痕所能浸到的！虽然，啊，——反对！"

"老周的话透澈极了！"主席说。跟着看了看手中的烟卷："妹妹的！越吃越不是味儿！"他一撇嘴，猛的把烟卷往地上一扔。

"老赵，你忘了那是老武的金色的烟丝，雪白的烟纸，上印洋字，中含'尼古丁'的烟卷儿吧？"周少濂乘着机会展一展诗才，决没有意思挑拨是非。

"我该死！"主席想起来那是武端的烟，含着泪起誓道歉："老武！你不怪我，一定！我要有心骂你的烟，妹妹的，我不是人！"

"哼！要不是老周，这顿骂我算挨妥了呢！"武端脸上微微红了一红，把手插在裤袋里，挺了挺腰板说："你猜怎么着？英雄造笑骂，笑骂造英雄，不骂怎会出英雄！骂你的，主席！"

"得了！瞧我啦！"莫大年笑着给他们分解："商量咱们的事要紧，欧阳！该你说话了，别竟听他们的！"

欧阳天风刚要发言，被主席给拦回去了。

"老武！你看着，从此我不再吃烟，烟中有'尼古丁'，毒素！"主席不但后悔错骂了人，也真想起吸烟的害处来："诸位！以后再看见我吃烟，踢着我走！"他看着武端不言语了，才向欧阳天风说："得！该听你的了！"

"我不从文学上看，"欧阳天风满脸堆笑，两条眉向一处一皱一皱的像半恼的，英俊的，恼着还笑的古代希腊的神像："我从事实上想。校长，教员，职员全怕打。他们要考，我们就打！"说罢他把皮袍的袖口卷起来，露出一对小白肉馒头似的拳头。粉脸上的葱心绿的筋脉柔媚的涨起来，像几条水彩画上的嫩绿荷梗。激烈的言词从俏美的口中说出来，真像一朵正在怒放的鲜花，使看的人们倾倒，而不敢有一丝玩狎的意思。

"欧阳说的对极了！对极了！"主席疯了似的拍着手，扯着脖子喊，比在戏园中捧坤伶还激烈一些。

"我们有许多理由，事实，反对校长。"武端发言："凭他的出身，你们猜怎么着，就不够作校长的资格！他的父亲，注意，他的父亲是推小车卖布的，你们知道不知道？"说到这里，他往四围一看：心中得意极了，好似探险家在荒海之中发现了一座金岛那样欢喜。"你们猜怎么着，本着平等，共和的精神，我们也不能叫卖布的儿子作校长！"

"老武的话对极了！"主席说，说完打了两个深长而款式的哈欠。

大家被主席引动的也啊，哈的打起哈欠来。

"诸位！赞成不？开开一扇窗子进些新鲜空气？"莫大年问。

众人没有回答，莫大年立起来把要往窗子上伸的那只手在大襟上掸了掸烟灰，又坐下了。

"没人理你，红色的老莫！"周少濂用诗人的观察力看出莫大年的脸红得像抹着胭脂似的。

"主席！"莫大年嘟嘟囔囔的说："我困了！你们的意见便是我的意见，你们商议着，我睡觉去啦！"

"神圣的主席！原谅我！我黑色与白色的眼珠已一齐没有抵抗上层与下层的眼皮包围之力了！"周少濂随着莫大年也往外走。

"老莫！老周！明天见！"主席说。

"主席！"欧阳天风精神百倍的喊："我们不能无结果而散！问问大家赞成'打'不！"

"诸位！我们决定了：打！"主席说："将来开全体大会的时候，我就代表天台公寓的学友说：打！是不是？"

"没第二个办法！"欧阳天风说："没——"

莫大年和周少濂已经走到院中，潇潇的小雪居然把地上盖白了。周少濂跳着脚提着小尖嗓喊：

"老赵！还不出来看这初冬之雪哟！雪哟！白的哟！"

"是吗，老周？"赵子曰从床上跳下来往外跑。武端，欧阳天风也都跟出来。欧阳天风怕冷，抱着肩像个可爱的小猫似的跑进自己屋里去。赵子曰和武端都伸着两臂深深的吸着雪气。一个雪花居然被赵子曰吸进鼻子里去，化成一个小水珠落在他的宽而厚的唇上："哈哈！有趣！"

周少濂立在台阶用着劲想诗句，想了半天好容易想起两句古诗，加上了一两个虚字算作新诗，一边摇头一边哼唧：

"北雪呀——犯了～～～长沙！"

"胡雪哟>冷啦<万家！"赵子曰接了下句，然后说："对不对，老周？杜诗！杜诗！"

"老赵！'灰'色的胡云才对！"周少濂说完颇不高兴的走进屋里去。

"老武！"赵子曰放下周少濂，向武端说："还有烟卷没有？"

"踢着他走！"欧阳天风在屋里笑着嚷。

"踢我？你？留神伤了你的小白脚指头啊！"只要人们会笑，会扯下长脸蛋一笑，什么事也可以说过不算。赵子曰，于是，哈哈的笑起来。

第三

1

桌上的小洋钟叮叮的敲了六下。赵子曰很勇敢的睁开眼。"起！"他自己盘算着："到公园看雪去！老柏树们挂着白胡子，大红墙上戴着白硬领，美呀！……也有益于身体！"

南屋的门开了。赵子曰在被窝里瓮声瓮气的喊："老李吧？干什么去？"

"踏雪去！"李景纯回答。

"等一等，一同去！"

"公园前门等你，雪下得不厚，我怕一出太阳就全化了！"李景纯说着已走到院中。

"好！水榭西边的小草亭子上见！"赵子曰回答。

街门开了，赵子曰听得真真的。他的兴味更增高了："说起就起！一！二！三！"

"一……，二……，雪……，踏……"他脑中一圈两圈的画了几个白圈。白圈越转越小，眼睛随着白圈的缩小渐渐往一处闭。眼睛闭好，红松、绿雪，灰色的贾波林，……演开了"大闹公园"。

太阳慢腾腾的从未散净的灰云里探出头来，檐前渐渐的滴，滴，一声声的往下落水珠。

李顺进来升火，又把赵子曰的好梦打断："李顺！什么时候了？"

"八点多了？先生。"

"天晴了没有？"赵子曰的头依然在蓄满独门自制香甜而又酸溜溜的炭气的被窝里埋着。

"太阳出来好高啦，先生。"

"得！等踏泞泥吧！"赵子曰哀而不伤的叨唠着："可是，多睡一会儿也不错！今天是？礼拜四！早晨没功课，睡！"

"好热呀——白薯！"门外春二，"昔为东陵侯"，"今卖煮白薯"的汉军镶蓝旗人，小铜钟似的吆喝着。

"妹妹的！你不吆喝不成吗！"赵子曰海底捞月的把头深深往被里一缩："大冷的天不在家中坐着，出来挨骂！"

"栗子味咧——真热！"这一声差不多像堵着第三号的屋门喊的。

"不睡了！"赵子曰怒气不打一处来："不出去打你个死东西，不姓赵！"他一鼓作气的坐起来，三下五除二的穿上衣裤，下地，披上皮袍，跑出去！

"赵先生！真正赛栗子！"春二笑着说："照顾照顾！我的先生，财神爷！"

"春——二！"

"嗻！来呀，先生！看看咱的白薯漂亮不漂亮！"

"啊？"

"来，先生！我给您哪挑块干瓤儿的！"

赵子曰点了点头，慢慢的走过去。看了看白薯锅，真的娇黄的一锅白薯，煮得咕嘟咕嘟的冒着金圈银眼的小气泡。

"那块锅心几个子？"赵子曰舐了舐上下嘴唇，咽了一口隔夜原封的浓唾沫。

"跟先生敢讲价？好！随意赏！"春二的话说的比他的白薯还甜美，假如在"白薯界"有"卖白薯"与"说白薯"两派，春二当然是属于后一派。

赵子曰忍不住，又觉得不值的，笑了一笑。

春二用刀尖轻轻的把那块"钦定"的白薯挑在碟子里，跟着横着两刀，竖着一刀，切成六小块，然后，不必忙而要显着忙的用小木杓盛了一杓半粘汁，匀匀的往碟上一洒。手续丝毫不苟，作的活泼而有生气。最后，恭恭敬敬双手递给赵子曰。

"雪下完倒不冷啦？"赵子曰蹲在锅旁，一边吃一边说。对面坐着一个垂涎三尺的小黑白花狗，挤鼻弄眼的希望吃些白薯须子和皮——或总称曰"薯余"。

"是！先生！可不是！"春二回答："我告诉您说，十月见雪，明年必是好年头儿！盼着啵，穷小子们好多吃两顿白面！"

"可是雪下得不厚！"

"不厚！先生！不厚！大概其说吧，也就是五分来的。不到一寸，不！"

赵子曰斜着眼瞪了春二一眼，然后把精神集中到白薯碟子上。他把那块白薯已吃了四分之三，忽然觉悟了：

"呸！呸！还没漱口，不合卫生！咳！啵！"

"先生！白薯清心败火，吃完了一天不漱口也不要紧！"春二笑着说，心中唯恐因为不合卫生的罪案而少赚几个铜子。

"谁信你的话，瞎扯！"赵子曰把碟子扔在地上，春二和那条小黑白花狗一齐冲锋去抢。小狗没吃成"薯余"，反挨了春二一脚。赵子曰立起来往院里走，口中不住的喊李顺。

"嘛！嘛！"李顺在院里答应。

"给春二拿一毛钱！"

"嘛！"

"好热呀——白薯！……"

2

李景纯是在名正大学学哲学的。秀瘦的一张脸，脑门微向前杓着一点。两只眼睛分外的精神，由秀弱之中带出一股坚毅的气象来。身量不高，背儿略微向前探着一些。身上一件蓝布棉袍，罩着青呢马褂，把沈毅的态度更作足了几分。天台公寓的人们，有的钦佩他，有的由嫉妒而恨他，可是他自己永远是很温和有礼的。

"老赵！早晨没有功课？"李景纯踏雪回来，在第三号窗外问。

"进来，老李！我该死，一合眼把一块雪景丢了！"赵子曰不一定准后悔而带着后悔的样子说。

"等再下吧！"李景纯进去，把一只小椅搬到炉旁，坐下。

"老李，昨天晚上为什么不过来会议？"赵子曰笑着问。

"我说话便得罪人，不如不来！"李景纯回答："再说，会议的结果出不去'打'，我根本不赞成！"

"是吗？好！老李你坐着，我温习温习英文。"赵子曰对李景纯不知为什么总有几分畏惧的样子。更奇怪的是他不见着李景纯也想不起念书，一见李景纯立刻就把书瘾引起来。他从桌上拿起一本小书，嗽了两声，又耸了耸肩，面对着墙郑重的念起来："A boy, A peach"，他又嗽了两声，跟着低声的沈吟："一个'博爱'，一个'屁吃'！"

"把书放下！"李景纯忍不住的笑了，"我和你谈一谈！"

"这可是你叫我放下书？"赵子曰板着面孔问。

李景纯没回答。

"得！"赵子曰噗哧一笑："放下就放下吧！"他把那本小书往桌一扔，就手拿起一支烟卷；自然"踢着我走！"的誓谁也没有他自己记的清楚，可是——不在乎！

李景纯低着头静默了半天，把要说的话自己先在心中读了一遍，然后低声的问：

"老赵！你到年底二十六岁了？"

"不错呀！"赵子曰说着用手摸了摸唇上的胡子茬，不错，是！是个年壮力足虎头虎脑的英雄。

"比我大两岁！"

"是你的老大哥！哈哈！"赵子曰老气横秋的用食指弹了弹烟灰，真带出一些老大哥的派头。好像老大哥应当吃烟卷，和老爷子该吸鸦片，都应该定在"宪法"上似的。

"老大哥将来作什么呢？"李景纯立起来，低着头来回走。

"谁知道呢！"

"不该知道？"李景纯看了赵子曰一眼。

"这——该！该知道！"赵子曰开始觉得周身有些不自在，用他那短而粗好像五根香蕉似的手指，小肉扒子一般的抓了抓头。又特别从五个手指之中选了一个，食指，翻过来掉过去的挖着鼻孔。

"现在何不想想呢？"

"一时那想得起来！"赵子曰确是想了一想，真的没想起来什么好主意。

"我要替你想想呢？"李景纯冷静而诚恳的问。

"我听你的！"赵子曰无意中把半支烟卷扔在火炉内，两只眼绕着弯儿看李景纯，不敢和他对眼光。

"老赵！你我同学差不多快二年了，"李景纯又坐在炉旁。"假如你不以我为不值得一交的朋友，我愿——"

"老李！"赵子曰显出诚恳的样子来了："照直说！我要不听好话，我是个dog，Mister dog！"说完这两个英国字，好在，又把恳切的样子赶走了七八分。

"——把我对你的态度说出来。老赵！我不是个喜欢多交朋友的人，可是我看准了一个人，不必他有钱，不必他的学问比我强，我愿真心帮助他。你的钱，其实是你父亲的，我没看在眼里。你的行为，拿你花钱说，我实在看不下去。可是我以为你是个可交的朋友，因为你的心好！——"

赵子曰的心，他自己听得见，直噗咚噗咚的跳。

"——你的学业，不客气的说，可谓一无所成，可是你并不是不聪明；不然你怎么能写《麻雀入门》，怎能把'二簧'唱的那么好呢！你有一片好心，又有一些天才，设若你照现在的生活往下干，我真替你发愁！"

"老李！你说到我的心坎上啦！"赵子曰的十万八千毛孔，个个像火车放汽似的，飕飕的往外射凉气。从脚后跟到天灵盖一致的颤动，才发出这样空前的，革命的，口是心非的（也许不然）一句话。

"到底是谁的过错？"李景纯看着赵子曰，赵子曰的脸紫中又透着一点绿了，好像电光绸，时兴的洋服材料，那么红一缕，绿一缕的——并不难看！

"我自己不好！"

"自然你自己不能辞其咎，可是外界的引诱，势力也不小。以交朋友说，你有几个真朋友？以你的那个唯一的好友说，大概你明白他是谁，他是你的朋友，还是仇人？"

"我知道！欧——"

"不管他是谁吧，现在只看你有无除恶向善的心，决心！"

"老李！你看着！我只能用我将来的行为报答你的善意！"赵子曰一着急，居然把在他心中，或者无论在那儿吧，藏着的那个"真赵子曰"显露出来。这个真赵子曰一定不是鹰鼻，狗眼，猪嘴的那个赵子曰，因为你闭上眼，单用你的"心耳"听这句话，决不是猪嘴所能喷出来的。

"如果你能逃出这个恶势力，第二步当想一个正当的营业！"李景纯越发的镇静了一些。

"你说我作什么好？"

"有三条道："李景纯慢慢的舒出三个手指来，定睛看了手指半天才接着说："第一，选一门功课死干四五年。这最难！你的心一时安不下去！第二，你家里有地？"

"有个十几顷！"赵子曰说着，脸上和心里，好像，一齐红了一红。惭愧，前几天还要指着那些田地和农商总长的儿子在麻雀场上见个上下高低！

"买些农学的书籍和新式农器，回家一半读书，一半实验。这稳当易作，而且如有所得，有益于农民不浅！第三，"李景纯停顿了半天才接着说："这是最危险的！最危险！在社会上找一些事作。没有充分的知识而作事，危险！有学问而找不到事作，甚至于饿死，死也光明；没学问而只求一碗饭吃，我说的是你和我，不管旁人，那和偷东西吃的老鼠一样，不但犯了偷盗的罪过，或者还播散一些传染病！不过，你能自己收敛，作事实在能得一些经验；自然好坏经验全可以算作经验！总之，无论如何，我们该当往前走，往好处走！那怕针尖那样小的好事，到底是好事！"

李景纯一手托着腮，静静的看着炉中的火苗一跳一跳的好像几个小淘气儿吐着小红舌头嬉皮笑脸的笑。赵子曰半张着嘴，直着眼睛也看着火苗，好像那些火苗是笑他。伸手钻了钻耳朵，掏出一块灰黄的耳垢。挖了挖鼻孔，掏出小蛤螺似的一个鼻牛，奇怪！身上还出这些零七杂八的小东西！活了二十多年好像没作过一回自觉的掏耳垢和挖鼻牛，正和没有觉过脑子是会思想的，嘴是会说好话的器具一样！

"老赵，"李景纯立起来说："原谅我的粗卤不客气！大概你明白我的心！"

"明白！明白！"

"关于反对考试你还是打呀？"李景纯想往外走又停住了。

"我不管了！我，我也配闹风潮！"

"那全在你自己的慎重，我现在倒不好多说！"李景纯推开屋门往外走。

"谢谢你，老李！"赵子曰不知不觉的随着李景纯往外走，走到门外心中一难受，低声的说："老李！你回来。"

"有话说吗？"

"你回来！进来！"

李景纯又走进来。赵子曰的两眼湿了，泪珠在眼眶内转，用力耸鼻皱眉不叫它们落下来。

"老李！我也有一句话告诉你！你的身体太弱，应当注意！"

他的泪随着他的话落下来了！

只是为感激李景纯的话，不至于落泪。后悔自己的行为，也不至于落泪。他劝告李景纯了，他平生没作过！他的泪是由心里颤动出来的，是由感激，后悔，希望，觉悟，羞耻，一片杂乱的感情中分泌出来的几滴心房上的露珠！他的话永远是为别人发笑而说的，为引起别人的奉承而说的，为应酬而说的！他的唇、齿、舌、喉只会作发音的动作，而没有一回卷起舌头问一问他的心！这是他第一次觉得能由言语明白彼此的心，这是他第一次明白朋友的往来不仅是嘴皮上的标榜，而是有两颗心互相吸引，像两股异性的电气默默的相感！他能由心中说话了，他灵魂的颤动打破一切肢体筋肉的拘束，他的眼皮拦不住他的泪了！可是泪落下来，他心里痛快了！因为他把埋在身里二十多年的心，好像埋得都长了锈啦，第一次在光天化日之下血淋淋的掏出来给别人看！

可是，到底他不敢在院中告诉李景纯，好像莫大的耻辱是在大庭广众之下说从心中发出来的话！他没有那个勇气！

"老赵！你督催着我运动吧！"李景纯低着头又走出去了。

3

欧阳天风和武端从学校回来，进了公寓的大门就喊：

"老赵！老赵！"

没有应声！

欧阳天风三步两步跑到第三号去开门，开不开！他伏在窗台上从玻璃往里看：赵子曰在炉旁坐着，面朝里，两手捧着头，一动也不动。

"老赵！你又发什么疯！开门！"

"你猜怎么着？开门！"武端也跑过来喊。

赵子曰垂头丧气的立起来，懒懒的向前开了门。欧阳天风与武端前后脚的跳进去。武端跳动的声音格外沉重好听，因为他穿着洋皮鞋。

"你又发什么疯！"欧阳天风双手扶着赵子曰的肩头问。

赵子曰没有言语，这时候他的心还在嘴里，舌头还在心里，一时没有力气，也不好意思，叫他的心与口分开，而说几句叫别人，至少叫欧阳天风的粉脸蛋绣上笑纹的话。欧阳天风半恼半笑的摇晃着赵子曰的肩膀，像一只金黄色的蜜蜂非要把赵子曰心窝中的那一点香蜜采走不可。赵子曰心中一刺一刺的螫着，还不忍使那只可爱的黄蜂的小毛腿上不带走他一点花粉。那好似是他的责任。虽然他自觉的是那么丑的一朵小野菊！他至少也得开口，不管说什么话！

"别闹！身上有些不合适！"他的眼睛被欧阳天风的粉脸映得有些要笑的倾向了，可是脸上的筋肉还不肯帮助眼睛完成这个笑的动作。他的心好像东西两半球不能同时见着日光似的，立在笑与不笑之间一阵阵的发酸！

"我告诉你！明天和商业大学赛球，你的'游击'，今天下午非去练习不可！好你个老滑头，装病！"欧阳天风骂人也是好听的，撇着小嘴说。

"赛球得不了足球博士！"赵子曰狠了心把这样生硬的话向欧阳天风绵软的耳鼓上刺！这一点决心，不亚于辛亥革命放第一声炮。

"拉着他走，去吃饭！你猜怎么着？这里有秘密！"武端说。

武端的外号是武秘密，除了宇宙之谜和科学的奥妙他不屑于猜测以外，什么事他都看出一个黑影来，他都想用X光线去照个两面透光。他坐洋车的时候，要是遇上一个瘸拉车的，他登时下车去踢拉车的瘸腿两脚，试一试他是否真瘸。他踢拉车的，决没有欺侮苦人的心；踢完了，设若拉车的是真瘸，他多给他几角钱，又决没有可怜苦人的心；总而言之，他踢人和多给人家钱全是为"彻底了解"，他认为多花几角钱是一种"秘密试验费"。他从桌上拿起那顶假貂皮帽，扣在赵子曰的肉帽架上，又从抽屉里拿出一个钱包，塞在赵子曰的衣袋里。他不但知道别人的钱包在那里放着，他也知道钱包里有多少钱；不然，怎配叫作武秘密呢！

"真的！我不大舒服，不愿出去！"赵子曰说着，心中也想到："为什么不吃公寓的饭，而去吃饭馆？"

"拉着他走！"武端拉着赵子曰的左臂，欧阳笑了一笑拉着他的右臂，二龙捧珠似的把赵子曰脚不擦地的捧出去。

出了街门，洋车夫飞也似的把车拉过来："赵先生坐我的！赵先生！""赵先生，他的腿瘸！……"

两条小龙把这颗夜明珠捧到车上，欧阳天风下了命令："东安市场！"武端四围看了一看，看到底有没有瘸腿拉车的。没有！他心中有点不高兴！

路上的雪都化了，经行人车马的磨碾，雪水与黑土调成一片又粘，又浓，又光润的黑泥膏。车夫们却施展着点、碾、挑、跳的脚艺（对手艺而言）一路泥花乱溅，声色并佳的到了东安市场。

"先生，我们等着吧？"车夫们问。

"不等，叫我们泥母猪似的滚回去？糊涂！"武端不满意这样问法，分明这样一问，在大庭广众之下把武秘密没有"包车"的秘密揭破，岂有此理！

"杏花天还是金瓶梅？"欧阳天风问赵子曰。

（两个，杏花天和金瓶梅，全是新开的苏式饭馆。）

"随便！"赵子曰好像就是这两个字也不愿意说，随着欧阳天风，武端丧胆失魂的在人群里挤。全市场的东西人物在他眼中都似没有灵魂的一团碎纸烂布，玻璃窗子内的香水瓶，来自巴黎；橡皮作的花红柳绿的小玩意，在纽约城作的，——有什么目的？满脸含笑的美女们，比衣裳架子多一口气的美而怪可怕的太太们，都把两只比金钢钻还亮的眼睛，射在玻璃窗上；有的挺了挺脖子进到铺子里去，下了满足占据性的决心；有的摸了摸钱袋，把眼泪偷偷咽下去，而口中自言自语的说："这不是顶好的货。"——这是生命？赵子曰在这几分钟里，凡眼中所看到的，脑中登时画上了一个"？"，杏花天？金瓶梅？我自己？……

"杏花天！喝点'绍兴黄'！"武端说。然后对欧阳天风耳语："杏花天的内掌柜的，由苏州来的，嘿，好漂亮啦！"

到了杏花天的楼上，欧阳天风给赵子曰要了一盒"三炮台烟"。赵子曰把烟燃着，眉头渐渐展开有三四厘，而且忘了在烟卷上画那个含有哲学性的"？"。

"老赵！"武端说："说你的秘密！"

"喝什么酒？"欧阳天风看了武端一眼，跟着把全副笑脸递给赵子曰。——"？"

"不喝！"赵子曰仰着脸看喷出的烟。心中人生问题与自己的志趣的萦绕，确是稀薄多了，可是一时不便改变态度，被人家看出自己喜怒无常的弱点。

欧阳天风微微从耳朵里（其实真说不出是打那一个机关发出来的。）一笑。然后和武端商量着点了酒，菜。赵子曰嘟当一声把酒盅，跑堂儿的刚摆好的，扣在桌上。酒，菜上来，他只懒懒的吃了几口菜，扭着脖子看墙上挂着的"五星葡萄酒"的广告。

"老武！来！划拳！"

"三星！""七巧！""一品高升！"……

赵子曰眼看着墙，心中可是盼着他们问："老赵！来！"他好回答他们："不！不划！"以表示他意志坚定。不幸，他们没问。

"欧阳！三拳两胜一光当！"武端提起酒壶给欧阳天风斟上一盅。然后向赵子曰说："给我们看着！你猜怎么着？欧阳最会赖酒！"

赵子曰没言语。

"老武！"欧阳天风郑重其事的说："不用问他，他一定是不舒服！他要说不喝，就是不喝，甚至连酒也不看！这是他的好处！"

赵子曰心里痛快多了！欧阳天风的小金钥匙，不大不小正好开开赵子曰心窝上那把愁锁。会说话的人，不是永远讨人家喜欢，而是遇必要的时候增加人家的愁苦，激动人家的怒气。设若人们的怒气，愁闷，有一定的程度，你要是能把他激到最高点，怒气与愁闷的自身便能畅快，满足，转悲为喜，破涕为笑。正像小孩子闹脾气到不可开交的时候，爽得叫他痛哭一场；老太婆所谓"哭出来就好了！"者，是也。对于不惯害病的，你说："你看着好多了！"当他不幸而害病的时候，他因你这个暗示，那荷梗，灯心的功效就能增高十倍。可是对于以害病吃药为一种消遣的人，你最好说"你还得保养呀！'红色补丸'之外，还得加些'艾罗补脑汁'呀！"于是他满意了，你的同情心与赏识"病之美"的能力，安慰了他。

欧阳天风明白这个！

武端划拳又输了，拿起酒盅一仰脖，嗞的一声喝净，把酒盅向赵子曰一亮："干！"

赵子曰已经回过头来，又是皱眉，又是挤眼，似乎病的十分沈重。香喷喷的酒味一丝一絮的往鼻孔里刺，刺的喉部微微发痒。用手抓了抓脖子，看着好像要害"白喉"似的。

"老赵！"武端说："替我划，我干不过欧阳这个家伙！"

赵子曰依旧没回答，手指头在桌底下一屈一伸的直动。然后把手放在桌上，左手抓着右手的指缝，好似要出"鬼风疙瘩"。

"老赵！"欧阳天风诚于中，形于外的说："你是头疼，还是肚子不好？"

"疼！全疼！"赵子曰说着，立刻真觉得肚子里有些不合适。

"身上也发痒？"

"痒的难过！"

"风寒！"欧阳天风不加思索定了脉案。

"都是他妈的春二那小子，"赵子曰灵机一动想起病源，"叫我吃白薯，压住了风！”

"喝口酒试试？"欧阳天风说着把扣着的那只酒盅拿起来，他拿酒盅的姿式，显出十分恳切，至于没有法子形容。

"不喝！不喝！"赵子曰的脑府连发十万火急的电报警告全国。无奈这个中央政府除了发电报以外别无作为，于是赵子曰那只右手像饿鹰捉兔似的把酒盅拿起来。酒盅到了唇边，他的脑府也醒悟了："为肚子不好而喝一点黄酒，怕什么呢！"于是脖儿一仰灌下去了。酒到了食管，四肢百体一切机关一齐喊了一声"万岁！"眉开了，眼笑了，周身的骨节咯吱咯吱的响。脑府也逢迎着民意下了命令："着令老嘴再喝一盅！"

一盅，两盅，三盅，舌头渐渐麻的像一片酥糖软津津的要融化在嘴里，血脉流动的把小脚指头上的那个鸡眼刺的又痒痒又痛快！四盅，五盅，……

"肚子怎么样？"欧阳天风关心赵子曰差不多和姐姐待小兄弟一样亲切。

"死不了啦！——还有一点疼！一点！"

一，二，三，又是三盅！再要一斤！

"你今天早晨的不痛快，不纯是为肚子疼吧？"

"老李——好人！他教训了我一顿！叫我回家去种地！好人！"

"好主意！"武端说："你猜怎么着？你回家，他好娶王女士！哈哈！"

"李瘦猴有些鬼计多端呢！"欧阳笑着说。

…………

灯点上了，不知怎么就点上了！麻雀牌唏哩花拉的响起来，不知怎么就往手指上碰了！

"四圈一散！"赵子曰的酒气比志气还壮，血红的眼睛钉着那张雪白的"白板"。四圈完了。

"再续四圈，不多续！明天赛球，我得早睡！"

…………

"四点钟了！睡去！养足精神好替学校争些光荣！体育不可不讲，我告诉你们，小兄弟们！"

喔——喔——喔！鸡鸣了！

"风雨如晦，鸡鸣不已，"赵子曰念罢，倒在床上睡起来。

他在梦中又见着李景纯了，可是他祭起"红中""白板"把李景纯打的望影而逃！

4

商业大学的球场铺满了细黄沙土，深蓝色的球门后面罩上了雪白的线网。球场四围画好白灰线，顺着白线短木桩上系好粗麻绳，男女学生渐渐在木桩外站满，彼此交谈，口中冒出的热气慢慢的凝成一片薄雾。招待员们，欧阳天风与武端在内，执着小白旗，胸前飘着浅绿的绸条，穿梭似的前后左右跳动，并没有一定要作的事。几个风筝陪着斜阳在天上挂着，代表出风静云清初冬的晴美。斜阳迟迟顿顿的不忍离开这群男女，好似在他几十万年的经验中，这是头一次在中国看见这么活泼可爱的一群学生。

场外挽着发辫的卖糖的，一手遮着冻红的耳朵吆喝着："梨糕哑——酥糖呕！"警区半日学校的小学生，穿着灰色肥肿的棉短袄，吆喝着："烟来——烟卷儿！"男女学生头上的那层薄雾渐次浓厚，因为几百支烟卷的燃烧凑在一块儿，也不亚于工厂的一个小烟筒。地上的白灰线渐次逐节消灭，一半是被学生的鞋底碾去，一半是被瓜子，落花生的皮子盖住。

赛球员渐渐的露了面：商业大学的是灰色运动衣，棕色长毛袜，蓝色一把抓的小帽。名正大学的是红色运动衣，黑毛袜，白小帽。要是细看他们身上穿着的，头上戴着的，可以不用迟疑的下个结论："一些国货没有！"虽然他们有时候到杂货店去摔毁洋货。球员们到场全是弯着腿，缩着背，用手搓着露在外面的膝部，冻的直起鸡皮疙瘩，表示一些"软中硬"运动家的派头。入场之先，在场外找熟识的人们一一握手："老张！卖些力气！""不用多赢，半打就够！""老孙！小帽子漂亮呀！""往他们腿上使劲踢，李逵！"……球员们似乎听见，似乎没听见，只露着刚才刷过的白牙绕着圈儿向大家笑。到了场内，先攻门，溜腿，活动全身，球从高处飞来，轻轻的用脚尖一扣，扣在地上。然后假装一滑，脊背朝地，双脚竖起倒在地上。别个球员脚尖触地的跑过来，拾起皮球向倒在地上的那位膝上一摔，然后向周围一看，果然，四围的观众全笑了！守门的手足并用，横遮竖挡的不叫球攻入门内。有时候球已打在门后的白线网上，他却高高一跳，摸一摸球门的上框，作为没看见球进了门。……

赵子曰到了！哈啦！哈啦！"赵铁牛到了！""可不是铁牛！"黑红的脸色，短粗的手脚，两腿故意往横着拐，大叉着步，真像世界无敌的运动家。运动袜上系了两根豆瓣绿的绸条，绿条上露着黑丛丛的毛腿。一腿踢死牛，无疑的！

他在场外拉不断，扯不断的和朋友们谈笑。又不住的向场内的同学们点手喊："老孟！今天多出点汗呀！""进来溜溜腿？""不用！有根！"说着向场内走，还回着头点头摆手。走到木桩切近，脚绊在麻绳上，整个大元宝似的跌进场内。四围雷也似的笑成一阵："看！铁牛又耍花样呢！"他蹬了蹬腿，打算一个鲤鱼打挺跳起来。可是他头上发沈，心中酸恶，怎么也立不起来。招待员们慌了："拿火酒！火酒！"一把一把的火酒咕唧咕唧的往他踢死牛的腿上拍。……"成了！成了！"他勉强笑着说："腿上没病，脑袋发晕！"

"老赵的腿许不跟劲，今天，你猜怎么着？"武端对欧阳天风说。

"别说丧气话！"

嘀——嘀——

评判员，一个滚斗筋似的小英国人，双腮鼓起多高把银笛吹的含着杀气。

场外千百个人头登时一根线拉着似的转向场内。吸烟的把一口烟含在口中暂时忘了往外喷，吃瓜子的把瓜子放在唇边且不去嗑。……

场内，球员站好，赵子曰是左翼的先锋。

嘀——嘀！

赵子曰一阵怪风似的把球带过中线，"快！铁牛！Long shoot！"把他自己的性命忘了，左旋右转的往前飞跑。也不知道是球踢着人，还是人踢着球，狮子滚球似的张牙舞爪的滚。

敌军的中卫把左足向前虚为一试，赵子曰把球向外一拐，正好，落在敌军中卫的右脚上，一蹴把球送回。

"哈啦！哈啦！"轰的一声，商业大学的学生把帽子，手巾，甚至于烟卷盒全扔在空中，跳着脚喊。

"糟——糕！老赵！"赵子曰的同学一齐叹气。

这一分钟内，商业大学的学生都把眼珠努出一分多，名正大学的全把鼻子缩回五六厘！

赵子曰偷偷往四围一看，千百个嘴都像一致的说："老赵糟糕！"他装出十分镇静的样子，把手放在头上，隔着小帽子抓了一抓；好像一抓脑袋就把踢球的失败可以遮饰过去。（不知有什么理由！）正在抓他的脑袋，恰好球从后面飞来，正打在他的手上，也就是打在头上。他脑中嗡的响了一声，身子向前倒去，眼中一亮一亮的发现着："白板，""东风，""发财！"耳中恍惚的听见："Time out！"跟着四围的人声嘈杂："把他抬下来！""死东西！""死牛！""评判员不会！""打！打！"

欧阳天风跑进去把赵子曰搀起来。他扶着欧阳慢慢走到球门后，披上皮袍坐在地上。他的同学们还是一个劲儿的喊"打！"东北角上跟着有几个往场内跑，跑到评判员的跟前，不知为什么又跑回去了。后来才知道那几位全是近视眼，在场外没有看清评判员是洋人，哼！设若评判员不是洋人？

"哈啦！哈啦！"商业大学的学生又喊起来。赵子曰看得真真的，那个皮球和他自己只隔着那层白线网。

诗人周少濂缩着脖子，慢慢的扭过来，递给赵子曰一个小纸条：

"这赤色军，输啦！

反干不过那灰色的小丑鸭？

可是，输了就输了吧，

有什么要紧，哈哈！"

第四

1

　　红黄蓝绿各色的纸，黑白金紫各色的字，真草隶篆各体的书法，长篇短橛古文白话各样的文章，冷嘲热骂轻敲乱咒无所不有的骂话，——攻击与袒护校长的宣言，从名正大学的大门贴到后门，从墙脚粘到楼尖；还有一张贴在电线杆子上的。

　　大门碎了，牌匾摘了，玻璃破了，窗子飞了。校长室捣成土平，仪器室砸个粉碎。公文飞了一街，一张整的也没有。图书化为纸灰，只剩下命不该绝的半本《史记》。天花板上团团的泥迹，地板上一块块的碎砖头。什么也破碎了，除了一只痰盂还忍气吞声的立在礼堂的东南角。

　　校长室外一条扯断的麻绳，校长是捆起来打的。大门道五六只缎鞋，教员们是光着袜底逃跑的。公事房的门框上，三寸多长的一个洋钉子，钉着血已凝定的一只耳朵，那是服务二十多年老成持重的（罪案！）庶务员头上切下来的。校园温室的地上一片变成黑紫色的血，那是从一月挣十块钱的老园丁鼻子里倒出来的。

　　温室中鱼缸的金鱼，亮着白肚皮浮在水面上，整盒的粉笔在缸底上冒着气泡，煎熬着那些小金鱼的未散之魂。试验室中养的小青蛙的眼珠在砖块上粘着，丧了他们应在试验台上作鬼的小命。太阳愁的躲在黑云内一天没有出来，小老鼠在黑暗中得意扬扬的在屋里嚼着死去的小青蛙的腿。……

　　报纸上三寸大的黑字报告着这学校风潮。电报挂着万万火急飞散到全国。教育部大门紧闭，二门不开，看着像一座久缺香火的大神龛。教育团体纷纷召集会议讨论救济办法，不期而同的决定了："看一看风头再说。"雄纠纠的大兵，枪上插着惯喝人血的刺刀，野兽似的把这座惨淡破碎的大学堂团团围住，好像只有他们这群东西敢立在那里！地上一滴滴的血痕，凝成一个一个小圆眼睛似的，静静的看大兵们的鞋底儿！……

2

"老赵！你怎么样？"李景纯到东方医院去看赵子曰。

"你来了，老李？"赵子曰头上裹着白布，面色惨黄像风息日落的天色。左臂兜着纱布，右腮上粘着一个粉红橡皮膏的十字；左右相衬，另有一番侠烈之风。"伤不重，有个七八天也就好了！欧阳呢？"

"在公寓睡觉呢！"李景纯越说的慢，越多带出几分情感。脸上的笑纹画出心中多少不平。

"他没受伤？"赵子曰问。他只恐怕欧阳天风受伤，可是不能自止的想欧阳一定受伤；他听了李景纯的话，从安慰中引起几分惊异。

"主张打人的怎会能受伤！"

"难道他没到学校去？"赵子曰似乎有些不信李景纯的话，这时候他倒深盼欧阳受一点伤。他好像不愿他的好友为肉体上的安全而损失一点人格。

"我没去，因为我不主张'打'；他也没去，因为他主张'打'！"

"呕！"赵子曰闭上眼，眉头皱在一处，设若他不是自己身上疼，或者是为别人痛心。

李景纯呆呆的看着他，半天没有说话。别的病房中的呻吟哀叹，乘着屋中的静寂渐次侵进来。李景纯看看赵子曰，听听病人的呻吟，觉得整个的世界陷在一张愁网之中。他平日奋斗的精神被这张悲痛的黑影遮掩得正像院中那株老树那样颓落。赵子曰似乎昏昏的睡去，他蹑足屏息的想往外走。

"老李，别走！"赵子曰忽然睁开眼，向李景纯苦笑了一笑，表示身上没有痛苦。

"你身上到底怎样？"

"不怎样，真的！"赵子曰慢慢抬起右手摸了摸头上的纱布，然后迟迟顿顿的说："我问你！——我问你！"

"什么事？"

"我问你！——王女士怎样？"赵子曰偷偷看了李景纯一眼，跟着把左右眼交互的开闭，看着自己的鼻翅，上面有一些细汗珠。

"她？听说也到医院来了，我正要看她去。"

"是吗？"赵子曰说完，又把眼闭上。

"说真的，你身上不难过？"

"不！不！"

李景纯心中有若干言语，问题，要说，都被赵子曰难过的样子给拦回去。不说，觉得对他不起；说，又怕增加他的苦痛与烦闷。走，怕赵子曰寂寞；不走，心中要说而不好意思说的话滚上滚下像一群要出巢的蜜蜂。正在为难，门儿开了，莫大年满面红光的走进来。他面上的红光把赵子曰的心照暖了几分。

"老赵，明天见！"李景纯好容易得着脱身的机会，又对莫大年说："你陪着老赵说话吧！"说完，他轻轻的往外走，走到门口回头看了看赵子曰，赵子曰脸上的笑容已不是前几分钟那样勉强了。

"老赵！"莫大年问："听说你被军阀把天灵盖掀了？"

"谁说的？掀了天灵盖还想活着？"赵子曰心中痛快多了，说话的气调锋利有趣了。

"人家都那么说吗！"莫大年的脸更红了，红的正和"傻老"的红脸蛋没分别。

"欧阳呢？"

"不知道！大概正在奔走运动呢，不一定！我来的时候遇见老武，他说待一会儿来看你。你问他，他的消息不是比咱灵通吗！"

"王女士呢？"赵子曰自然的说出来。

"我也不知道！管她们呢！"

"老莫，你没事吧？"

"没事，专来看你！"莫大年可说着一句痛快话，自己笑了一笑以示庆贺之意。

"好！咱们谈一谈！"赵子曰说着把两只眼睛睁的像两朵向日葵，随着莫大年脸上的红光乱转，身上的痛苦似乎都随着李景纯走了。"老莫！你知道王女士和张教授的秘密不知道？"

"什么秘密？"莫大年问。

"我问你哪！"

"我，我不知道！"

"你什么也不知道，老莫！除了吃你的红烧鱼头！"赵子曰笑起来，脸上的气色像雷雨过去的浮云，被阳光映的灰中带着一点红。

"老赵！明天见！明天我给你买橘子来！"莫大年满脸惭愧要往外走。

"老莫！我跟你说笑话哪，你就急啦？别走！"

"我还有事，明天来！"莫大年说着出了屋门。刚出屋门，立刻把嘴撅起来。自医院直到天台公寓一刻不停的嘟噜着："什么也不知道！不知道！人人叫咱傻老！傻老！"

3

莫大年第二天给赵子曰送了十几个橘子去，交给医院的号房，并没进去见赵子曰。他决不是恼了赵子曰，也不是心眼小料不开事。他所不痛快的是：生在这个新社会里，要是没有一种眼观六路，耳听八方，到处显出精明强干的能力，任凭有天好的本事，满肚子的学问，至好落个"老好"，或毫不客气叫你"傻蛋"！作土匪的有胆子拆铁路，绑洋人，就有作旅长的资格，还用说别的！以他的家计说，就是他终身不作事，也可以衣食无愁的过他一个人的太平天下。可是他憎嫌"傻蛋"这一类的徽号。他要在新社会里作个新式的红胡子，蓝靛脸的英雄。那怕是作英雄只是热闹热闹耳目而没有真益处呢，到底英雄比傻蛋强！他明知道赵子曰是和他开玩笑，打哈哈，他也知道"不知秘密"与"爱吃红烧鱼头"算不了甚么大逆不道。可是，人人要用赵子曰式的笑脸对待他，还许就是"窝囊废""死鱼头"一类的恶名造成之因呢！这类的徽号不是欢蹦乱跳的青年所能忍受的！新青年有三畏：畏不强硬，畏不合逻辑，畏没头脑！莫大年呢，是天生的温厚，横眉立目耍刺儿玩花腔是不会的。对于"逻辑"呢，他和别的青年一样不明白，可是和别个青年一样的要避免这个"不合逻辑"的罪名。怎样避免？自然第一步要"有头脑"。所以三畏之中，莫大年第一要逃出"没头脑"的黑影，"知秘密"自然是头脑清晰，多知多懂的一种表示，那么，"知秘密"可以算作作新人物的唯一要素。"知秘密"便是实行"不傻蛋主义"的秘宝。

莫大年一面想，一面走，越想心中越难过！有时候他停住脚呆呆的看着古老的建筑物，他恨不得登时把北京城拆个土平，然后另造一座比纽约还新的城。自己的铜像立在二千五百五十层的楼尖上，用红绿的电灯忽明忽灭的射出："改造北京之莫大年！"

"老莫！上那儿去？"

莫大年收敛收敛走出八万多里的玄想，回头看了看：

"老武！我没事闲逛。"

武端穿着新作的灰色洋服，蓝色双襟大氅。雪白的单硬领，系着一根印度织的绿地金花的领带。头上灰色宽沿呢帽，足下一尘不染的黄色，橡皮底，皮鞋。胸脯鼓着，腰板挺着，大氅与裤子的折缝，根根见骨的立着。不粗不细的马蜂腰，被大氅圆圆的箍住，看不出是衣裳作的合适，还是身子天生来的架得起衣裳来。他向莫大年端着肩膀笑了一笑，然后由洋服的胸袋中掏出一块古铜色的绸子手巾，先顺风一抖，然后按在鼻子上，手指轻按，专凭鼻孔的"哼力"嗡嗡响了两声。这个浑厚多力的响声，闭上眼听，正和高鼻子的洋人的鼻音分毫不差。

莫大年像"看变戏法儿"似的看着武端，心中由羡慕而生出几分惭愧。武端是，在莫大年想，已经欧化成熟的新青年，他自己只不过比中国蠢而不灵的傻乡民少着一条发辫而已。

"老莫，玩一玩去，乘着罢课的机会！"

"上那儿？"莫大年说着往后退了两步，低着头看武端的皮鞋一闪一闪的射金光，又看了看自己脚上的那双青缎厚底棉鞋！

"先上西食堂去吃饭？"武端说。

"我没洋服，坐在西食堂里未免发僵！"这两句话确是莫大年的真经验。

因为西餐馆的摆台的是：对于穿洋服说洋话的客人，不给小账也伺候的周到；对于穿华服，说华语的照顾主，就是多给小账也不屑于应酬。更特别的：他们对穿洋服的说中国话，对穿华服的说外国话。所以认不清洋字菜单的人们为避免被奚落起见，顶好上山东老哥儿们的"大碗居"去吃打卤面比什么也不惹气。然而：

"那么，上民英西餐馆？你猜怎么着？那里全是中国人吃饭，摆台的也是中国话，而且喝酒可以划拳，好不好？走！"武端把左手插在大氅"廓其有容"的口袋里，右手带着小羊皮的淡黄色手套，过去插在莫大年右肘之下。两个人并肩而行，莫大年为武端的洋服展览，不便十分拒绝，虽然他真怕吃洋饭。

远远的看见民英餐馆的两面大幌子：左边一面白旗画着鲜血淋漓的一块二尺见方的牛肉，下面横写着三个大字"炸牛排"。右边一面红旗画着几位东倒西歪的法国醉鬼，手中拿着五星啤酒瓶往嘴里灌。武端看见这两面幌子，眉开眼笑的口中直往下咽唾液，正是望幌子而大嚼也解一些"洋馋！"莫大年的精神也振作起一些，觉着这两面大旗的背后，埋伏着一些"西洋文化！"

两个人进了民英餐馆，果然"三星，五魁"之声清亮而含着洋味，大概因为客人们喝的是洋酒。柜台前立着的老掌柜的把小帽脱下，拱着手说："来了，Sir！来了，Sir！"摆台的系着抹满牛油的黑油裙，（"白"的时代已经岁久年深不易查考了！）过来擦抹桌案，摆上刀叉和洋式酱油瓶。简单着说：这座饭馆样样是西式，样样也是华式，只是很难分析怎么调和来着。若是有人要作一部"东西文化与其'吃饭'"，这座饭馆当然可以供给无数的好材料。

"吃什么，大爷，Sir？"摆台的打着山东话问。乘着武端看菜单之际，他把抹布放在肩头，掏出鼻烟壶，脆脆的吸了两鼻子。

两个人要了西红柿炒山药蛋，烧鳜鱼，小瓶白兰地，冷牛舌头，和洋焦三仙（咖啡）。

武端把刀叉耍的漂亮而地道，真要压倒留学生，不让蓝眼鬼。莫大年闭着气把一口西红柿吞下，忙着灌了半杯凉水。

"老武，"莫大年没有再吃第二口西红柿的勇气，呷了一点白兰地，笑着问："告诉我，怎么就能知道秘密？"

"目的？那一种？"武端说完，又把摆台的叫过来，要了一个干炸丸子加果酱。

"还有多少种？"

"什么事经科学方法分析没有种类呢，真是！"

"告诉我两样要紧的，多了我记不住。"

"好！你猜怎么着？好，告诉你两种：利用秘密和报告秘密，这是目的。你猜——好！先说目的，后说方法。"武端觉得自己非常宽宏大量，肯把他的经验传授给莫大年。

莫大年傻老似的聚精会神的听着。

武端呷了一口酒，嚼着牛舌头，又点上一支香烟。酒，牛舌头，烟，在嘴中匀和成一股令人起革命思想的味道。酒顺着食道下行，牛舌头一上一下的运动于齿舌之间，烟从鼻子眼慢慢的往外冒，谁要是这么作，谁也不能不感谢上帝造人的奇妙，他把牛舌头咽净，才正式向莫大年陈说：

"供给秘密是为讨朋友的欢心，博得社会上的信仰。这是在社会上活动唯一的要素，造成英雄伟人的第一步。举个例说：你猜怎么着？张天肆，你知道张天肆？财政部司长，司长！你要问他的出身，不必细说，凭他的名字可以猜得出：他本来叫张四，作了官才改成张天肆，张四，张司长！前三年他还是张四，因为报告给绥远都统一件秘密，你猜怎么着？当时他来了个绥远都统驻京办事处的科员，张科员！前三个月，他又报告给财政总长一件秘密，哈哈，抖起来了，司长！由张四而张天肆而科员而司长，将来，谁能说得定呢，也许张大帅，张总长，张总统，张牛头，因为他住家在三河县牛头镇！由张四而张总统，一根线拴着：知秘密！"武端喘了一口气又吃了一块牛舌头，心里想：设若张四"人以地名"有张牛头的希望，怎见得自己没有"人以物名"而被呼为武牛舌的可能呢！他笑了一笑，接着说："至于利用秘密，你猜怎么着？那可就更有用，更深沈，更——抖了！利用一件秘密，往小里说，你可以毁一个人，一个学校，一个机关；往大里说，推倒一个内阁，逼走一个总统！谁有这份能力，谁就有立铜像的资格，又非张四之流仅仅荣耀一时的可比了；因为小而毁一个人，大而赶走一个总统，不管成功的大小，这样的举动与运用秘密的能力，非天生的雄才大略不办，非真英雄不办，非——你猜——"

"说了半天，是这么两种，是不是？"莫大年问："告诉我，我该采用那一种？你现在用的是那一种，和怎样用法？"

"我？惭愧！我用的是供给秘密！这个比利用秘密好办的多！你猜怎么着？欧阳天风近于利用秘密了，可是他的聪明咱们如何敢比呢！"

"那么，你看，我该先练习报告秘密，是不是？告诉我，怎么得秘密？"莫大年诚恳的问。

"其实，你猜——也没有一定的方法，只在自己留心。你看，瓦特看见开水壶就发明蒸汽机，他得着了开水壶的秘密，事事留心，处处留心，时时留心！喝！秘密多了！比如说，你在公园喝茶看见一对男女同行，跟着他们！那必有秘密！假如你发现了他们的暗昧的事，得！写在你的小笔记本上，一旦用着，那个结果绝不辜负你跟着他们的劳力！我告诉你，你知道学生会主席孙权怎么倒了，新任主席吴神敏怎么成的功？就是因为吴神敏在公园捉了孙权的奸！再说，就是不图甚么，得一些秘密说着玩儿不是也有趣吗！你猜——"

"那么我得下死工夫，先练习耳眼，是不是？"

"一定！手眼身法和练武术一样，得下苦工夫！"

"好！老武！谢谢你！饭账我候啦！告诉我，你还吃什么？！"

4

几天医院的生活，赵子曰在他自己身上发现了许多奇迹：右手按着左腕的脉门，从手指上会能觉到自己的心一秒钟也不休息，那么有节有拍的跳动。脑子，更奇怪了，有时候在一阵黑潮狂浪过去之后，居然现出山高月小的一张水墨画。心中现出这种境界，叫他怀疑医院给他的洋药水里有什么不正当作用；至少那种药水的作用与烧酒不同；而作用异于烧酒的东西根本应当怀疑！医院的饭食，不错！设备，周到！然而他寂寞，无聊，烦苦！心中空空的像短了一块要紧的东西，像一位五十岁的寡妇把一颗明珠似的儿子丢了一样的愁闷！生命只是一片泛溢不定的潮水，没有一些着落，设若脑子不经烧酒激刺着！他开始明白人生与烧酒的关系！不但人生，世界文化的发展不过是酒瓶儿里的一点副产品！心房的跳动，脑中的思想，都是因为烧酒缺席，他们才敢这样作怪，才这样扰乱和平！他恨这个胡思乱想的脑子，他命令着他的脑子不准再思想，失败！原来没烧酒泡着的脑子是个天然要思想的玩艺儿，他急的直跺脚，没办法，他于无聊中觉悟了：为什么医院中把死人脑子装在酒精瓶子里？因为不用酒泡着，死后也不会得平安，还是要思想！他宁愿登时死了，把脑子装在酒精瓶子里，也比这样活受罪强！他长叹了一声，有心要触柱而死；可是他摸了摸脑瓢，舍不得！"忍耐！忍耐！出了医院再说！忍耐！希望！"

"李景纯的话不错，我应当找些事作。"他忽然想起来了，至于怎么想起来的，和怎么单想起作事而忘了李景纯告诉他的读书与种地，不但别人不知道，赵子曰自己也纳闷，好像一颗流星在天空飞过，不知从那里落下来的，也不知道落到那里去；好在这在空中一闪是不可磨灭的事实。"找什么事？当教员？开买卖？作官？——对！作官！"他噗哧的一笑，嘴中溅出几点唾星，好像一朵鲜花吐蕊把露水珠儿弹落下来似的。"也别说，会思想也有趣！居然想起作官了！哈哈！"他这一笑叫他想起：他七岁的时候在门外用自己的点心钱买过一只小黄鸟："七岁就会自动的买一只小黄鸟，快二十六岁了，又自动的想起应该作官。赵子曰呀，要不是圣人——难道是狗？"

"欧阳天风为什么不来？"他脑中那只小黄鸟又飞入他记忆力的最深远的那一处去，欧阳天风的暖烘烘的粉脸蛋与他自己的笑脸，像隔一层玻璃的两朵鲜花互相掩映。"他？正在激烈的奔走运动，一定！别累坏了哇！"他探头往窗外看了看：窗外那株老树慈眉善目的静静的立在那里："没刮风！谢谢老天爷！他的脸可受不住狂风的吹刺啊！哈哈！"

他笑着笑着眼前像电影换片子似的把那天打校长的光景复现出来："校长像屠户门前的肥羊似的绑在柱子上，你一拳，我一腿的打，祖宗三代的指着脸子骂。对，聂国鼎还啐了校长一脸唾沫呢。老庶务的耳朵血淋淋的割下来，当当当钉在门框上……"他身上觉得一阵不大合适，心中像大案贼临刑的那一刻追想平生的事迹，说不出是酸是甜，是哭是笑："老校长也怪可怜的！反正我没打他，我只用绳子捆他来着，谁知道捆上一定就打呢！他恨我不恨？我在他背后捆他来着，当然没看见我！——可是呀，就是他看见我，他又敢把咱赵子曰怎样？他敢开除我？也敢！凭咱在学界的势力，凭咱这两膀子力气，他也敢，除非他想揭他未完好的伤口！"这么一想，他心中的不自在又平静了。他觉得自己的势力所在，称孤道寡而有余，小小的校长，一个卖布小贩的儿子，有什么能为！"纵然是错打了他，错就错了吧；谁叫他不去当军阀而作校长呢！军阀作错了事也是对，我反正不惹他们拿枪的；校长作对了也是错，也该打，反正打完他没事！"他越想越痛快，越想越有理，觉得他打校长与不敢惹军阀都合于逻辑。这种合于逻辑的理论，叫他联想到他自己的势力与责任："咱老赵在医院，现在同学的开会谁作主席呢？难道除了咱还有第二个会作主席的？说着玩的呢，动不动也会作主席！就是有会的，他也得让咱老手一步不是！势力，声望，才干所在，不瞎吹！咱还根本不闹风潮呢，要不为作主席！"

他这样一想，开始觉得自己的身体有注意静养的必要，并不是为自己，是为学校，为社会，为国家，或者说为世界！他身上热腾腾的直往外冒热气，身子随着热气不由的往上飞，一直飞到喜马拉亚山的最高峰。立在那里只有他自己可以看清世界，只有他自己有收拾这个残落的世界的能力。身上的伤痕，（好在是被军阀打的，）觉得有一些疼痛了，跟看护妇要点白兰地喝吧！

他正在这么由一只小黄鸟而到喜马拉亚山活动着他的脑子，莫大年忽然满脸含笑的走进来。赵子曰把刚才所发现的奇迹奇想慌忙收在那块琉璃球似的脑子里，对莫大年说：

"老莫，你昨天给我送橘子来，怎不进来看看你的老大哥，啊？"

"没秘密可报告，进来干吗！"莫大年傻而要露着精细的样子说。

"那么今天当然是有秘密了？"

"那还用说！"

"你看，老莫学的鼻子是鼻子，嘴是嘴了。来！听听你的秘密！"

"你被革除了，老赵！我管保我是头一个来告诉你的，是不是？"莫大年得意扬扬的说。

"你是说笑话呢，还是真事？"赵子曰笑的微有一点不自然了。

"真的！一共十七个，你是头一个！不说瞎话！你的乡亲周少濂也在内！"

赵子曰脸上颜色变了，半天没有言语。

"真的！"莫大年重了一句，希望赵子曰夸他得到消息这么快。

"老莫，你是傻子！"赵子曰笑得怪难看的，只有笑的形式而没有笑的滋味。"你难道不明白不应当报告病人恶消息吗？再说，"他的笑容已完全收起去，声音提高了一些："凭那个打不死的校长，什么东西，敢开除赵子曰，赵铁牛，笑话！"

莫大年的一团高兴像撞在石头上的鸡蛋，拍叉的一声，完了！他呆呆的看着赵子曰，脸上的热度一秒钟一秒钟的增高，烧的白眼珠都红了。忽然一语未发扭身便往外走。

"老莫，别走！"赵子曰随着莫大年往外看了一眼，由莫大年开开的门缝，看见远远往外走着一个人：弯弯的腰，细碎的脚步，好像是李景纯。"他又作什么来了？"

"啊？"莫大年回头看着赵子曰。

"没什么，老莫！"

"再见，老赵！"

第五

1

"子曰兄：

何等的光荣啊！你捆校长，我写了五十多张骂校长的新诗。我们都被革除了，虽败犹荣呀！同乡中能有几个作这样'赤色'的事，恐怕只有你我吧！

惭愧不能到医院去看你，乡亲！因为今晚上天津入神易大学。学哲学而不明白《周易》，如同打校长而不捆起来一样不彻底呀！这是我入神易大学的原因。

盼望你的伤痕早些好了，能到天津去找我！

不必气馁，名正大学不要咱们，别的大学去念！别的大学也不收咱们，拉倒！哈哈！勇敢的乡亲，天津三不管见！

你的诗友，

周少濂。"

念完这封信，赵子曰心中痛快多了！到底是诗人的量宽呀！本来吗，念书和不念书有什么要紧，太爷不玩啦！对！找老周去！天津玩玩去！

把老莫也得罪了，这是怎会说的！少濂的信早到一会儿，也不至于叫老莫撅着嘴走哇！真他妈的，我的心眼怎那么窄呢！……

2

赵子曰身上的伤痕慢慢的好了。除了有时候精神不振作还由理想上觉得有些疼痛以外，在实际上伤疤被新的嫩肉顶得一阵阵痒的钻心，比疼痛的难过多了几分讨厌。医生准他到院中活动活动，他喜欢的像久旱逢甘雨的小蜗牛，伸着小犄角满院里溜达。喜欢之外，他心中还藏着一点甜蜜的希望；这点希望叫他的眼珠钉在女部病房那边，比张天师从照妖镜中看九尾仙狐还恳切细心。那边的门响，那边的笑声，那边的咳嗽，对于他都像很大的用意。楼廊上东来西去一个一个头蒙白纱，身穿白衣的看护妇们，小白蝴蝶儿似的飞来飞去："都是看护妇，没用！——也别说，看护妇也有漂亮的呀！可是——"

一天过去了，只看见些看护妇。

第二天，北风从没出太阳就疯牛似的吼起来。看护妇警告他不要到院中去。他气极了："婚姻到底是天定呀！万一她明天出院，今天又不准我到院子里去，你看，这不是坐失其机吗！风啊！设若这里有个风神，风神根本不是个好东西！设若风是大气的激荡，为什么单在今天激荡！"

他咒骂了一阵，风嬉皮笑脸的刮得更有筋骨了。他无法，只好躺在床上把朋友们送来的小说拿起看。越看越生气：一群群的黑字在眼前乱跳，一群过去，又是一群，全是一样的黑，连一个白净好看的也没有。他把小说用力往地上一摔，过去踏了两脚，把心中的怒气略解了万万分之一。然后背着手，鼓着胸，撅着嘴，在屋中乱走。有时候立在窗前往外看：院中那株老树摇着秃脑袋一个劲儿的乱动："妹妹的！把你连根刨出来！叫你气我！"

他于无可奈何之中，只好再躺在床上想哲学问题。他的哲学与乱想是一而二，二而一的。"酒要是补脑养身的，妇女便是满足性欲的东西。酒与妇女便是维持生活的两大要素！对！娶媳妇喝酒，喝酒娶媳妇；有工夫再出些锋头，闹些风潮，挣些名誉。对！内而酒与妇人，外而风潮与名誉，一部人生哲学！……"

把哲学问题想的无可再想，他又想到实际上来："欧阳天风能帮助我，可是相隔咫尺还要什么传书递简的红娘吗？老李的人不错，可是他与她？哼！……有主意了！"

他从床上跳起来，用他小棒槌似的食指按了三下电铃。这一按电铃叫他觉出物质享受的荣耀，虽然他的哲学思想有时候是反对物质文明的。

"赵先生！"看护妇好像小鬼似的被电铃拘到，敬候赵子曰的神言法旨。

“你忙不忙？”赵子曰笑着问。

“有什么事？”

“我要知道一件事，你能给我打听打听不能？”

“什么事，赵先生？”看护妇脸上挂着冬夏常青的笑容，和善恳切的问。

“你要能给我办的好，我给你两块钱的小账，酒钱，——报酬！”赵子曰一时想不起恰当的名词来。

“医院没有这个规矩，先生。”

“不管有没有，你落两块钱不好！”

“到底什么事，先生？”

“她是——你——你给打听打听女部病房有位王灵石女士，她住在第几号，得的是什么病，和病势如何。行不行？”

“这不难，我去看一看诊查簿就知道了。”看护妇笑着走出去。

赵子曰倒疑惑了：“怎么看护妇这么开通！一个男人问一个女人的病势，难道是正大光明的事？或者也许看护妇们作惯了红娘的勾引事业？奇怪！男女间的关系永远是秘密的，男女到一处，除了我和她，不是永远作臭而不可闻的事吗？医院自然是西洋办法，可是洋人男女之间是否可以随便呢？”他后悔了，他那个“孔教打底，西法恋爱镶边”的小心房一上一下的跳动起来：“傻老！我为什么叫看护妇知道了我的秘密呢！傻！可是她一点奇惊的样子没有，或者她用另一种眼光看这种事？——哼，也许她为那两块钱！”

“赵先生！”不大的工夫看护妇便回来了：“王女士住第七号房，她害的是妇女们常犯的血脉上的病。现在已经快好了。”她一说就往外走，毫没注意赵子曰的脸色举动。

“你回来！给你，这是你的两块钱！”

“不算什么，先生！”她笑着摆了摆手：“医院中没有这个规矩。”

赵子曰坐在床上想了半天，想不出道理来。不要小账，不以男女的事为新奇。不用说，这个看护妇的干爸爸是洋人！

他想不透这个看护妇的心理，于是只好不想。他以为天下的事全有两方面：想得透的与想不透的。这想不透的一方面是根本不用想，有人要是非钻牛犄角死想不可，他一定是傻蛋！赵子曰决不愿作傻蛋。于是他把理想丢开，又看到事实上来：

"我以她是受了伤，怎么又是血脉病呢？李景纯这小子不告诉我，他与她，一定，没有好事！好，你李景纯等赵先生的！不叫你们的脑袋一齐掉下来，才怪！……"

第六

1

赵子曰的伤痕养好，出了医院。他一步一回头的往女部病房那边看，可怜，咫尺天涯，只是看不见王女士的倩影。他走到渐渐看不清医院的红楼了，叹了一口气，开始把心神的注意由王女士移到欧阳天风身上去。跟着，把脑中印着那个"她"撕得粉碎，一心的快回公寓去见——"他"！

他进了公寓，李顺笑脸相迎的问他身上大好了没有，医院中伺候的周到不周到。赵子曰心中有一星半点的感激李顺的诚恳，可是身分所在，还不便于和仆人谈心，于是哼儿哈儿的虚伪支应了几句。李顺开了第三号的屋门，撢擦尘土，又忙着去拿开水泡茶。赵子曰进屋里四围一看，屋中冷飕飕的惨淡了许多，好像城隍爷出巡后的城隍庙那么冷落无神。他不觉的叹了一口气。

"欧阳先生呢？"赵子曰问。

"和武先生出去了。"李顺回答："大概回来的快！嘛！"

赵子曰抓耳挠腮的在屋里等着。忽然院中像武端咳嗽。推开屋门一看，果然欧阳天风和武端正肩靠着肩往南屋走。

"我说——"赵子曰喜欢的跳起多高，嚷着："我说——"

"哈哈！老赵！你可回来了！倒没得破伤风死了！"欧阳天风一片被风吹落的花瓣似的扑过赵子曰来，两个人亲热的拉住手。赵子曰不知道哭好还是笑好，只觉得欧阳天风的俏皮话比李顺的庸俗而诚恳的问好，好听得不只十万倍。

他又向武端握手，武端从洋服的裤袋中把手伸出，轻轻的向赵子曰的手指上一挨，然后在他的黄肿脸上似是而非的画了一条笑纹。

"进来！老赵！告诉我们你在医院都吃什么好东西来着！"欧阳天风把赵

子曰拉进屋里去。

"吃好东西？你不打听打听你老大哥受的苦处！"赵子曰和欧阳天风像两只小猫，你用小尾巴抽我一下，我把小耳朵触着你的小鼻子，那样天真烂熳的斗弄着。

"先别拌嘴，"武端说："老赵，你猜怎么着？我有秘密告诉你！"

"走！上饭馆去说！上金来凤喝点老'窖陈'，怎么样？"赵子曰问。

"你才出医院，我给你压惊接风，欧阳作陪！"武端说："你猜怎么着？听我的秘密，就算赏脸赐光，酒饭倒是小事！"

"不论谁花钱吧，咱欧阳破着老肚吃你们个落花流水，自己朋友！"欧阳天风这样一说，赵子曰和武端脸上都挂上一层金光，非在欧阳面前显些阔气亲热不可。

武端披上大氅，赵子曰换了一件马褂，三个人乌烟瘴气的到了金来凤羊肉馆。

"赵先生，武先生，欧阳先生！"金来凤掌柜的含笑招待他们："赵先生，怎么十几天没来？又打着白旗上总统府了吧？这一回打了总统几个脖儿拐？"

赵子曰笑而不答，心中暗暗欣赏掌柜的说话有分寸。

掌柜的领着他们三位往雅座走，三位仰着脸谈笑，连散座上的人们看也不看。好像是吃一碗羊杂碎，喝二两白干的人们是没有吃饭馆的资格似的。

进了雅座，赵子曰老大哥似的命令着他们："欧阳！你点菜！老武！告诉我你的秘密！"

"老赵！这可是关于你的事，你听了不生气？"武端问。

"不生气！有涵养！"

"你猜怎么着？"武端低声的说："王女士已经把像片给了张教授！那个像片在那里照的我都知道，廊房头条光容像馆！六寸半身是四块半钱一打，她洗了半打！这个消息有价值没有？老赵！"

赵子曰没言语。

"老武！"欧阳天风点好了菜，把全副精神移到这个秘密圈里来："你的消息是千真万确！所不好办的，是我们不敢惹张教授！"

"你把单多数说清楚了！"赵子曰说："是'我'还是'我们'不敢惹姓张的？我老赵凭这两个拳头，那怕姓张的是三头六臂九条尾巴，我一概不论！为一个女人本值不得拿刀动杖，我要赌这口气！况且姓张的是王女士的老师，我要替社会杀了这种败伦伤俗的狗。"

"老赵原谅我！我说的是'我'不敢惹张教授！可是你真有心斗气，我愿意暗地帮助你！"

"哼！"

"其实，你猜怎么着？张教授也不过是卖酸枣儿出身，又有什么不好斗！"武端说。

"我并不是说张教授的势力一定比咱们大，我说的是他的精明鬼道不好斗！"欧阳天风向武端说，然后又对赵子曰说："据我看，我们还是斗智不斗力。"

"什么意思？"赵子曰问。

"你先告诉我，你还愿意回学校不呢？"

"书念腻了，回学校不回没什么关系！"

"自然本着良心不念书了，谁也拦不住你；可是别人怎样批评你呢？"欧阳天风笑着说："难道人们不说：'喝！赵子曰堂堂学生会的主席，被学校革除之后避猫鼠似的忍了气啦！'老赵，凭这样两句话，你几年造成的名誉，岂不一旦扫地！"

"那么我得运动回校？"赵子曰的精神振作起好多，"放下书本到社会上去服务"的决定，又根本发生了摇动。

"自然！回校以后，不想念书，再光明正大的告退。告退的时候，叫校长在你屁股后头行三鞠躬礼，全体职教员送出大门呼三声'赵子曰万岁'！"

"你猜怎么着？"武端的心史又翻开了一页："商业大学的周校长在礼堂上给学生们行三跪九叩首礼，这是前三个月的事，我亲眼看见的！三跪九叩！"

酒菜上来了，三个人暂时把精神迁到炸春卷，烧羊尾上面去。杯碟匙筯相触与唇齿舌喉互动之声，渐次声势浩大。没话的不想说，有话的不能说，因发音的机官大部分都被食物塞得"此路不通！"

"你听着，"吃了老大半天，欧阳天风决意牺牲，把一口炸春卷贴在腮的内部，舌头有了一点翻腾的空隙："我告诉你，现在同学们的情形，你就明白你与学校风潮的关系了：现在五百多同学，大约着说分成三百二十七党。有主张拥护校长的，有主张拥戴张教授的，有主张组织校务委员会的，有主张把校产变卖大家分钱一散的……一时说不尽。"他缓了一口气，把贴在腮部的炸春卷揭下来咽下去。"主要原因是缺乏有势力的领袖，缺乏像你，老赵，这样有势力，能干，名望的领袖！所以现在你要是打起精神干，我管保同学们像共和国体下的国民又见着真龙天子一样的欢迎你，服从你！——"

"老赵，你猜怎么着？"武端先把末一块炸春卷夹在自己碟子里，然后这样说："听说德国还是要复辟，真的！"

"那么，"欧阳天风接着说："你要是有心回校，当然成功。因为凭你的力量使校长复职，校长能不把开除你的牌示撤销吗！回校以后，再告退不念了，校长能不在你屁股后头鞠三躬吗！——"

"可是，我打了校长，现在又欢迎他复职，不是叫人看着自相矛盾吗？"赵子曰在医院中养成哲学化的脑子，到如今，酒已喝了不少，还会这样起玄妙的作用；到底住医院有好处，他自己也这么承认！

"那不是此一时，彼一时吗！不是你要利用机会打倒张教授夺回王女士吗！这不过是一种手段，谁又真心去捧老校长呢！"

"怎么？"

"你看，捧校长便是打倒张教授，打倒张教授便是夺回王女士！现在咱们设法去偷王女士给张教授的像片，"欧阳天风说着，看了武端一眼。"偷出来之后，在开全体学生会议的时候当众宣布他们的秘密。这样，拥张的同学是不是当时便得倒戈？是！一定！同时，拥护校长的自然增加了势力。然后我们在报纸上再登他几段关于张教授的艳史，叫他名誉扫地，再也不能在教育界吃饭。他没有事作，当然挣不到钱；没有钱还能作风流的事？自然谁也知道，不用我说，金钱是恋爱场中的柱顶石；没钱而想讲爱情，和没眼睛想看花儿一样无望！那么，你乘这个机会，破两顷地，老赵，你呀，哈哈，大喜啦！王女士便成了赵太太啦！"

"可是，"赵子曰心里已乐得痒痒的难过，可是依旧板着面孔的问："这么一办，王女士的名誉岂不也跟着受影响？"

"没关系！"

"怎么？"

"我们一共有多少同学？"

"五百多。"

"五百五十七个。比上学期多二十三个。"武端说。

"其中有多少女的？"欧阳天风问。

"十个，有一个是瘸子。"武端替赵子曰回答。

"完啦！女的还不过百分之二，换句话说，一个女子的价值等于五十个男人。所以男女的风流事被揭破之后，永远是男的背着罪名，女的没事；而且越这样吵嚷，女的名誉越大，越吃香！你明白这个？我的小铁牛！"

"干！"赵子曰乐的不知说什么好，一连气说了十二个（武端记的清楚。）"干！"

2

赵子曰遍访天台公寓的朋友，握手，点头，交换烟卷，人人觉得天台公寓的灵魂失而复得！在他住医院那几天，他们叉麻雀甚至于不出"清三翻"；烧酒喝多了，只管呕吐，会想不起乱打一阵发酒疯。赵子曰回来了！可回来了！头一次坐下打牌就出了十五个贯和，头一次喝酒就有四个打破了鼻子的！痛快！高兴！赵子曰回来又把生命的真意带回来了！吃酒，打牌，听秘密，计划风潮的进行，唱二簧，拉胡琴，打架，骂李顺——全有生气！赵子曰忙的头昏眼晕，夜间连把棉裤脱下来再睡的工夫也没有，早晨起来连漱口的工夫也没有，可是他觉得嘴里更清爽！姓王的告诉他的新闻，他告诉姓张的，姓张的告诉他的消息，他又告诉给姓蔡的；所没有的说，坐在一块讲烟卷的好歹；讲完烟卷，再没的说，造个谣言！

他早晨起来遇上心气清明，也从小玻璃窗中向李景纯屋里望一望，然而："老李这小子和王女士有一腿，该杀！"

况且自从他由医院出来，朋友们总伸着大拇指称他为"志士"、"英雄"。只有李景纯淡而不厌的未曾夸奖过他一句。在新社会里有两大势力：军阀与学生。军阀是除了不打外国人，见着谁也值三皮带。学生是除了不打军阀，见着谁也值一手杖。于是这两大势力并进齐驱，叫老百姓们见识一些"新武化主义"。不打外国人的军阀要是不欺侮平民，他根本不够当军阀的资格。不打军阀的学生要不打校长教员，也算不了有志气的青年。只有李景纯不夸奖赵子曰的武功，哼！只有李景纯是个不懂新潮流的废物！

至于赵子曰打了校长，而军阀又打了赵子曰？这个问题赵子曰没有思想过，也值不得一想！

3

光阴随着冬日的风沙飞过去了，匆匆已是阴历新年。赵子曰终日奔忙，屋里的月份牌从入医院以后就没往下撕。可是街上的爆竹一声声的响，叫他无法不承认是到了新年，公寓中的朋友一个个满脸喜气的回家去过年，只剩下了赵子曰，欧阳天风，和李景纯。赵子曰是起下誓，不再吃他那个小脚媳妇捏的饺子，并不是他与饺子有仇，是恨那个饺子制造者；他对于这个举动有个很好的名词来表示："抵制家货！"欧阳天风呢，一来是无家可归，二来是新年在京正好打牌多挣一些钱。李景纯是得了他母亲的信不愿他冬寒时冷的往家跑，他自己也愿意乘着年假多念一些书；他们母子彼此明白，亲爱，所以他们母子决定不在新年见面。

除夕！赵子曰寂寞的要死了！躺在床上？外面声声的爆竹惊碎他的睡意！到街上去逛？皮袍子被欧阳天风拿走，大概是暂时放在典当铺；穿着棉袍上大街去，纵然自己有此勇气，其奈有辱于人类何！桌上摆着三瓶烧酒，十几样干果点心，没心去动；为国家，社会起见，也是不去动好；不然，酒入愁肠再兴了自杀之念，如苍生何！

到了一点多钟，南屋里李景纯还哼哼唧唧的念书。"不合人道！"赵子曰几次开开门要叫："老李！"话到唇边又收回去了。

当当！两点钟了！他鼓着勇气，拿起一瓶酒和几样干果，向南屋跑去：

"老李！老李！"

"进来，老赵！"

"我要闷死了！咱们两个喝一喝！"

"好，我陪你喝一点吧！只是一点，我的酒量不成！"

"老李！好朋友！"赵子曰灌下两杯酒，对李景纯又亲热了好多："告诉我，你与王女士的关系！我们的交情要紧，不便为一个女人犯了心，是不是？"

"我与王女士，王灵石女士？没关系！"

"好！老李你这个人霸道，不拿真朋友待我！"

"老赵！我们自幼没受过男女自由交际的教育，我们不懂什么叫男女的关系！我们谈别的吧——"

4

"先生！大年底下的，不多给，还少给吗？"公寓外一个洋车夫嚷嚷着。

"你混蛋！太爷才少给钱呢！"欧阳天风的声音。

"先生，你要骂人，妈的我可打你！"

"你敢，你姥姥——"欧阳天风的舌头似乎是卷着说话。

赵子曰放下酒杯，猛虎扑食似的扑出去。跑到街门外，看见洋车夫拉着欧阳天风的胳臂要动武，欧阳天风东倒西歪的往外夺他的胳臂。

公寓门外的电灯因祝贺新年的原因，特别罩上了一个红纱灯罩。红的灯光把欧阳天风的粉面照得更艳美了几分。那个车夫满头是汗，口中沸吓沸吓的冒着白气，都在唇上的乱胡子上凝成水珠。这个车夫立在红灯光之下，不但不显着新年有什么可庆贺的地方，反倒把生命的惨淡增厚了几分。

“你敢，拉车的！”赵子曰指着车夫说。

“先生，你听明白了！讲好三十个铜子拉到这里，现在他给我十八个！讲理不讲理，你们作先生的？”车夫一边喘一边说。

“欠多少？”李景纯也跑出来，问。

“十二个！先生！”

李景纯掏出一张二十铜子的钱票给了拉车的。

“谢谢先生！这是升官发财的先生！别像他——”拉车的把车拉起来，嘴中叨哩叨唠的向巷外走去。

欧阳天风脸喝得红扑扑的，像两片红玫瑰花瓣。他把脸伏在赵子曰的肩头上，香喷喷的酒味一丝丝的向外发散，把赵子曰的心像一团黄蜡被热气吹化了似的。

“老赵！老赵！我活不了！死！死！”欧阳天风闭着眼睛半哭半笑的说。

“老赵！我们搀着他，叫他去睡吧！”李景纯低声的说。

…………

满天的星斗，时时空中射起一星星的烟火，和散碎的星光联成一片。烟火散落，空中的黑暗看着有无限的惨淡！街上的人喧马叫闹闹吵吵的混成一片。邻近的人家，呱哒呱哒的切煮馇馇馅子。雍和宫的号筒时时随着北风吹来。门外不时的几个要饭的小孩子喊："送财神爷来啦！"惹得四邻的小狗不住的汪汪的叫。……这些个声音，叫旅居的人们不由的想家。北京的夜里，差不多只有大年三十的晚上有这么热闹。这种异常的喧嚣叫人们不能不起一种特别的感想。……

赵子曰在院中站了好大半天，点了点头，叹了一口气！

第七

1

　　莫大年在一个住在北京的亲戚家过年，除了酒肉的享受，一心一意的要探听些秘密，以便回公寓去的时候得些荣誉。

　　那是正月初三的晚间，一弯新月在天的西南角只笑了一笑就不见了。莫大年吃完晚饭对他的亲戚说：去逛城南游艺园。自己到厨房灌了一小酒闷子烧酒，带在腰间。

　　街上的铺户全关着门。猪肉铺的徒弟们敲着锣鼓，奏着屠户之乐，听着有一些杀气。小酒铺半掩着门，几个无家可归的酒徒，小驴儿似的喊着新春之声的"哥俩好！""四季发财！"马路上除了排着队走的巡警，差不多没有什么行人。偶尔一两辆摩托车飞过，整队的巡警忙着把路让开，显出街上还有一些动作，并不是全城的人们，因新春酒肉过度的结果，都在家里闹肚子拉稀。再说，不时的还听见凄凉而含有希望的"车呀！车！"呢。莫大年蹚来蹚去，约摸着有十点多钟了，开始扯开大步往东直门走。走到北新桥，往东看黑洞洞的城楼一声不发的好像一个活腻了的老看护妇，半打着盹儿看着这群吃多了闹肚子的病人，嗡——嗡——雍和宫的号声，阴惨惨好似在地狱里吹给鬼们听。莫大年抖了抖精神，从北新桥往北走。走到张家胡同的东口，他四围望了一望，才进了胡同口。胡同里的路灯很羞涩而虚心的，不敢多照，只照出一尺来大一个绿圆圈。隔着十八九丈就有一支灯，除了近视眼的人，谁也不敢抱怨警区不作公益事，只要你能有运气不往矢橛上走。莫大年在黑影里走了五六分钟，约摸着到了目的地。他掏出火柴假装点烟，就势向路南的一家门上照了照"六十二号"。他摸着南墙又往前走，走到六十号，他立住了，四外没有人声，他慢慢上了台阶。把耳朵贴在街门上听，里边没有动静。他试着推了推门，门是虚掩着，开开了一点。他忙着走下台阶来，心里噗咚噗咚直打鼓，脑门上出了一片粘汗。

哗啷哗啷的刀链响，从西面来了一个巡警。莫大年想拔腿往东跑，心中偶然一动，镇静了几秒钟，反向前迎过那个巡警来。

"借光！这是六十号吗？黑影里看不真！"

"不错！先生！"那个巡警并没停住脚向东走去。

莫大年等巡警走远，又上了台阶。大着胆子轻轻推开门，门洞漆黑的好像一群鬼影作成的一张黑幔。他一步一步试着往里走，除了自己的牙哒哒的响，一点别的声音听不到。出了门洞，西边有一株小树，离小树三四尺，便是界墙。树的西边是北房，门洞与北房的山墙形成一条小胡同似的夹着那株小树。他倚在北房的墙垛探着头看，北屋中一点光亮没有，可是影影抄抄的看见西房，大概是两间，微微有些光亮；不是灯烛，而是一跳一跳的炉中的火光。他定了定神，退回到那株小树，背倚着树干，掏出小酒闷子咂了一口酒。酒咽下去，打了一个冷战，精神为之一振。他计划着：

"她没在家？还是睡了？不能睡，街门还没关好！等她回来！可是怎么问她呢？她认识我，对！……可是她要是疑心，而喊巡警拿我呢？"他又喝了一口酒。"我呀？乘早跑！……"

他把小酒闷子带好，正要往外跑，街门响了一声！他的心要是没有喉部的机关挡着，早从嘴中跳出来了。他紧靠着树干，闭着气，腿在裤子里离筋离骨的哆嗦。街门开了之后，像是两个人的脚步声音走进来。可是还没有出门洞就停止住了。一个女的声音低微而着急的说：

"你走！走！不然，我喊巡警！"

"我不能走，你得应许我那件事！"一个男子的声音这样说。

莫大年竖着耳朵听，眼前漆抹乌黑，外面两个人嘀咕，他不知这到底是在梦里，还是真事。

"我喊巡警！"那个女的又重了一句。

"我不怕丢脸！你怕！你喊！你喊！"那个男子低声的威吓着。

那个男子的声音，莫大年听着怪耳熟的，他心中镇静了许多。轻轻的扭过头来往外看，什么也看不见。那两个人似乎在门洞的台阶上立着，正好被墙垛给遮住。

那两个人半天没有言语，忽然那个女的向院里跑来。那个男的向前赶了几步，到正房的墙垛便站住了。那个女子跑到西屋的窗外，低声的叫："钱大妈！钱大妈！"

"啊？"西屋中一个老婆婆似由梦中惊醒。

"钱大妈，起来！"

"王姑娘，怎么啦？"

"我走！我走！"那个男子像对他自己说。可是莫大年听的真真的，说完他慢慢的走出去。

"给我两根火柴，钱大妈！"那个女的对屋中的老妇人说。

莫大年心中一动，从树根下爬到北墙，把耳朵贴在地上听：墙外咚咚的脚步是往西去了。他又听了听院中，两个妇人还一答一和的说话。他爬到门洞，一团毛似的滚出去。出了街门，他的心房咚的一声落下去，他喜欢的疯了似的往东跑去。一气跑到了北新桥。只有一辆洋车在路旁放着。

"洋车！交道口！"

"四毛钱！先生！"

"拉过来！"

…………

他藏在一家铺户的檐下，两眼不错眼珠的看着十字道口的那盏煤气灯。

从北来了一个人，借着煤气灯的光儿，连衣裳都看得清清楚楚的。

"不错，是他！"

2

初四早晨，李顺刚起来打扫门外，莫大年步下走着满头是汗进了巷口。

"新喜！莫先生！怎么这么早就起来啦？"李顺问。

"赵先生在不在？新喜！李顺！"

"还睡着呢！"

"来，李顺！把这块钱拿去，给你媳妇买枝红石榴花戴！"莫大年从夜里发现秘密之后，看见谁都似乎值得赏一块钱，见着李顺才现诸实行。

"那有这么办的，先生！"李顺说着把钱接过来，在手心中颠了颠，藏在衣袋中的深处。"谢谢先生！给先生拜年了，这是怎会说的，真是！"

"莫先生！新喜！这里给先生拜拜年！"卖白薯的春二，挑着一担子大山里红糖葫芦，和一些小风筝之类（新年暂时改行），往城外去赶庙会。

"新喜！春二！糖葫芦作的好哇！"

"来！孝敬先生一串！真正十三陵大山里红，不屈心！"春二选了一串糖葫芦，作了一个揖，又请了一个安，递给莫大年。可是李顺慌忙的接过去了。

"春二，给你这四毛钱！"

"嘿！我的先生！财神爷！就盼你娶个顺心的，漂漂亮亮的财神奶奶！"

…………

"哇啦——噗，哇啦，哇啦，波，噗！"金銮殿中翻江倒海似的漱起口来。

"老赵！新喜！新喜！"莫大年走过第三号来。

"哇老，噗莫！新——噗！"

"新年过的怎样？"莫大年进了第三号。赵子曰的嘴唇四围画着一个白圈——牙粉——，好像刚和磨房的磨官儿亲了个嘴似的。

"别题！要闷死！你们有家有庙的全去享福，谁管我这无主的孤魂！"赵子曰的漱口已告一段落，开始张牙舞爪的洗脸。

"欧阳呢？"莫大年低声的问。

"大概还睡呢！"

"今天咱们逛逛去，好不好？行不行？"莫大年唯恐赵子曰说道"不行"，站在他背后重了三四遍："行不行？"为是叫赵子曰明白这个请求是只准赞成而不得驳回的。

"上那儿？"

"随你！除了游逛之外，还有秘密要告诉你！"

"上白云观？"

"好！快着！说走就走，别等起风！"莫大年催着赵子曰快走，只恐欧阳天风起来，打破他的计划。

赵子曰是被新年的寂苦折磨的，一心盼有个朋友来，不敢冷淡莫大年。忙着七手八脚的擦脸，穿衣裳，戴帽子。打扮停妥，对着镜子照了照，左耳上还挂着一团白胰子沫。

3

人们由心里觉得暖和了，其实天气还是很冷。尤其是逛庙会的人们，步行的，坐车的，全带着一团轻快的精神。平则门外的黄沙土路上，骑着小驴的村女们，裹着绸缎的城里头的小姐太太们，都笑吟吟到白云古寺去挤那么一回。

"吃喝玩逛"是新春的生命享受。所谓"逛"者就是"挤"，挤得出了一身汗，"逛"之目的达矣。

浅蓝的山色，翠屏似的在西边摆着。古墓上的老松奇曲古怪的探出苍绿的枝儿，有的枝头上挂着个撕破的小红风筝，好似老太太戴着小红绢花那么朴美。路上沙沙的蹄声和叮叮的铃响，小驴儿们像随走随作诗似的那么有音有韵的。……然而这些个美景都不在"逛"的范围以内。

茶棚里的娇美的太太们，豆汁摊上的红袄绿裤的村女们，庙门外的赌糖的，押洋烟的，庙内桥翅下坐着的只顾铜子不怕挨打的老道士……这些个才是值得一看的。

白云观有白云观的历史与特色，大钟寺有大钟寺的古迹和奇趣。可是逛的人们永远是喝豆汁，赌糖，押洋烟。大钟寺和白云观的热闹与拥挤是逛的目的，什么古迹不古迹的倒不成问题。白云观的茶棚里和海王村的一样喊着："这边您哪！高飚眼亮，得瞧得看！"瞧什么？看什么？这个问题要这样证明：设若有一家茶棚的茶役这样喊："这边得看西山！这边清静！"我准保这个茶棚里一位照顾主儿也没有。

所以形容北京的庙会，不必一一的描写。只要说："人很多，把妇女的鞋挤掉了不少。"就够了。虽然这样形容有些千篇一律的毛病，可是事实如此，非这样写不可。

赵子曰和莫大年到了"很热闹"的白云观。

莫大年主张先在茶棚里吃些东西，喝点茶；倒不是肚子里饿，是心里窝藏着的那些秘密，长着一对小犄角似的一个劲儿往外顶。赵子曰是真饿，闻着茶棚内的叉烧肉味，肚里不住的咕罗咕罗直奏乐。

"老赵！我该说了吧？"两个人刚坐好，没等要点心茶水，莫大年就这样问。

"别忙！先要点吃食！反正你的秘密不外乎糖豆大酸枣！"赵子曰笑着说，跟着要了些硬面火烧，叉烧肉，和两壶白干。

"老赵，你别小看人！我问你，昨天你和欧阳在一块儿来着没有？"

"没有！"

"完啦，我看见他了！不但他，还有她！"莫大年高兴非常，脸上的红光，真不弱于逛庙的村女的红棉袄。

"谁？"赵子曰自要听见有"女"字旁的字，永远和白干酒一样，叫他心中起异样的奋兴。他张着大嘴又要问一声："谁？"

"王女士！"

"可是他们两个是好朋友！"

"我没看见过那样的好朋友！他对她的态度，不是朋友们所应有的，更不是男的对女的所应有的！……"莫大年把夜里的探险，详详细细的说一遍，然后很诚恳的说："老赵！我老莫是个傻子，我告诉你一句傻话：赶快找事作或是回家，不必再蹚浑水！欧阳那小子不可靠！"

"可是我自己也得访察访察不是？万一这件事的内容不像你所想的呢？再说，学校的事我也放下不管？回家？"赵子曰带出一些傲慢的态度，说着咂了一口酒。

"学校将来是要解散！"莫大年坚决的说。

"你怎么知道？"

"李景纯这样说吗！"

"听他的！"

"老赵，得！我的话说完了，你爱逛庙你自己逛吧，我回公寓去睡觉！——听我的话，赶快往干净地方走。别再蹚浑水！回头见！"

第八

1

赵子曰坐在二等车上，身旁放着一只半大的洋式皮箱，箱中很费周折的放着一双青缎鞋。车从东车站开动的十分钟内，他不顾想别的事，只暗自赞赏这不用驴拉也走的很快的火车："增光耀祖！祖宗连火车没有见过，还用说坐火车！自然火车的发明是科学家的光荣，可是赞美火车是我的义务！"他看了看车中的旅客：有的张着大嘴打着旅行式的哈欠，好像没上车之前就预备好几个哈欠在车上来表现似的；有的拿着张欣生一类①的车站上的文学书，而眼睛呆呆的射在对面女客人的腿上；有的口衔着大吕宋烟，每隔三分钟掏出金表看一看；……俗气！讨厌！他把眼光从远处往回收，看到自己身旁的洋式皮箱，他觉得只是他自己有坐二等车的资格与身分！

"莫大年的话确是有几分可靠，可是，"闷！闷！火车拉了两声汽笛。"这样偷跑，不把欧阳的小心急碎？可是，"咕咙咕咙火车走过一道小铁桥。"王女士？想也无益！"他看了看窗外：屋宇，树木，电线杆都一顺边的往外倒退着："哼！"……

车到了廊房，他觉得有些新生趣与希望，渐渐把在廊房以北所想的，埋在脑中的深部，而计划将来的一切：

"周少濂接到我的信没有？快信？这只箱子至少叫几个脚夫抬着？两个也许够了？好在只有一双缎鞋！下了火车雇洋车是摩托车？自然是摩托车！坐二等车而雇洋车，不像一句话！……"

车到了老龙头，旅客们搬行李，掏车票，喊脚夫，看表，打个末次的哈

---

① 张欣生一类，指当时流行的黄色小说，张某是写这种小说的代表人物。

欠，闹成一团。赵子曰安然不动的坐在车上，专等脚夫来领旨搬皮箱；他看着别人的忙乱，不由的笑了笑："没有涵养！"

"子曰！子曰！"站台上像用钢锉磨锯齿那么尖而难听的喊了两声。

赵子曰随着声音往四下看：周少濂正在人群中往前挤。他穿着一身蓝色制服，头上顶着一个八角的学士帽，帽顶上绣着金线的一个八卦。赵子曰看周少濂的新装束，忍不住的要笑。心里说："真正改良八卦教匪呀！"

"老周！喊脚夫，搬箱子！"

周少濂跳着两根秫秸秆似的小细腿，心肥腿瘦的，勇敢而危险的，跳上车去。他和赵子曰握了握手，把两只笑眼的笑纹展宽了一些，同时鼻子一耸，哭的样式也随着扩充，跟着把他那只皮箱提起来了。

"等脚夫搬！"赵子曰倒不是怕周少濂受累，却是怕有失身分。

"不重！这金黄色的箱子和空的一样！"周少濂提着箱子就往外走，赵子曰也只好跟着走。"这程子好？赤色的乡亲？"

"悲观得很！"赵子曰说。（其实不叫脚夫搬箱子也是可悲的一件事。）

两个人说着话走出了站台，赵子曰向前抢了几步，把一辆摩托车点手叫了过来。他先叫周少濂上车，然后他手扶着车门往四下一望，笑了笑，弯着腰上了车："法界，神易大学！"

2

天津，法界，神易大学是驰名全世界的以《易经》[①]为主体而研究，而发明，一切科学与哲学的。

神易大学共设八科：哲学、文学、心理、地质、机械、电气、教育和政治。学生入学先读二年《易经》，《易经》念的朗朗上口，然后准其分科入

---

① 《易经》，五经中的一种，又名《周易》，是古代为着占卜吉凶的著作。由卦、爻两种符号和卦辞、爻辞两种文字构成。

系。入那一科是由校长占卜决定之。各科的讲义是按照六十四卦①的程序编定的。因版权所有的关系，我不敢钞袭那神圣不敢侵犯的讲义，再说道理太深也不是常人所能了解的；我只好把最粗浅的一些道理说明一番：

以乾坤二卦说，在神易大学的地质学科是这么讲：

☰和☷便是地层的横断图，而坤卦当中特别看得出地层分裂的痕迹。设若画成这样：⦀⦀，⦀⦀便是地层的竖断图。经上所说的："初九潜龙勿用"，"初二见龙在田"，那是毫无疑义的说明地层里埋着的古代生物化石。所谓"潜龙"，所谓"在田"不是说古代生物埋在地里了吗。所谓"初九"，"初二"，不是说地层的层次吗。况且，龙又是古代生物；不然，为什么不说"见猫在田？"

再把这两卦移到机械学里讲，那便是阴阳螺丝的说明。假若把这两卦画成这样：☰，☷这不是两个螺丝吗。把他们放在一处：☰☷☰难道不是一个螺丝钻透一块木板的图吗。

那么，把六十四卦应用到电气学上讲，那更足使人惊叹中国古代文明的不可及：伏羲画卦是已然发明了阴阳电的作用，后圣演卦已经发明了电报！那六十四卦便是不同的收电和发电机。那乾坤否泰的六十四个卦名，便是电报的号码，正如现在报纸上所谓"宥电"，"艳电"一样。

经中短峭的辞句，正和今日的电报文字的简单有同样用意：如"利见大人"，"利有攸往"，"利涉大川"，不过是说：姓利的见着大人了，姓利的已经起程，姓利的过了大江。至于姓利的这个人，是古代的银行大王，还是煤铁大王，虽然不敢断定；可是无疑的他是个大人物：因为经上说了几次《利艰贞》，那不是说姓利的是个能吃苦，讲信用的汉子吗。……

神易大学的校舍按着《易经》上的蒙卦☶建筑的。立意是："非我求童蒙，

---

① 卦，《易经》中象征自然现象和人事变化的一种符号。以阳爻（—）、阴爻（--）相配合而成。三个爻组成的卦共八个，通称"八卦"，即"乾、坎、艮、震、巽、离、坤、兑"。其中乾卦文形为（☰），坤卦文形为（☷）。六个爻组成的卦共六十四个，通称"六十四卦"。

童蒙求我。"往粗浅里说：来这里念书的要遵守一切规则，有这样决心的，来！不愿受这样拘束的，走！我们就这么办，你来，算你有心向善；你不来，拉倒！有这样的宗旨，加以校址占的风水好，所以在举国闹学潮的期间，只有神易大学的师生依旧弦歌不绝的修业乐道。▤的第一层是办公室、校长室和教员室。第二第三第四第六层是八科的教室。第五层是学生宿舍和图书馆。四围的界墙满画着八卦，大门的门楼上悬着一方镇物，先天太极图。这些东西原来不过是一些装饰，那知道暗中起了作用：自从界墙上的八卦画好，门上的镇物悬起，对面的中法银行的生意便一天低落一天，不到二年竟自把一座资本雄厚的银行会挤倒歇业，虽然法国人死不承认这些镇物有灵，可是事实所在，社会上一班的舆论全以为神易大学是将来中国不用刀兵而战胜世界列强的希望所在！

车到了神易大学的门外，赵子曰打发了车钱，周少濂把皮箱提起来，两个人往学生宿舍走。赵子曰东看一眼西看一眼，处处阴风惨惨，虽然没有鬼哭神号，这种幽惨静寂，已足使他出一身冷汗。

"老周！现在有多少学生？"

"十五个！"

"十五个？住这么大的院子，不害怕吗？"

"有太极图镇着大门，还怕什么？"周少濂很郑重的说。

赵子曰半信半疑的多少壮起一些胆子来，一声没言语随着周少濂到了宿舍。屋中除了一架木床之外，还有一把古式的椅子，靠着墙立着；离了墙是没法子立住的，因为是三条腿。靠着窗子有一张小桌，上面摆着一个古铜香炉，炉中放着一些瓜子皮儿。桌子底下放着一个小炭盆，和一把深绿色的夜壶。墙上黄绿的干苔，一片一片的什么形式都有，都被周少濂用粉笔按着苔痕画成小王八，小兔子，撅着嘴的小鬼儿。纸棚上不怕人的老鼠嗑着棚纸，咯吱咯吱的响；有时还嗞嗞的打架。屋外"拍！""拍！""拍！"很停匀的这样响，好像有两个鬼魂在那里下棋！

"老周！这是什么响？"赵子曰坐在床上，头发根直往起竖。

"老刘在屋里摆先天《周易》呢！老赵，我给你沏茶去！"周少濂说着向床低下找了半天，在该放夜壶的地方把茶壶找出来。"你是喝浅绿色的龙井，深红色的香片，还是透明无色的白水？"

"不拘，老周！"

周少濂出去沏茶，赵子曰心里直噗咚。"拍！""拍！""拍！"隔壁还是那么停匀而惨凄的响，赵子曰渐渐有些坐不住了。他刚想往外走到院子里等周少濂去，隔壁忽然蛤蟆叫似的笑了一阵，他又坐下了！

周少濂去了有一刻来钟才回来，一手提着茶壶，一手拿着两个茶碗。

"老赵你怎么脸白了？"周少濂问。

"我大概是乏了，喝碗茶，喝完出去找旅馆！"赵子曰心里说："这里住一夜，准叫鬼捏死！"

"你告诉我，住在这里，怎么又去找旅馆？"周少濂越要笑越像哭，越像哭其实是越要笑的这样问。

"我给你写信的时候，本打算住在这里；可是现在我怕搅你用功，不如去住旅馆！"赵子曰说。

"我现在放年假没事，不用功，不用功！"周少濂一面倒茶一面说。

"回来再说，先喝茶。"赵子曰把茶端起来：茶碗里半点热气也看不见。只有一根细茶叶梗浮在比白水稍微黄一点的茶上。赵子曰一看这碗茶，住旅馆的心更坚决了一些。他试着含了一口，假装漱口开开门吐在地上。

"你这次来的目的？子曰！"周少濂说着一仰脖把一碗凉茶喝下去，跟着挺了挺腰板，好像叫那股凉茶一直走下去似的。

"我想找事做！把书念腻烦了！"

"找什么事？"

"不一定！"

"若是找不到呢？"

赵子曰没回答。周少濂是一句跟着一句，赵子曰是一句懒似一句，一心想往外走。

两个人静默了半天，还是周少濂先说话：

"你吃什么？子曰！"

"少濂，我出去吃些东西，就手找旅馆，你别费心！"

"我同你一块儿去找旅馆？"

　　"我有熟旅馆！在日租界！"赵子曰说着把皮箱提起来了。

　　"好！把地址告诉我，我好找你去！"

　　…………

3

　　灰黄的是一团颜色，酸臭的是一团味道，呛哒哗啷的是一团声音。灰黄酸臭而呛哒哗啷的是一团日本租界。颜色无可分析，味道无可分析，声音无可分析。颜色味道声音加在一块儿，无可分析的那么一团中有个日本租界。那里是繁华，灿烂，鸦片，妓女，烧酒，洋钱，锅贴儿，文化。那里有杨梅，春画，电灯，影戏，麻雀，宴会，还有什么？——有个日本租界！

　　一串串的电灯照着东洋的货物：一块钱便买个钻石戒指，五角小洋就可以戴一顶貂皮帽，叫大富豪戴上也并看不出真假来。短袄无裙的妓女，在灯光下个个像天仙般的娇美，笑着，唱着，眼儿飞着，她们的价格也并不贵于假钻石戒指和貂皮帽。锅贴铺的酸辣的臭味，裹着一股子贱而富于刺激的花露水味，叫人们在污浊的空气中也一阵阵的闻到钻鼻子的香气。工人也在那里，官人也在那里，杀人放火的凶犯也在那里，个个人还都享受着他的生命的自由与快活。贩卖鸦片的大首领，被政府通缉的阔老爷，白了胡子的老诗人，也都在那里消遣着。中国的文化，日本的帝国势力，西洋的物质享受，在这里携着手儿组成一个"乐土天国"。

　　杨柳青烧了，天津城抢了，日本租界还是个平安的乐窝。大兵到了，机关枪放了，日本租界还是唱的唱，笑的笑，半点危险也没有。爱国的志士激烈的往回争主权，收回租界，而日本租界的中国人更多了，房价更高了。在那里寄放一件东西便是五千元的花费，寄存一条小哈吧狗就是三万块钱。爱国的志士运动的声嘶力尽了，日本人们还是安然作他们的买卖。反正爱国的志士永远不想法子杀军阀，反正军阀永远是烧抢劫夺，反正是军阀一到，人们就往租界跑，反正是阔人们宁花三万元到日租界寄放一条小哈吧狗，也不听爱国志士的那一套演说词，日本人才撇着小胡子嘴笑呢！

赵子曰把皮箱放在日华旅馆，然后到南市大街喝了两壶酒，吃了几样天津菜。酒足饭饱在那灰黄的一团中，找着了他的"乌托邦"。

第九

1

"赵先生！"旅馆的伙计在门外叫："有位周先生拜访。"

"请他在客厅等一等，先打脸水！"赵子曰懒睁虎目，眼角上镶着两小团干黄"痴抹糊"；看了看桌上的小钟，还不到十一点半呢。他有些不满意周少濂这么早就来，闭上眼又忍了两三分钟，才慢慢往起爬，用手巾擦了两把脸，点上一支香烟向客厅走去。

"子曰，才起？"周少濂问。

"昨天太累了，起不来！"赵子曰舒着胳臂伸了个懒腰。"你吃了饭没有，一同出去？"

"不！和你谈几句话，回来还有别的事！"

赵子曰不大高兴的坐在一张卧椅上。

"你说你要找事，是不是？"周少濂挑着小尖嗓子问。

"还没有一定的计划！"赵子曰觉得用话把周少濂冰走，比找事还重要，很冷淡的这样回答。

"有一件事我可以替你帮忙，不知道你愿意干不愿意？"周少濂问。

"我说老周，你先同我出去玩一玩！然后再说找事行不行？"赵子曰很不耐烦的说。

"老赵，你知道我是个诗人，"周少濂很得意的说："到那里逛去我总要作诗。前两天同朋友到天仙园看了一天戏，到现在我的'观剧杂感诗'还没作完。这首诗没作好之前，我的赤色的乡亲，我简直的不能陪你出去玩！话往回说：我有个盟叔，阎乃伯，在东马路住，他要请我去教他少爷的英文。我想荐举你去，你干不干？"

"你为什么不去？"赵子曰问。

"当然有原因呀，"周少濂把嗓音更提高了一些，也更难听了一些："我是他的盟侄，你看，他耍一耍滑头不给我钱，我岂不是白瞪眼！你去呢，他决不会不送束脩。你说——"

"你这位盟叔是干什么的？"

"第一届国会的参议员，作过一任大名道道尹，听说还有直隶省长的希望呢！"周少濂一气说完，显着很得意似的。

"啊！"赵子曰把精神振起一些，也觉得周少濂不十分讨厌了："他既是阔人，那能不给你钱，还是你去好！不过你决定不去，我也无妨试一试！"

"好啦！我给你们介绍！"周少濂半哭半笑的笑了一笑，眉上的皱纹聚在一处，好像饿了好几天的小猴儿。"我决定不去：越是有钱的人越爱钱，前者我和他通融些学费，他给了我个小钉子碰。可是我还不能得罪他，咱这穷诗人是不能又穷又硬的！你一去呢，既显着我能交朋友，又表示出我不指着他的束脩，乡亲，你看是不是？作诗是作诗，办事是办事！我很自傲的是个能办事的诗人！况且还有哲学！——"

"可有一层啊，"赵子曰问："我——我的英文，说真的，可是二把刀哇！"

"没关系！小阎儿从二十六个字母学起。不深！"

"好！就这么办啦！"赵子曰立起来说："你不和我去玩一玩？"

"不！我赶紧回学校去作成我的'观剧杂感'呢！再见，赤色的老赵！"周少濂把八卦帽戴上神眉鬼眼的往外走。

2

因为吃穿嫖赌是交际场中宇宙起源论的四大要素，赵子曰又给他父亲打了两个电报催促汇款以备应用。他的父亲接电报，放下以捡粪为逍遣的粪箕，忙着从白菜窖里往外刨三十年前埋好的薄边大肚大元宝，然后进城到邮局汇兑，以尽他为赵氏祖宗教养后裔的责任。

赵子曰在接到汇条的前三点钟，还咬牙切齿咒骂他的父亲是"不懂新文化的老财奴！"骂着骂着把汇条骂来了，他稍微回心转意的说："到底还是有个爸爸，比别人容易利用！"跟着他飞也似的跑到邮局兑了现款，然后到估衣街去制办衣裳。到了估衣街，他两眼惊鸡似的往四下望，望了半天只有华纶衣店挂着"专备华贵衣服"的金匾合了他的意。他应节当令的选了一件葡萄灰色华丝葛面，薄骆驼绒里子的大袄，和一件"时兴的老花样"的红青团龙宁绸马褂。穿上之后在衣店的四面互照的大镜子里一照，他觉得在天津这几天，只有今天有把自己的像片登在天津《太晤士报》上的价值。付了衣价，把旧衣服放在衣店叫小徒弟送到旅馆去。他穿着新衣裳到国货店买了一根"国货店中卖的洋货"的金顶橡木手杖。出了国货店，一路上随走随在铺户的玻璃窗上照：左手金顶手杖，右手大吕宋烟，中间素净而有宝色的马褂，抖哇！

他不但只是满意这几件东西买的好，他根本在精神上觉出东西文化的高低只在此一点。西洋文化是"阔气""奢华""势力"，中国文化是"食无求饱""在陋巷人不堪其忧"。设若吃不饱，穿不暖，而且在小破胡同一住，那不被住洋楼，坐摩托车的洋人打的落花流水，还等什么！为保持民族的尊严起见，为东方文化不致消灭净尽起见，这样把门面支撑起来是必要的，是本于爱国的真诚！而且这样作是最经济的一条到光明之路：洋人们发明了汽车，好，我们拿来坐；洋人们发明了煤气灯，好，我们拿来点。这样，洋人有汽车，煤气灯，我们也有，洋人还吹什么牛！这样，洋人发明什么，我们享受什么，洋人日夜的苦干，我们坐在麻雀桌上等着，洋人在精神上岂不是我们的奴隶！

改造中国是件容易的事，只需大总统下一道命令：叫全国人民全吃洋饭，穿洋服，男女抱着跳舞！这满够与洋人争光的了！至于讲什么进取的精神，研究，发明等等，谁有工夫去干呢！

这是赵子曰的"简捷改造论"！

他左顾右盼的不觉的又进了三不管。他本想去吃一些锅贴，喝两壶白干酒；及至看了看胸前的团龙马褂，他后悔不该有这样没出息，辱蔑民族光荣的思想。于是他把步度调匀，挺着腰板，到日界一家西餐馆里去吃西米粥，牛舌汤，喝灰色剂（Whiskey）。

3

他正在轧着醉步，气态不凡的赏识着日租界的夜色。忽然，离着他有三步多远，两个金钢石的眼珠，两股埃克司光线把赵子曰的心房射的两面透亮儿。他把醉眼微睁：那两粒金钢石似的眼珠，是镶在一个增一厘则肥，减一厘则瘦，不折不扣完全成熟的美脸上。不但那两只水凌凌的眼睛射着他，那朵小红蜜窝桃儿似的嘴也向他笑。赵子曰敛了敛神，彻底的还了她一笑。她慢慢的走过来，把一条小白纺绸手巾扔在他脚上。他的魂已出壳，专凭本能的作用把那条手巾拾起来。

"女士！你的手巾？"

"谢谢先生！"她的声音就像放在磁缸儿里的一个小绿蝈蝈，振动着小绿翅膀那么娇嫩轻脆。"我们到茶楼去坐坐好不好？"

"求之不得！奉陪！"他说完这两句，觉得在这种境界之下有些不文雅，灵机一动找补了两句："遮莫姻缘天定，故把嫦娥付少年！"

那位女士把一团棉花似的又软又白的手腕搀住他的虎臂，一对英雄美人，挟着一片恋爱的杀气，闯入了杏雨茶楼。

两个选了一间清净的茶座，要了茶点，定了定神，才彼此互相端详。那位女士穿着一件巴黎最新式的绿哗叽袍，下面一件齐膝的天蓝鹅绒裙。肩窝与项下露在外面，轻轻拢着一块有头有尾有眼睛的狐皮。柔嫩的狐毛刺着雪白的皮肤，一阵阵好似由毛孔中射出甜蜜的乳香。腕上半个铜元大的一支小金表，系着一条蜈蚣锁的小细金链。足下肉色丝袜，衬着一双南美洲响尾蛇皮作的尖而秀的小皮鞋。头上摘下卷沿的玫瑰紫跳舞帽，露出光明四射的黑发，剪的齐齐的不细看只是个美男子，可是比美男子还多美着一点。笑一笑肩膀随着一颤；咽一口香唾，脸上的笑窝随着动一动；出一口气，胸脯毫无拘束的一大起一大落，起落的那么说不出来的好看。说一声"什么？"脖儿略微歪一歪，歪的那么俏皮；道一声"是吗？"一排皓齿露一露，个个都像珍珠作成的。……

她眼中的赵子曰呢？大概和我们眼中的赵子曰先生差不多，不过他的脸在电灯下被红青马褂的反映，映得更紫了一些。

赵子曰在几分钟内无论如何看不尽她的美，脑中一时无论如何也想不出一个恰当的字眼来形容她。他只觉得历年脑中积储的那些美人影儿，一笔勾销，全没有她美。

　　"女士贵姓？"赵子曰好容易想起说话来。

　　"谭玉娥。我知道你，你姓赵！"她笑了一笑。

　　"你怎么知道我，谭女士？"

　　"谁不知道你呢，报纸上登着你受伤的像片！"

　　"是吗？"赵子曰四肢百体一齐往外涨，差一些没把大袄，幸亏是新买的，撑开了绽。他心中说："她要是看了那张报纸，难道别个女的看不见？那么，得有多少女的看完咱的像片而憔悴死呀？！"

　　"我看见你的像片，我就——"谭玉娥低着头轻轻的捻着手表的弦把，脸上微微红了一红。

　　"我不爱你，我是水牛！不！骆驼！呸；灰色的马！"

　　"我早就明白你！"

　　"爱情似烈火的燃烧，把一切社会的束缚烧断！你要有心，什么也好办！"赵子曰一时想不起说什么好，只好念了两句周少濂的新诗。

　　"我明白你！"谭女士又重了一句。

　　…………

　　两个谈了有一点多钟，拉着手出了杏雨茶楼。赵子曰抬头看了看天，满天的星斗没有一个不抿着嘴向他笑的。在背灯影里，他吻了吻她的手。

4

　　赵子曰翻来覆去一夜不曾合眼，嘴唇上老是麻酥酥的像有个小虫儿爬，把上嘴唇卷起来闻一闻还微微的有些谭女士手背上的余香。直到小鸡叫了，他才勉强把眼合上：他那个小脚媳妇披散头发拿着一把铁锄赶着谭女士跑，一转眼，王女士从对面光着袜底浑身鲜血把谭女士截住。那个不通人情的小脚娘举起铁锄向谭女士的项部锄去。他一挺脖子，出了一身冷汗，把脑袋撞在铁床的栏杆上。他摸了摸脑袋，楞眼慌张的坐起来，窗外已露出晨光。

"好事多磨，快快办！"他自己叨唠着，忙着把衣裳穿好，用凉水擦了一把脸，走出旅馆直奔电报局去。

街上静悄悄的，电影园，落子馆，全一声也不响，他以为日租界是已经死了。继而一阵阵的晓风卷着鸦片烟味，挂着小玻璃灯的小绿门儿内还不时的发散着"洗牌"的声音，他心中稍为安适了一些，到底日租界的真精神还没全死。

他到了电报局刚六点半钟，大门关的连一线灯光都透不出来。门上的大钟稳稳当当的一分一分往前挪，他看了看自己的表，也是那么慢，无法！太阳像和人们要捉迷藏似的，一会儿从云中探出头来，一会儿又藏进去，更叫赵子曰怀疑到："这婚事的进行可别像这个太阳一会出来，一会进去呀！"

八点了！赵子曰念了一声"弥陀佛！"眼看着电报局的大门尊严而残忍的开开了。他抱着到财神庙烧头一股高香的勇气与虔诚，跑进去给他父亲打了个电报：说他为谋事需钱，十万万火急！

打完电报，心中痛快多了，想找谭女士去商议一切结婚的大典筹备事宜。"可是，她在那儿住？"哈哈！不知道！昨天只顾讲爱情忘了问她的住址了！这一打击，叫他回想夜间的恶梦，他挂着那条橡木手杖一个劲儿颤："老天爷！城隍奶奶！你们要看着赵铁牛不顺眼，可不如脆脆的杀了他！别这么开玩笑哇！"

除了哭似乎没有第二个办法，看了看新马褂，又不忍得叫眼泪把胸前的团龙污了；于是用全身的火力把眼眶烧干，这一点自治力虽无济于婚事的进行，可是到底对得起新买的马褂！

"对！"他忽然从脑子的最深处挤出一个主意来："还是找周少濂，叫他给咱算卦！诚则灵！老天爷！我不虔诚，我是死狗！那怕大约摸着算出她住在那一方呢，不就容易找了吗？对！"

"对，对，对，对……"他把"对"编成一套军乐，两脚轧着拍节，一路黑烟滚滚，满头是汗到了神易大学。

神易大学已经开学，赵子曰连号房也没通知一声，挺着腰板往里闯。

"老周！少濂！"赵子曰在周少濂宿室外叫。

屋中没有人答应，赵子曰从玻璃窗往里看，周少濂正五心朝天在床上围着棉被子练习静坐，周身一动也不动，活像一尊泥塑小瘦菩萨。

"妹妹的！"赵子曰低声的嘟囔："我是该死，事事跟咱扭大腿！"

"进——来！子曰！"周少濂挑着小尖嗓子嚷。

"我搅了你吧？"

"没什么，进来！"周少濂下了床把大衣服穿上。

"老周！我求你占一卦，行不行？"赵子曰用手掩着鼻子急切的说。

周少濂忙着开开一扇窗子，要不是看见赵子曰掩着鼻子，他能在那里静坐一天也想不起换一换空气。

"什么事？说！心中已知道的事不必占卜！要计划！"周少濂一面整理被窝，一面说。所谓整理被窝者就是把被窝又铺好，以便夜间往里钻，不必再费一番事。

"咳！少濂！你我同乡同学，你得帮助——"

"有什么了不得的事？"

"说实话吧！我昨天遇见一个姑娘，姓谭，我们要结婚。我问你，你知道她不知道？"

"姓谭？——"

"你知道她？"

"我不知道！我先告诉你一件事，"周少濂说："阎乃伯已经告诉我，请你去教英文。你想几时到馆？"

"现在我没工夫想那个！"赵子曰急着说。

周少濂张罗着漱口洗脸，半天没言语。赵子曰把眉头皱起多高也想不起说话。

"哈哈！"周少濂一边擦脸一边笑着说："我有主意啦！——"

"快说！"

"——咱们先到阎乃伯那里去。你慢慢的和他交往，交往熟了，他就能给你办那件事。她要是暗娼呢，他必知道——"

"她不是暗娼！女学生！"

"女学生也罢，妓女也罢，反正阎乃伯能办！作官的最——"

"我上他家作教师，怎能和馆东说这个事？"赵子曰急扯白脸的说。

"你别忙呀，听我的！"周少濂得意扬扬的说："作官的最尊敬娶妾立小的人们。你一跟阎乃伯说，他准保佩服你。他一佩服你，不但他给帮忙，还许越交越近，给你谋个差事。你要是作了官，咱们直隶满城县就又出了个伟人。你看一县里出一个伟人，一个诗人，是何等的光荣！我的傻乡亲！"

"老周你算有根！走！找阎乃伯去！"

第十

1

星期一至星期六：

上午　八时至十时　　《春秋》（读，讲。）《尚书》（背诵）

十时至十二时　《晨报》（读世界新闻）国文。

下午　一时至二时　　古文（背诵）

二时至三时　　习字（星期一，三，五。）

二时至三时　　英文（星期二，四。）

三时至四时　　珠算，笔算。

四时至五时　　游戏，体操。（星期一，三，五。）

四时至五时　　昆曲，音乐。（星期二，四。）

星期日：

上午　温读古文经书。

下午　旅行大罗天，三不管。或参观落子馆。

这是阎少伯，阎乃伯议员的少爷的课程表。

阎乃伯的精明强干，不必细说，由这张课程表可以看得出来。

阎乃伯议员的少爷很秀美，可是很削瘦。虽然他一星期在院子里的砖墁地上练三次独人的游戏和体操。虽然他每星期到大罗天游艺场旅行一次。阎乃伯议员有些不满意他的少爷那么瘦弱！

2

赵子曰除在阎家教书之外，昼夜奔走交际。政客，军官，律师，议员，流氓，土棍，天天在日租界的烟窟金屋会面。人人夸奖他是个有用之材，人人允许给他介绍阔事，人人喜欢他的金嘴埃及烟，人人爱喝他的美人牌红葡萄酒，人人说话带着"妈的！"人人家里都有姨太太。这种局面叫他想起在北京的时候，左手翻着讲义，右手摸白板，未免太可笑而可耻了。这种朋友的亲热与挥霍又不是京中那几个学友所能梦见的了。

更可喜的，在阎家教书不过一个礼拜，而阎乃伯竟会把"老夫子"改成"老赵"，而且有一天晚上酒饭之后，阎乃伯居然拍着他肩头叫了一声"赵小子！"他暗自惊异自己的交际手腕，于这么短的期间内，会使阎乃伯，议员，叫他老赵，甚至于更亲热的叫他赵小子！

从报纸上得到名正大学解散的消息，他微微一笑把报纸放下，这个消息和那张报纸有同样的不值得注意。现在他把"阎乃老""张厚翁""孙天老"叫的顺口流；什么"欧阳"咧，"老莫"咧，甚至于"王女士"咧，已经和他小的时候念的《大学》、《中庸》有同样的生涩了。现在他口中把"政治""运动""地位"等名词运用的飞熟，有时候还说个"过激党"，什么"争主席""示威"等等无意义的词句已经成了死的言语。虽然王女士的影儿有时候还在他脑中模糊的转那么一转，可是他眼前的野草闲花，较之王女士的"可远观而不可近玩"又有救急的功效多多了。

阎少伯把英文的二十六个字母还没有学会，赵子曰已把谭女士的事告诉阎乃伯了。阎乃伯听了满口答应给他帮忙，并且称赞他是个有来历的青年，因为阎乃伯的意见是：

"自由恋爱是猪狗的行为。嫖妓纳妾是大丈夫堂堂正正的举动。所以为维持风化起见，不能不反对自由恋爱，同时不能不赞助有志嫖妓纳妾的。"

3

糊里糊涂的已把冬天混过去了。天津河里的水已有些春涨了。赵子曰日夜盼谭女士的消息，可是阎乃伯总不吐确实的口话。有时候去找周少濂谈一谈，周少濂是一点主意没有，只作新诗。赵子曰急得把眼睛都凹进去一些，吃饭不香，睡觉不宁，只有喝半斤白干酒，心里还觉痛快一些。

他一个人在同福楼京饭馆吃完了饭，闷闷不乐的往旅馆走。日租界的繁华喧闹已看惯了，不但不觉得有趣，而且有些讨厌的慌了。他一进旅馆，号房的老头儿赶过来低声对他说：

"赵先生，有位姑娘在你的房里等你。"

赵子曰点了点头，没说话，疯了似的三步两步跑到自己屋里去。

小椅子上坐着个妇人，脸色焦黄，两眼哭得红红的，身上穿着一件青袄，委委屈屈的像个小可怜儿。

赵子曰倒吸了一口旅馆中含有鸦片烟味的凉气："你是谁？"

"谭玉娥！"她低声的回答。

"你干什么来了？"赵子曰一屁股坐在床上，气哼哼的掏出一支烟卷插在嘴里。

"难道你变了心？"谭女士用袖子抹了抹眼泪。

"谁叫你变了模样！"赵子曰"层"的一声划着一根火柴，把洋烟点着，狠狠的吸了几口。

"你肚子里有半斤酒，我脸上加上三分白粉，你立刻就回心转意，容易！容易！"她哭丧着脸说。

"你是怎回事，到底？"

"咳！"

"说话！我的子孙娘娘！说话！"

"赵先生！"谭玉娥很郑重的说，"我求你来了！你是满城人？"

"不错！"

"我也是满城人，咱们是乡亲，所以我来求你！"

"啊！"赵子曰听见乡亲两个字，心里的怒气消去了许多。"到底是怎回事？姑娘！"

　　"六年前我由家里出来，到女子师范学校念书，咳！"谭女士好像咽了一口眼泪，接着说："和一个青年跑到天津，我们快活的在一块儿住了一年零三天，他，他姓赵，也姓赵，——他死了！我既没在师范学校毕业，自然没有资格作事；又不能回家，父母不要我；除了再嫁没有求生的方法！再嫁是我唯一的事业！于是我泪在眼窝，笑在眉头，去到处钓鱼似的钓个男人！那时候，我二十五岁，我的面貌还不似这么丑，穿上两件衣裳还可以引动你们男人的注意！结果，我钓着一个盐商，在我的那个赵——死后三个月中！我为衣食饱暖不能不和那个盐商同榻，虽然我真不爱他！在他睡熟之后，我才能落几个泪珠！可是，咳！我的命太苦了，至于图个身上饱暖的福气也没有：他，那个盐商，又被军阀打死，财产抢个一空。我，只剩下一条命，我还得活着——"

　　赵子曰不知不觉的把半支烟卷扔在痰盂里。

　　"我的心死了，只为这块肉体活着，死是万难的事！"谭玉娥叹了一口气，接着说："后来我遇见了一个奉军军官，我们又住在一处。住了不到一年，他的钱挥霍完了，直奉战争之后，他把差事也搁下了。他是有钱会花，没钱便什么事也作，不顾廉耻，不讲人情的，于是他逼着我——用手枪逼着我去拆白！"谭玉娥呆呆看着墙上的画儿，半天也想不起往下说。

　　"谭——，往下说。"赵子曰的声音柔和多了。

　　"他天天出去给我采访无知的青年，叫我去引诱他们。我不必细说。一来二去轮到你的身上了，我一听说你也是满城人，我不忍下手了。我准知道你在这里住，可是我始终不肯来。今天他到北京去了，我乘着这个机会来见你。我来求你，不是骗你。你能不能把我带回家乡去？你要我呢，我情愿为婢为奴；你不要我呀，我愿意回到故土去死。我一个人走不了，因为他不给我一个铜子，他怕我逃走。我那身漂亮衣服，他带到北京去，惟恐怕我变卖了好作逃跑的路费。赵先生，你得救我！他今天夜里就回来，你要是发善心救我，还要快办！赵先生！"

　　谭玉娥说着，给赵子曰跪下了。

赵子曰一声没言语，把她搀起来。又点着一根烟卷皱着眉想主意。

赵子曰真为难了：带她回家，军官不是好惹的呀！虽然我不怕打架，可是有手枪的人们不比老校长们那么老实呀！……我应当带她回家，她是我的乡亲！……到家怎么办？收她作妾，她又不真好看！真叫她回故乡去死，于心何忍！……再说万一带她回家，那个军官拿手枪找我去呢？不妥！

"谭姑娘！"赵子曰又坐在床上，手捧着脑门说："我只能帮助你一些钱，不能带你回家！一来我家中有妻子，二来家事我不能自己作主。我给你一些钱，你设法脱逃吧！我应当把你送回家去，咱们是乡亲，可是我有我的难处！谭姑娘，"他说着把皮夹掏出来："这里是三十块钱，你拿去吧！"

"咳！"谭玉娥立起来，含着眼泪把钱接过去，很小心的放在衣袋里："赵先生，这是我的机会，我得赶紧走！以后怎么样，我不知道。我活着一天，不会忘了你的恩惠！咳！赵先生，半斤烧酒就能叫你把老掉了牙的妇女当作美人，一双白脸蛋就能叫你丧掉生命！我是个没脸的妇人，这两句话是由无耻中得来的经验！我无法报答你的善心，只送给你这两句话吧！赵先生——"谭玉娥抹着泪往外走。

第十一

1

中国人是最喜爱和平的，可是中国人并不是不打架。爱和平的人们打架是找着比自己软弱的打，这是中国人的特色。军阀们天天打老乡民，学生们动不动便打教员，因为平民与教员好欺侮。学生们不打军阀正和军阀不惹外国人一样。他们以为世界上本来没有公理，有枪炮的便有理，有打架的能力的便是替天行道。军阀与学生都明白这个道理，所可怪的是他们一方面施行这个优胜劣败的原理，一方面他们对外国人永远说："我们爱和平，不打架！"学生们一方面讲爱国，一方面他们反对学校的军事训练。一方面讲救民，一方面看着军阀横反，并不去组织敢死队去杀军阀。这种"不合逻辑"的事，大概只有中国的青年能办。

外国的中学学生会骑马，打枪，放炮。外国卖青菜的小贩，也会在战场上有条有理的打一气。所以外国能欺侮中国。中国的学生把军事训练叫作"奴隶的养成"，可是中国学生天天喊"打倒帝国主义"！设若这么一喊就真把帝国主义打倒，帝国主义早瓦解冰消了！不幸，帝国主义的大炮与个个人都会打枪的国民，还不是一喊就能吓退的！

赵子曰是个新青年，打过同学，捆过校长，然而他不敢惹迫着谭玉娥作娼妓的那个军官。

那个军官是非打不可的东西！

不打，也好，为什么不把他交法庭惩办？呕！赵子曰不好多事！不好多事为什么无缘无故的打校长一顿？

赵子曰是怕事！是软弱！是头脑不清！他一听兵队两个字，立刻就发颤，虽然他嘴里说："打倒军阀！"一个野兽不如的退职军官还不敢碰一碰，还说

"打倒军阀！"

军阀不会倒，除非学生们能领着人民真刀真枪的干！军阀倒了，洋人也就把大炮往后拉了！不磨快了刀而想去杀野兽，与"武大郎捉奸"大概差不了多少。

没有"多管闲事"的心便不配作共和国民！没有充分的军事训练便没有生存在这种以强权为公理的世界的资格！

赵子曰辞了阎家的馆，给周少濂写了个明信片辞行，鮎出溜①的往北京跑。怕那位军官找他打架！

2

这两个来月的天津探险，除了没有打枪放火，其余的住旅馆，吃饭店，接吻，吸烟，赵子曰真和在电影儿里走了一遭似的。

他坐在火车上想：

到底是京中的朋友可靠呀！阎乃伯们这群滑头，吃我喝我，完事大吉，一点真心没有！

也别说，到底认识了几个官僚，就算没白花钱！

谭玉娥怪可怜的！给她三十块钱，善事！作善事有好报应！

…………

当赵子曰在天津的时候，天台公寓的人们最挂念他的是崔掌柜的和李顺。两个来月崔掌柜的至少也少卖十几斤烧酒，李顺至少也少赚一两块钱。赵子曰虽然不断称呼李顺为混蛋，可是李顺天生来的好脾性，只记着赵子曰的好处，而忘了"混蛋"的不大受用。况且赵子曰骂完混蛋，时常后悔自己的卤莽而多赏李顺几个钱呢。

崔掌柜的是个无学而有术的老"京油子"。四方块儿的身子，顶着个葫芦

---

① 鮎出溜，鮎是一种滑溜的无鳞鱼。"鮎出溜"是北京方言，像鮎一样，很快、无声溜走的意思。

式的脑袋。两只小眼睛，不看别的，只看洋钱，长杆大烟袋永远在嘴里插着：嘴里冒烟，心里冒坏；可是心里的坏主意不像嘴里的烟那样显然有痕迹可寻。

李顺呢是长瘦的身子，公寓的客人们都管他叫"大智若愚"。因为他一吃打卤面总是五六大红花碗，可是永远看不见脸上长肉。两只锈眼，无论昼夜永像睡着了似的，可是看洋钱与铜子票的真假是百无一失。所以由身体看，由精神上看，"大智若愚"的这个徽号是名实相符的。

李顺正在公寓门外擦那两扇铜招牌，一眼看见赵子曰坐着洋车由鼓楼后面转过来。他扯开嗓子就喊：

"赵先生回来啦！"

这一声喊出去，掌柜的，厨子，账房的先生，和没有出门的客人，哄的一声像老鸦炸了窝似的往外跑。抢皮箱的，接帽子的，握手的，问这两天打牌的手气好不好的……问题与动作一阵暴雨似的往赵子曰身上乱溅。李顺不得上前，在人群外把镇守天台公寓一带的小黑白花狗抱起了亲了一个嘴。

赵子曰在纷纷握手答话之中，把眼睛单留着一个角儿四下里找欧阳天风，没有他的影儿；甚至于也没有看见武端与莫大年。他心中一动，不知是吉是凶，忙着到了屋中叫李顺沏茶打洗脸水。

"李顺！"赵子曰擦着脸问："欧阳先生呢？"

"病啦！"

"什么？"

"病啦！"

"怎么不早告诉我？啊！"

"先生！你才进门不到五分钟，再说又没有我说话的份儿——"

"别碎嘴子！他在那儿呢？"赵子曰扔下洗脸毛巾要往南屋跑。

"他和武先生出去了，大概一会儿就回来。"李顺说着给赵子曰倒上一碗茶。

"李顺，告诉我，我走以后公寓的情形！"赵子曰命令着李顺。

"喝！先生！可了不得啦！了不得啦！"李顺见神见鬼的说："从先生走后，公寓里闹得天塌地陷：你不是走了吗，欧阳先生，其实我是听武先生说的，和莫先生，也是听武先生说的，入了银行；不是，我是说莫先生入了银行；在欧阳跟莫先生打架以后！——"

"李顺，你会说明白话不会？说完一个再说一个！"赵子曰半恼半笑的说。

"是！先生！从头再说好不好？"李顺自己也笑了："你不是走了吗，欧阳先生想你的出京是李景纯先生的主意。所以他天天出来进去的卖嚷嚷，什么瘦猴想吃天鹅肉咧，什么瘦猴的屁股朝天自己挂红咧；喝，多啦！他从小毛猴一直骂到马猴的舅舅，那些猴儿的名字我简直的记不清。干脆说吧，他把李先生骂跑了。先生知道李先生是个老实头，他一声也没言语鲇出溜的就搬了。李先生不是走了吗，莫先生可不答应了。喝！他红脸蛋像烧茄子似的，先和欧阳先生拌嘴；后来越说越拧葱，你猜怎么着，莫先生打了欧阳先生一茶碗，一茶碗——可是，没打着，万幸！武先生，还有我们掌柜的全进去劝架，莫先生不依不饶的非臭打欧阳先生一顿不可！喝！咱们平常日子看着莫先生老实八焦的，敢情他要真生气的时候更不好惹！我正买东西回来，我也忙着给劝，可了不得啦，莫先生一脚踩在我的脚指头上，正在我的小脚头上的鸡眼上莫先生碾了那么两碾，喝！我痛的直叫唤，直叫唤！到今天我的脚指头还肿着；可是，莫先生把怒气消了以后，给了我一块钱，那么，我把脚疼也就忘了！干脆说，莫先生也搬走了！"李顺缓了一口气，接着说："听武先生告诉我，莫先生现在入了一个什么银行，作了银行官，一天竟数洋钱票就数三万多张，我的先生，莫先生是有点造化，看着就肥头大耳朵的可爱吗！莫先生不是走了吗，欧阳先生可就病了，听武先生说，——武先生是什么事也知道——欧阳先生是急气闷郁；可是前天我偷偷的看了看他的药水瓶，好像什么'大将五淋汤'——"

"胡说！"赵子曰又是生气又要笑的说："得！够了！去买点心，买够三个人吃的！"

"先生！今天的话说的明白不明白？清楚不清楚？"李顺满脸堆笑的问。

"明白！清楚！好！"

"明白话值多少钱一句，先生？"

"到月底算账有你五毛钱酒钱，怎样？"赵子曰说，他知道非如此没有法子把李顺赶走。

"谢谢先生！嗻！"李顺拔腿向外跑，刚出了屋门又回来了："还有一件事没说：武先生又买了一双新皮鞋，嗻！"

李顺被五毛钱的希望领着，高高兴兴不大的工夫把点心买回来。

"赵先生，武先生们大概是回来了，我在街上远远的看见了他们。"

"把点心放在这里，去再沏一壶茶！"

3

赵子曰说完，往门外跑去。出门没走了几步，果然欧阳天风病病歪歪的倚着武端的胳臂一块儿走。赵子曰一见欧阳的病样，心中引起无限感慨，过去和他握了握手。欧阳的脸上要笑，可是还没把笑的形式摆好又变成要哭的样子了。两个人谁也没说话，赵子曰楞了半天，才和武端握手。武端用力跺了跺脚，因为新鞋上落了一些尘土；然后看了赵子曰一眼。赵子曰的精神全贯注在欧阳的身上，没心去问武端的皮鞋的历史。于是三个人全低着头慢慢进了第三号。

"老赵你好！"欧阳天风委委屈屈的说："你走了连告诉我一声都不告诉！我要是昨天死了，你管保还在天津高乐呢！"

"我没上天津！"赵子曰急切的分辩："我回家了，家里有要紧的事！"

"你猜怎么着？"武端看着赵子曰的皮箱说："要没上天津怎么箱子上贴着'天津日华旅馆'的纸条？"

"回家也罢，上天津也罢，过去的事不必说！我问你，"赵子曰对欧阳天风说："你怎么病了？"

"李瘦猴气我，莫胖子欺侮我！他们都是你的好朋友，我这个穷小子还算什么，死了也没人管！"

"老李入了京师大学，莫大年入了天成银行，都有秘密！"武端说："连你，你猜怎么着？你上天津也有秘密！"

"我不管别人，"赵子曰拍着胸口说："反正我又回来找你们来了！你们拿我当好朋友与否，我不管，反正我决不亏心！"

　　"老武！"欧阳天风有气无力的对武端说："不用问他，他不告诉咱们实话；可是，他也真许回家了，从天津过，住了一夜。"

　　"就是！我在日华旅馆住了一夜——其实还算不了一夜，只是五六点钟的工夫！欧阳，你到底怎样？"

　　"我一见你，心中痛快多了！肚子里也知道饿了！"

　　"才买来的点心，好个李顺，叫他沏茶，他上那儿玩去啦！李——顺！"

　　"嘛！——茶就好，先生！"

第十二

1

已是阴历三月初的天气，赵子曰本着奋斗的精神还穿着在天津买的那两件未出"新"的范围的衣裳，在街上缓步轻尘的呼吸着鼓荡着花香的春风。驼绒大袄是觉着有些笨重发燥了，可是为引起别人的美感起见，自己还能不牺牲一身热汗吗！

他进了地安门，随意的走到南长街。嫩绿的柳条把长宽的马路夹成一条绿胡同，东面中央公园的红墙，墙头上露出苍绿的松枝，好像老松们看腻了公园而要看看墙外的景物似的。墙根下散落的开着几朵浅藕荷色的三月蓝，虽然只是那么几朵小花，却把春光的可爱从最小而简单的地方表现出来。路旁卖水萝菔的把鲜红的萝菔插上娇绿的菠菜叶，高高兴兴的在太阳地里呐唤着春声。这种景色叫赵子曰甚至于感觉到："在天津日租界玩腻了的时候，倒是要有这么个地方换一口气！"

他一面溜达，一面想：

我总得给老莫和欧阳们说和呀！我走这么几天，这群小兄弟们就打架，我作老大哥的不能看着他们这样犯心呀！还就是我，压得住他们；好！什么话呢，赵子曰不敢说别的，天台公寓的总可以叫得响，跺一跺脚就把全公寓震个乱颤！……对！找老莫去，得给他调解！这群小孩子们，嗟！

想到这里，不由的精神振作起来，掏出手巾擦了擦脸上的汗，然后大模大样的喊过一辆洋车到西交民巷天成银行去。

2

到了银行，把名片递进去，不大的工夫莫大年出来把赵子曰让到客厅去。莫大年的样子还是傻傻糊糊的，可是衣裳稍微讲究了一些；幸而他的衣服华美了一点，不然赵子曰真要疑心到莫大年是在银行当听差，而不是李顺所谓的银行官了。这次不是赵子曰长着两只"华丝葛眼睛"而以衣服好坏断定身分的高低，而是"人是衣服马是鞍"的哲学叫他不愿意看见莫大年矫揉造作的成个"囚首丧面"①的"大奸慝"①！

"老莫！抖哇！"赵子曰和莫大年亲热的握着手不忍分开："不出三年你就是财政总长呀！好老莫！行！有劲！"

"别俏皮我，老赵！你几时回来的？"莫大年问。

"回来有些天了，想不到公寓的朋友会闹得七零八落！"赵子曰说着引起无限感慨："今天特意来找你，给你们说和说和，傻好的朋友，干什么犯意见呢！"

"你给谁说和，老赵？"

"你和欧阳天风们！小兄弟们，老大哥不在家几天，你看，你们就打架！"赵子曰笑着说。

"别人都好说，唯独欧阳天风，我恨他到底！"莫大年自来红的脸又紫了。

"老莫，小胖子！别这么说，"赵子曰掏出烟卷给了莫大年一支，自己点上一支。"这不像银行老板的口吻！"

"老赵，别挖苦我！"莫大年恳切的说："关于王女士的事是我告诉你的不是？可是从你走后，欧阳一天到晚骂老李！老李委委屈屈的搬走，我能看得下去不能？再说，欧阳要是没安着坏心，为什么你一走，他就疑心到有人告诉了你和王女士的事？老赵，你我是一百一的好朋友，你爱欧阳，不必强迫我！

---

① "囚首丧面"的"大奸慝"，"囚首丧面"形容久不梳洗肮脏的人。"大奸慝"指很邪恶的人。

我老莫是傻老，我说不出什么来，反正一句话说到底，我不愿意再见欧阳！"

"你看，小胖子！刚入了银行几天就长行市！别！你得赏我个脸！"赵子曰一半嘲弄一半劝导着说："我们，连欧阳在内，全不是坏人，可是都有些小脾气；谁又不是泥捏的，可那能没些脾气！是不是，小胖子？你不愿和他深交呢，拉倒；可是你得看在我——你的老大哥——的脸上，到一处喝盅酒，以后见面好点头说话！相亲相爱才是'德谟克拉西'的精神，不然，我可要叫你'布耳扎维克'了！'布耳扎维克'就是'二毛子'的另一名词！哈哈！"

"我问你，"莫大年有些活动的意思了："你给我们调解，有老李没有？"

"啊？老李？"赵子曰仰着脸看天花板上的花纹，想了半天："说真的，老莫，我真怕他！不但我，人人怕他，他要是在这里，我登时说不出话来！"

"那么，你不请他？"莫大年钉了赵子曰一眼。

"不请他比请他好——"

"干脆说吧，老赵！"莫大年抢着说："有老李我就去，谁叫你有这番好心呢；没老李我也不去！老李是可怕，傻好人是比机灵鬼可怕——"

"我也没说老李是不好人哪！"

"——我告诉你老赵，咱们这群人里，老李算第一！学问，品行，见解，全第一！要不是他劝告我，我还想不起入银行来学习一种真本事！我佩服他！他告诉我的话多了，我记不清，我只记得几句，这几句我一辈子忘不了！他说：打算作革命事业是由各方面作起。学银行的学好之后，便能从经济方面改良社会。学商业的有了专门知识便能在商界运用革命的理想。同样，教书的，开工厂的，和作其他的一切职业的，人人有充分的知识，破出命死干，然后才有真革命出现。各人走的路不同，而目的是一样，是改善社会，是教导国民；国民觉悟了，便是革命成功的那一天。设若指着吹气冒烟，脑子里空空如也，而一个劲说革命，那和小脚娘想到运动会赛跑一样，无望，梦想！这是他说的，我自然学说不清，大概就是这个意思。我越想这个话越对，所以我把一切无理取闹的事搁下，什么探听秘密咧，什么乱嚷这个主义那个问题咧，全叫瞎闹！老李是好人，是明白人！老赵！还是那句话，你不请老李我也不去！老赵，对不起！我得办事去，"莫大年立起来了："怎祥给我们说和我听你的，可是得有老李！"

"那么，你今天能不能同我出去吃饭？"赵子曰也立起来了。

"对不起！银行的规则很严，因为经理是洋人，一分一厘不通融，随意出去叫作不行！等着我放假的日子，咱们一块儿玩一玩去。再见，老赵！"

莫大年说完，和赵子曰握了握走进去，并没把赵子曰送出来。

赵子曰心中有些不高兴，歇里歇松的往外走，一边走一边叹息："小胖子疯了！叫洋人管得笔管条直！哼！"

3

赵子曰软软的碰了莫大年一个小钉子，心中颇有恼了他的倾向；继而一想，莫胖子到底有一股子牛劲，不然，他怎能进了洋人开的银行呢；这么一想，要恼莫大年的心与佩服他的心平衡了；于是自己嘟囔着："为什么不显着宽宏大量，不恼他呢！"

至于给他们调解的进行，他觉得欧阳天风和李景纯是各走极端，没有"言归于好"的可能。如果把他们约到一处吃吃喝喝，李景纯，设若他真来了，冷言冷语，就许当场又开了交手仗。这倒要费一番工夫研究研究，谁叫热心为朋友呢，总得牺牲！

他回到公寓偷偷的把武端叫出来：

"老武，来！上饭馆去吃饭，我和你商议一件事！"

"什么事？"武端问。

"秘密！"

听了秘密两个字，武端像受了一吗啡针似的，抓起帽子跟着赵子曰走，甚至于没顾得换衣裳。到了饭馆，赵子曰随便要了些酒菜，武端急于听秘密，一个劲儿催着赵子曰快说。

"别忙！其实也不能算什么秘密，倒是有件事和你商议。"

"那么，你冤了我？"武端很不高兴的问。

"要不告诉你有秘密，你不是来的不能这么快吗！"赵子曰笑了："是这么一回事：我刚才找老莫去啦，我想给你们说和说和。喝！老莫可不大像先前那样傻瓜似的了，入了银行没几天，居然染上洋派头了——"

"穿着洋服？"武端插嘴问。

"——倒没穿着洋服，心里有洋劲！你看，不等客人告辞，他站起来大模大样的说：'对不起！我还有事，改天见！'好在我不介意，我知道那个小胖子有些牛脖子。至于给你们说和的事，小胖子说非有老李不可。老武你知道：欧阳和老李是冰炭不能同炉的，这不是叫我为难吗！我不图三个桃儿两个豆儿，只是为你们这群小兄弟们和和气气的在一块，看着也有趣不是？我还得问你，老莫好像是很恨欧阳，我猜不透其中的秘密，大概你知道的清楚？"

"闹了半天你是问我呀？好！听我的！"武端把黄脸一板。心中秘密越多，脸上越故意作出镇静的样子来。好像戏台上的诸葛亮，脸上越镇静，越叫人们看出他揣着一肚子坏："先说我自己：我和谁都是朋友，你猜怎么着？老莫和欧阳打架，并不是和我，而且我还给他们劝解来着，欧阳呢，我天天陪着他上医院；老莫呢，我们也不短见面；老李呢，我虽然不特意找他去，可是见面的时候点头哈腰的也不错。打听秘密是我的事业，自然朋友多不是才能多得消息吗！所以，你要给他们调停，我必去，本来我就没和他们决裂。至于欧阳和老莫的关系，我想：欧阳是恨老李与王女士的关系，而老莫是一时的气粗，决不是老莫成心和欧阳捣乱。这个话对不对，还待证明，我慢慢的访察，自有水落石出的一日。老李呢，我说实话，他和王女士真有一腿；自然这也与我无关，不过我尽报告秘密的责任！你猜——"

"那么，你除了说秘密，一点办法没有？"赵子曰笑着问。

"有办法我早就办了，还等你？！"

"我已经和老莫说的满堂满馅儿的，怎么放在脖子后头不办？"赵子曰问。

"没办法就不办，不也是一个办法吗？"武端非常高兴的说："日后见着老莫，你就说：老李太忙没工夫出来，欧阳病还没好，这不完了？！"

"对！"赵子曰如梦方醒，哈哈的笑起来："管他们的闲事！来，喝酒！"

谈话的美满结果把两个人喝酒划拳的高兴引起来；喝酒划拳的快乐又把两个人相爱的热诚引起来。于是，喝着，划着，说着，笑着，把人世的快乐都放在他们的两颗心里。

"老赵！"武端亲热的叫着："你是还入学呀，是找事作？"

"不再念书！"赵子曰肯定的说。

"你猜怎么着？我也这么想，念书没用！"

"同志！来，喝个碰杯！"

两个人吃了个碰杯。

"找什么事，老赵？"

"不论，有事就作！"

"排场总得要，不能说是个事就作？"

"自然，我所谓的事是官事！作买卖，当教员，当然不能算作正当营业！"

"你猜怎么着？我也这么想，就是作官！作官！"

"同志！再要半斤白干？"

"奉陪！你猜——"武端噗哧的一声自己笑出来：既然说了"奉陪"，干什么还用说"你猜怎么着"呢。

两个人又要了半斤白干酒。

"老赵！我想起来了，有一件事你能作，不知你干不干？"武端问。

"说！自要不失体统我就干！"赵子曰很慎重的说。

"这件事只是你能作！"武端诚恳而透着精明的样子说："现在有些人发起女权发展会，欧阳也在发起人之中，他们打算唱戏筹款，你的二簧唱得满好，何不加入露露头角！我去给你办，先入会，后唱戏，你的事就算成功了！"

"怎么？"赵子曰端着酒杯问。

"你看，伟人，政客，军官，他们的太太，姨太太，小姐，那个不喜欢听戏。"武端接着说："你一登台，立下了名誉，他们是赶着巴结你。自然你和他们打成一气，作官还不容易吗！我是没这份本事，我只能帮助你筹备一切。你看，你要是挂着长胡子在台上唱，我穿着洋服在台下招待，就满打一时找不到事，这么玩一玩也有趣不是？再说，一唱红了，作官是易如反掌呢！你看杨春亭不是因为在内务总长家里唱了一出《辕门斩子》就得了内务部的主事吗！你猜——"武端每到喘气的时候总用个"你猜怎么着"，老叫人想底下还有秘密不敢插嘴。

"可是唱戏也不容易呀！"赵子曰是每逢到武端说"你猜怎么着"就插嘴，这有点出乎武端意料之外。

"我管保说，"武端极诚恳的说："你的那几嗓子比杨春亭强的多；他要能红起来，你怎么就不能？你猜——"

"制行头，买髯口，都要一笔好钱呢！"

"不下本钱还行啊？可是这么下一点资本比花钱运动官强：因为即使失败，不是还落个'大爷高兴'吗！"

"谁介绍我入会？"赵子曰心中已赞成武端的建议。

"欧阳自然能给你办！"

"好！快吃！吃完饭找他去！"

第十三

1

欧阳天风一清早就出去了，留下话叫赵子曰和武端千万早些赴女权发展会的成立大会去。赵子曰起来之后和武端商议赴会的一切筹备事项。筹备事项之中当然以穿什么衣服为最重要，因为他们是要赴"女"权发展会。武端是取"洋服主义"，大氅虽然穿着有点热，可是折好放在胳臂上，岂不是"有大氅不穿而放在胳臂上，其为有大氅也无疑"吗！可是赵子曰的驼绒大袄不能照这么办，（这是华服不及洋服的一点！）要穿夹袍吧，又没有驼绒大袄那么新鲜漂亮。他搓拳跺脚的一个劲儿叨唠："这怎么好？！这怎么好？！"

"穿上夹袍，"武端建议："胸前带上个小红缎条，写上：'有好大袄，没穿。'岂不是全包括住了吗！"

"可是'没穿'的范围太宽呀，"赵子曰皱着眉，摇着头说："人家知道我把大袄是放在箱子里，还是寄放在当铺里，不妥！"

"冒下子险！"武端又想了半天才说："来个'华丝葛大衫主义！'虽然脱了棉袍就穿大衫有点冷，可是你的身体强壮，还怕冷吗！再说，你猜怎么着？心中有一团增加体面的热力，冷气也不容易侵进来！是不是？"

"干！"赵子曰叹了一口气："死了认命！都是那个该死的爸爸不给我寄钱！反正我要是冻死，在阎王爷面前也饶不了他个老东西！有生发油没有？老武！"

"有！要香水不要？"武端很宽宏大量而亲热的问。

"要！香香的！不然，一身臭汗气在女权会里挤来挤去，不叫她们给打出来才怪！"

武端忙着把生发油，花颜水拿来。赵子曰先把头发梳的晶光瓦亮（琉璃瓦），然后大把的往脸上捧花颜水。把脸上的糟面疙瘩杀的生疼，他裂着嘴坚持到底的用力往脸上搓。直搓得血筋乱冒，才下了"适可则止"的决心。然后启锁开箱往出毕恭毕敬的请华丝葛大衫。

武端把大氅折好，绸子里儿朝外，放在左臂上。右臂插在赵子曰肘下，两朵香花似的从天台公寓出发。

翠蓝的天上挂着几片灰心白边的浮云，东来西去的在天上浮荡着。两个人坐在车上，全仰着头细观天象。那几块浮云一会儿挤到一块把太阳遮住，武端擦着汗乐了；一会儿你推着我，我拥着你的散开，赵子曰挺挺胸膛噗哧的一笑。这样，一个盼着天阴，一个希望天晴，心意不同而目的一样的到了湖广会馆。

会馆门外扎着彩牌，用纸花结成的四个大字："女界万岁"。

时候还早，除了主事的几位男女忙着预备一切，会场上还没有几个人。赵子曰往四下里看，找不到欧阳天风。他只好和武端坐在一条凳子上闲谈。会场宽大，坐定之后，赵子曰觉得有些冷飕飕的。他问武端：

"你热不热，老武？"

"有些发燥呢！"

"把大氅给我，我——给你拿着！"

两个人正在交涉大氅的寄放问题，欧阳天风满头是汗的跑进来。

"欧阳！"赵子曰立起来叫："你怎么倒来晚了？"

"老赵，你过来！"欧阳天风点手往外叫赵子曰。武端也随着立起来，跟着赵子曰往外走。走到会场外的大门夹道，欧阳对赵子曰低声的说："你坐在讲台下第一排凳子上，把帽子放在旁边占下一个空位。回头王女士来，我把她领到你那里去！老武！"欧阳天风回头叫武端，武端急于要听秘密，把笑脸递过来，欧阳说："今天你得帮忙，别坐在那里不动！"

"叫我作什么？"武端笑着问。

"招待员！来，跟我拿标帜去！"

武端的洋服主义就是胸前差着一朵红花，听欧阳天风这样说，他乐得心里都像疯了似的；若不是极力的压制收敛，当时就得吐一口鲜血。

赵子曰不管他们，忙着跑回会场，坐在第一排凳子上，把帽子放在旁边。他一心秉正的祷告着：她可快来呀！把什么作主席，当招待的光荣全忘去，恭恭敬敬的坐在那里等着她。

欧阳天风和武端都胸前挂上红花，出来进去的走。武端把全身的重力放到脚踵与脚尖上去，把皮鞋底儿轧得吱吱的响。

快十一点钟了，赵子曰已经规规矩矩的在那里坐了四十分钟，会场中人渐渐多起来。赵子曰一手按着他的帽子，一面扭着脖子往外看：凡是一对男女一块儿进来的，总叫他心里一跳；继而一看不是欧阳与王女士，又叫他心里一酸。无意中把脖子扭的角度过大，看见背后隔着几条凳子坐着李景纯。赵子曰忙着把头回过来，呆呆的看着讲台上的黑板。这样有几分钟，他觉得这个"不扭脖子主义"有些不可能。于是又试着慢慢向后扭，还没扭到能看见后面的程度，早就把笑容在脸上画好，轻轻的叫了一声：

"老李！"

"老赵！"李景纯点了点头。"你好吗？老没见！"

"可不是老没见！你胖了，老李！"

"是吗？"

"胖多了！"

"老赵你不冷吗，穿这么薄？"李景纯诚恳的问。

"不冷，还热呢！"说着，赵子曰打了个冷战。"你看，还打'热'冷战呢！哈哈！你是会员不是，老李？"

"不是！"

"怎么不入会？我可以介绍你入会！"

"看一看，看清楚了再决定入会不入。"

两个人的谈话无法再继续了。

赵子曰一只眼睛无多有少的了着李景纯，一只眼睛聚精会神的往外望：欧阳天风在会场门口穿梭似的活动，只是看不见王女士的影儿。好容易欧阳天风往里走了几步，赵子曰立起来把嘴撅起多高向他努嘴。

"她就来，别急！"欧阳天风跑过来低声的说，说完又跑出去。

会场中男男女女差不多坐满了，在喽喽喳喳说话中间，外面哗郎哗郎振了铃。欧阳天风又跑过来低声告诉赵子曰。

"举魏丽兰女士作主席！"

"那个是？"

"那个！"欧阳天风偷偷的用手向台右边一指："那个穿青衣裳的！"

"喝！我的妈！"赵子曰一眼看到那位预来的主席，把舌头伸出多长一时收不回去。"我说，这么丑的家伙作主席，我可声明出会！"

"别瞎说！"欧阳天风轻轻打了赵子曰一下又走出去，沿路向会员们给魏女士运动主席。

说真的，魏女士长的并不丑，不过没有什么特别娇美的地方就是了。圆圆的脸，浓浓的眉，脸上并没擦着白粉。身量不矮，腰板挺着，加以一身青色衣裙，更把女子的态度丢失了几分。赵子曰虽然是个新青年，他的美的观念，除了憎嫌缠足以外，并不和赞美樱桃口杨柳腰的古人们有多大分别。况且他赴女权会的目的是在看女人，看艳美娇好的女人，所以他看见魏女士的朴素不华，不由的大失所望了！

2

铃声停止，台下吵嚷着推举主席：台下嚷的是举魏丽兰女士作主席，往台上走的也正是"魏丽兰"三个字的所属者那位女士。赵子曰把头低下不敢仰视，他后悔忘了把墨色的眼镜带来。

主席正在报告发起的原因及经过，欧阳天风又过来对赵子曰说：

"张教授回来要演说，挑他的缝子往下赶他！"

"那好办！到底她来不来？"赵子曰低声而急切的问。

"来！就来！"

主席报告完了，请张梦叔教授演说。张教授上了台，他有四十上下的年纪，黄净脸，长秀的眉，慈眉善目的颇有学者的态度。

"女权发展会可叫男人讲演，岂有此理！"赵子曰旁边坐着的一个青年学生说。

"等挑他的毛病，往下赶他！"赵子曰透着十分和气的对那个青年说。

"诸位男女朋友！今天非常荣幸，得与女权发展会诸同志会面。"张教授和声悦色的说，声音不大而个个字说的清楚好听："……从前女子的事业不过是烹调，裁缝——"

"你胡说！"场中一位女士立起来，握着小白拳头嚷："什么'裁缝'？我们女子学'缝纫'，裁缝是什么东西——"

"打他！打！"赵子曰喊。

"裁缝与缝纫，"场中一个男人立起来雄猛而严重的说："据我看，并没有什么分别。难道作衣服只缝不裁？或者裁缝这个名词还比缝纫强呢！再说，张教授说的是'从前的女子事业'，我请这位女士听明白了再说话！"

这几句话颇惹起一部分人的欢迎，鼓掌的声音虽不像个雷，也不减于一片爆竹的爆发。张教授含笑向大家点了点头继续讲：

"——女权的得到不是凭空说的，在欧战的时候，英国女子代替男子作一切事业，甚至于火车站上扛东西卸货物全是女子去作。那么，战后女子地位的增高与发展是天然的，因为她们真在社会上尽了职，叫男人们无从轻视她们。至于我们的女子事业，我实在不敢说是已经发达，倒是要说简直没有女子事业——"

"这是侮蔑中华女界！"后面七八位女士一齐扯着尖而悍的嗓子喊："怎么没有女子事业？我们这几个女子就是作女教员的！啊？——"

"下去！打！打他！"赵子曰拚着命的喊。跟着他立起来把衣袋中的一把铜元，哗喇一声向台上扔去。主席往外退了几步，男的争着往台上跑，女的就往场外逃，乱成了一团。

张教授被几个朋友围住，赵子曰们不得下手，于是把"打他"改为"把他逐出去！"张教授随着几个朋友一声没言语走出去。

主席定了定神。又请陈骚教授演说。台下的人们还没听清楚，陈教授已跳上台去，向人们深深鞠了一躬。

"诸位男女同志！"陈骚教授霹雳似的喊了一声，把会场中的喧哗会一下子压下去："从人类历史上看，女子对于文化进展的贡献比男子多，因为古代历史上的记载全是女权比男权大，这是事实！"

台下鼓掌延长至三分钟。

"现在的社会组织，看着似乎男子比女子势力大，其实不然，我试问在场的两个问题：第一，没有女子，可有家庭，可有社会，可有国家，可有人类？——"

"没有！！"台下惊天动地的喊。

"第二，"陈教授瞪着眼睛喊："可有几个男子不怕老婆的？"

"没有！"台下女的一齐喊。只有一个男子嚷了一声："我就不怕！"

"你不怕？"陈教授笑着问："你根本不知道尊重女权！"

"哈拉！哈拉！"台下女的跺着脚喊。鼓掌的声音延长至十分钟，不能再叫陈教授说话，也好，陈教授鞠了一躬下去了。

陈教授忽然下台，主席只好宣布选举会长职员。会员们全领了票纸，三五成群的商议着举谁好。女会员们想不起举谁，而一个劲儿的骂会中预备的铅笔不好使。

赵子曰把票放在票瓯里，不等听选举结果就往外跑。

"老赵！"武端在门口伸着大拇指向赵子曰说："你算真行！"

"欧阳呢？"赵子曰问。

"他走了，和一个军官的儿子叫贺金山的吃饭去了！"

"好，这小子把我冤了！"赵子曰叹了一口气。

"怎么？"

"王女士没来！"

"你没看见李景纯吗？"武端贼眉鼠眼的问："他来，她就不能来！你猜——"

第十四

1

凡是抱着在社会国家中作一番革命事业的，"牺牲"是他的出发点，"建设"是他最后的目的，而"权利"不在他的计较之内。这样的志士对于金钱，色相，甚至于他的生命全无一丝一毫的吝惜；因为他的牺牲至大是一条命，而他所树立的至小是为全社会立个好榜样，是在历史上替人类增加一分光荣。赵子曰是有这种精神的，从他的往事，我们可以看出：以打牌说吧，他决不肯因为爱惜自己的精神而拒绝陪着别人打一整夜。他决不为自己的安全，再举一个例，而拒绝朋友们所供献给他的酒；他宁叫自己醉烂如泥，三天伤酒吃不下去饭，也不肯叫朋友们撇着嘴说："赵子曰不懂得交情！"这种精神是奋斗，牺牲，勇敢！只有这种精神能把半死的中国变成虎头狮子耳朵的超等强国，那么，赵子曰不只是社会上一时一地的人物，他是手里握着全中国的希望的英雄。

什么是牺牲的对象？忠君？爱父母？那都是一百年前的事！那些事的范围都是狭小的！赵子曰是迎着时代走的，随着环境变的，他的牺牲至少也是为讨朋友们喜欢，博得社会上的信仰；比如拚命陪着朋友们吃酒，挨着冻穿华丝葛大衫，都是可注意的，有价值的事实。自然，这样的事实不能算他的重要建设，可是以小见大，这几件小事不是没有完全了解新思潮的意义的人们所能办到的。

有了这样崭新的见解，然后才能捉住一个主义死不松手，而绝对的牺牲，而坚持到底，而有往风涛上硬闯的决心！所以，有时候我们看赵子曰的意见与行事似乎有前后不一致的样子，其实那根本是我们不明白：什么叫绝对牺牲，什么叫坚持到底。我们要是明白这些，细心的从他的主义与行事的全体上来解剖，我们当时可以见出他的前后矛盾的地方正是他有时候不能不走一段歧路而求最后的胜利。以他捆校长和他不再念书说吧，我们不留心看总以为他是荒唐；可是，我们在下这个判断以前，应当睁大了眼睛看：为什么捆校长？为什么不再念书？假如我们想出：捆校长是为打倒学阀，爱护教育；不再念书是为匀出工夫替社会作革命事业；那么，这是不是他有一定的主义与坚定不挠的精神？

如此，赵子曰说"西"，我们该往"东"看；赵子曰今天说"是"，我们应当明天在"不"那里等着他。东就是西，西就是东，今天的"是"里有个明天的"不是"，明天的"不是"便有个今天的"是"。这才是真能随着环境走而不失最终目的的人物，这才是真能有出奇制胜随机应变的本事。在我们没有明白"是"中的"不是"，"不是"中的"是"以前，我们不应当随便下断语来侮蔑这样的英雄；我们不应当用我们狭陋的心来猜测赵子曰的惊风不定，含蕴万端的心意与计划。

又说回来了：赵子曰的为国为民牺牲一切是可佩服的。现在，他要替女权发展会牺牲色相，唱戏募捐了。

2

夜间，赵子曰把打牌的时间缩短，有时候居然在三点钟以前就去睡觉，以便保养嗓子。早晨，提着一团精神不到九点钟就起来，口也不漱到城外护城河岸去溜嗓子。沿着河岸一面走一面喊："啊——哦——儿吓啊——，"把河中的小鱼吓得都不敢到水皮儿上来浮，苇丛中的青蛙都慌着往水里跳。直喊到他口燥喉干，心中发空，才打道进城回公寓。

赵子曰所预备的戏是《八大锤》，《王佐断臂》。

第三号的地上垫上三尺多厚的麻袋，又铺上三层地毡。没黑带晚，那时高兴那时第三号主人就从床上脊背朝下往地上硬摔，学着古人王佐的把胳臂割下来还闹着玩似的摔个"抢背"。东墙上新安上一面大镜，摔完"抢背"，手里拿着割下来的那只臂，（其实是一根木棍。）向着镜子摇头耸鼻的哆嗦一阵，一边哆嗦，嘴里一边念："呛，呛，呛，吧嗒呛。"正和古人哆嗦的时候也有乐器随着分毫不差。

有时候他挂上三尺来长的，吃饭现往下摘，吐唾沫现往起撩的黑胡子，足下穿上三寸多厚的粉底高靴，向着镜子朝天的扭。呛！一摸胡子。哒！一甩袖。呛哒！一拐腿腕向前扭一步。这样从锣鼓中把古人的一举一动形容得唯妙唯肖。

离登台之期将近！除了挂胡子，穿靴子之外，他头上又扎上了网巾。网巾扎好：把眉毛吊起多高，眼睛挤成两道缝，而且脑门子发僵，有些头昏眼花。可是，他咬着牙往下忍，谁叫古人爱上脑箍呢，唱戏的能不随着史事走吗？牺牲的真精神？

装束已毕，把一床被子挂在八仙桌前当台帘，左手撩袍，右手掀被子，口中一声："瓜——呛！"他轻脆的往外一步跨出来。走了两步，然后站住耍眼珠，眼珠滴溜乱转约有半分钟的工夫，才又微微点了点头。点完头，用双手的大拇指在整副的黑胡子边儿上摸了一摸；因为古人的胡子是只运动边部而不动中心的。然后欲前而横的摆了两步，双手轻轻正一正冠，口中"喋！喋！"学着小锣的声音，古人正冠的时候总是打两下小锣的。

这样练习了几次，然后自拉自唱的仿效着古人的言语声调。原来古人的言语是一半说一半唱。或者说：言语与歌唱没有分别。欢喜也唱，悲哀也唱，打架也唱，拌嘴也唱。老太太也唱，小小子也唱，大姑娘也唱，小妞儿也唱。而且无论白天黑夜想唱就唱，甚至于古代的贼人在半夜里偷东西的时候，也是一面偷一面唱。歌唱以前往往先自己道一个姓名，这个理由直到现在才有人明白：据心理学家说，中国古代的人民脑子不很好，记忆力不强，所以非自己常叫着自己的姓名不可；不如此，是有全国的人们都变成"无名氏"的危险。

3

赵子曰私下用了七八天的工夫，觉得有了十二分的把握。于是把欧阳天风，武端和旁的两三位朋友请过来参观正式演习。

"诸位，床上站着！"赵子曰挂着长髯在被子后面说："地上是我一个人的戏台！先唱倒板，唱完别等我掀帘，你们就喊好儿！'迎头好'是最难承受，十个票友倒有九个被'迎头好'给吓回去的。有多大力量用多大力量喊，听见没有？"

　　吩咐已毕，他在被子后面唱倒板："金乌坠……玉兔东……上哦……哦……哦——"

　　"好<哇！！！"大家立在床上鼓着掌扯开嗓子喊。

　　"呛——呛！"赵子曰自己念着锣鼓点，然后轻脆的一掀被子，斜着身扭出来。

　　"好！好！"又是一阵喝彩。

　　赵子曰心中真咚咚的直跳，用力镇静着，摸胡子，正帽子，耍眼神，掀起胡子吐了一口唾沫，又用厚底靴把唾沫搓干，一点过节也没忘。然后唱了一段原板二簧。唱完了把蓝袍脱下，武端从床上跳下来，帮助王佐换上青袍。王佐等武端又上了床，才把一口木刀拿起来往左臂上一割。胳臂割断，跳起多高，一个鹞子翻身摔了下去。然后"瓜哒瓜哒"慢慢往起爬，爬起来，手里拿着那只割下来的胳臂，头像风车似的摇了一阵。……

　　该唱的唱了，该说的说了，该摔的摔了，该哆嗦的哆嗦了；累得赵子曰满身是汗，呼哧呼哧的喘。欧阳天风跳下床来给他倒了一碗开水润润嗓子。

　　"怎样，诸位？"赵子曰一面卸装一面问。

　　"好极了！你算把古人的举动态度琢磨透了！"大家争着说。

　　"好，日夜咂摸古人的神气，再不像还成呀！"赵子曰骄傲自足的一笑。

　　"'真'就是'美'，"内中一位美术院的学生说："因为你把古人的行动作真了，所以自然观着美！你那一摸胡子，一甩袖子，纱帽翅一颤一颤的动，叫我没法子形容，我只说真看见了古人，真看见了古代的美！"

　　"老武！腔调有走板的没有？"赵子曰听了这段美术论，心中高兴极了，可是还板着面孔，学着古人的"喜怒不形于色"，故意问自己有无欠缺的地方。

　　"平稳极了！"武端说："你猜怎么着。就是'岳大哥'的'岳'字没有顿住，滑下去了！是不是？"

　　"那看那一派！"欧阳天风撇着小嘴说："谭叫天永远不把'岳'字顿住！"

　　（欧阳天风到北京的时候，谭叫天早已死了！谭叫天到上海去的时候，欧阳天风还不懂什么叫听戏！）

　　"到底是欧阳啊！——"赵子曰点头咂嘴的说："老武！你的二簧还得再学三年！"

　　"先别吹腾！"欧阳天风笑着说："那顶纱帽不可高眼！"

　　"怎么？"

　　"差着两盏电灯！"欧阳天风很得意的说："你看，人家唱《秋胡戏妻》的时候，桑篮上还有电铃，难道你这个王佐倒不如秋胡的媳妇阔气？不合逻辑！"

　　"安上电灯，万一走了电，王佐不但断了臂，也许丧了命哇！"赵子曰很慎重的说："小兄弟！别乱出主意！"

　　"黄天霸，杨香五的帽子上现在全有电灯，就没有一个死了的，你为什么单这样胆小？"欧阳天风拍着赵子曰的肩膀说："你的戏一点挑剔没有，除了短两盏电灯！我保险，死不了！"

　　这个问题经几个人辩论了两点多钟，大家全赞成欧阳天风的意见。于是赵子曰本着王佐断臂的牺牲精神，在纱帽上安了两盏小电灯，一盏红的，一盏绿的。

第十五

1

"李顺！"赵子曰由戏园唱完义务戏回来，已是夜间一点多钟。

"嗻！"李顺从梦中凄凄惨惨的答应一声，跟着又不言语了。

"李——顺！！"

"嗻！"李顺揉着眼睛，把大衣披上走出来。

"你愿意挣五角钱不？李顺！"

"钱？"李顺听了这个字，像喝了一口凉水似的，身上一抖，完全醒过来："什么？先生！钱？"

"钱！五角！"赵子曰大声的说："你赶紧快跑，到后门里贴戏报子的地方，把那张有我的名字的报子揭下来！红纸金字有我的名字，明白不明白？不要鼓楼前贴着的那张，那张字少；别揭破了，带着底下的纸揭，就不至于撕破了！办得了办不了？"

"行，先生！这就去？"李顺问。

"可不这就去，快去！"

"五毛钱？"

"没错儿，快去！"

李顺把衣钮扣好，抖了抖肩膀，夜游大仙似的跑出去。

赵子曰把刚才唱完的《王佐断臂》的余韵还挂在嘴边，一边哼唧着，一边想那绕着戏馆子大梁的那些余音，不知到什么时候才能散尽。哼唧到得意之际，想到刚才台前叫好喝彩的光景，止不住的笑出了声。

"赵子曰会这么抖？"他自己说"真他妹妹的没想到！"他合上眼追想戏园中的经过：千百个脑袋，一个上安着两只眼睛，全看着谁？我！赵子曰！

"好！"千百张嘴，每张两片红嘴唇，都说道谁？喝谁的彩？我！赵铁牛！
"好！"那"抢背"摔的，嘿！真他妈的脆！包厢里那些姨太太们，台根底下那个戴着玳瑁眼镜的老头儿——"好吗！""好！"

他想着，念道着，笑着，忽然推开门跳出去。到了院中，看看南屋黑洞洞的，欧阳天风还没有回来。"傻小子，穷忙！台下忙十天，也跟不上台上露一出哇！也别说，欧阳也怪可怜的，把小脚鸭都跑酸了！"

他在院中来回走了半天，李顺"邦"的一声把街门推开，瞪着眼，张着嘴，呼哧呼哧的直喘。双手把那张红戏报子递给赵子曰。

"来！进来！"赵子曰把李顺领到屋里去："慢慢的拉着，别使劲！"两人提心吊胆的像看唐代名画似的把那张戏报展开。赵子曰把脑袋一前一后的伸缩着念："初次登台，谭派须生，赵子曰。烦演：《八大锤》，《王佐断臂》，车轮大战，巧说文龙，五彩电灯，真刀真枪，西法割臂，改良说书。"他念完一遍，又念了一遍，然后，又念了一遍。跟着又蹲下去看看戏报的反面，没看见别的，只有些干浆糊皮子和各色碎纸块。

"李顺！"赵子曰抿着嘴，半闭着眼，两个鼻孔微微的张着，要笑又不好意思的，要说话又想不起说什么好："李顺！啊？"

"先生！你算真有本事就结了！"李顺点着头儿说："《八大锤》可不容易唱啊！十年前，那时候我还不像这么穷，听过一回那真叫好：文武带打，有唱有念！喝！大花脸出来，二花脸进去，还有个三花脸光着脊梁一气打了三十多个旋风脚！喝！白胡子的，黑胡子的，还出来一个红胡子的！简直的说，真他妈的好！——"

"你听的那出，王佐的纱帽上可有电灯？"赵子曰撇着嘴问。

"没有！"

"完了，咱有！"

"我还没说完哪，我正要说那一出要是帽子上有了电灯可就'小车子不拉，推好了！'就是差个电灯！——"

"慢慢卷起来！"赵子曰命令着李顺："慢着，别撕了！明天你上廊房头条松雅斋去裱，要苏裱！明白什么叫苏裱呀？"

"明白！"李顺恭而敬之的慢慢往起卷那张戏报子："就是不明白，我一说苏裱，裱画匠还不明白吗？先生！"

"裱好了，"赵子曰很费思索的说："我再求陆军次长写副对子。一齐挂在这小屋子里，李顺，你看抖不抖？！"

"抖！先生！谁敢说不抖，我都得跟他拚命！"李顺说。

"好啦！你睡觉去吧！明天想着上松雅斋！"

"嗻！忘不了！"李顺规规矩矩走出去，走到门外，回头看了看赵子曰，偷偷的要笑而又不敢，捂着嘴到了他自己的屋里才笑出来。

赵子曰本想等着欧阳天风和武端回家，再畅谈一回。可是戏台上的牺牲过大，眼睛有些睁不开了。于是决定了暂把一肚的话埋那么一夜，明天再说。

他倒在床上颠来倒去的梦着：八大锤，锤八大，大八锤，整整捶了一夜。

2

第二天早晨，李顺把脸水拿进来，看见赵子曰在地上睡的正香。大概是梦里摔"抢背"由床上掉下来。

"先生，我说赵先生，热水您哪！"李顺叫。

"李顺！"赵子曰楞眼瓜哒的坐起来说："把水放下，拿那张戏报子去裱！"

"嗻！我先把先生们的脸水伺候完，先生！就去，误不了！"

3

果然不出武端所料：唱过义务戏以后，赵子曰又交了许多新朋友。票友儿，伶人们全不短到天台公寓来，王大个儿的《斩黄袍》也不敢在白天唱了。票友儿与伶人们都称呼他为"赵老板"，有劝他组织票房的，有劝他拜王又宸为师的。赵子曰不但同意了他们的建议，而且请他们到饭馆足吃足喝一阵。

专唱扫边老生的票友李五自荐给赵子曰说戏。唱二花脸的张连寿见面就说："赵老板成了名角的时候，可别忘了咱傻张啊！"于是在一个礼拜内李五和张连寿居然吃了赵子曰十顿金来凤羊肉馆。他们越把赵老板叫得响，赵老板越劝他们点菜。菜越上来的多，他们越把赵老板叫得响。直到他们吃得把赵老板三个字都叫不出来了，赵老板才满意了自己的善于交际。

拉胡琴的小辫儿吴三情愿天天早晨给赵子曰吊嗓子，纯是交情，不取分文。赵子曰心中老大不过意，吴三是坚决不要钱。过了几天，吴三和赵子曰要了五块钱，说：给赵子曰买一把蛇皮胡琴，赵子曰的心中舒服多了。

闹腾的快到五月节了，这群新朋友除吃喝赵老板以外，还没有一位给赵老板打主意谋事的。赵子曰心中有些打鼓。

"我说，老武！戏也唱了，新朋友也交上啦，可是事情还一点苗头看不出来呀？！"

"别忙啊！"武端稳稳当当显出足智多谋的样子说："那能刚唱一出就马上抖起来呢！——"

"可是我已经花了不少——"

"不花钱还成呀！你猜——"

"好！听你的！"

第十六

1

设若诗人们睁着一只眼专看美的方面，闭着一只眼不看丑的方面，北京的端阳节是要多么美丽呢：

那粉团儿似的蜀菊，衬着嫩绿的叶儿，迎着风儿一阵一阵抿着嘴儿笑。那长长的柳条，像美女披散着头发，一条一条的慢慢摆动，把南风都摆动得软了，没有力气了。那高峻的城墙长着歪着脖儿的小树，绿叶底下，青枝上面，藏着那么一朵半朵的小红牵牛花。那娇嫩刚变好的小蜻蜓，也有黄的，也有绿的，从净业湖而后海而什刹海而北海而南海，一路弯着小尾巴在水皮儿上一点一点；好像北京是一首诗，他们在绿波上点着诗的句读。净业湖畔的深绿肥大的蒲子，拔着金黄色的蒲棒儿，迎着风一摇一摇的替浪声击着拍节。什刹海中的嫩荷叶，卷着的像卷着一些幽情，放开的像给诗人托出一小碟子诗料。北海的渔船在白石栏的下面，或是湖心亭的旁边，和小野鸭们挤来挤去的浮荡着；时时的小野鸭们噗喇噗喇擦着水皮儿飞，好像替渔人的歌唱打着锣鼓似的："五月来呀南风儿吹"噗喇，噗喇。"湖中的鱼儿"噗喇，"嫩又肥"噗喇，噗喇。……那白色的塔，蓝色的天，塔与天的中间飞着那么几只野灰鸽：一上一下，一左一右，诗人的心随着小灰鸽飞到天外去了。……

再看街上：小妞儿们黑亮的发辫上戴着各色绸子作成的小老虎，笑涡一缩一鼓的吹着小苇笛儿。光着小白脚鸭的小孩子，提着一小竹筐虎眼似的樱桃，娇嫩的吆喝着"赛了李子的樱桃哎！"铺户和人家的门上插上一束两束的香艾，横框上贴上黄纸的神符，或是红色的判官。路旁果摊上摆着半红的杏儿，染红了嘴的小桃，虽然不好吃，可是看着多么美！

不怪周少濂常说："美丽的北京哟！美丽的北京端阳节哟！""哟"字虽然被新诗人用滥了，可是要形容北京的幽美是非用"哟"不可的；一切形容不出的情感与景致，全仗着这个"哟"来助气呢。

可是社会上的真象并不全和诗人的观察相符，设若诗人把闭着的那只眼睛睁开，看看黑暗的那一方面，他或者要说北京的端阳节最丑的了：

屠户门前挂着一队一队的肥猪大羊。血淋淋的心肝，还没有洗净青粪的肚子，在铁钩上悬着。嗡嗡的绿豆蝇成群的抱着猪头羊尾咂一些鲜血，蝇子们的残忍贪食和非吃肉不算过节的人们比较，或者也没有多大的分别。小孩子们围着羊肉铺的门前，看着白胡子老回回用大刀向肥羊的脖子上抹，这一点"流血"与"过节"的印象，或者就是"吃肉主义"永远不会消失的主因。

拉车的舍着命跑，讨债的汗流浃背，卖粽子的扯着脖子吆喝，卖樱桃桑椹的一个赛着一个的嚷嚷。毒花花的太阳，把路上的黑土晒得滚热，一阵旱风吹过，粽子，樱桃，桑椹全盖上一层含有马粪的灰尘。作买卖的脸上的灰土被汗冲得黑一条白一条，好像城隍庙的小鬼。

拉车的一口鲜血喷在滚热的石路上，死了。讨债的和还债的拍着胸膛吵闹，一拳，鼻子打破了。秃着脑瓢的老太太和卖粽子的为争半个铜子，老太太骂出二里多地还没解气。市场上卖大头鱼的在腥臭一团之中把一盘子白煮肉用手抓着吃了。……

这些个混杂污浊也是北京的端阳节。

屠场挪出城外去，道路修得不会起尘土，卖粽子的不许带着苍蝇屎卖，……这样：诗人的北京或者可以实现了。然而这种改造不是只凭作诗就办得到的！

2

"老武！欧阳！"赵子曰在屋中喊："明天怎么过节呀？"

"你猜怎么着？"武端光着脚，踏拉着鞋走过第三号来："明天白日打牌，晚上去听夜戏。好不好？"

"不！听戏太热！"欧阳天风也跑过来："听我的：明天十点钟起来，到中央公园绕个圈子。绕的不差什么的，在春明馆喝点酒吃点东西。我的请！我可有些日子没请你们吃饭了？是不是？吃完饭，回到公寓，光着脊梁凉凉快快的把小牌一打。晚饭呢，叫公寓预备几样可口的菜，叫李顺去到柳泉居打真正莲花白。吃完晚饭，愿意要呢再接续作战，不愿意呢，出去找个清静的地方溜个弯儿。这样又舒服，又安静，比往戏园子里钻强不强？再说，要听戏叫老赵唱两嗓子，对不对，赵老板？"

"还是你的小心眼儿透亮！"赵子曰眉开眼笑的说："好主意！李——顺！"……

3

"哈哈！老莫！傻兄弟！你可来了！"赵子曰跳起来欢迎莫大年。

"老赵，老武，你们都好？"莫大年笑着和他们握手。

"好！老莫你可是发福了！"武端也笑着说。他现在对莫大年另有一番敬重的样子，大概他以为在银行作事的人，将来总有作阁员的希望。

"老赵，我来找你明天一块儿上西山，去不去？——"莫大年说着看了武端一眼："老武也——"

"我正想上西山！"武端赶快的回答。他并不是忘了他们已定的过节计划，而是以为和在银行作事的人一块儿去逛可以增加一些将来谈话的材料。

"咱们三个？不够手哇！"赵子曰说。

"什么不够手？"莫大年问。

"三家正缺一门吗！"

"上山去打牌？"莫大年很惊异的问。

"这是老赵的新发明呢！"武端噗哧的一笑。

"等一等我告诉你，"赵子曰很高兴的说："我先问你，喝汽水不喝？"

"不喝！叫李顺沏点茶吧！"莫大年回答："李顺还在这儿吗？"

赵子曰叫李顺沏茶，李顺见了莫大年亲人似的行了一个礼，可惜没有他说话的份儿，他只好把茶沏来，看了莫大年几眼走出去。

"你看，老莫！"赵子曰接着说："在山上找块平正的大石头，在大树底下，把毡子一铺，小牌一打。喝着莲花白，就着黑白桑椹大樱桃，嘿！真叫他妈的好！"

"我不能上山去打牌！"莫大年低声的说。

"我告诉你，小胖子！"赵子曰又想起一个主意来："我想起来了：卧佛寺西院的小亭子上是个好地方。你看，小亭子上坐好，四围的老树把阳光遮住，树上的野鸟给咱们奏乐。把白板滑出溜的摸在手里，正摸在手里，远远的吹过来一阵花香，你说痛快不痛快？！小胖子，听你老大哥的话，再找上一个人一块儿去！"

"老莫可和欧阳说不来！"武端偷偷的向赵子曰嘀咕。

"我已约好老李，你知道老李不打牌？"莫大年看见武端和赵子曰嘀咕，心中想到不如把李景纯抬起来，把赵子曰的高兴拦回去。"咱们要是打牌，叫老李一个人去逛，岂不怪难堪的？！"

赵子曰没言语。

"对了！我想起来了，老赵！"武端向赵子曰挤了挤眼："老路不是明天约咱们听夜戏吗？这么一说，咱们不能陪着老莫上山了！"

"对呀！我把这件事忘了，你看！"赵子曰觉得非常的精明，能把武端的暗示猜透。

…………

李景纯和莫大年第二天上了西山。

第十七

1

端阳节，一个旋风似的，又在酒肉麻雀中滚过去了。人们揉揉醉眼叹口气还是得各奔前程找饭吃。武端们于是牌酒之外又恢复了探听秘密。

"子曰！子曰！"武端夜间一点多钟回来，在第三号门外叫。

"老武吗？"赵子曰困眼朦胧的问："我已经钻了被窝，有什么事明天早晨再说好不好？"

"子曰！秘密！"

"你等一等，就起！"赵子曰说着披上一件大衣光着脚下地给武端开门，回手把电灯捻开。

武端进去，张着嘴直喘，汗珠在脑门上挂着，脸色发绿。

"怎么了？老武！"赵子曰又上了床，用夹被子把脚盖上，用手支着脸蛋斜卧着。

"老赵！老赵！我们是秘密专家，今天掉在秘密里啦！"武端坐在一张椅子上，帽子也没顾得摘。

"到底怎一回事，这么大惊小怪的？！"赵子曰惊讶的问。两眼一展一展的乱转像两颗流星似的。

"欧阳回来没有？"武端问，说着端起桌上的茶壶咕咚咕咚的灌了一气凉茶。

"大概没有，你叫他一声试试！"

"不用叫他！有他没我！"武端发狠的说。

"什么？"赵子曰噗的一声把被子踹开，坐起来。

"你看了《民报》没有，今天？"武端从衣袋里乱掏，半天，掏出半小张

111

已团成一团儿的报纸，扔给赵子曰："你自己念！"

"票友使黑钱，女权难展。夜戏不白唱，客串贪金。"赵子曰看了这个标题，心中已经打开了鼓。"……赵某暗使一百元，其友武某为会员之一，亦使钱五十元。呜呼！此之谓义务夜戏！……"赵子曰咽了一口凉气，因手的颤动，手中的那半篇报纸一个劲儿沙沙的响。

武端背着手，咬着嘴唇，呆呆的看着赵子曰。

"这真把我冤屈死！冤死！"赵子曰把报纸又搓成一个团扔在地上。"谁给我造这个谣言，我骂谁的祖宗！"

武端还是没言语，又抱着茶壶灌了一气凉茶。

"登报声明！我和那个造谣生事的打官司！"赵子曰光着脚跳着嚷。

"你跟谁打官司呀？"武端翻着白眼问："欧阳弄的鬼！"

"老武！这可是名誉攸关的事，别再打哈哈！"赵子曰急切的说："你知道欧阳比我知道的清楚，你想想他能作这个事？！他能卖咱们？！"

"不是他！是我！"武端冷笑了一声。

"凭据！得有凭据呀！"

"自然有！不打听明白了就说，对不起'武秘密'三个大字！"

赵子曰又一屁股坐在床上，用手稀离糊涂的搓着大腿。武端从地上把那团报纸捡起来，翻来覆去的念。胃中的凉茶一阵一阵叽哩咕噪的乱响。

2

"哈哈！你们干什么玩儿哪？"欧阳天风开门进来，两片红脸蛋像两个小苹果似的向着他们笑。"老武！有什么新闻吗？"

武端头也没抬，依然念他的报。赵子曰揉了揉眼睛，冷气森森的说了句："你回来了？"

欧阳天风转了转眼珠，笑吟吟的坐下。

赵子曰是不错眼珠的看着武端，武端是把眼睛死钉在报纸上，一声不言语。

武端把报纸往地上一摔，把拳头向自己膝上一捶。

赵子曰机灵的一下子站起来，遮住欧阳天风。

“老赵，不用遮着我，老武不打我！”欧阳天风笑着说：“事情得说不是，就是他打我，也得等我说明白了不是？！”

“不是共总一百五十块钱吗，”武端裂稜着眼睛说：“我打一百五十块钱的！”

“老武！老武！”赵子曰拍着武端的肩膀说：“你等他说呀！他说的没理，再打也不迟！欧阳你说！说！”

“老武！老赵！”欧阳天风亲热的叫着：“你们两个全是阔少爷，我姓欧阳的是个穷光蛋。吃你们，喝你们，花你们的钱不计其数。我一个谢字都没有说过，因为我心里感激你们是不能用言语传达出来的。如今呢，这一笔钱我使啦。你们知道我穷，你们知道我出于不得已。这一百多块钱在你们眼中不算一回事，可是到我穷小子的手里就有了大用处啦！”

“钱不算一回事，我们的名誉！”武端瞪着眼喊。

“是呀！名誉！”赵子曰重了一句，大概是为平武端的气。

“别急，等我说！”欧阳天风还是笑着，可是笑的不大好看了：“当咱们在名正大学的时候，我办过这样的事没有？老赵？”

“没有！”

“我们的交情不减于先前，为什么我现在这样办呢？”

“反正你自己明白！”武端说。

“哈哈！这里有一段苦心！”欧阳天风接着说，眼睛不住的溜着武端：“你们二位不是要作官吗？同时，你们二位不都是有名闹风潮的健将吗？以二位能闹风潮的资格去求作官，未免有点不合适吧？那么由闹风潮的好手一变而为政界的要人，其中似乎应当有个‘过板’；就是说：把学生的态度改了，往政客那条路上走；什么贪赃，受贿，阴险，机诈，凡是学生所指为该刨祖坟的事，全是往政界上走的秘宝！事实如此，这并不是我们有意作恶！比如说，老赵，有人往政界举荐你，而你的资格是闹风潮，讲正义，提倡爱国，你自己想想，你这辈子有补上缺的希望没有？反之，你在社会上有个机诈敢干，贪钱犯

113

法的名誉，我恭贺你，老赵，你的官运算是亨通！卖瓜的吆喝瓜，卖枣儿的吆喝枣儿，同样，作学生的吆喝风潮，作官的吆喝卖国；你们自然明白这个，不必我多说。现在呢，你们的姓名登在报纸上了，你们的名誉算立下了；这叫作不用花钱的广告；这就是你们不再念书而要作官的表示！再说，就事实上说，我们给女权发展会尽义务筹款，我问问你们，钱到了她们手里干什么用？还不是开会买点心喂她们？还不是那群小姐们吃完点心坐在一块儿斗小心眼儿？那么，你们要是不反对供给她们点心吃，我看也就没有理由一定拦着我分润一些！她们吃着你们募来的钱，半个谢字不说；我使这么几块钱，和你们说一车好话，你们倒要恼我，甚至要打我，你们怎么这样爱她们而不跟我讲些宽宏大量呢！"

赵子曰的两片厚嘴唇一动一动要笑又不愿笑出来，点着头咂摸着欧阳天风的陈说。武端低着头，黄脸上已有笑意，可是依然板着不肯叫欧阳天风看出来。欧阳天风用两只一汪水的小眼睛看了看他们两个，小嘴一撇笑了一笑，接着说：

"还有一层，现在作义务事的，有几个不为自己占些便宜的？或者有，我不知道！人家可以这样作，作了还来个名利兼收，我们怎就不该作？我告诉你们，你们要是听我的指挥往下干，我管保说，不出十天半月你们的'委任状'有到手的希望。你们要还是玩你们学生大爷的脾气，那只好作一辈子学生吧，我没办法！作官为什么？钱！赔钱作官呀？地道傻蛋！你们也许说，作官为名。好，钱就是名，名就是钱！卖国贼的名声不好哇，心里舒服呢，有钱！中国不要他，他上外国；中国女子不嫁他，他娶红毛老婆！名，钱，作官，便是伟人的'三位一体'的宗教！——"

"哈哈！"赵子曰光着脚跳开了天魔舞。

"哼！"武端心中满赞同欧阳天风的意见，可是脸上不肯露出来。"哼！你猜——"

"老赵！还有酒没有？"欧阳天风问。

"屈心是儿子，这一瓶藏了一个多礼拜没动！来！喝！我的宝——喝！"

3

欧阳天风的人生哲学演讲的结果：武端把西服收起来换上华丝葛大褂，黄色皮鞋改为全盛斋的厚底宽双脸缎鞋。赵子曰除制了一件肥大官纱袍外，还买了一顶红结青纱瓜皮小帽。武端拿惯手杖，乍一放下手中空空的没有着落，欧阳天风给他出主意到烟袋斜街定做一根三尺来长的银锅斑竹大烟袋，以代手杖；沈重而伟大的烟袋锅，打个野狗什么的，或者比手杖更加厉害。如此改扮停妥，彼此相视一笑。欧阳天风点头咂嘴的赞美他们：

"有点派头啦！"

赵子曰在厕所里静坐，忽然想起一个新意思，赶快跑到武端屋里去：

"老武！又是一个新意思！从今天起，不准你再叫我'老赵'，我也不叫你'老武'！我叫你'端翁'，你叫我'子老'！你看这带官味儿不呢？"

"我早想到了！"其实武端是真佩服赵子曰的意思新颖："好，就这么办！老赵，啵，子老！欧阳说今天他给咱们活动去，你也得卖卖力气钻钻哪！我告诉你有一条路可以走：你记得女权发展会的魏丽兰女士？——"

"一辈子忘不了！那时想起来那时恶心？"赵子曰不用闭眼想，那位魏女士的丑容就一分不差的活现出来。

"别打哈哈！老赵，你猜怎么着，子老！"武端说着把大烟袋拿起来拧上一锅子老关东烟，把洋火划着倒插在烟锅上，因为他的胳臂太短，不如此是不容易把烟燃着的。"你知道她是谁的女儿不知道？"

"还出得去魏大、魏二？干脆，我不知道！"

"她是作过警厅总监魏大人的女儿！不然的话，女权发展会就会立得了案啦！"武端说到这里，两眼睁的像两盏小气死风灯，好像把天涯地角的一切藏着秘密的小黑窟窿全照得"透亮杯儿"似的。"那天你唱《八大锤》的时候，她直问我你是谁。你猜怎么着？我告诉她：这就是名冠全国学生界的铁牛赵子曰！她没说什么，可是她不错眼珠的看着你。你猜——"

"看我干吗？"赵子曰打了一个冷战。

"你有点不识抬举吧！"武端用大烟袋指着赵子曰说。

"往下说，端翁！我不再插嘴好不好？"赵子曰笑着说。

"我的意思是这么着：咱们俩全不是为钱，是为名誉，势力。魏女士既有意于你，你为何不'就棍打腿'和她拉拢拉拢？我呢，有个舅父在市政局作事，我去求他。你去运动魏女士，她的父亲作过警察总监，还能在市政局没有熟人吗！如此，我们两下齐攻，你猜怎么着，就许成功！你进去呢往里拉我，我进去呢也忘不了你！万一欧阳运动有效，我们还许来一份兼差，是不是？子老！"

"可是有一样，"武端把烟袋放下，十二分恳切的说："你要注意！你的言语，行动，可都得够派头！欧阳的话我越咂摸越有味：'穿着运动衣去运动官，叫作自找没趣！'念书的目的就是作官，可是念书时候的行为是作官的障碍；今天放下书本，今天就算勾了一笔账；重开张，另打鼓，卖什么吆喝什么！你说是不是？所以无论到那里，去见谁，先等别人开口，然后咱们随着人家的意见爬；千万别像当学生的时候那么固执己见！比如，人家骂学生一句，咱就骂十句；人家要拆学堂，咱就登时去找斧子；人家骂过激党是异端邪说，咱就说过激党该千刀万剐，五雷轰顶！这么办，行了，作官有望了！你猜——"

"端翁！"赵子曰笑得嘴也闭不上了："你由欧阳的一片话，会悟出这么些个道理来，你算真聪明，我望尘莫及！可是有一样，叫我去拉拢魏女士，我真受不了！我小的时候，爸爸给我买个难看的小泥人，我还把它摔个粉碎；如今叫我整本大套的去和女怪交际，你想想，端翁，我老赵受得了受不了？！"

"王女士倒好看呢，你巴结得上吗？！"武端含着激讽的腔调说。

"说真的，王女士怎样了？端翁！欧阳那小子说给我介绍她，说了一百多回了，一回也没应验！"

"先别说这个！有了官有了势力，不就凭她吗，再比她好上万倍的，说'要'马上就成功！不准再提这个事！计划你怎样去见魏女士！"武端的面容十分严厉，逼着赵子曰进行谋差事。

"这真是打着鸭子上树呀！"赵子曰摇着头说。

"这么办！"武端想了半天，然后说："我先上女权会找她，然后你到会里去找我；我给你们俩介绍。介绍以后，子老，那可就全凭你的本事了。自然，胖子不是一口吃起来的，凡事要慢慢的来，可是头一见面就砸了锅，是不容易再锯起来呀！"

"好，你先走，我老赵明白，不用你嘱咐！"

武端忙着去洗脸，分头发，换衣裳。装束完了，又嘱咐赵子曰一顿，然后摇摇摆摆往外走。走到街门又回来了：

"我说老赵，子老！我又想起一件事来：你前者在天津认识的那个阎乃伯，可作了直隶省长，这也是一条路哇！"

"我早在报上看见了！"赵子曰回答："可是只在他家教了三天半的书，他要记得我才怪；再说那个家伙不可靠！我说端翁！拿上你的大烟袋呀！"

"不拿！女权会里耍不开大烟袋！回头见，你可千万去呀！你猜怎么着？——"

第十八

1

"赵先生！电话！"李顺挑着大拇指向赵子曰笑着说。

（李顺对于天台公寓的事，只有两件值得挑大拇指的：接电话和开电灯。）

"那儿的？"赵子曰问。

"魏宅，先生！"

"喂！……啊？是的！是的！"赵子曰点着头，还笑着，好像跟谁脸对脸说话似的："必去，是！……啊？好！回头见！"他直等耳机里咯嚓咯嚓响了一阵，又看了看耳机上的那块小黑炭，才笑着把它挂好。

他慌手忙脚的把衣冠穿戴好。已经走出屋门，又回去照了照镜子，正了正帽子，扯了扯领子，又往外走。

……………

去的慌促回来的快，赵子曰撅着大嘴往公寓走。

"老武！老武！"赵子曰进了公寓山嚷海叫的喊武端。

"先生！"李顺忙着跑过来说："武先生和欧阳先生到后门大街去吃饭，留下话请先生回来找他们去。金来凤回回馆！"

"李顺！你少说话！我看你不顺眼！"赵子曰看见李顺，有了泄气的机会。

"嘘！"李顺晓得赵子曰的威风，小水鸡似的端着肩膀不敢再说话。

"叫厨房开饭！什么金来凤，银来凤，瞎扯！"赵子曰"光"的一声开开屋门进去。

"嘘！开平常的饭，是给先生另作？"李顺低声下气的问。

"瞧姓赵的配吃什么，瞧姓赵的吃得起什么，就作什么！别跟我碎嘴子，我告诉你，李顺，你可受不住我的拳头！"

"嘛！"

2

"老赵怎还不来呢？"武端对欧阳天风说。

两个人已经在金来凤等了四五十分钟。

"咱们要菜吧！"欧阳天风的肚子已经叽哩咕噜奏了半天乐。"老赵呀，哼！大概和魏女士——"说到这里，他看了武端一眼，把话又咽回去了。

"好，咱们要菜，"武端说着把跑堂的叫过来，点了三四样菜，然后对欧阳天风说："他不能和她出去，他不爱她，她——太丑！"

"可是好看的谁又爱他呢！"欧阳天风似笑非笑的说。

"欧阳，我不明白你！"武端郑重的说："你既知道好看的姑娘不爱他，可为什么一个劲儿给他拉拢王女士呢？"

"你要王女士不要，老武？"欧阳天风问。

"我不要！"

"完啦！老赵要！你如有心要她，我敢说句保险的话：王女士就是你姓武的老婆！明白了吧？"欧阳天风笑了笑，接着说："我问你，你为什么给老赵介绍魏女士？"

武端点了点头，用手捏起一块咸菜放在嘴中，想了半天才说："我再先问你一句，你可别多心，你和王女士到底有什么关系？"

跑堂的把两个凉碟端上来，欧阳天风抄起筷子夹起两片白鸡一齐放在嘴里，一面嚼着一面说：

"你先告诉我，我回来准一五一十的告诉你！要不然，先吃饭，吃完了再说好不好？"

"也好！"武端也把筷子拿起来。

热菜也跟着上来了。两个人低着头扒搂饭，都有一团不爱说的话，同时，都预备着一团要说的话。那团要说的话，两个人都知道说也没用。那团不爱说的话，两个人都知道不说是不行。于是两个嘴里嚼着饭，心里嚼着思想，设法要把那团要说的话说得像那团不爱说的话一样真切好听。这个看那个一眼，那个嘴里嚼着饭；那个看这个一眼，这个正夹起一块肥肉片，可是，这个夹肉片和那个的嚼饭，都似含着一些不可捉摸的秘密。两个的眼光有时触到一处，彼此慌忙在脸上挂上一层笑容，叫彼此觉得脸上的笑纹越深，两颗心离的越远。

欧阳天风先吃完了，站起来漱口，擦脸，慢慢的由小碟里挑了一块槟榔；平日虽然没有吃槟榔的习惯，可是现在放在嘴里嚼着确比闲着强。武端跟着也吃完，又吩咐跑堂的去把汤热一热，把牙签横三竖四的剔着牙缝。两个人彼此看了一眼：一个嚼槟榔，一个剔牙缝，又彼此笑了一笑。

汤热来了，武端一匙一匙的试着喝。本来天热没有喝热汤的必要，可是不这么支使跑堂的，觉得真僵的慌。他喝着汤偷偷看欧阳天风一眼，欧阳正双手叉腰看着墙上的英美烟公司的广告，嘴里哼唧着二簧。

"算账，伙计！"武端立起来摸着胸口，长而悠扬的打了两个饱嗝儿。"写上我的账，外打二毛！"

"怎么又写你的账呢？"欧阳天风回过头来笑着说。

"咱们谁和谁，还用让吗！"武端也笑了笑。"咱们回去看老赵回来了没有，好不好？"

"好！可是，咱们还没有说完咱们的事呢？"

"回公寓再说！"

3

两个人亲亲热热的并着肩膀，冷冷淡淡的心中盘算着，往公寓里走。到了公寓，不约而同的往第三号走。推开门一看：赵子曰正躺在床上咻呼大睡。

"醒醒！老赵！"欧阳天风过去拉赵子曰的腿。

"搅我睡觉，我可骂他！"赵子曰闭着眼嘟囔。

"你敢！把你拉下来，你信不信？"

"别理我，欧阳！谁要愿意活着，谁不是人！"赵子曰揉着眼睛说，好像个刚睡醒的小娃娃那样撒娇。

"怎么了，老赵？起来！"武端说。

"好老武，都是你！差点没出人命！"赵子曰无精失采的坐起来。

"怎么？"

"怎么？今天早晨我是没带着手枪，不然，我把那个老东西当时枪毙！"赵子曰怒气冲天发着狠的说。

"得！老武！"欧阳天风笑着说："老赵又砸了锅啦！"

"我告诉你，欧阳！你要是气我，别说我可真急！谁砸锅呀？！"赵子曰确是真生气了，整副的黑脸全气得暗淡无光，好像个害病的印度人。

欧阳天风登时把笑脸卷起，一手托着腮坐在床上，郑重其事的皱上眉头。

"老赵！"武端挺起腰板很慷慨的说："那条路绝了，不要紧，咱们不是还有别的路径哪吗！不必非拉着何仙姑叫舅母啊！"

赵子曰点了点头，没说什么。

武端心中老大的不自在，尤其是在欧阳天风面前，更觉得赵子曰的失败是极不堪的一件事。

欧阳天风心中痛快的了不得，嘴里却轻描淡写的安慰着赵子曰，眼睛绕着弯儿溜着武端。

"老赵！到底怎回事？说！咱姓武的有办法！"武端整着黄蛋脸，话向赵子曰说，眼睛可是瞧着欧阳天风。

"他妈的我赵子曰见人多了，就没有一个像魏老头子这么讨厌的！"赵子曰看武端挂了气，不好再说话了："不用说别的，凭他那缕小山羊胡子就像汉奸！"

武端点了点头，欧阳天风微微的一笑。

赵子曰把小褂脱了，握着拳头说：

"你看，一见面，三句话没说，他摇着小干脑袋问我：'阁下学过市政？'——"

"你怎么回答来着？"武端问。

"'没有！'我说。他又接着说：'没学过市政吗，可想入市政局作事！'——"

　　"好可恶的老梆子！"欧阳天风笑着说。

　　"说你的！老赵！"武端跟着狠狠唾一口唾沫。

　　"我可就说啦，'市政局作事的不见得都明白市政。'你们猜他说什么：'哼！不然，市政局还不会糟到这步天地呢！'我有心给他一茶碗，把老头子的花红脑子打出来！继而一想谁有工夫和半死的老'薄儿脆'斗气呢！我也说的好：'姓赵的并不指着市政局活着，咱不作事也不是没有饭吃！'我一面说一面往外走，那个老头子还把我送出来，我头也不回，把他个老东西僵在那块啦！"

　　…………

第十九

1

赵子曰和武端坐着说话，他说："欧阳上那儿啦？"武端冷淡的回答："管他呢。"

赵子曰和欧阳天风坐着闲谈，他问："老武呢？"欧阳天风小嘴一裂："谁知道呢。"

赵子曰见着武端，武端在他耳根下说："我告诉你，你猜怎么着？欧阳要和王女士没有暧昧的事，我把脑袋输给你！"

赵子曰见着欧阳天风，欧阳拉着他的手亲热而微含恫吓的说："你要是再和魏丫头来往，别说我可拿刀子拚命！"

赶巧三个人遇在一块儿，其中必有一个——不是赵子曰——托词有事往外走的。弄得赵子曰心中迷离迷糊的只是难过，不知怎么办才好。想给他们往一处捏合吧，他们面上永远是彼此看着笑，并没有一点不和的破绽。不给他们说和吧，他们脸上的笑容好似两把小钢刀，不定那一时凑巧了机会就刀刃上见点血。他立在两把刀的中间，是比谁也难过而且说不出道不出。

"老赵！"武端，乘着欧阳天风没在公寓里，跑过第三号来说："走！请你吃饭！"

"欧——"赵子曰说了半截又咽回去了。"好！上那儿？"

"随你挑！朋友的交情是一来一往的，咱姓武的不能永远吃别人不还席，哈哈！"

赵子曰知道那个专吃别人不还席的是谁，心中比自己是白吃猴还难过，可是他勉强笑着说：

"东安楼吧！"

"好！东安楼！我说，我打算约上老李，李景纯，你想怎样？"武端脸上显出只许叫赵子曰答应，不准驳回的样子。

　　"好哇！老没见老李，怪想他的呢！"赵子曰心中一百多万不喜欢见李景纯，可是看着武端的样子，要不答应这个要求，武端许从衣袋中掏炸弹。"再说，反正你请客，客随主人约，是不是？"

　　武端跑到柜房打电话约李景纯，李景纯推辞不开，答应了在东安楼见面。

　　已是学校里放暑假的天气，太阳像添足了煤的大火炉把街上的尘土都烧得像火山喷出来的灰砂。路旁卖冰吉凌的，酸梅汤的，叮叮的敲着冰铲儿，叫人们听着越发觉得干燥口渴。小野狗们都躺在天棚底下，一动也不动的伸着舌头只管喘，可是拉洋车的和清道夫还在马路上活动，或者人们还不如小狗儿们的造化？清道夫们自自然然的一瓢一瓢往街心上洒水，洒得那么又细又匀；洒完就干，干了再洒，好像以半部《论语》治天下的人们念那半部《论语》似的那么百读不厌。

　　武、赵二人到了东安楼，李景纯已经在那里等了半天。

　　李景纯穿着一身河南绸的学生服，脚上一双白番布皮底鞋，叫赵、武二人心中一跳，好像看见诸葛亮穿洋服一样新异。

　　"咳喽！老李！真怪想你的了！"赵子曰和李景纯握了握手。

　　"好吗？老赵！我们还是在女权会见着的，又差不多三个月了！"李景纯说。

　　"可不是！"赵子曰听见"女权会"三个字，想起魏家父女，胃中直冒酸水。

　　"老武！"李景纯对武端说："谢谢你！我可有些日子没吃饭馆了！"

　　"好！今天请你开斋！"武端说着不错眼珠的看着李景纯的白鞋和河南绸的学生服，看了半天，到底板不住问出来："老李，你怎么也往维新里学呀？居然白鞋而河南绸其衣裤，这未免看着太洋气呀！"

　　"老武！"李景纯微微一笑："你又想错了！你以为穿上洋服就是明白了西洋文化，穿着大袄便是保存国粹吗？大概不然吧！我以为衣食住既是生活的要素，就不能不想一想那样是合适的，那样是经济的。中国衣服不好，为什么？想！想完了而且真发现中服的缺点了，为什么不设法改良而一定非整本大套的穿西服不可！西服好，为什么？想！想完了而且真发现西服的好处了，为什么不先设法自己制作西服的材料而一定去买外国货！这不是文化不文化的问题，而是求身体安适与经济的问题！老武！别嫌我嘴碎，凡事，那怕是一个尖针那么小，全要思想一番啊——"

"我说老武，咱们要菜吧！"赵子曰皱着眉恳求武端。

"好！老李，你吃什么？"武端问。

"不拘，你要菜，我就吃，我是不会要！可是千万别多要！"

"得！听我的！老赵！"武端向赵子曰说："今天只准吃半斤酒，吃完饭我要和你明明白白的谈一谈。"

赵子曰因有李景纯在席，打不起精神和武端说笑，一声没言语。武端点了几样菜，真的只要了半斤酒。

酒喝完了，吃饭，饭吃完了，武端说了话：

"老赵！今天我特意把老李请来，叫他告诉告诉你欧阳的行为！大概你不至于不信任老李吧？"

"怎么啦？老武！"李景纯很惊异的问。

"不用问，老李！说说欧阳在公寓怎样欺侮你来着！"武端急切的说。

"过去的事提它干什么呢！"李景纯说。

"老李，我求你说！"武端的眼珠掔出来一大块似的："不然，老赵总看欧阳是他的好朋友，咱们不是！"

"我看谁都是好朋友！"赵子曰反抗着说。

"老武，你听着！"李景纯已猜透几分武端的心事，慢慢的说："交朋友不必一定像比目鱼似的非成天黏在一块儿不可呀！情义相投呢，多见几面；意见不合呢，少往一处凑。亲热的时候呢，也别忘了互相规正；冷淡的时候呢，也不必彼此怨谤。欧阳那个人，据我看，是个年少无知的流氓，我不愿与他交朋友，我不屑与他惹气，我可也不愿意播扬他的劣迹。他欺侮我，没关系，我不理他就完了；他要真是作大恶事，我也许一声不言语杀了他，不是为私仇，是为社会除个害虫！我前者警告过老赵，他不信，现在——"

"是这么一回事！"武端不大满意李景纯的话，忙着插嘴说："我和老赵托魏女士向她父亲给我们介绍，谋个差事。老李你知道，我和老赵并不指着作官发财，是想有个事作比闲着强。有一天老赵见着魏老者，欧阳吃了醋，他硬说我有心破坏他与老赵的交情。后来我问他到底与王女士的关系，你猜怎么着，他倒打一耙问我：'你想老赵能顺着你的心意和魏女士结婚不能？'老李你看，这小子要得要不得！而且最叫我怀疑的是他与王女士的关系，其中必有秘密，"武端说完看着李景纯，李景纯不住的点头。赵子曰一声不发，只连三并四的嗑瓜子。

　　"老武！"李景纯镇静了半天才说："当你信任欧阳的时候，我要说他一句'不好'，你能打我一顿；现在你看出他的劣点来了，我要说他'好'，你能打我一顿！这一点，你与老赵同病。你们应当改，应当细想一想！老武你叫我说欧阳的坏处，我反说了你的欠缺，原谅我，我以为朋友到一处彼此规劝比讲究别人的短处强！我知道你必不满意我，可是我天性如此，不能改！——不能改！至于欧阳与王女士有什么关系，我真不知道！我只以为我们有许多比娶老婆要紧的事应当先去作。我不反对男女交际，我不反对提倡恋爱自由，可是我看国家衰弱到这步天地，设若国已不国，就是有情人成了眷属，也不过是一对会恋爱的亡国奴；难道因为我们明白恋爱，外国人，军阀们，就高抬贵手不残害我们了吗？老赵！老武！打起精神干些正经的，先别把这些小事故放在心里！老武，谢谢你！我走啦！"

　　李景纯拿起草帽和武、赵二人握了握手，轻快的走出去。

　　武端深深喘了一口气，赵子曰把胡琴从墙上摘下来，笑吟吟的吱妞着。

　　"先别拉胡琴！"武端劈手把胡琴抢过来扔在桌上。"老李这家伙真他妈的别扭！"

　　"有不别扭的！你又不爱！没事请丧门神吃饭，自己找病吗！"

2

　　"老赵！"欧阳天风乘着武端出去了，把赵子曰困在屋里审问："你告诉

126

我句痛快话，你到底有心娶王女士没有？你这个人哪，我真不好意思说，真哪，不懂香臭！那么丑的个魏丫头你也蜜饯饯似的亲着——"

"谁爱她，魏女士，谁是个孙子！"赵子曰急扯白脸的分辩："我要利用她！现在呢我们又吹了灯，你没听见我说要枪毙那个魏老头子吗？我告诉你，你个小——不用和老大哥敲着撩着耍嘴皮子！说真的！"

"这像自己朋友的话啦！"欧阳天风似乎非被人叫作什么小——才欢喜，脸上又红扑扑的笑出一朵花儿来。"我告诉你，你打算利用魏丫头，叫作白费蜡！谁是你们的介绍人？老武！老武要是看出那条路顺当好走，他为什么不去，而叫你去？他要是明知道魏老头子不好斗而安心叫你去碰钉子，那怎算知己的朋友？！好，我不多说，反正现在你不信任我，我知道你爱老武——"

"你要是瞎说，我可捶你一顿！"赵子曰笑得一双狗眼挤成两道细缝，轻轻的打了欧阳天风的肉肉嘟嘟的小脊梁盖儿一下。

"得了老大哥！不说了！"欧阳天风笑着说："说正经的！你到底对王女士怎么样？告诉我！你要知道：现在张教授是大发财源，我听说他那部新著作，一下子就卖了三千块！这是一。还有李瘦猴儿天天鳔着她，一步不肯放松；瘦猴儿近来居然穿上白鞋，绸子学生服，也颇往漂亮里打扮，这是二。有这么两块臭胶黏着她，你要是不早下手，等别人把稠的捞了去，你可是白瞪眼！"

"我现在一心谋差事呢！"赵子曰说："差事到手，再娶媳妇，不是更威风吗？"

"我也盼着你作官哪！"欧阳天风鼓着小蜜桃儿的嘴说："你作了官，我不是也就跟着抖起来了吗！可是有一样，娶媳妇比作官更要紧！你看：当咱们在学校的时候，你说你念不下去书。为什么？短个知心的女友！男女之际，大欲存焉，这是上帝造人的一点秘密！不信，你今天娶了她，不几天的工夫就能找到事情作；因为心中一痛快，人得喜事精神爽，你才能鼓起精神去作事。照你现在这样无精少采的，半死不活的，而想去谋事，那叫老和尚看嫁妆，下辈子见吧！比如你去见政客伟人，一阵心血来潮，想起贵府上那位小粽子式脚儿的尊夫人；人家问东，你要不答西才怪！你能谋上差事才怪！我说的对不对？

老赵！"

赵子曰闭上眼睛细细的回想：乍结婚时候的快乐，和这几年的抑郁牢骚，两相比较，千真万确正和欧阳天风的话一个样。欧阳的一片话恰恰好是他自己心中那部痛史的短峭精到的一篇引言。几年来所欲洒而未洒的眼泪，都被欧阳这几句点破，好像锋快的小刀切在熟透的西瓜上，红穰黑子的迎刃而裂。官事的不成，学业的不就，烟酒的沈溺，金钱的糜费，全有了可以自恕的地方。心中不真乐，怎会不荒唐！心中不痛快，怎能念书，作官！他从前只以为疯着心要再婚是一种兽欲上的需要；现在他才明白，再婚是在兽欲而上的一种要求；如能把这一点要求满足了，成圣成贤，立铜像，竖硬盖大王八驮着的石碑，胥在斯矣！子曰：——赵子曰！曰——"婚而时结之，不亦乐乎！"

欧阳天风看着赵子曰深思默想，呆的不敢搅乱他。赵子曰一会儿点点头，一会儿张张嘴，比孙大圣过火焰山还奇幻。忽然他把手一拍，说：

"是这么着！欧阳你去办！老大哥决定了：先娶妻后作官！"

"老赵你真算聪明就完了，我佩服你！"欧阳天风笑着说："三天之内，准保叫你见她一面！老赵！先给我十块钱，这回不说'借'了！方便不方便？"

"拿去！老大哥有钱！"

第二十

1

"欧阳先生！"欧阳天风刚进天台公寓的大门，李顺大惊小怪的喊："欧阳先生！可了不得啦！市政局下了什么'坏人状'，武先生作了官啦！"

"委任状大概是？"欧阳天风心中一动，却还镇静着问："他补的是什么官，知道不知道？"

"官大多了！什么'见着就磕'的委员哪！"

"建筑科，是不是？"

"正对！就是！喝！武先生乐得直打蹦，赵先生也笑得把屋里的电灯罩儿打碎！乐了一阵，他们雇了一辆大汽车出前门去吃饭去了。"李顺指手画脚的说："先生你看，武先生作了官，连我李顺也跟着乐得并不上嘴，本来吗，没有祖上的阴功能作——"

"他们上那儿吃饭去了？"欧阳天风抢着问。

"上——什么楼来着！你看——"

"致美楼？"

"对！致美楼！"

欧阳天风把眼珠转了几转，自己噗哧一笑，并没进屋里去，又走出大门去了。出了公寓，雇了辆车到致美楼去。

"啊哈！老武——武大人！"欧阳天风跳进雅座去向武端作揖："大喜！大喜！"

武端正和赵子曰疯了似的畅饮，忽然见欧阳天风闯进来，武端本想不招待他，继而心中转了念头，站起来还了个揖请他坐下。赵子曰一心的怕武端不理欧阳天风，忙着向欧阳打招呼；可是欧阳连看赵子曰也不看，把那团粉脸整个的递给武端。

"武大人，前几天我告诉你什么来着，应验了没有？嗉！穿上华丝葛大衫，拿上竹杆大烟袋，非作官不可吗！"欧阳天风说着自己从茶几上拿了一份匙筯，吃喝起来。

武端本想给欧阳天风个冷肩膀扛着，可是细一想：既然作了官，到底不应当多得罪人，知道那一时用着谁呢。况且自己的志愿已达，何必再和欧阳斗闲气。于是把前嫌尽弃，说说笑笑的一点不露痕迹。

欧阳天风和武端说笑，不但不理赵子曰，而且有时候大睁白眼的硬顶他，赵子曰的怒气不从一处来，忽然把筷子往桌上一拍，立起来拿起大衫和帽子就往外走。

"怎么啦？老赵！"武端问。

"我回公寓，心中忽然一阵不合适！"赵子曰说着咚咚的走下楼去。

武端立起来要往外走，去拉赵子曰。欧阳天风轻轻拍了武端的肩膀一下，又递了个眼神，武端又莫名其妙的坐下了。

"老赵怎么啦？欧阳！"武端问。

"不用管他，我有法子治他！"欧阳天风笑着说："我问你，老武，一件要紧的事！你是要娶魏女士吗？现在作了官，当然该进行婚事！"

"我和魏女士没关系，不过彼此认识就是了。"武端咬言咂字的说，颇带官僚的味道："再说，我的差事并不是托她的人情！没关系！"

"那么，你看王女士怎样？"欧阳天风很恳切的问。

"你不是给老赵介绍她哪吗？"武端心中冷淡，面上笑着说。

"他说他又改了主意，不再娶了。所以我来问你，我早就有心这么办，你可别想我看你作了官巴结你！"欧阳天风又自己斟上一杯酒："说真的，王女士的模样态度真不坏！"

"可是，我现在还没意思结婚，先把官事弄好再说！"武端笑着说。

这件事要是搁在委任状下来以前，武端登时就去找赵子曰告密。可是，现在作了官，心中总得往宽宏大量里去。前几天一心一意要知道欧阳天风与王女士的秘密，甚至和欧阳犯心闹气；现在呢，就是欧阳有心告诉他，他也不愿意听；因为作官的讲究混含不露，讲究探听政治上的隐情，那还有工夫听男女学生的事情呢。武端认清了两条路：作学生的时候出锋头是嘴上的，越说得花梢，越显本事；作官的时候出锋头是心里的劲儿，越吞吐掩抑越见长处。

"那么你无意结婚？"欧阳天风钉了一句。

"没有！"

"也对！"欧阳天风又转了转眼珠："作官本来是件要紧的事吗！我说，你给老赵也运动着吧？"

"正在进行，成功与否还不敢定！"

"我盼着你们两个都抖起来，我欧阳算有饭吃了！"

"自然！"

"老武！你回公寓吗？"

"不！还要去访几位同事的，晚上还要请客！"

"那么，咱们晚上公寓见吧！谢谢你，老武！"欧阳天风辞别了武端，慌着忙着回公寓。

2

"老赵！老赵！"

"谁呀？"赵子曰故意的问。

"我？"欧阳天风开开屋门进去。

"欧阳天风呀！还理咱这不作官的吗？"赵子曰本来在椅子坐着，反倒一头躺在床上。

"老赵！你可别这么着！"欧阳天风板着脸说："我一切的行动全是为你好！"

"不理我，冰着我，也是为我好？嘻嘻！"

"那是！难道你不明白前几天我和老武犯心吗？现在他作了官，不用说，你得求他提拔你了。可是，设若他一想：咱们俩是好朋友，他因为恨我，就许也把你搁在脖子后头！我舍着脸去见他，并不是为我，我决不求他，为你！为你！你走后，你看我这个托付他，给你托付！为真朋友吗，舍脸？杀身也干！你姓赵的明白这个？"

"得！算你会说！小嘴儿叭哒叭哒小梆子似的！"赵子曰坐起来笑了。

"干吗会说呀，我真那么办来着！我问你，老武给你运动的怎样了？"

"他说只有文书科有个录事的缺，我告诉他不必给我活动，咱老赵穷死也不当二十块钱的小录事！"

"什么？你拒绝了他？你算行！姓赵的，你这辈子算作不上官了！"欧阳天风真的急了，一个劲摇头叹息。

"不作官就不作，反正不当小录事！"赵子曰坚决而自尊的说。

"比如你为我去当录事，把二十块钱给我，你去不去？"

"我给你二十块钱，不必去当录事！再说，我可以给你谋个录事，假如你有当录事的瘾！"

"我也得会写字呀，这不是打哈哈吗！也好，老赵，我佩服你的志愿远大！得！把这一篇揭开，该说些新鲜的了：后天，礼拜六，下午三点钟到青云茶楼上去见她！……"

3

青云阁商场所卖的国货，除了竹板包锡的小刀小枪，和血丝糊拉的鬼脸儿，要算茶楼中的"坐打二簧"为最纯粹。这种消遣，非是地道中国人决不会欣赏其中的滋味。所谓地道中国人者是：第一，要有个能容三壶龙井茶，十碟五香瓜子的胃；第二，要有一对铁作的耳膜。有了这两件，然后才能在卧椅上一躺，大锣正在耳底下当当的敲着"四起头"，唢呐狼嚎鬼叫的吹着"急急风"。

有些洋人信口乱道，把一切污浊的气味叫作"中国味儿"，管一切乱七八糟不干净的食品叫"中国杂碎"。其实这群洋人要细心检查检查中国人的身体构造，他们当时就得哑然自笑而钦佩中国人的身体构造是世界上最进化的，最完美的。因为中国人长着铁鼻子，天然的闻不见臭味；中国人长着铜胃，莫说干炸丸子，埋了一百二十多年的老松花蛋，就是肉片炒石头子也到胃里就化。同样，为叫洋人明白中国音乐与歌唱，最好把他们放在青云阁茶楼上；设若他们命不该绝，一时不致震死，他们至少也可以锻炼出一双铁耳朵来。他们有了铁耳朵之后，敢保他们不再说这大锣大鼓是野蛮音乐，而反恨他们以前的耳朵长的不对。

欧阳天风和赵子曰到了青云阁，找了一间雅座，等着王女士。"坐打二簧"已经开锣，当当当当敲得那么有板有眼的把脑子震得生疼。锣鼓打过三通，开场戏是《太师回朝》。那位太师的嗓音：粗而直像牛，宽而破像猪。牛吼猪叫声中，夹着几声干而脆的彩声，像狗。这一团牛猪狗的美，把赵子曰的戏瘾钩起来了。摇着头一面嗑瓜子一面哼唧着："太师爷，回朝转……"

"我说，她可准来呀？"赵子曰唱完《回朝》，问："上回在女权会你可把我骗了！"

"准来！"欧阳天风的脸上透着很不自然，虽然还是笑着。

两个人嗑着瓜子，喝着茶，又等了有半点多钟，赵子曰有些着急，欧阳天风心中更着急，可是嘴里不住的安慰赵子曰。

瓜子已经吃了三碟，王女士还是"不见到来"，赵子曰急得抓耳挠腮，欧阳天风的脸蛋也一阵阵的发红。

小白布帘一动，两个人"忽"的一声全立起来，跟着"忽"的一声又全坐下了。原来进来的是个四十多岁的仆人，穿着蓝布大衫，规规矩矩的手中拿着一封信。

"那位姓赵呀？先生！"

"我！我！"

"有封信，王女士打发我送给先生！"那个人说着双手把信递给赵子曰："先生有什么回话没有？"

欧阳天风没等赵子曰说话，笑着对那个人说："你坐下，喝碗茶再走！"

"嘚！不渴！"

"你坐下！"欧阳天风非常和蔼的给那个人倒了一碗茶。"你从北大宿舍来吧？李先生打发你来的？"

那个人看了看欧阳天风，没有言语。

"说！不要紧！"欧阳天风还是笑着说："我们和李先生是好朋友！"

"嘛！李先生嘱咐我，不叫我说。先生既是他的好朋友，我何必瞒着，是，是李先生叫我来的！"

"好！老赵！你给他几个钱叫他回去吧！回去对李先生说，信送到了，不必提我问你的话！"

赵子曰给了那个仆人四角钱，那个仆人深深的给他们行了一礼，慢慢的走出去。

赵子曰把信打开，欧阳天风还是笑着过来看：

"子曰先生：

你我素无怨嫌，何必迫我太甚！你信任欧阳天风，他是否好人？我不能去见你，你更没有强迫我的权利！你细细思想一回，或者你就明白了你的错处。设若你不思想，一味听欧阳的摆布，你知道：你我只都有一条命！

王灵石。"

赵子曰一声没言语，欧阳天风还是干笑，脸上却煞白煞白的了！

4

赵子曰直等看着欧阳天风脱衣睡了觉，他才回到自己屋中去。一个人坐了半天，盼着武端回来再说一会话儿，钟打了十二点，武端还没有回来。他丧胆失魂的上床去睡。已经脱了衣裳心中忽然一动，又披上大衫到南屋去看。走到南屋的阶下把耳朵贴在窗上听，没有声音。他轻轻推开门，摸着把电灯捻开，他心里凉了一半；床上并没有欧阳天风，可是大衫和帽子还在墙上挂着。他三步两步跑到厕所去看，没有！赵子曰可真着了急，跑回欧阳天风屋里坐在床上把前后的事实凑在一处想："他到底和她有什么关系？我怎么浑着心从前不问他！"拍，拍，打了自己两个嘴巴。"老李，老武全警告过我。对，还有老莫。我怎么那样粗心，不信他们的话！"拍，拍，又打了两个嘴巴，可是没有第一次的那么脆亮。"啊！"他跳起来了。"想起老莫，就想起她的住址来了。对！"他顾不得把电灯捻灭，也顾不得去穿上衣裤，只把大衫纽子扣好；光着眼子穿大衫，向大街上跑。跑到街上就喊洋车，好在天气暑热，车夫收车比较的晚了，他雇了一辆到张家胡同。

约摸着到了张家胡同中间，他叫车夫站住。他下了车回手一摸，坏了，只摸着了滑出溜的大腿，没带着钱。要叫车夫在这里等着，自己慢慢的去找王女士的门，车夫一定不放心。叫车夫拉到王女士的门口去，他又忘了她的门牌是多少号，登时叫车夫把他拉回公寓去，自己干什么来了？这一着急，身上出了一层黏汗。

"我说拉车的！"他转悠了半天，低声的说："我忘了带钱！你在这里等一等，我上东边有点事，回头你把我拉回鼓楼后天台公寓，我多给你点钱，行不行？"

"什么公寓？"

"天台！"

"你是赵先生吧？天黑我看不清，先生！"拉车的说。

"是我姓赵！你是春二？"赵子曰如困在重围里得了一支救兵。"好，春二你在这里等着我！"

"没错儿，先生！"

赵子曰把春二留在胡同中间，他自己向东走，他只记得莫大年说王女士院中有株小树，而忘了门牌多少号。于是他在黑影里弩着眼睛找小树。又坏了，路北路南的门儿里，有好几家有小树的，知道那一株是莫大年所说的小树呢？他耐着性儿，慢慢擦着墙根，沿着门看门上的姓名牌；几家离着路灯近的，影影抄抄的看得见；几家在背灯影里，一片黑咕笼咚什么也看不见。他小老鼠似的爬来爬去，一阵阵的夜风从大衫中吹了个穿堂，他觉得身上皮肤有些发紧，他站在那里，进退两难的想主意；脑子的黑暗好像和天色的黑暗连成一片，一点主意没有。忽然腿肚子上针刺一疼，他机灵的一下子拔腿往西走；原来大花蚊子不管人们有什么急事，见着光腿就咬。

"春二！"他低声的叫。

"嘁！赵先生！上车您哪！"

赵子曰上了车，用大衫紧紧箍住腿。春二把车拉起来四六步儿的小跑着。

"我说先生，黑间半夜还出来？"春二问。

"哼！"

"先生看咱拉的在行不在行？才拉一个多礼拜！作买卖，哈，我告诉您——哪，所以的，哈，不进铜子！没法子，哈，拉吧！咳！哈！拉死算！"春二一边喘一边说。这种举动在洋车界的术语叫作"说山"。如遇上爱说话的坐车的，拉车的就可以和他一问一答的而跑得慢一些，而且因言语的感动，拉到了地方，还可以有多挣一两个铜子的希望。可是这种希望十回总九回不能达到，所以他们管这个叫"说山"，意思是：坐车的人们的心，和山上的石头一样硬。春二拉车的第三天，就遇上了一个大兵，他竟自把那个大兵说得直落泪。拉到了海甸，那个大兵因受了春二的感动，只赏了春二三皮带，并没多打。

赵子曰满心急火，先还哼儿哈儿的支应春二，后来爽得哼也不哼，哈也不哈了。可是春二依然百折不挠的说，越说越走得慢。

到了天台公寓，赵子曰跳下车来，告诉春二明天来拿钱。春二把车拉走，一边走一边自己叨唠："敢情先生没穿裤子，在电灯底下才看出来，可是真凉快呀……"

赵子曰进了大门，往南屋看，屋里的灯还亮着呢。他拉开门看：欧阳天风穿着小褂呆呆的在椅子上坐着。桌子上放着一把明晃晃的小刺刀。他见赵子曰进来，吓了一跳似的，把那把刺刀收在抽屉里。两眼直着出神，牙咬得咯吱咯吱的响。

"我说，你到底是怎么回事？"赵子曰定了定神，问。

欧阳天风用袖子擦了擦脸，跟着一声冷笑，没有回答。

"说话！说话！"赵子曰过去用力的摇晃了欧阳天风的肩膀几下。

"没话可说！"欧阳天风立起来，鞋也没脱躺在床上。

"嘿！你真把我急死！说话！"

"告诉你呢，没话可说！她跑啦！跑啦！你要是看我是个人，子曰，睡你的觉去，不必再问！"

第二十一

1

第二天早晨起来，赵子曰到欧阳天风屋里去看，欧阳已经出去了。把他抽屉开开，喘了一口气，把心放下了，那把刺刀还在那里。他把它拿到自己屋中去，藏在床底下。

他洗了洗脸，把春二车钱交给李顺。到天成银行去找莫大年。

莫大年出门了。

赵子曰皱着眉头往回走，到公寓找武端。武端只顾说官场中的事，不说别的。

他回到自己屋中，躺在床上。眼前老有个影儿：欧阳天风咬着牙往抽屉里收刀！

自从赵子曰在去年下雪的那天，思想过一回，直到现在，脑子的运动总是不得机会。

刀！咬着牙的欧阳天风！给了赵子曰思想的机会！

赵子曰要是个宁舍命不舍女人的法国人，他无疑的是拿刀找李景纯！不，他是中国人！

他要是个一点人心没有的人，他应该帮助欧阳天风去行凶！不幸，他的激烈的行动都是被别人鼓惑的，他并没有安着心去作恶。捆校长，打教员，是为博别人的一笑，叫别人一伸大拇指，他并没有和人决斗的勇气！他也许真为作好事舍了命，可是他的环境是只许他为得一些虚荣而仿佛很勇敢似的干。

就是李景纯真夺了他的情人，他也不敢和李景纯去争斗。他始终怕李景纯，或者这个畏惧中含着一点"敬仰"的意思。就是他毫无敬畏李景纯的心，他到底觉得李景纯比他自己多着一些娶王女士的资格。他是结过婚的人，他自己知道！他的妻子离了他不能活着，他的家庭也不会允许他和她离婚，他自己也知道这个！

他爱欧阳天风并不和爱别人有多少差别，不过是欧阳天风比别人谄媚他，愚弄他多一些方法与花样就是了。

凡是能耍花样的就能支配赵子曰，这一点他自己觉不出来！

耍花样到了动刀杀人的地步，赵子曰傻了！他没有心杀人，可是欧阳天风的动刀和他有关系！他没办法！

他若是生在太平的时候，这些爱情的趣剧也本来是有滋味的。他可以不顾一切，只想达到"有情人成眷属"的含有喜气的目的。他的社会是一团乌烟瘴气，他的国家是个"破鼓万人捶"的那个大破鼓。这个事实不必细想他也能理会得到。他知道：明白恋爱的男女不会比别人少挨大兵的打，自由结婚的人们也不会受外国人的特别优遇！他应当牺牲一点个人的享福替社会上作点事，他应当把眼光放远一些，他应当把争一个女子的心去争回被军人们剥夺的民权。这些个话，李景纯告诉过他，现在他想起来了！

然而想起来好话和照着办与否是两件事！他的心挤在新旧社会势力的中间：小脚儿媳妇确是怪可怜的，同时王女士是真可爱！个人幸福本当为社会国家牺牲了的，可是，自家管自家的事又是遗传的"生命享受论"！新的办法好，旧的规矩也不错，到底那个真好，他看不清！穿西服也抖，穿肥袖华丝葛大衫也抖，为什么一定要"抖"？谁知道呢！

劝欧阳天风不要行凶，到底他和王女士有什么关系？找李景纯去求办法，李景纯又和她有什么关系？回家，不愿看那个小脚娘，也觉着没脸对父母！不回家，眼前就是白刀子进去红刀子出来的事！

朋友不少，李五可以告诉他怎样唱《黄金台》的倒板，武端可以教给他怎么请客，打牌。没有能告诉他现在该当怎办的。只有李景纯能告诉他，可是怎好找他去！

教育是没用的，因为教育是教人识字的，教育家是以教书挣饭吃的。赵子曰受过教育，可是没听过怎样立身处世，怎样对付一切。找老人去问，老人撅着胡子告诉他："忠孝双全，才是好汉。"找新人去求教，新人物说："穿上洋服充洋人！"

在这种新旧冲突的时期，光明之路不是闭着眼瞎混的人所能寻到的，不幸，赵子曰又是不大爱睁眼的人。

现在他确是睁着眼，可是那能刚一睁眼就看明"三条大道走中间"的那条中路呢！

越想越没主意，不想眼前就是祸，赵子曰急得落了泪！

2

赵子曰老以为他自己是个重要人物。

现在，欧阳天风由天台公寓搬走了，连告诉赵子曰一声都没有！武端板着黄脸，县太爷似的一半闲谈，一半教训似的和赵子曰说东说西。找莫大年去，又怕他没工夫闲谈。找李景纯去，又怕他不招待。虽然李顺还是照旧的伏侍他，可是他由心中觉出自己的不重要了！

心里要是不痛快，响晴的天气也看成是黑暗的。连票友李五也不来了，其实赵子曰只有两天没请他吃饭。勉强着打几圈牌，更叫他生气，输钱倒是小事，手里握着一对白板就会碰不出来！他妈的……

到屋里看看那张苏裱的戏报子，也觉得惨淡无光。"赵子曰"三个大金字不似先前那么放光了！

3

欧阳天风搬走之后，赵子曰的眼睛掉在坑儿里，两片厚嘴唇撅得比平常长出许多。戏也不唱了，只抱着瓶子"灰色剂"对着"苏打水"喝，越喝越懊恼！

他又找了莫大年去。

"老赵！你怎么啦？"莫大年问。

"老莫！我对不起你！"赵子曰几乎要哭："你在白云观告诉我的话，是真的！"

　　"你看，我那能冤你呢！"

　　"老莫！我后悔了！"赵子曰把欧阳天风怎样半夜拿刀去找王女士的情形大概的说了一遍："现在我怎么办？他要真杀了她，我于心何忍！他要是和李景纯打架，老李那是欧阳的对手！老莫，你得告诉我好主意！"

　　"哼！"莫大年想了半天才说："还是去找老李要主意，我就是佩服他！"

　　"难道他不恨我！"

　　"不能！老李不是那样的人！你要是不好意思找他去，我给他打电话叫他去找你。他听说你为难，一定愿意帮助你，你看好不好？"

　　"就这么办吧！老莫！"

第二十二

1

赵子曰正在屋里发楞，窗外叫："老赵！老赵！"

"啊！老李吧？进来！"

李景纯慢慢推开屋门进去。擦了擦头上的汗，然后和赵子曰握了握手。这一握手叫赵子曰心上刀刺的疼了一下！

"老李！"赵子曰低声的说："王女士怎样了？别再往坏处想我，我后悔了！"

"她现在十分安稳，没危险！"李景纯把大衫脱下来，慢慢的坐在一张小椅子上。"老赵，给我点凉水喝，天真热！"

"凉茶行不行——"

"也好！"

"我问你，欧阳找你去捣乱没有？"

李景纯把一碗凉茶喝净，笑了一笑："没有！他不敢！人们学着外国人爱女人，没学好外国人怎样尊敬女人，保护女人！欧阳敢找我去，我叫他看看怎样男人保护女人！老赵！我的手腕虽然很细，可是我敢拚命，欧阳没那个胆气！"

赵子曰低着头没言语。

"老赵！我找你来并不为说王女士的事，我来求你办一件事，你愿意干不愿意？"

"说吧！老李！我活了二十多岁还没办过正经事呢！"

"好！"李景纯身上的汗落下去了，又立起来把大衫穿上。"老赵，你听着，等我说完，你再说话。我是个急性子，愿意把话一气说完！"

"老李你说！"

"我现在有两件事要办，可是我自己不能兼顾，所以找你来叫你帮助我。我要求你作的事是关于老武的：我听得一个消息，老武和他的同事的勾串美国人，要把天坛拆毁，一切材料由美国人运到美国去，然后就那个地址给咱们盖一座洋楼，还找给市政局多少万块钱。老武这个人是：有人说胖子好看，他就立刻回家把他父亲的脸打肿；他决无意打他父亲，而是为叫他父亲的脸时兴好看。他只管出锋头而不看事情的内容。这次要拆天坛也是如此，他决不是为钱，是要在官场中显显他办事的能力。

"我想，我们国家衰弱到这样，只有这几根好看的翎毛——古迹——支撑着门面，我们不去设法保存修理，已经够可耻了，还忍心破坏吗！为什么美国人要买那些东西，难道美国人懂得什么叫爱古迹，什么是'美'，我们就不懂得吗？老赵你和老武不错，我愿意叫你劝劝他，他听了呢更好；不然呢，为国家保存体面起见，跟他动武也值得的。我不主张用武力，可是真遇上糊涂虫还非此不可！我决不是叫你上大街去卖嚷嚷，老赵，你听明白了！因为我们要是打着白旗上大街去示威，登时就有人说我们是受了英国人的贿赂，不愿把天坛卖给美国人，那么，天坛算是拆妥了！我的意思是：先去劝他；不听，杀！杀一个，别的人立刻打退堂鼓；中国的坏人什么也不怕，只怕死！为保存天坛杀了我们的朋友，讲不来，谁叫公私不能两全呢！

"你也许疑心：为什么因保存一个古迹至于流血杀人？老赵！这大有关系：一个民族总有一种历史的骄傲，这种骄傲便是民心团结的原动力；而伟大的古迹便是这种心的提醒者。我们的人民没有国家观念，所以英法联军烧了我们的圆明园，德国人搬走我们的天文台的仪器，我们毫不注意！这是何等的耻辱！试问这些事搁在外国，他们的人民能不能大睁白眼的看着？试问假如中国人把英国的古迹烧毁了，英国人民是不是要拚命？不必英国，大概世界上除了中国人没有第二个能忍受这种耻辱的！所以，现在我们为这件事，那怕是流血，也得干！引起中国人的爱国心，提起中国人的自尊心，是今日最要紧的事！没有国家观念的人民和一片野草似的，看着绿汪汪的一片，可是打不出粮食来。

"现在只有两条道路可以走：一条是低着头去念书，念完书去到民间作一些事，慢慢的培养民气，一条是破命杀坏人。我是主张和平的，我也知道青年们轻于丧命是不经济的；可是遇到这种时代还不能不这样作！这两样事是该平行并进的，可是一个人不能兼顾，这是我最为难的地方，也就是今天替你为难的地方：我劝过你回家去种地，顺手在地方上作些事，教导教导我们那群无知无识的傻好乡民。可是，跟老武去拚命，也不算不值得，我不知道叫你作那样去好！"

　　"老李！"赵子曰说："我听你的！叫我回家，我登时就走！叫我去卖命，拿刀来！"

　　"这正是我为难的地方呢！"李景纯慢慢的说。

　　"我知道你不是个愿把别人牺牲了的人。"赵子曰想了半天才说："这么办：我自己挑一件去作，现在先不用告诉你。也许我今天就回了家，也许我明天丧了命。我回了家呢，我照着你告诉我的话去作些事；我丧了命呢，我于死的前一分钟决不抱怨你！"

　　"好吧！你自己想一想！自然，我还是希望你回家！"

　　李景纯立起来要往外走。

　　"等一等！老李！"赵子曰把李景纯拉住，问："你要办的是什么？你不是说有两件事我们分着作吗？"

　　"我的事，暂时不告诉你！再见！老赵！"

2

　　赵子曰等着武端直到天亮，武端还没回来。他在床上忍了一个盹儿，起来洗了洗脸到市政局去找武端。到了市政局门口，老远的看见武端坐着辆洋车来了。车夫把车放下，武端还依旧点着头打盹。

　　"先生，醒醒吧！到了！"车夫说。

　　"啊？"武端睁开两只发面包子似的眼睛，一溜歪斜的下了车。

　　武端正迷离迷糊的往外掏车钱，赵子曰对那个车夫说：

"再喊一辆，拉鼓楼后天台公寓！"

说完，他把武端推上车去，武端手里握着一把铜子又睡着了。……

到了天台公寓，赵子曰把武端拉到第三号去。武端一头躺在床上就睡，一句话也没说，赵子曰把屋门倒锁上，从床底下把欧阳天风的那把刺刀抽出来。

"醒醒！老武！"

"啊！六壶？我刚碰了白板！"武端眼也没睁，嘟囔着。

"你——醒——醒！"赵子曰堵着武端的耳朵喊。

武端勉强睁开了眼，赵子曰把刺刀在他眼前一晃，武端揉了揉眼，看见眼前是把刀，登时醒过来了。他的已经绿了的脸更绿了，好像在绿波中浮着一片绿树叶。

"怎回事？"武端说完连着打了三个哈欠。

"老武！朋友是朋友，事情是事情，我指着这把刀问你一句话：你是打算卖天坛吗？"

"是！"武端的嗓音都颤了："并不是我一个人的主意！"

"我先找你，别人一个也跑不了！"赵子曰拍的一声把刀放在桌上。"反对这件事的理由很多，不必细说，你只想想美国人为什么要买就够了！你我是好朋友，我先劝告你，你答应我撤销前议，咱们是万事全休，一天云雾散！不然，老武，你看见这把刀没有？你杀我也好，我杀你也好，你看着办！"

武端看着赵子曰神色不正，不敢动，也不敢喊叫；他知道赵子曰的力气比他大，又加上自己一夜没睡觉，身上一点力量没有。他知道：要是一喊叫，救兵没到以前，自己的脖子和脑袋就许分了家！

"老赵！你许我说话不许？"武端想了半天大着胆子问。

"说你的！"赵子曰说着给武端一条湿手巾："擦擦脸，醒明白了再说！"

"老赵，我问你三个问题！"武端用湿手巾擦了擦脸，真的精神多了："是好朋友呢，回答我的问题！专凭武力不讲理呢，我干脆把脖子递给你！你猜——"

"说！我接着你的！"赵子曰冷笑了一声。

“第一，谁告诉你的这件事？”

“老李！”

“好！第二，除了为保存天坛，还有别的目的没有？是不是要——”

“指着卖古物占便宜，我骂他的祖宗！”

“也好！第三，我要是因撤销前议而被免了职，你担保给我找事吗？”

“我管不着！”

“那未免太不讲交情啊！”武端现在略壮起一些胆子来：“我一一解说这三个问题，你听着——”

“赵先生！电话！”李顺在门外说。

“谁？”

“莫先生！”

“告诉他等一会儿再打！”

“嗻！”

“说你的！老武！”

“第一，老李为什么告诉你，不告诉别人？”武端问：“他为什么现在告诉你，而以前没求你作过一回事？是不是他和王女士的关系已到成熟的程度，要挑拨你我以便借刀杀人？你杀了我，你也活不了；我杀了你，自然你不会再活；你死了，他不是就无拘无束的可以娶她吗？”

“王女士与我没关系，你这些猜测是没用，我听听你的第二！”

“好！你知道拆天坛改建什么不知道？”

“不知道！”

“盖老人院！把一座老废物改成慈善机关，大概没有人反对吧？你口口声声说保存古物，我问问你，设若遇上内乱，叫大兵把天坛炸个粉碎，大兵能负责再盖一座吗，或者改造一个老人院吗？你要是拦不住大兵的枪炮炸弹，我看也就没有理由来干涉我；况且我要作的是破坏古物，建设慈善事业！

“还是那句话，你若是要从中找些便宜，好！老赵！我姓武的满可以为力；比如说谋个修盖老人院的监工员，自要你明说，我一定可以替你谋得到！

“至于我自己，这是第三个问题，不为利，只为名，这个大概你明白！我办好这件事，外国人给市政局几十万块钱，局子里就可以垫补着放些个月的薪水；那就是说：由局长到听差的全得感念咱的好处。这么一办，一方面救不少穷作官的，一方面我自己树立些名声。我知道拆卖古物是不光荣的，可是在这种政府之下，为穷苦无告的老人设想，为穷作官的设想，还是一件地道的善事。你要责备我，最好先责备政府，政府要是有钱，难道作官的还非偷偷摸摸的卖古物不可？所以从各方面想，这件事我非作不可，不为钱，为名，为得较高的地位！有人拦着我不叫我作，好，给我找好与建筑科委员相等的事！不然，我不能随便打退堂鼓！"

赵子曰心里打开了鼓：李景纯的话有理，武端的话也不算没理。他呆呆的看着桌上那把刀，一声没言语。

"赵先生，电话，还是莫先生！"李顺在院内说："莫先生说有要紧的事！"

赵子曰看了看武端，皱着眉走出去。

"喂！老莫！是……什么？……老李？……我就去！"

赵子曰把电话机挂好，脸上一点血色也没有了，跑到屋里，抓起帽子就往外跑。

"怎么啦？老赵！"武端问。

"老李被执法处拿去了！"赵子曰只说了这么一句，惊慌着跑出大门去。

3

"老莫！怎么样？"赵子曰急得直跺脚。

"我已疏通好，我们可以先去见老李一面，他现在在南苑军事执法处！"莫大年脸也是雪白，哆哩哆嗦的说："快走！你身上没带着什么犯禁的东西呀？到那里要检查身体！一把小裁纸刀也不准带！"

"身上什么也没带！走！老莫！"

两个人跑到街上，雇了一辆摩托车向南苑去。坐在车里，一路谁也没说话。到了南苑司令部，莫大年去见一位军官。那个军官只许他们见李景纯五分钟。然后把赵子曰也叫进去，检查了身体，那个军官派了两名护兵把他们领到执法处的监牢去。

两个护兵一个是粗眉大眼的山东人，一个是扁脑杓，薄嘴唇的奉天人。两个人的身量全在六尺出头，横眉立目，有虎豹的凶恶，没有虎豹的尊严威美。腰中挂着手枪，背上十字插花的两串子弹，作贼作兵在他们心中没有分别，自要有手枪与子弹他们便有饱饭吃。

军营的监狱在司令部的南边。一溜矮房，围着土打的墙，墙外五步一岗的围着全身武装的大兵。新栽的小柳树，多半死少半活着的在土墙内外稀稀的展着几条绿枝。一个小铁门，门外立着一排兵：明晃晃的枪刺在日光下一闪一闪的，把那附近一带的地方都照得冷森森的，虽然天上挂着一轮暑天的太阳！

那一溜小矮房共有三十多间，每间也不过三尺长二尺宽。没有床铺，没有椅凳，什么也没有，只有大铁链上锁着个活人。四围的土墙离这列房子前后左右都有一丈来的：左边晒着马粪，右边是犯人每天出来一次大小便的地方。院中有苍蝇和屎蜣螂飞得嗡嗡的乱响，和屋中的锁链声连成一片世间仅有的悲曲！屋子里是湿松的土地，下雨的时候，墙角一群一群的长着小蘑菇。四面没有窗子，前面只有一扇铁门，白天开着，夜间锁上：屋里的犯人时常有不等再开门，就在铁门后与世长辞了！四围的粪味和屋中的奇臭，除了抵抗力强于牛马的，很少有能在那里活上十天半月的！门外的兵们成年的在那里立着，他们不怕，因为他们的身体构造是和野兽一样的。

到了监狱，两个兵把他们领到李景纯那里。李景纯只穿着一身裤褂，小褂的肩部已撕碎，印着一片片的血迹，两只细腕上锁着手镯，两条瘦腿上绊着脚镣，脸上青肿了好几块，倚着墙低着头站着。

那个奉天兵过去踢了铁门两脚："妈的，有人看你来了！"李景纯慢慢抬起头来往外看。看见赵子曰们，他又把头低下去了。

赵子曰，莫大年的眼泪全落下来了。

"有话快说！"两个兵一齐向他们说。

莫大年掏出两张五块钱的票子塞在两个兵的手中，两个兵彼此看了一眼，向后退了十几步。

"谢谢你们！老赵！老莫！"李景纯低着头看着手上的铁镯慢慢的说：
"这是咱们末次见面了！"

　　"老李！到底为什么？"赵子曰问。

　　"一言难尽！时间大概也不容我细说！"

　　莫大年摸了摸衣袋中的钱包，又看了那两个大兵一眼，对李景纯说："快
说！老李！"

　　"我有把手枪，是四年前我在家中由一个逃兵手里买的，还有几个枪
弹。"李景纯往前挪了两步，低声的说："是为我自杀用的！因为那时候我的
厌世思想正盛。后来我改了心，我以为人间最不光荣的事是自杀；所以那把枪
成了暗杀的利器了，自杀与暗杀全不是经济的，可是因时事的刺激，叫我的感
情胜过了理智；无论怎么说吧，暗杀比自杀强，因为我要杀的人是人民的公
敌，我不后悔，这样丧命比自杀多少强一点！"

　　莫大年不忍的看李景纯，把头斜着向旁边看。和李景纯紧临的房子内，一
个囚犯正依着铁门咬着牙用腕上的铁链往下刷腿上被军棍打伤的脓血，铁链一
动随着大绿豆蝇嗡的往起一飞。莫大年把头又回过来了。

　　"老赵，你还记得在女权会遇见的那个贺金山！他的父亲是，在那个时
候，大名镇守使。他和欧阳天风是赌场妓院的密友。他的父亲，贺占元，现在
奉命作京畿守卫司令。贺占元在大名的时候，屈死在他手里的人不计其数。
现在他到北京就职，他要大施威吓，除在通衢要巷枪毙几个未犯死罪的囚犯
外，还要杀一两个较有名声的人以压制一切民众运动。欧阳天风既和贺金山相
好，所以他指名叫贺金山告诉他父亲杀张教授。你们当然猜得到，他为什么这
样办。

　　"我从王女士那里得来这个消息，因为前几天欧阳天风喝醉了威吓她，说
漏了嘴。我呢，并不是为张教授卖命，因为我们没有十分亲密的关系；我是为
民间除害！老赵！我昨天找你去的时候，我的主意已决定，可是我没告诉你；
作这种事是不能不严守秘密的。今天早晨我在永定门外等着他，嗐！没打死
他！详细的情形，你们等看报纸吧，不必细说，我自恨没有成功，我什么也不
后悔，只后悔我只顾念书而把身体的锻炼轻忽了；设若我身体强，跑动得快，

我也许成功了！嗐！完了！——"

"你放心，老李！我们当然设法救你！"莫大年含着泪说。

"不必！老莫！老赵！假若你们真爱我，千万不必救我！所谓营救者，不出两途：一，鼓动风潮，多死些个人，为我而死些人，我死不瞑目；二，花钱贿赂；我没打死他，人民的公敌，反拿钱去运动他，叫他发一笔财，我愿意死，不忍看这个！——"

那两个大兵又走过来了，莫大年偷偷的把钱包递给他们，他们又退回去了。李景纯叹了一口气，看了莫大年一眼。然后接着说：

"我常说：救国有两条道，一是救民，一是杀军阀；——是杀！我根本不承认军阀们是'人'，所以不必讲人道！现在是人民活着还是军阀们活着的问题，和平，人道，只是最好听的文学上的标题，不是真看清社会状况有志革命的实话！救民才是人道，那么杀军阀便是救民！军阀就是虎狼，是毒虫，我不能和野兽毒虫讲人道！

"黑暗时代到了！没有黑暗怎能得到曙光！

"老莫！老赵！你们好好的去作事，去教导人民，你们的工作比我的难，比我的效果大！我只是舍了命，你们是要含着泪像寡妇守节受苦往起抚养幼子一样困难！不用管我，去作你们的事！

"只有两件事求你们：到宿舍收拾我的东西送回家去；和帮助我的母亲——"李景纯哭了，"你们看着办，能怎样帮助她就怎样办！她手里有些钱，不多！我只求你们这两件事，老赵，老莫，你们走吧！"

莫大年两眼直着，说不出来话，也舍不得走。赵子曰跺了跺脚，隔着铁栏拉住李景纯上着手镯的手："老李！再见！"说完，他扯着莫大年往外走。

走到监狱外面，赵子曰咬着牙说：

"老莫！你去办你的，我办我的，快办！不用听老李的！非运动不可！你另雇车，我坐这辆车去赶天津的快车，有什么消息给我往天津神易大学打电！"

4

　　"老李！我尽我的力量给你办，成功与否我不敢说！"武端对李景纯说："不幸失败了，你一定死；那么，我今天在你未死以前求你饶恕我以前的过错！我总以为我聪明，强干，有见识，其实我是个糊涂虫！我不是不知道什么是好，什么是歹；可是我嘴里永远不说好的，只说歹的；因为说着好听，招笑！我心里明镜似的知道你是好人，老李，可是今天早晨我还故意的告诉老赵：你和王女士有秘密！老李！你饶恕我不？原谅我不？我是混蛋！我以为我多知，多懂，多知秘密；其实我什么也不明白，甚至于不知道我自己到底在那儿立着呢，到底我是干什么的！老李，我后悔了！你的光明磊落把我心中的黑影照亮了！你要是不幸死了，在你死的以前别再想我是个坏人！我知道你决不计较我，可是我更进一步希望你在死前承认我是个有起色的朋友——"

　　"一定！"李景纯点了点头。

　　"拆卖天坛的事，老李你放心吧，我决不再进行。不但如此，我还要辞职，往回力争。至于我将来的事业，还没有一定的计划。老李，我向来没和你说过知心的话，今天你不能不教训我了，假如你承认我是个朋友！你说我该作什么？"

　　"老武！我谢谢你！"李景纯低着头说："以往的事不必再说，你的错处吧，我的不好吧，全是过去的，何必再提！现在呢，我求你千万不必为我去运动，也不必再来看我，设若我还可以再活几天。因为：我们能互相了解，不见面也是真朋友，生死不能变动的；我们不能互相了解，天天见面又有什么用；况且，你来看我一次总要给兵们几个钱，我真不爱看你这么作！

　　"你的将来，我只能告诉你：潜心去求学！比如你爱学市政，好，赶快去预备外国文，然后到外国去学；因为这种知识不是在五经四书里所能找出来的，也不是只念几本书所能明白的。到外国去看，去研究，然后才能切实的明白。学好以后，不愁没有用处；因为中国的将来是一定往建设上走的，专门的人才是必需的。自然，也许中国在五千年后还是拿着《易经》讲科学，照着八卦修铁路；可是我们不应这样想，应当及早预备真学问，应当盼着将来的政府是给专门人才作事的机关，不是你作官拿薪水为职业的养老院。几时在财政部作事的明白什么是财政，在市政局的明白市政，几时中国才有希望；要老是会作八股的理财，会讲《春秋》的管市政，我简直的说：就是菩萨，玉皇，耶稣，穆哈莫德，联盟来保佑中国，中国也好不了！

"老武！快去预备，好好的预备！不必管我，我甘心一死！我最自恨的是我把几年工夫费在哲学上，没用！设若我学了财政，法律，商业，或是别的实用科学，我也许有所建树，不这么轻于丧命！我恨自己，不是后悔，我愿意死了！

"至于我和王女士的事，老武，你去到我宿舍的床底下找，有两封她的信，你和老赵们看看就明白了。这本来不是件要紧的事，可是临死的人脑子特别细致，把生前一切的事要想一个过儿，所以我也愿意你们明白我与她的关系。完了！老武！再见！"

第二十三

1

"你能同我去找阎乃伯不能？"这是赵子曰见着周少濂的第一句话。

"他作了省长还肯见我！"周少濂提着小尖嗓说。

"你不去？现在可是人命关天！"

"我不去！去了好几回了，全叫看门的给拦回来了！再说，到底有什么事？"

"老李被执法处拿去了，性命不保！这你还不帮着运动运动吗？！"

"是吗？"周少濂也吓愣了，愣了一会儿，诗兴又发了："我不去，我得先作挽诗，万一老李死了，我的诗作不得，岂不是我的罪恶！"他说着落下泪来！

周少濂是真动了心，觉得只有赶快作挽诗可以减少一点悲痛！诗一作成，天大的事也和没事一个样子了！

"没工夫和你说！你不去，我自己去！"赵子曰说完就往外跑。

到了阎乃伯的宅子，赵子曰跳上台阶就往里闯。

"咳！找谁？"门前的卫兵瞪着眼问。

"我前者是你们府上的教师，我要见见你们上司！"赵子曰回答。

"省长进京了，去给新任贺司令贺喜去了！"

"嘿！"赵子曰急得干跺脚，想了半天才说："我见见你们太太成不成？"

"我们太太病了！"

"我非见不可！我是你们少爷的老师，你能不叫我见吗？！"赵子曰说着就往里走。

"你站住！我们少爷死啦！"那个卫兵把赵子曰拦住。

"我非见你们太太不可！"赵子曰急扯白脸的说。

"好！我给你回禀一声去，你等着！"那个卫兵向赵子曰恶意的笑了一笑。

那个卫兵不慌不忙的往里走，赵子曰背着手来回打转，心里想：见了她比见他还许强，妇女们心软，好说话。正在乱想，那个卫兵回来了，说：

"我们太太是真病了！不过你一定要见，我也没法子。你见了她，她要是——你可别怨我！"

赵子曰一声没言语，随着卫兵往里走。走到书房的跨院，阎太太正在院里立着。她穿着一件夏布大衫，可是足下穿着一双大红绣花的棉鞋，呆呆的看着院中那盆开得正盛的粉夹竹桃。书房的门口站着两个十七八岁的丫头，见赵子曰进来，两个交头接耳的直嘀咕。

"这是我们的太太！"那个卫兵指给赵子曰，然后慢慢的走出去。

"阎太太！"赵子曰过去向她行了一礼。

"你来了？我的宝贝！啊，我的宝——贝！"阎太太看着赵子曰连连的点头，好像小鸡喝水似的。直楞楞的看了半天，她忽然狂笑起来，笑得那么钻脑子的难听。笑了一阵，她向前走了两步，说：

"啊！你不是我的宝贝呀！好！我念得你，你阎乃伯！阎——乃——伯！——你就是赔我的儿子！你把我儿子害了，你！"她的声音越来越高，脸上越来越难看。赵子曰往后退了几步，她一个劲往前赶。"好！你！你成天叫我儿子念书，念死啦！念死啦！你还娶姨太太，你！你就是赔我的儿子！哎——哟——我的宝贝哟！"她坐在地上放声痛哭起来。两个丫头跑过来把她扶起来。赵子曰一语未发往外走。

"我不冤你吧？"那个卫兵向赵子曰一笑。

赵子曰顾不得和卫兵惹气，低着头走出去；一边走一边想：还是得找周少濂去。因为他想：他自己回京去见阎乃伯，一定见不到；周少濂到底和阎乃伯有关系，所以还是求周少濂帮助他较着妥当。……

"怎样？老赵！"周少濂笑着问。

"不用说！少濂，你要是可怜我，先给我弄碗茶喝！我从早晨到现在水米没打牙！"

周少濂看赵子曰的脸色那么难看，不敢再说笑话，忙着去给他沏茶。茶沏好，他由床底下的筐篮中掏了半天，掏出几块已经长了绿毛的饼干，递给赵子曰。

"我吃不下东西去，少濂！给我一碗茶吧！"赵子曰坐在床上皱着眉说。

"子曰！你是怎么一回事？这么大惊小怪的！"

赵子曰一面吃茶，一面略略的把李景纯的事说了一遍，然后说：

"少濂！你一定得随我进京！那怕我管你叫太爷呢，你得跟我走！"

"子曰！"周少濂郑重的说："现在已经天黑了，就是赶上火车，到京也得半夜，也办不了事。不如你休息休息，我们赶夜间三点钟的车，一清早到京，不是正好办事吗？"

"不！这就走！"赵子曰的心中像包着一团火似的说："事情千变万化，早到京一刻是一刻！我急于听北京的消息！"

"我是为你好，子曰！你在这里睡个觉，明天好办事呀！你要打听消息，去打个电话不就行了吗！"

赵子曰心中稍微活动了一点，身上也真觉得疲乏了，于是要求周少濂领他到电话室去。他先给莫大年打电，莫大年没在家。又想给武端打电，又怕武端不可靠；可是除了武端还没有地方可以得些消息，他为难了半天，结果叫了天台公寓的号头。电线接好，武端说：莫大年奔走了几处，很有希望，大概可以办到把李景纯移交法厅。他自己也正在运动，可是没有什么效果。最后武端说："你明天一早能回来，就不必夜里往回赶了，现在老李很安稳。"

赵子曰心中舒展了一些，慢慢的走到宿舍去。周少濂忙着出去买点心。点心买来，赵子曰吃了一两块，又喝了一壶茶。周少濂七手八脚的把自己的床匀给赵子曰，他自己在地上乱七八糟的铺了些东西预备睡觉，其实还不到十点钟。他一个劲儿催着赵子曰睡，赵子曰是无论如何睡不着。

"老周，你能去借个闹钟不能？"赵子曰问："我怕睡熟了醒不了！"

"没错！老赵！我的脑子比闹钟还准，说什么时候醒，到时准醒！睡你的！睡呀！"周少濂躺在地上，不留神看好像一条小狗，歪不横楞的卧着。

"睡不着！老周，把窗户开开，太闷得慌！"

周少濂立起来把窗子开开一扇，跟着又悄悄的关上了，因为他最怕受夜寒。可是赵子曰听见窗子开开，深深在床上吸了一口气觉得空气非常的新鲜，满意了。

2

武端坐在屋里拿着《真理晚报》看：

"大暗杀案之经过：

"今早八时京畿守卫司令兼第二百七十一师师长贺占元将军由南苑师部乘汽车入城，同行者有刘德山营长，宋福才参谋。车至永定门外张家屯附近，突有奸人李景纯（系受过激党指使）向汽车连放数枪。刘营长左臂受伤甚重，贺司令与宋参谋幸获安全。汽车左右侍立卫兵奋勇前进，当将刺客捉获，解至师部军法处严讯。

"本报特派专员到师部访问，蒙贺司令派宋参谋接见。宋参谋身著军衣，面貌魁梧，言谈爽利，虽甫脱大险而谈论风生，毫无惊惧之色，真儒将也！本报记者与宋参谋谈话约有十分钟之久，兹将谈话经过依实详载如下：

"问：贺司令事前有无所闻？

"答：妈的，没有！

"问：所乘汽车是否军用的？

"答：不是，贺司令自己的！

"问：行至何处听见枪声？

"答：大概离火车道不远。

"问：同行者？

"答：俺们三个：贺司令，刘营长，和我，还有他妈的几位弟兄。

"问：车中情形？

"答：司令和咱爬在车内，刘营长没留神吃了一个黑枣。

"问：怎样捉住刺客？

"答：四个弟兄一齐下去把那小子捉住。

"问：刺客是否与贺司令有私仇？

"答：没有，那小子是过激党！

"问：怎样惩办他？

"答：妈的，千刀万剐！

（说至此，宋参谋怒形于色，目光如炬！）

"问：贺司令对过激党有无除灭方法？

"答：有！杀！

"谈话至此，本报记者向宋参谋致谢告辞。临行之时，宋参谋叮咛嘱告本报记者：将经过事实依实登载，以使过激党人闻之丧胆。并云：贺司令治军有年，爱民如子。（前在大名镇守使任内，曾经绅商赠匾一方，题曰：民之父母。）不惜性命誓与奸人狗党一决死战。

"本报记者敬聆之下，极为满意！旋要求至监狱一视刺客。蒙宋参谋格外优遇允准，并派卫兵二名护送至狱。

"刺客姓李名景纯，直隶正定府人。身体短悍，面貌凶恶。手脚系以铁锁，依然口出狂言，侮蔑政府。本报记者试与彼谈话，彼昂然不对，唯连呼'赤党万岁'而已。本报记者以彼凶顽不灵，不屑多费口舌，即摄取像片一张，退出监牢。卫兵导出师部，并向本报记者行举手礼云。

"本报记者因不能与刺客谈话，旋即各方面搜集事实，以飨读者：

"李景纯前肄业名正大学，专以鼓动风潮为事。前次之殴打校长，即彼主使。

"名正大学解散后，彼入京师大学。与同党数人受过激党津贴每月百二十元，并领有手枪子弹，以谋刺杀要人，破坏治安。"

"贺司令镇静异常，照旧办公，并闻已定有剪扫奸党办法。

"今日午时有商会代表特送绍酒一坛，肥羊四只，到师部为贺司令压惊，颇蒙贺司令优遇招待云。"

....

3

赵子曰要求周少濂一同进京去见阎乃伯。周少濂是非作完诗不能作别的事，而作成一首诗又不是一两天所能办到的。于是赵子曰一个人回北京。

"怎样了？老武！"赵子曰一进大门就喊。

"没消息！刚才老莫打电说：他又到南苑去，叫咱们等他的信！"说着，两个人全进了第三号。"老赵！这里有两封信，老李叫你看！"武端递给赵子曰几张并没有信封的信。

"景纯学兄：

"你对我的爱护，我似乎不应当说，其实也真说不出来！二年来经你的指导，学问上的增进，我很自傲的说，我不辜负你的一片诚心训诲；对于身体上，我的笔尖和眼珠一齐现在往纸上落：设若没有你和张教授，我不知道又沦落到什么地步去了！我见着你的时候，不如我坐定了想你的时候感激你的深切；因为见着你的时候，你的言语态度，叫我把'谢你'两个字在嘴中嚼烂了也说不出来；可是我坐定想你的时候，我脑中现出一个上帝的影儿，我可以叫着你的名字感谢你！

"当我生下来的时候，我吸了世上的第一口气，我就哭了，这或者是生命的悲剧的开场锣吧？我五岁的时候，我明明白白又哭了几场，哭我的父母！以后我不哭了，不是没有不哭的事，是没有哭的胆量，一个孤女在别人家抚养着，我敢哭吗？现在我又哭了，哭你和张教授，因为你们对我的爱护，不是泛泛一笑所能表出我的感激的！

"你知道我现在的苦境，可是我一向没告诉过你我的过去的惨剧。不是我要瞒着你，是我怕你替我落泪；泪是值得为好朋友落的，可是我愿看你笑，不愿看你用哭把笑的时间占了去，生命是多么短的，还忍得见面的时候不多笑一笑吗！现在我不能不告诉你了，因为前天你问我，我再不说未免显着我的心太狠似的。前天我本来可以当面告诉你，可是我又想说的不如写的详细，所以我现在写这封信。盼望你看这封信的时候，同时也念我的心，或者这张印着泪痕的纸，和我哭着对面和你说话一样真切。

　　"我说不出来我的心情，我写事实吧：

　　"我从父母死后，和我的叔父同居，在上海。叔父的爱我出于至诚，这就是我不敢再哭的原因。叔父无时无刻不疼怜我，我无时无刻不挂着笑容讨叔父的欢心；叔父与侄女的爱情是真的，可是与父母子女间的爱情差着那么一点：不敢彼此对着面哭。更可痛心的：自从我作错了事以后，我的叔父没有像父母原谅子女的心，在我痛悔悲哀之际，没有一个亲人来摸一摸我的头发，或拭一拭我的泪！我自己的错！可是我希望叔父爱我，甚至溺爱我！这一点希望永没有达到，不是叔父心硬，是我自己不好；叔父爱我，不能溺爱我！我每月给叔父写一封信，没有回信！我还是写，永远写，他的怒恼是应该的，是近于人情的。我只盼望落在信纸上的泪和他的泪亲个吻，不敢奢望！不幸，他越看我的信而越发怒……嗐！我只好不用这么想吧！他总有饶恕我的一日，我老这么盼着，直到我死！

　　"我的错事是在上海作的，那时候我正在中学念书，我不用说是谁的发动，凡男女的事，除了强占外，很少有不是双方凑合的。那么，我要是把这个罪过全推在别人头上去，我于作错了事之外，还又添上几分诬人之罪。我作错了，我只怨自己年少无知，我没有一丝一毫的陈腐道德观念在脑中萦绕着；可是我的叔父与我说了末次的'再见！'他是个老人，我不怪他！设若我的情人能保持着我们甘心冒险的态度，和天长地久的誓愿，我敢说：不但我与他谁也不错，而且我们还要快乐的永久在一块儿。谁知道我的命就这么苦，我的眼睛就这么瞎，把一个流氓认成可以托以终身的人。至于在没看清他以前，就把身体给了他！我不以这个为羞耻，假如我认明白了他；不幸，我看错了，先把失贞丧节的话放在旁边，从事实上想，我当怎样活着！他不可靠，叔父不要我，叫我一个孤女怎么着！设若哭就能哭出一条活路来，那么我就哭那条生路，决不哭我的过错；因为我根本不承认那是道德上的堕落，就没有什么旧道德观念环绕着我的泪腺！

"在我认识他的时候，嘻！我说出他的姓名来吧：他是欧阳天风！他就是那么好看；我只看明白了他的俊俏的面貌，可怜，没看清他那不俊俏的心！他那时候在大学预科念书，是由张教授（那时候张在中学当教员）补助他的学费。张教授是他的一个远亲。当我们同住的时候，张教授一点怒气没发，还依旧的供给他。不但供给他，也帮助我，好像我丢了一个叔父，又找着了一个父亲。他用张教授的钱去嫖去赌去喝酒，而且反恨张教授给他的钱不够用。于是我去见张教授说明我的懊悔，请他设法援助我。张教授始而劝告他，无效！继而断绝了他的补助，而专供给我。他，于是，开始恨张教授了！好心帮助人是要招恨的，我为人类叹息一声！他对张教授无可如何，可是他能欺侮我，于是张教授为成全我的原因，把我带到北京来。他供给我在中学毕了业，又叫我入大学，这是咱们见面的时候，也就是张教授与欧阳成了仇敌的时候。

"他也来到北京。他的立意是强迫我由着他的意思嫁人，他好从中使钱。姓王的，姓赵的，姓李的，多的很，他日夜处心积虑的把我卖了，他好度他的快活的日子。对我他以夫妻的关系逼迫，因为我们并没正式结婚，自然也就无从说离婚；那么，我不答应他呢，他满有破坏我的名誉的势力。对张教授呢，他恫吓，讥骂，诬蔑，凡是恶人所能想到的，他全施用过。所幸者，张教授一味冷静不和他惹气，我呢，有你和张教授的保护，还未曾落在他的手里。

"将来如何，我不知道！我只有听从张教授的话，我自己没主意。我只有专心用功以报答他的善意！

　　"对于你，还是那句话：我感谢你，可是没有言语可以传达出来！

　　"不能再写了，笔像一根铁柱那么笨重，我拿不动了！

　　"明天见！

王灵石启。"

"景纯学兄：

　　"昨天晚上他（欧阳）又来了，他已经半醉，在威迫我的时候，无意中说出来：'你再不依我，我可叫贺司令杀姓张的！'

　　"我与张教授决定东渡了，不然，我与他的性命都有大危险！

　　"我们在日本结婚！

　　"以前的事，在我死前永远深深刻在心中作为一课好教训。你的恩惠，我不能忘，永不能忘！

　　"咱们再见吧！我与张教授结婚的像片，头一张是要寄给你的！

　　"我好像拉着你的手说：'再见！'

　　"事急矣，不能多写。今晚出京！

　　"再说一声：再见！

王灵石启。"

4

赵子曰看完那两封信，呆呆的楞了半天，一句话没说。

莫大年哭着进来了，赵子曰和武端的心凉了半截！赵子曰嘴唇颤着问：

　　"怎样了？老莫！"

　　"老李被枪毙了，昨夜三点钟！"莫大年哭的放了声，再说不出来话。

赵子曰也哭失了声，武端潹潹的落泪。

三个人哭了一阵，赵子曰先把泪擦干："老武！老莫！不准哭了！老武！你去收老李的尸，花多少钱是你一个人的事，你能办不能？"

"我能！"

"把尸首领出来，先埋在城外，不必往他家里送！"赵子曰说："几时有机会，再把他埋在公众的处所，立碑纪念他，他便是历史上的一朵鲜花，他的香味永远吹入有志的青年心里去。老武！这是你的责任！你办完了这件事，是愿和军阀硬干呀，还是埋首去求学，在你自己决定。这是老李指给我们的两条路，我们既有心收他的尸身，就应当履行他的教训——"

"老赵你放心吧，我已经和老李说了：我力改前非，求些真实的知识！"武端说。

"老莫！帮助老李的母亲是你的事，你能办不能？"赵子曰问。

"我能！"莫大年含着泪回答。

"不只是帮助她，你要设法安慰她，把她安置个稳当的地方！没有她，老李不会作这么光明的事！老莫，你明白老李比我早，我不必再多说。"

三个低着头呆呆的坐了半天，还是赵子曰先说了话：

"老莫！老武！你们作你们的去吧！我已打好我的主意！咱们有无再见面的机会，不敢说！我们各走各自的路，只求对得起老李！咱们有缘再会！"

二马

第一段

1

马威低着头儿往玉石牌楼走。走几步儿,不知不觉的就楞磕磕的站住一会儿。抬起头来,有时候向左,有时候向右,看一眼。他看什么呢?他不想看什么,也真的没看见什么。他想着的那点事,像块化透了的鳔胶,把他的心整个儿糊满了;不但没有给外面的东西留个钻得进去的小缝儿,连他身上筋肉的一切动作也满没受他的心的指挥。他的眼光只是直着出去,又直着回来了,并没有带回什么东西来。他早把世界忘了,他恨不得世界和他自己一齐消灭了,立刻消灭了,何苦再看呢!

猛孤丁的他站定不走啦。站了总有两三分钟,才慢慢的把面前的东西看清楚了。

"啊,今天是礼拜。"他自己低声儿说。

礼拜下半天,玉石牌楼向来是很热闹的。绿草地上和细沙垫的便道上,都一圈儿一圈儿的站满了人。打着红旗的工人,伸着脖子,张着黑粗的大毛手,扯着小闷雷似的嗓子喊"打倒资本阶级。"把天下所有的坏事全加在资本家的身上,连昨儿晚上没睡好觉,也是资本家闹的。紧靠着这面红旗,便是打着国旗的守旧党,脖子伸得更长,(因为戴着二寸高的硬领儿,脖子是没法缩短的。)张着细白的大毛手,挤着命喊:"打倒社会党,""打倒不爱国的奸细。"把天下所有的罪恶都撂在工人的肩膀上,连今天早晨下雨,和早饭的时候煮了一个臭鸡蛋,全是工人捣乱的结果。紧靠着这一圈儿是打蓝旗的救世军,敲着八角鼓,吹着小笛儿,没结没完的唱圣诗。他们赞美上帝越欢,红旗下的工人嚷得越加劲。有时候圣灵充满,他们唱得惊天动地,叫那边红旗下的朋友不得不用字典上找不出来的字骂街。紧靠着救世军便是天主教讲道的,再过去还有多少圈儿：讲印度独立的，讲赶快灭中国的，讲自由党复兴的；也有什么也不讲，大伙儿光围着个红胡子小干老头儿，彼此对看着笑。

红旗下站着的人们，差不多是小泥烟袋嘴里一叼，双手插在裤兜儿里。台上说什么，他们点头赞成什么。站在国旗下面听讲的，多半是戴着小硬壳儿黑呢帽，点头咂嘴的嘟囔着："对了！""可不是！"有时候两个人说对了劲，同时说出来："对了。"还彼此挤着眼，一咧嘴，从嘴犄角儿挤出个十分之一的笑。至于那些小圈儿就不像这些大圈儿这么整齐一致了。他们多半是以讨论辩驳为主体，把脑瓜儿挤热羊似的凑在一块儿，低着声儿彼此嚼争理儿。此外单有一群歪戴帽，横眉立目的年青小伙子，绕着这些小圈儿，说俏皮话，打哈哈，不为别的，只为招大家一笑，露露自己的精细。圈儿外边围着三五成群的巡警，都是一边儿高，一样的大手大脚，好像伦敦的巡警都是一母所生的哥儿们。

这群人里最出锋头，叫好儿的，是穿红军衣的禁卫军。他们的腰板儿挺得比图画板还平还直，裤子的中缝像里面撑着一条铁棍儿似的那么直溜溜的立着。个个干净抹腻，脸上永远是笑着，露着雪白的门牙，头发剪得正好露出青青的头皮儿。他们是什么也不听，光在圈儿外边最惹人注目的地方站着，眼睛往四下里溜。站个三五分钟，不知道怎么一股子劲儿，就把胳臂插在姑娘的白手腕上，然后干跺着脚后跟，一同在草地上谈心去了。

青草地上的男男女女，也有脸对脸坐着的，也有搂着脖子躺着的，也有单人孤坐拿着张晚报，不看报，光看姑娘的腿的。一群群的肥狗都撒着欢儿乱跳，莫名其妙的汪汪的咬着。小孩儿们，有的穿着满身的白羊绒，有的从头到脚一身红绒的连脚裤，都拐着胖腿东倒西歪的在草地上跑来跑去，奶妈子们戴着小白风帽，唠里唠叨的跟着这些小神仙们跑。

马威站了好大半天，没心去听讲，也想不起上那儿去好。

他大概有二十二三岁的样子。身量不矮，可是很瘦。黄白的脸色儿，瘦，可是不显着枯弱。两条长眉往上稍微的竖着一些，眼角儿也往上吊着一点；要是没有那双永远含笑的大眼睛，他的面目便有些可怕了。他的眼珠儿是非常的黑，非常的亮；黑与亮的调和，叫他的黑眼珠的边儿上浅了一些，恰好不让黑白眼珠像冥衣铺糊的纸人儿那样死呆呆的黑白分明。一条不很高的鼻子，因为脸上不很胖，看着高矮正合适。嘴唇儿往上兜着一点，和他笑迷迷的眼睛正好联成一团和气。

从他的面貌和年纪看起来，他似乎不应当这样愁苦。可是，他的眉毛拧着，头儿低着，脊梁也略弯着一点，青年活泼的气象确是丢了好些。

他穿着一身灰呢的衣裳，罩着一件黑呢大氅。衣裳作得是很讲究，可是老没有掸刷，看着正像他的脸，因为颓丧把原来的光彩减少了一大些。拿他和那些穿红军衣，夹着姑娘胳臂的青年比起来，他真算是有点不幸了。

无心中的他掏出手巾擦了擦脸；擦完了，照旧的在那里楞磕磕的站着。

已经快落太阳了，一片一片的红云彩把绿绒似的草地照成紫不溜儿的。工人的红旗慢慢的变成一块定住了的紫血似的。听讲的人也一会儿比一会儿稀少了。

马威把手揣在大氅兜儿里，往前只走了几步，在草地边儿上的铁栏杆上靠住了。

西边的红云彩慢慢的把太阳的余光散尽了。先是一层一层的蒙上浅葡萄灰色，借着太阳最后的那点反照，好像野鸽脖子上的那层灰里透蓝的霜儿。这个灰色越来越深，无形的和地上的雾圈儿联成一片，把地上一切的颜色，全吞进黑暗里去了。工人的红旗也跟着变成一个黑点儿。远处的大树悄悄的把这层黑影儿抱住，一同往夜里走了去。

人们一来二去的差不多散净了。四面的煤气灯全点着了。围着玉石牌楼红的绿的大汽车，一闪一闪的绕着圈儿跑，远远的从雾中看过去，好像一条活动的长虹。

草地上没有人了，只是铁栏杆的旁边还有个黑影儿。

2

李子荣已经钻了被窝。正在往左伸伸腿，又往右挪挪手，半睡不睡的时候，恍恍忽忽的似乎听见门铃响了一声。眼睛刚要睁开，可是脑袋不由的往枕头下面溜了下去。心里还迷迷忽忽的记得：刚才有个什么东西响了一声。可是……

"吱——嘡！"门铃又响了。

他把才闭好的眼睛睁开了一小半，又慢慢把耳朵唇儿往枕头上面凑了一凑。

"吱——嘡！"

"半夜三更鬼叫门！谁呢？"他一手支着褥子坐起来，一手把窗帘掀开一点往外看。胡同里虽有煤气灯，可是雾下得很厚，黑咕笼咚的什么也看不见。

"吱——嘡！"比上一回的响声重了一些，也长了一些。

李子荣起来了。摸着黑儿穿上鞋，冰凉的鞋底碰上脚心的热汗，他不由的身上起了一层小鸡皮疙瘩；虽然是四月底的天气，可是夜间还是凉渗渗的。他摸着把电灯开开。然后披上大氅，大气不出的，用脚尖儿往楼下走。楼下的老太太已经睡了觉，一不小心把她吵醒了，是非挨骂不可的。他轻轻的开了门，问了声："谁呀？"他的声音真低，低得好像怕把外边的稠雾吓着似的。

"我。"

"老马？怎么一个劲儿的按铃儿呀！"

马威一声儿没言语，进来就往楼上走。李子荣把街门轻轻的对好，也一声不出的随着马威上了楼。快走到自己的屋门，他站住听了听，楼下一点声儿也没有，心里说：

"还好，老太太没醒。不然，明儿的早饭是一半面包，一半儿骂！"

两个人都进了屋子，马威脱了大氅放在椅子背儿上，还是一语不发。

"怎么啦，老马？又和老头儿拌了嘴？"李子荣问。

马威摇了摇头。他的脸色在灯底下看，更黄得难瞧了。眉毛皱得要皱出水珠儿来似的。眼眶儿有一点发青，鼻子尖上出着些小碎汗珠儿。

"怎么啦？"李子荣又问了一句。

待了半天，马威叹了口气，又舐了舐干黄的嘴唇，才说：

"我乏极了，老李！我可以在你这儿住一夜吗？"

"这儿可就有一张床啊。"李子荣指着他的床，笑着说。

"我来这张躺椅。"马威低着头说："好歹对付一夜，明天就好办了！"

"明天又怎么样呢？"李子荣问。

马威又摇了摇头。

李子荣知道马威的脾气！他要是不说，问也无益。

"好吧，"李子荣抓了抓头发，还是笑着说："你上床去睡，我照顾照顾这个躺椅。"说着他就往椅子上铺毡子。"可有一样，一天亮你就得走，别让楼底下老太太瞧见！好，睡你的呀！"

"不，老李！你睡你的去，我在椅子上忍一会儿就成。"马威脸上带出一钉点儿笑容来："我天亮就走，准走！"

"上那儿呢？"李子荣看见马威的笑容，又想往外套他的话："告诉我吧！不然，这一夜不用打算睡着觉！又跟老头儿闹了气，是不是？"

"不用题了！"马威打了个哈哧："我本不想找你来，不凑巧今天晚上没走了，只好来打搅你！"

"上那儿去，到底？"李子荣看出马威是决不上床去睡，一面说话，一面把他自己的大氅和毡子全细细的给马威围好。然后把电灯捻下去，自己又上了床。

"德国，法国，——没准儿！"

"给老头儿张罗买卖去？"

"父亲不要我啦！"

"啊！"李子荣楞磕磕的答应了一声，没说别的。

两个人都不出声了。

街上静极了，只有远远的火车和轮船的笛儿，还一阵阵的响，什么别的声音也听不见了。

街后教堂的钟打了两点。

"你不冷啊？"李子荣问。

"不冷！"

…………

李子荣临睡的时候，心里边一个劲儿的盘算："早早儿起来，别叫老马跑

168

了！起来用凉水洗洗脸，给楼下老太太写个字条儿，告诉她：有急事，不必等吃早饭啦！然后和他出去，送他回家——对，还是上铺子去好，父子见面也不好意思在铺子里再捣乱。……常有的事，父子拌嘴罢咧！……年青，老马！……太认真！……"

在梦里他还不断的这么想着。……胡同里送牛奶的小车子嘟噜嘟噜的响起来了，大街上汽车的声音也越来越多了。李子荣一机灵睁开了眼，太阳已经从窗帘的缝儿射进一条金丝儿。

"老马！"

毡子大氅都在椅子背儿上搭拉着，可是马威没影儿啦！

他起来，把后面的窗帘打开，披上大氅，呆呆的站在窗子旁边。从窗子往外看，正看太晤士河。河岸上还没有什么走道儿的，河上的小船可是都活动开了。岸上的小树刚吐出浅绿的叶子，树梢儿上绕着一层轻雾。太阳光从雾薄的地方射到嫩树叶儿上，一星星的闪着，像刚由水里捞出的小淡绿珠子。河上的大船差不多全没挂着帆，只有几支小划子挂着白帆，在大船中间忽悠忽悠的摇动，好像几支要往花儿上落的大白蝴蝶儿。

早潮正往上涨，一滚一滚的浪头都被阳光镶上了一层金鳞：高起来的地方，一拥一拥的把这层金光挤破；这挤破了的金星儿，往下落的时候，又被后浪激起一堆小白花儿，真白，恰像刚由蒲公英梗子上挤出来的嫩白浆儿。

最远的那支小帆船慢慢的忽悠着走，河浪还是一滚一滚的往前追，好像这条金龙要把那个小蝴蝶儿赶跑似的。这样赶来赶去，小帆船拐过河湾去了。

李子荣呆呆的一直看着小帆船拐了河湾，才收了收神，走到前面靠街的窗子，把窗户挡儿打开。然后想收拾收拾书桌上的东西。桌子上有个小玩艺儿，一闪一闪的发亮。这个小东西底下还放着一个小字条儿。他把这些东西一齐拿起来，心里凉了多半截。慢慢的走到躺椅那里去，坐下，细细的看纸条上的字。只有几个字，是用铅笔写的，笔画东扭西歪，好像是摸着黑儿写的：

"子荣兄：谢谢你！小钻石戒指一个祈交温都姑娘。再见！威。"

第二段

1

这段事情现在应从马威从李子荣那里走了的那一天往回倒退一年。

伊牧师是个在中国传过二十多年教的老教师。对于中国事儿，上自伏羲画卦，下至袁世凯作皇上，（他最喜欢听的一件事）他全知道。除了中国话说不好，简直的他可以算一本带着腿的"中国百科全书"。他真爱中国人：半夜睡不着的时候，总是祷告上帝快快的叫中国变成英国的属国；他含着热泪告诉上帝：中国人要不叫英国人管起来，这群黄脸黑头发的东西，怎么也升不了天堂！

伊牧师顺着牛津大街往东走，虽然六十多了，他走得还是飞快。

从太阳一出来直到半夜，牛津大街总是被妇女挤满了的。这条大街上的铺子，除了几个卖烟卷儿的，差不多全是卖妇女用的东西的。她们走到这条街上，无论有什么急事，是不会在一分钟里往前挪两步的。铺子里摆着的花红柳绿的帽子，皮鞋，小手套，小提箱儿……都有一种特别的吸力，把她们的眼睛，身体，和灵魂一齐吸住。伊牧师的宗教上的尊严到了这条街上至少要减去百分之九十九：往前迈一大步，那支高而碍事的鼻子非碰在老太太的小汗伞上不可；往回一煞步，大皮鞋的底儿（他永远不安橡皮底儿）十之八九是正放在姑娘的小脚指头上；伸手一掏手巾，胳臂肘儿准放在妇人提着的小竹筐儿里，……。每次他由这条街走过，至少回家要换一件汗衫，两条手巾。至于"对不起"，"没留神"这路的话，起码总说百八十个的。

好容易挤过了牛津圈了，他深深的吸了一口气，说了声"谢谢上帝！"脚底下更加了劲，一直往东走。汗珠子好像雪化了似的从雪白的鬓角儿往下流。

伊牧师虽然六十多岁了，腰板还挺得笔直。头发不多，可是全白了。没留胡子，腮上刮得晶亮；要是脸上没有褶儿，简直的像两块茶青色的磁砖。两支大眼睛，歇歇松松的安着一对小黄眼珠儿。眼睛上面挂着两条肉棱儿，大概在二三十年前棱儿上也长过眉毛。眼睛下面搭拉着一对小眼镜，因为鼻子过高的原故，眼镜和眼睛的距离足有二寸来的；所以从眼镜框儿上边看东西，比从眼镜中间看方便多了。嘴唇儿很薄，而且嘴犄角往下垂着一点。传道的时候，两个小黄眼珠儿在眼镜框儿上一定，薄嘴片往下一垂，真是不用说话，就叫人发抖。可是平常见了人，他是非常的和蔼；传教师是非有两副面孔办不了事的。

到了博物院街，他往左拐了去。穿过陶灵吞大院，进了戈登胡同。

这一带胡同住着不少中国学生。

在伦敦的中国人，大概可以分作两等，工人和学生。工人多半是住在东伦敦，最给中国人丢脸的中国城。没钱到东方旅行的德国人，法国人，美国人，到伦敦的时候，总要到中国城去看一眼，为是找些写小说，日记，新闻的材料。中国城并没有什么出奇的地方，住着的工人也没有什么了不得的举动。就是因为那里住着中国人，所以他们要瞧一瞧。就是因为中国是个弱国，所以他们随便给那群勤苦耐劳，在异域找饭吃的华人加上一切的罪名。中国城要是住着二十个中国人，他们的记载上一定是五千；而且这五千黄脸鬼是个个抽大烟，私运军火，害死人把尸首往床底下藏，强奸妇女不问老少，和作一切至少该千刀万剐的事情的。作小说的，写戏剧的，作电影的，描写中国人全根据着这种传说和报告。然后看戏，看电影，念小说的姑娘，老太太，小孩子，和英国皇帝，把这种出乎情理的事牢牢的记在脑子里，于是中国人就变成世界上最阴险，最污浊，最讨厌，最卑鄙的一种两条腿儿的动物！

二十世纪的"人"是与"国家"相对待的：强国的人是"人"，弱国的呢？狗！

中国是个弱国，中国"人"呢？是——！

中国人！你们该睁开眼看一看了，到了该睁眼的时候了！你们该挺挺腰板了，到了挺腰板的时候了！——除非你们愿意永远当狗！

中国城有这样的好名誉，中国学生当然也不会吃香的。稍微大一点的旅馆就不租中国人，更不用说讲体面的人家了。只有大英博物院后面一带的房子，和小旅馆，还可以租给中国人；并不是这一带的人们特别多长着一分善心，是他们吃惯了东方人，不得不把长脸一拉，不得不和这群黄脸的怪物对付一气。鸡贩子养鸡不见得他准爱鸡，英国人把房子租给中国人又何尝是爱中国人呢。

戈登胡同门牌三十五号是温都寡妇的房子。房子不很大，三层小楼，一共不过七八间房。门外拦着一排绿栅栏。三层白石的台阶，刷得一钉点儿土也没有。一个小红漆门，门上的铜环子擦得晶光。一进门是一间小客厅。客厅后面是一间小饭厅。从这间小饭厅绕过去，由楼梯下去，还有三间小房子。楼上只有三间屋子，临街一间，后面两间。

伊牧师离着这个小红门还老远，就把帽子摘下来了。擦了擦脸上的汗，又正了正领带，觉得身上一点缺点没有了，才轻轻的上了台阶。在台阶上又站了一会儿，才拿着音乐家在钢琴上试音的那个轻巧劲儿，在门环上敲了两三下。

一串细碎的脚步儿从楼上跑下来，跟着，门儿稍微开开一个缝儿，温都太太的脸露出一半儿来。

"伊牧师！近来好？"她把门开大了一点，伸出小白手，在伊牧师的手上轻轻的挨了一挨。

伊牧师随着她进去，把帽子和大氅挂在过道儿的衣架上，然后同她进了客厅。

小客厅里收拾得真叫干净爽利，连挂画的小铜钉子都像含着笑。屋子当中铺着一块长方儿的绿毯子，毯子上放着两个不十分大的卧椅。靠着窗户摆着一支小茶几，茶几上一个小三彩中国磁瓶，插着两朵小白玫瑰花。茶几两旁是两把橡木椅子，镶着绿绒的椅垫儿。里手的山墙前面摆着一架小钢琴，琴盖儿上放着两三张照像片儿。琴的前边放着一支小油漆凳儿。凳儿上卧着个白胖白胖的小狮子狗，见伊牧师进来，慌着忙着跳下来，摇头摆尾的在老牧师的腿中间乱蹦。顺着屋门的墙上挂着张油画，两旁配着一对小磁碟子。画儿底下一个小书架子，摆着些本诗集小说什么的。

温都寡妇坐在钢琴前面的小凳儿上，小白狗跳在她怀里，歪着头儿逗伊牧师。

伊牧师坐在卧椅上，把眼镜往上推了一推，开始夸奖小白狗。夸奖了好大半天，才慢慢的说到：

"温都太太，楼上的屋子还闲着吗？"

"可不是吗。"她一手抱着狗，一手把烟碟儿递给伊牧师。

"还想租人吗？"他一面装烟一面问。

"有合适的人才敢租。"她拿着尺寸这么回答。

"有两位朋友，急于找房。我确知道他们很可靠。"他从眼镜框儿上面瞅了她一眼，把"确"字说得特别的清楚有劲。他停顿了一会儿，把声音放低了些；鼻子周围还画出个要笑的圈儿，"两个中国人——"说到"中国"两个字，他的声音差不多将将儿的能叫她听见："两个极老实的中国人。"

"中国人？"温都寡妇整着脸说。

"极老实的中国人！"他又重了一句，又偷偷的看了她一眼。

"对不——"

"我担保！有什么错儿朝我说！"他没等温都太太说完，赶紧把话接过来："我实在没地方给他们找房去，温都太太，你得成全成全我！他们是父子爷儿俩，父亲还是个基督徒。看上帝的面上，你得——"伊牧师故意不再往下说，看看"看上帝的面上"到底发生什么效力不发。

"可是——"温都太太好像一点没把上帝搁在心上，脸上挂着一千多个不耐烦的样子。

伊牧师又没等她说完就插嘴：

"那怕多要他们一点房租呢！看他们不对路，撵他们搬家，我也就不再——"他觉得往下要说的话似乎和《圣经》的体裁不大相合，于是吸了一口烟，连烟带话一齐咽下去了。

"伊牧师！"温都太太站起来说："你知道我的脾气：这条街的人们靠着租外国人发财的不少，差不多只剩我这一处，宁可少赚钱，不租外国人！这一点我觉得是很可以自傲的！你为什么不到别处给他们找找房呢？"

"谁说没找呢！"伊牧师露着很为难的样子说："陶灵吞大院，高威胡同，都挨着门问到了，房子全不合适。我就是看你的楼上三间小屋子正好，正够他们住的：两间作他们的卧房，一间作书房，多么好！"

"可是，牧师！"她从兜儿里掏出小手绢擦了擦嘴，其实满没有擦的必要："你想我能叫两个中国人在我的房子里煮老鼠吃吗？"

"中国人不——"他正想说："中国人不吃老鼠，"继而一想，这么一说是分明给她个小钉子碰，房子还能租到手吗？于是连忙改嘴："我自然嘱咐他们别吃老鼠！温都太太，我也不耽误你的工夫了；这么说吧：租给他们一个礼拜，看他们不好，叫他们搬家。房租呢，你说多少是多少。旅馆他们住不起，不三不四的人家呢，我又不肯叫两个中国人跟他们打交道。咱们都是真正的基督徒，咱们总得受点屈，成全成全他们爷儿两个！"

温都太太用手搓着小狗脖子下的长毛，半天没言语。心里一个劲儿颠算：到底是多租几个钱好呢，还是一定不伺候杀人放火吃老鼠的中国人好呢？想了半天，还是不能决定；又怕把伊牧师僵在那里，只好顺口支应道：

"他们也不抽鸦片？"

"不！不！"伊牧师连三并四的说。

她跟着又问了无数的问题，把她从小说，电影，戏剧，和传教士造的谣言里所得来的中国事儿，兜着底儿问了个水落石出。问完了，心里又后悔了：这么问，岂不是明明的表示已经有意把房租给他们吗？

"谢谢你！温都太太！"伊牧师笑着说："就这么办了！四镑十五个先令一个礼拜，管早晚饭！"

"不准他们用我的澡盆！"

"对！我告诉他们，出去洗澡。"

伊牧师说完，连小狗儿也没顾得再逗一逗，抓起帽子大氅就跑。跑到街上，找了个清静地方才低声的说：

"他妈的！为两个破中国人……"

2

马家父子从上海坐上轮船，一直忽忽悠悠的来到伦敦。马老先生在海上四十天的工夫，就扎挣着爬起来一回；刚一出舱门，船往外手里一歪，摔了个毛儿跟头；一声没出，又扶着舱门回去了。第二次起来的时候，船已经纹丝不动的在伦敦码头靠了岸。小马先生比他父亲强多了，只是船过台湾的时候，头有点发晕；过了香港就一点事没有了。

小马先生的模样儿，我们已经看见过了。所不同的是：在船上的时候，他并不那么瘦，眉头子也不皱得那么紧。又是第一次坐海船出外，事事看着新鲜有趣；在船栏杆上一靠，卷着水花的海风把脸吹得通红，他心里差不多和海水一样开畅。

老马先生的年纪至多也不过去五十，可是老故意带出颓唐的样子，好像人活到五十就应该横草不动，竖草不拿的，一天吃了睡，睡了吃；多迈一步，都似乎与理不合。他的身量比他的儿子还矮着一点，脸上可比马威富泰多了。重重的眉毛，圆圆的脸，上嘴唇上留着小月牙儿似的黑胡子，在最近的一二年来才有几根惨白的。眼睛和马威的一样，又大，又亮，又好看；永远戴着玳瑁边的大眼镜。他既不近视，又不远视，戴着大眼镜只是为叫人看着年高有威。

马则仁（这是马老先生的名字）年青的时候在美以美会的英文学校念过书。英文单字儿记得真不少，文法的定义也背得飞熟，可是考试的时候永远至多得三十五分。有时候拿着《英华字典》，把得一百分的同学拉到清静地方去："来！咱们搞搞！你问咱五十个单字，咱问你五十个，倒得领教领教您这得一百分的怎么个高明法儿！"于是把那得一百分的英雄撅得干瞪眼。他把字典在夹肢窝里一夹，嘴里哼唧着"A Noun is……"把得三十五分的羞耻，算是一扫而光，雪得干干净净。

他是广州人，自幼生在北京。他永远告诉人他是北京人，直到孙中山先生的三民主义价值增高，广东国民政府的势力扩大的时候，他才在名片上印上了"广州人"三个字。

在教会学校毕业后，便慌手忙脚的抓了个妻子。仗着点祖产，又有哥哥的帮助，小两口儿一心一气的把份小日子过得挺火炽。他考过几回学部的录事，白折子写不好，作录事的希望只好打消。托人找洋事，英文又跟不上劲。有人给他往学堂里荐举去教英文，作官心盛，那肯去拿藤子棍儿当小教员呢。闲着没事也偷着去嫖一嫖，回来晚了，小夫妇也有时候拌一通儿嘴，好在是在夜里，谁也不知道。还有时候把老婆的金戒指偷出去押了宝，可是永远笑着应许哥哥寄来钱就再给她买个新的。她半恼半笑的说他一顿，他反倒高了兴，把押输了的情形一五一十说给她听。

结婚后三年多，马威才降生了。马则仁在事前就给哥哥写信要钱，以备大办满月。哥哥的钱真来了，于是亲戚朋友全在马威降世的第三十天上，吃了个"泰山不下土"；连街坊家的四眼狗也跟着啃了回猪脚鱼骨头。

现在小夫妇在世上的地位高多了，因为已经由"夫妇"变成"父母"。他们对于作父母的责任虽然没十分细想，可是作父母的威严和身分总得拿出来。于是马则仁老爷把上嘴唇的毫毛留住不剃，两三个月的工夫居然养成一部小黑胡子。马夫人呢，把脸上的胭脂擦浅了半分，为是陪衬着他的小黑胡子。

最痛心的：马威八岁的时候，马夫人，不知道是吃多了，还是着了凉，一命呜呼的死了。马则仁伤心极了：扔下个八岁的孩子没人管，还算小事。结婚一场，并没给夫人弄个皇封官诰，这有多么对不起死去的灵魂！由不得大眼泪珠儿一串跟着一串的往下流，把小胡子都哭得像卖蜜麻花的那把小糖刷子！

丧事一切又是哥哥给的钱，不管谁的钱吧，反正不能不给死鬼个体面发送。接三，放焰口，出殡，办得比马威的满月又热闹多了。

一来二去的，马先生的悲哀减少了。亲戚朋友们都张罗着给他再说个家室。他自己也有这个意思，可是选择个姑娘真不是件容易事。续弦不像初婚那么容易对付，现在他对于妇人总算有了经验：好看的得养活着，不好看的也得养活着，一样的养活着，为什么不来个好看的呢。可是，天下可有多少好看的妇人呢。这个续弦问题倒真不容易解决了：有一回差点儿就成功了，不知是谁多嘴爱说话，说马则仁先生好吃懒作没出息，于是女的那头儿打了退堂鼓。又有一回，也在快成功的时候，有人告诉他：女的鼻子上有三个星点儿，好像骨牌里的"长三"；又散了，娶媳妇那能要鼻子上有"长三"的呢！

还有一层：马先生唯一增光耀祖的事，就是作官。虽然一回官儿还没作过，可是作官的那点虔诚劲儿是永远不会歇松的。凡是能作官的机会，没有轻易放过去的；续弦也是个得官儿的机会，自然也不能随便的拍拍脑袋算一个。

假如娶个官儿老爷的女儿，靠着老丈人的力量，还不来份差事？假如，……他的"假如"多了，可是"假如"到底是"假如"，一回也没成了事实。

"假如我能娶个总长的女儿，至小咱还不弄个主事，"他常对人们说。

"假如总长有个女儿，能嫁你不能？"人们这样回答他。

婚事和官事算是都没希望。

马威在家里把三本小书和四书念完之后，马老先生把他送到西城一个教会学堂里去，因为那里可以住宿，省去许多麻烦。没事的时候，老马先生常到教会去看儿子；一来二去的，被伊牧师说活了心，居然领了洗入了基督教。左右是没事作，闲着上教会去逛逛，又透着虔诚，又不用花钱。领洗之后，一共有一个多礼拜没有打牌，喝酒；而且给儿子买了一本红皮的英文《圣经》。

在欧战停了的那年，马则仁的哥哥上了英国，作贩卖古玩的生意。隔个三五个月总给兄弟寄点钱来，有时候也托他在北京给搜寻点货物。马则仁是天生来看不起买卖人的，好歹的给哥哥买几个古瓶小茶碗什么的。每次到琉璃厂去买这些东西，总绕到前门桥头都一处去喝几碗黄酒，吃一顿炸三角儿。

马先生的哥哥死在英国了，留下遗嘱教兄弟上伦敦来继续着作买卖。

这时候伊牧师已经回了英国二三年，马老先生拿着《英华字典》给他写了封长信，问他到底应该上英国去不去。伊牧师自然乐意有中国教友到英国来，好叫英国人看看：传教的人们在中国不是光吃饭拿钱不作事。他回了马先生一封信，叫他们父子千万上英国来。于是马先生带着儿子到上海，买了两张二等船票，两身洋服，几筒茶叶，和些个零七八碎的东西。轮船出了江口，马老先生把大眼镜摘下来，在船舱里一躺，身上纹丝不敢动，还觉得五脏一齐往上翻。

3

英国海关上的小官儿们，模样长像虽然不同，可是都有那么一点派头儿，叫长着眼睛的一看，就看得出来他们是干什么的。他们的眼睛总是一支看着人，那一支看着些早已撕破的旧章程本子。铅笔，永远是半截的，在耳朵上插着。鼻子老是皱皱着几个褶儿，为是叫脸上没一处不显着忙的"了不得"的样子。他们对本国人是极和气的，一边查护照，一边打哈哈说俏皮话；遇见女子，他们的话是特别的多。对外国人的态度，就不同了：肩膀儿往起一端，嘴犄角儿往下一扣，把帝国主义十足的露出来；有时候也微微的一笑，笑完了准是不许你登岸。护照都验完，他们和大家一同下了船，故意的搓着手告诉你："天气很冷。"然后还夸奖你的英国话说得不错……。

马家父子的护照验完了。老马先生有他哥哥的几件公文在手，小马先生有教育部的留学证书，于是平平安安过去，一点麻烦没有。验完护照，跟着去验身体。两位马先生都没有脏病，也没有五痨七伤，于是又平安的过了一关。而且大夫笑着告诉他们：在英国多吃点牛肉，身体还要更好；这次欧战，英国能把德国打败，就是英国兵天天吃牛肉的缘故。身体检查完了，父子又把箱子盒子都打开，叫人家查验东西。幸而他们既没带着鸦片，又没带着军火，只有马先生的几件绸子衣裳，和几筒茶叶，上了十几镑钱的税。马老先生既不知为什么把这些宝贝带来，又不知为什么要上税；把小胡子一撅，糊里糊涂的交了钱完事。种种手续办完，马老先生差点没晕过去；心里说，早知道这么麻烦，要命也不上外国来！

下了船就上火车，马老先生在车犄角儿一靠，什么没说，两眼一闭，又睡了。马威顺着窗子往外看：高高低低没一处是平的，高的土岗儿是绿的，洼下去的地方也是绿的。火车跑得飞快，看不清别的东西，只有这个高低不平的绿地随着眼睛走，看那儿，那儿是绿的。火车越走越快，高低不平的绿地渐渐变成一起一落的一片绿浪，远远的有些牛羊，好像在春浪上飘着的各色花儿。

绿地越来越少了，楼房渐渐多起来。过了一会儿，车走得慢多了，车道两旁都是大街了。汽笛响了两声，车进了利务普街车站。

马老先生还小菩萨似的睡着，忽然咧了咧嘴，大概是说梦话呢。

站台上的人真多。"嘿喽，这边！"脚夫推着小车向客人招呼。"嘿喽，那边！"丈夫摇着帽子叫媳妇。那边的车开了，车上和站台上的人们彼此点手的点手，摇手巾的摇手巾，一溜黑烟，车不见了。卖报的，卖花的，卖烟卷儿的，都一声不言语推着小车各处出溜，英国人作买卖和送殡是拿着一样的态度的。

　　马威把父亲推醒。马老先生打了个哈咦，刚要再睡，一位姑娘提着皮包往外走，使劲一开门，皮包的角儿正打在他的鼻子上。姑娘说了声"对不起，"马先生摸了摸鼻子，算是醒过来了。马威七手八脚的把箱子什么的搬下去，正要往车外走，伊牧师跳上来了。他没顾得和马老先生拉手，提起最大的那只箱子就往外走。

　　"你们来得真快！海上没受罪？"伊牧师把大箱子放在站台上问马氏父子。

　　马老先生提着个小盒子，慢慢的下了车，派头满像前清"道台"下大轿似的。

　　"伊牧师好？"他把小盒子也放在站台上，对伊牧师说："伊太太好？伊小姐好？伊——？"

　　伊牧师没等马先生问完了好，又把大箱子抄起来了："马威！把箱子搬到这边来！除了那只手提箱，你拿着；剩下的全搬过来！"

　　马威努着力随着伊牧师把箱子全搬到行李房去。马老先生手里什么也没拿，慢慢的扭过来。

　　伊牧师在柜台上把寄放东西的单子写好，问明白了价钱，然后向马老先生说："给钱，今天晚上，箱子什么的就全给你们送了去。这省事不省事？"

　　马老先生给了钱，有点不放心："箱子丢不了哇？"

　　"没错！"伊牧师用小黄眼珠绕着弯儿看了老马一眼，跟着向马威说："你们饿不饿？"

　　"不——"马老先生赶紧把话接过来，一来是：刚到英国就嚷嚷饿，未免太不合体统。二来是：叫伊牧师花钱请客，于心也不安。

　　伊牧师没等他把"饿"字说出来，就说："你们来吧！随便吃一点东西。不饿？我不信！"

　　马老先生不好意思再客气，低声的和马威用中国话说："他要请客，别驳他的面子。"

　　他们父子随着伊牧师从人群里挤出站台来。马威把腰板挺得像棺材板一样

179

的直，脖子梗梗着，嗵嗵的往前走。马老先生两手搋着，大氅后襟往起撅着一点，慢条斯礼的摇晃着。站台外边的大玻璃棚底下有两三家小酒馆，伊牧师领着他们进了一家。他挑了一张小桌，三个人围着坐下，然后问他们吃什么。马老先生依然说是不饿，可是肚子里直叫唤。马威没有他父亲那样客气，可是初来乍到，不知道要什么好。

伊牧师看出来了：问是没用；于是出了主意："这么着好不好？每人一杯啤酒，两块火腿面包。"说完了，他便走到柜上去要。马威跟着站起来，帮着把酒和面包端过来。老马连一动也没动，心里说："花钱吃东西，还得他妈的自己端过来，哼！"

"我平常不喝酒，"伊牧师把酒杯端起来，对他们说："只是遇着朋友，爱来一杯半碗的喝着玩儿。"他在中国喝酒的时候，总是偷偷的不叫教友们看见，今天和他们父子一块儿喝，不得不这么说明一下。一气下去了半杯，对马威开始夸奖酒馆的干净，然后夸奖英国的有秩序："到底是老英国呀！马威，看见没有？啊！"嚼了一口面包，用假牙细细的磨着，好大半天才咽下去。"马威，晕船没有？"

"倒不觉得怎么的，"马威说："父亲可是始终没起来。"

"我说什么来着？马先生！你还说不饿！马威，再去给你父亲要杯啤酒，啊，也再给我来一杯，爱喝着玩儿。马先生，我已经给你们找好了房，回来我带你们去，你得好好的歇一歇！"

马威又给他们的酒端来，伊牧师一气灌下去，还一个劲儿说："喝着玩儿。"

三个人都吃完了，伊牧师叫马威把酒杯和碟子都送回去，然后对马老先生说："一个人一个先令。不对，咱们俩还多喝着一杯酒，马威是一个先令，你是一个零六，还有零钱？"

老马先生真没想到这一招儿，心里说："几个先令的事，你作牧师的还不花，你算那道牧师呢！"他故意的透着俏皮，反张罗着会伊牧师的账。

"不！不！到英国按着英国法子办，自己吃自己，不让！"伊牧师说。

三个人出了酒馆，伊牧师掏出六个铜子来，递给马威："去，买三张票，两个铜子一张。说：大英博物馆，三张，会不会？"

马威只接过两个铜子，自己掏出四个来，往伊牧师指着的那个小窗户洞儿去买票。把票买来，伊牧师乐了："好孩子！明白怎么买票了吧？"说着，在衣襟的里面掏了半天，掏出一张小地图来："马威，给你这个。看，咱们现在是在利务普街。看见这条红线没有？再走四站就是博物院。这是伦敦中央地道火车。记着，别忘了！"

伊牧师领着二马下了地道。

4

温都先生死了十几多年了。他只给温都夫人留下一处小房子和一些股票。

每逢温都寡妇想起丈夫的时候，总把二寸见方的小手绢哭湿了两三块。除了他没死在战场上，和没给她留下几百万的财产，她对于死去的丈夫没有什么不满意的地方。可是这些问题是每逢一哭丈夫，就捎带脚儿想起来的。他设若死在战场上，除了得个为国捐躯的英名，至少她还不得份儿恤金。恤金纵然赶不上几百万财产，到底也可以叫她一年多买几顶新帽子，几双长筒的丝袜子；礼拜天不喜欢上教堂的时候，还可以喝瓶啤酒什么的。

在她丈夫死后不久，欧洲就打开了大仗。她一来是为爱国，二来为挣钱，到一个汽油公司里去打字。那时候正当各处缺人，每个礼拜她能挣到三镑来钱。在打字的时候，忽然想起男人来，或者是恨男人死得早，错过了这个尽忠报国的机会，她的泪珠儿随着打字机键子的一起一落，吧哒吧哒的往下落。设若他还活着，至不济还不去打死百八十来个德国兵！万一把德皇生擒活捉，他岂不升了元帅，她还不稳稳当当的作元帅太太！她越这么想，越恨德国人，好像德国故意在她丈夫死后才开仗，成心不叫温都先生得个"战士"的英名。杀德国人！鸡犬不留！这么一想，手下的打字机响得分外有劲；打完了一看，竟会把纸戳破了好几个小窟窿——只好从新再打！

温都姑娘的年纪比她母亲小着一半。出了学校，就入了六个月的传习所，学习怎么卖帽子，怎么在玻璃窗里摆帽子，怎么替姑娘太太往头上试帽子。……出了传习所，就在伦敦城里帽铺找了个事，一个礼拜挣十六个先令。

温都寡妇在大战的时候剩了几个钱，战后她只在公司缺人的时候去帮十天半个月的忙，所以她总是在家里的时候多，出门的时候少。温都姑娘念书的时候，母女老是和和气气的，母亲说什么，女儿听什么。到了温都姑娘上帽铺作事以后，母女的感情可不像先前那么好了；时常的母女一顶一句的拌嘴。"叫她去她的！黄头发的小东西子！"温都太太含着泪对小狗儿说。说完，还在狗的小尖耳朵上要个嘴儿，小狗儿有时候也傻瓜似的陪着吊一对眼泪。

吃饭时间的问题，就是她们俩拌嘴的一个大原因。母亲是凡事有条有款，有一定的时候。女儿是初到外边作事，小皮包里老有自己挣的几个先令，回家的时候在卖糖的那里看几分钟，裁缝铺外边看几分钟，珠宝店外又看几分钟。一边看一边想：等着，慢慢的长薪水，买那包红盒子的皮糖，买那件绿绸子绣边儿的大衫。越看越爱看，越爱看越不爱走，把回家那回事简直的忘死了。不但光是回来晚了，吃完晚饭，立刻扣上小帽子，小鸟儿似的又飞出去了。她母亲准知道女儿是和男朋友出去玩，这本来不算怎么新奇；她所不高兴的是：姑娘夜间回来，把和男人出去的一切经过，没结没完的告诉母亲。跟着，还谈好些个结婚问题，离婚问题，谈得有来有去，一点拘束没有。有一回伊牧师来看她们，温都姑娘把情人给她的信，挑了几篇长的，念给老牧师听；牧师本是来劝温都姑娘礼拜天去上教堂，一听姑娘念的信，没等劝她，拿起帽子就跑了。

温都太太年青的时候，一样的享过这种爱的生活。可是她的理想和她女儿的不同了。她心目中的英雄是一拳打死老虎，两脚踹倒野象，可是一见女人便千般的柔媚，万般的奉承。女的呢，总是腰儿很细，手儿很小，动不动就晕过去，晕的时候还永远是倒在英雄的胳臂上。这样的英雄美人，只能在月下花前没人的地方说些知心话，小树林里偷偷的要个嘴儿。如今温都姑娘的爱的理想和经验，与这种小说式的一点也不同了：一张嘴便是结婚后怎么和情人坐汽车一点钟跑八十英里；怎么性情不相投就到法厅离婚；怎么喜欢嫁个意大利的厨子，好到意国去看看莫索里尼到底长着胡子没有；要不然就是嫁个俄国人，到莫斯科去看一眼。专为看俄国妇人的裙子是将盖住磕膝盖儿，还是简直的光腿不穿裙子。

温都寡妇自从丈夫死后，有时候也想再嫁。再嫁最大的难处是经济问题，没有准进项的男人简直不敢拉拢。可是这点难处，她向来没跟别人提过。爱情的甜美是要暗中咂摸的，就是心中想到经济问题，也不能不设法包上一层爱的蜜皮儿。

"去！去！嫁那个俄国鬼去！"温都太太急了，就这样对她女儿说。

"那是！在莫斯科买皮子一定便宜，叫他给我买一打皮袄，一天换一件，看美不美？啊？妈妈！"温都姑娘撒着娇儿说。

温都太太一声不出，抱着小狗睡觉去了。

温都姑娘不但关于爱情的意见和母亲不同，穿衣裳，戴帽子，挂珠子的式样也都不一样。她的美的观念是：什么东西都是越新越好，自要是新的便是好的，美不美不去管。衣裳越短越好，帽子越合时样越好。据她看：她母亲的衣裳都该至少剪去一尺；母亲的帽子不但帽沿儿大得过火，帽子上的长瓣子花儿更可笑的要命。母亲一张嘴便是讲材料的好坏，女儿一张嘴便是巴黎出了什么新样子。说着说着，母女又说僵了。

母亲说："你要是再买那小鸡蛋壳似的帽子，不用再跟我一个桌儿上吃饭！"

女儿回答："你要是还穿那件乡下老的青褂子，我再不和你一块儿上街！"

母女的长像儿也不一样。温都太太的脸是长长儿的，自上而下的往下溜，溜到下巴颏儿只剩下尖尖的一个小三角儿。浅黄的头发，已经有了几根白的，盘成两个圆髻儿，在脑瓢上扣着。一双黄眼珠儿，一支小尖鼻子，一张小薄嘴，只有笑的时候，才能把少年的俊俏露出一点来。身量不高，戴上宽沿帽子的时候更显得矮了。

温都姑娘和她母亲站在一块儿，她要高出一头来。那双大脚和她母亲的又瘦又尖的脚比起来，她们娘儿俩好像不是一家的人。因为要显着脚小，她老买比脚小着一号儿的皮鞋；系上鞋带儿，脚面上凸出两个小肉馒头。母亲走道儿好像小公鸡啄米粒儿似的，一逗一逗的好看。女儿走起道儿来是咚咚的山响，连脸蛋上的肉都震得一哆嗦一哆嗦的。顺着脚往上看，这一对儿长腿！裙子刚压住磕膝盖儿，连袜子带腿一年到头的老是公众陈列品。衣裳短，裙子瘦，又要走得快，于是走道儿的时候，总是介乎"跑"与"扭"之间；左手夹着旱伞皮包，右手因而不能不僵着一点摇晃，只用手腕贴着大腿一个一个的从左而右画半圆的小圈。帽子将把脑袋盖住，脖子不能不往回缩着一点。（不然，脖子就显着太长了。）这样，周身上下整像个扣着盖儿的小圆缩脖坛子。

她的脸是圆圆的，胖胖的。两个笑涡儿，不笑的时候也老有两个像水泡儿将散了的小坑儿。黄头发剪得像男人一样。蓝眼珠儿的光彩真足，把她全身的淘气，和天真烂漫，都由这两个蓝点儿射发出来。笑涡四围的红润，只有刚下树儿的嫩红苹果敢跟她比一比。嘴唇儿往上兜着一点，而且是永远微微的动着。

温都太太看着女儿又可爱又可气，时常的说："看你的腿！裙子还要怎么短！"

女儿把小笑涡儿一缩，拢着短头发说："人家都这样吗！妈！"

5

温都太太整忙了一早晨，把楼上三间屋子全收拾得有条有理。头上罩着块绿绸子，把头发一丝不乱的包起来。袖子挽到胳臂肘儿上面，露着胳臂上的细青筋，好像地图上画着的山脉。褂子上系着条白布围裙。把桌子全用水洗了一遍。地毯全搬到小后院细细的抽了一个过儿。地板用油擦了。擦完了电灯泡儿，还换上两个新绿纱灯罩儿。

收拾完了，她插着手儿四围看了看，觉得书房里的粉色窗帘，和墙上的蓝花儿纸不大配合，又跑到楼下，把自己屋里的那幅浅蓝地，细白花的，摘下来换上。换完了窗帘，坐在一把小椅子上，把手放在磕膝盖儿上，轻轻的叹了口气。然后把"拿破仑"，（那支小白胖狗。）叫上来，抱在怀里；歪着头儿，把小尖鼻子搁在拿破仑的脑门儿上，说："看看！地板擦得亮不亮？窗户帘好看不好看？"拿破仑四下瞧了一眼，摇了摇尾巴。"两个中国人！他们配住这个房吗？"拿破仑又摇了摇尾巴。温都太太一看，狗都不爱中国人，心中又有点后悔了："早知道，不租给他们！"她一面叨唠着，一面抱着小狗下楼去吃午饭。

吃完了饭，温都太太慌忙着收拾打扮：把头发从新梳了一回，脸上也擦上点粉，把最心爱的那件有狐皮领子的青绉子袄穿上，（英国妇女穿皮子是不论时节的。）预备迎接客人。她虽然由心里看不起中国人，可是既然答应了租给他们房子，就得当一回正经事儿作。换好了衣裳，才消消停停的在客厅里坐下，把狄•昆西的《鸦片鬼自状》找出来念；为是中国客人到了的时候，好有话和他们说。

快到了温都太太的门口，伊牧师对马老先生说："见了房东太太，她向你伸手，你可以跟她拉手；不然，你向她一点头就满够了。这是我们的规矩，你不怪我告诉你吧？"

马先生不但没怪伊牧师教训他，反说了声"谢谢您哪！"

三个人在门外站住，温都太太早已看见了他们。她赶紧又掏出小镜子照了一照，回手又用手指头肚儿轻轻的按按耳后的鬓儿。听见拍门，才抱着拿破仑出来。开开了门，拿破仑把耳朵竖起来吧吧的叫了两声。温都太太连忙的说："淘气！不准！"小狗儿翻了翻眼珠，把耳朵搭拉下去，一声也不出了。

温都太太一手抱着狗，一手和伊牧师握手。伊牧师给马家父子和她介绍了一回，她挺着脖梗儿，只是"下巴颏儿"和眉毛往下垂了一垂，算是向他们行了见面礼。马老先生深深鞠了一躬，他的腰还没直起来，她已经走进客厅去了。马威提着小箱儿，在伊牧师背后瞪了她一眼，并没行礼。三个人把帽子什么的全放在过道儿，然后一齐进了客厅。温都太太用小手指头指着两个大椅请伊牧师和马老先生坐下，然后叫马威坐在小茶几旁边的椅子上，她自己坐在钢琴前面的小凳儿上。

伊牧师没等别人说话，先夸奖了拿破仑一顿。温都太太开始讲演狗的历史，她说一句，他夸一声好，虽然这些故事他已经听过二十多回了。

在讲狗史的时候，温都太太用"眉毛"看了看他们父子。看着：这俩中国人倒不像电影上的那么难看，心中未免有点疑惑：他们也许不是真正中国人；不是中国人？又是……

老马先生坐着的姿式，正和小官儿见上司一样规矩：脊梁背儿正和椅子垫成直角，两手拿着劲在膝上摆着。小马先生是学着伊牧师，把腿落在一块儿，左手插在裤兜儿里。当伊牧师夸奖拿破仑的时候，他已经把屋子里的东西看了一个过儿；伊牧师笑的时候，他也随着抿抿嘴。

"伊牧师，到楼上看看去？"温都太太把狗史讲到一个结束，才这样说："马先生？"

老马先生看着伊牧师站起来，也僵着身子立起来；小马先生没等让，连忙站起来替温都太太开开门。

到了楼上，温都太太告诉他们一切放东西的地方。她说一句，伊牧师回答一句："好极了！"

马老先生一心要去躺下歇歇，随着伊牧师的"好极了"向她点头，其实她的话满没听见。他也没细看屋里的东西，心里说：反正有个地方睡觉就行，管别的干吗！只有一样，他有点不放心：床上铺着的东西看着似乎太少。他走过去摸了摸，只有两层毡子。他自己跟自己说："这不冷吗！"在北京的时候，他总是盖两床厚被，外加皮袄棉裤的。

把屋子都看完了，伊牧师见马先生没说什么，赶快的向温都太太说："好极了！我在道儿上就对他们说来着：回来你们看，温都太太的房子管保在伦敦找不出第二家来！马先生！"他的两个黄眼珠钉着马老先生："现在你信我的话了吧！"

马老先生笑了一笑，没说什么。

马威看出伊牧师的意思，赶紧向温都太太说："房子是好极了，我们谢谢你！"

他们都从楼上下来，又到客厅坐下。温都太太把房钱，吃饭的时间，晚上锁门的时候，和一切的规矩，都当着伊牧师一字一板的交待明白了。伊牧师不管听见没有，自要她一停顿，一喘气的时候，他便加个"好极了"，好像乐队里打鼓的，在喇叭停顿的时候，加个鼓轮子似的。马老先生一声没出，心里说："好大规矩呀！这要娶个外国老婆，还不叫她管得避猫鼠似的呀！"

温都太太说完了，伊牧师站起来说："温都太太，我不知道怎么谢谢你才

186

好！改天到我家里去喝茶，和伊太太说半天子话儿，好不好？"

马老先生听伊牧师说：请温都寡妇喝茶，心里一动。低声的问马威："咱们的茶叶呢？"

马威说小箱儿里只有两筒，其余的都在大箱子里呢。

"你把小箱子带来了不是？"马老先生问。

马威告诉父亲，他把小箱子带来了。

"拿过来！"马老先生沈着气说。

马威把小箱子打开，把两筒茶叶递给父亲。马老先生一手托着一筒，对他们说：

"从北京带来点茶叶。伊牧师一筒，温都太太一筒，不成敬意！"说完把一筒交给伊牧师，那一筒放在钢琴上了；男女授受不亲，那能交给温都太太的手里呢！

伊牧师在中国多年，知道中国人的脾气，把茶叶接过去，对温都寡妇说："准保是好茶叶！"

温都太太忙着把拿破仑放在小凳上，把茶叶筒拿起来。小嘴微微的张着一点，细细的看筒上的小方块中国字，和"嫦娥奔月"的商标。

"多么有趣！有趣！"她说着，正式的用眼睛——不用眉毛了——看了马老先生一眼。"我可以这么白白的收这么好的东西吗？真是给我的吗？马先生！"

"可不是真的！"马先生撅着小胡子说。

"呕！谢谢你，马先生！"

伊牧师跟温都太太要了张纸，把茶叶筒包好，一边包，一边说："伊太太最爱喝中国茶。马先生，她喝完你的茶，看她得怎么替你祷告上帝！"

把茶叶筒儿包好，伊牧师楞了一会儿，全身纹丝不动，只是两个黄眼珠慢慢的转了几个圈儿。心里想：白受他的茶叶不带他们出去逛一逛，透着不大和气；再说当着温都太太，总得显一手儿，叫她看看咱这传教的到底与众不同；虽然心里真不喜欢跟着两个中国人在街上走。

"马先生，"伊牧师说："明天见。带你们去看一看伦敦；明天早点起来呀！"他说着出了屋门，把茶叶筒卷在大氅里，在腋下一夹；单拿着那个圆溜溜的筒儿，怕人家疑心是瓶酒；传教师的行为是要处处对得起上帝的。

马老先生要往外送，伊牧师从温都太太的肩膀旁边对他摇了摇头。

温都太太把伊牧师送出去，两个人站在门外，又谈了半天。马老先生才明白伊牧师摇头的意思。心里说："洋鬼子颇有些讲究，跟他们非讲圈套不可呢！"

"看这俩中国人怎样？"伊牧师问。

"还算不错！"温都太太回答："那个老头儿倒挺漂亮的，看那筒茶叶！"

同时，屋子里马威对父亲说：

"刚才伊牧师夸奖房子的时候，你怎么一声不出呢？还没看出来吗：对外国人，尤其是妇女，事事得捧着说。不夸奖他们，他们是真不愿意！"

"好，不好，心里知道，得了！何必说出来呢！"马老先生把马威干了回去，然后掏出"川绸"手巾，照撑绿皮脸官靴的架式撑了撑皮鞋。

6

正是四月底的天气：晴一会儿，阴一会儿，忽然一阵小雨；雨点还落着，太阳又出来了。窗户棱上横挂着一串小水珠，太阳一出来，都慢慢化成股白气。屋外刚吐绿叶的细高挑儿杨树，经过了雨，树干儿潮润的像刚洗过澡的象腿，又润，又亮，可是灰嘟噜嘟的。

马老先生虽然在海上已经睡了四十天的觉，还是非常的疲倦。躺在床上还觉得床铺一上一下的动，也好像还听得见海水沙沙的响。夜里醒了好几次，睁开眼，屋子里漆黑，迷迷糊糊的忘了自己到底是在那儿呢。船上？北京？上海？心里觉得无着无靠的，及至醒明白了，想起来已经是在伦敦，又觉得有点说不出来的凄惨！北京的朋友，致美斋的馄饨，广德楼的坤戏，故去的妻子，哥哥……上海……全想起来了，一会儿又全忘了，可是从眼犄角流下两个大泪珠儿来。

"离合悲欢，人生不过如此！转到那儿吃那儿吧！"马老先生安慰着自己："等马威学成了，再享几天福，当几天老爷吧！"这么一想，心里痛快多了。把一手心热汗的手伸出来，顺着毡子边儿，理了理小胡子。跟着把脑袋从枕头上抬起一点来，听听隔壁有声音没有。一点声儿没有。"年青力壮，吃得饱，睡得着！有出息，那孩子！"他自己嘟囔着，慢慢的把眼睛又闭上。

醒一会儿又睡，睡一会儿又醒，到了出太阳的时候，他才睡安稳了。好像听见马威起来了，好像听见街上过车的声音，可是始终没睁眼。大概有七点半钟了，门上轻轻的响了两声，跟着，温都太太说："马先生，热水！"

"谢——哼，啊，"他又睡着了。

不到七点钟，马威就起来了。一心的想逛伦敦，抓耳挠腮的无论怎样也不能再睡。况且昨天只见了温都姑娘一面，当着父亲的面儿，也没好意思和她谈话。今天吃早饭是他的好机会，反正父亲是决起不来的。他起来，轻轻的把窗子开开。雨刚住了，太阳光像回窝的黄蜂，带着春天的甜蜜，随着马威的手由窗户缝儿挤进来。他把在上海买的那件印花的西式长袍穿上，大气不出的等着热水来好刮脸。刮脸的习惯是在船上才学来的，上船之前，在上海先施公司买了把保险刀儿。在船上的时候，人家还都没起来，他便跑到浴室里去，细细的刮一回；脸上共总有十来根比较重一点的胡子茬儿，可是刮过几天之后，不刮有点刺闹的慌；而且刮完了，对着镜子一照，觉得脸上分外精神，有点英雄的气象。他常看电影里的英雄，刮脸的时候，满脸抹着胰子，就和人家打起来；打完了，手连颤也不颤，又去继续刮脸；有的时候，打完了，抱着姑娘要嘴儿，还把脸上的胰子沫儿印在她的腮上。刮脸，这么看起来，不光是一种习惯，里面还含着些情韵呢。

好容易把热水等来了，赶紧漱口刮脸。梳洗完了，把衣裳细细的刷了一回。穿戴好了，想下楼去；又怕下去太早，叫房东太太不愿意。轻轻开了门往外看：父亲门外的白磁水罐，还冒着点热气。楼下母女说话的声音，他听得真真的。温都姑娘的声音听得尤其真切，而且含着点刺激性，叫他听见一个字，心里像雨点儿打花瓣似的那么颤一下。

楼下铃儿响了，他猜着：早饭必定是得了。又在镜子里照了一照：两条眉毛不但没有向上吊着，居然是往下弯弯着，差不多要弯到眼睛下面来。又正了正领带，拉了拉衣襟，然后才咚咚的下了楼。

温都母女平常是在厨房吃早饭的。因为马家父子来了，所以改在小饭厅里。马威进了饭厅，温都太太还在厨房里，只有温都姑娘在桌子旁边坐着，手里拿着张报纸，正看最新式帽子的图样。见马威进来，她说了声："咳喽！"头也没抬，还看她的报。

她只穿着件有肩无袖的绿单衫，胸脯和胳臂全在外边露着。两条白胖的胳臂好像一对不知道用什么东西作的一种象牙：又绵软，又柔润，又光泽，好像还有股香味儿。

马威端了端肩膀，说了声："天气不错？"

"冷！"她由红嘴唇挤出这么个字来，还是没看他。

温都太太托着茶盘进来，问马威："你父亲呢？"

"恐怕还没起呢。"马威低声儿说。

她没说什么，可是脸像小帘子似的撅下来了。她坐在她女儿的对面，给他们倒茶。她特意沏的马先生给的茶叶，要不是看着这点茶叶上面，她非炸了不可。饶这么着，倒茶的时候还低声说了一句："反正我不能做两回早饭！"

"谁叫你把房租给中国人呢！"温都姑娘把报纸扔在一边，歪着头儿向她母亲说。

马威脸上一红，想站起来就走。皱了皱眉，——并没往起站。

温都姑娘看着他，笑了，好像是说："中国人，挨打的货！就不会生气！"

温都太太看了她女儿一眼，赶紧递给马威一碗茶，跟着说："茶真香！中国人最会喝茶。是不是？"

"对了！"马威点了点头。

温都太太咬了口面包，刚要端茶碗，温都姑娘忙着拉了她一把："招呼毒药！"她把这四字说得那么诚恳，自然；好像马威并没在那里；好像中国人的用毒药害人是千真万确，一点含忽没有的。她的嘴唇自自然然的颤了一颤，让你看出来：她决没意思得罪马威，也决不是她特意要精细；她的话纯是"自然而然"说出来的，没心得罪人，她就不懂得什么叫得罪人。自要戏里有个中国人，他一定是用毒药害人的。电影，小说，也都是如此。温都姑娘这个警告是有历史的，是含着点近于宗教信仰的：回回不吃猪肉，谁都知道；中国人用毒药害人———一种信仰！

马威反倒笑了。端起茶碗喝了一口，一声没言语。他明白她的意思，因为他看过英国小说——中国人用毒药害人的小说。

温都太太用小薄嘴唇抿了半口茶，然后搭讪着问马威：中国茶有多少种？中国什么地方出茶？他们现在喝的这种叫什么名字？是怎么制造的？

马威把一肚子气用力压制着，随便回答了几句，并且告诉她，他们现在喝的叫作"香片"。

温都太太又叫他说了一回，然后把嘴唶嘟着说："杭便，"还问马威她学的对不对。

温都姑娘警告她母亲留心毒药以后，想起前几天看的那个电影：一个英国英雄打死了十几个黄脸没鼻子的中国人，打得真痛快，她把两只肉嘟嘟的手都拍红了，红得像搁在热水里的红胡萝卜。她想入了神，一手往嘴里送面包，一手握着拳在桌底下向马威比画着心里说：不光是英国男子能打你们这群找揍的货，女英雄也能把你打一溜跟头！心里也同时想到她的朋友约翰：约翰在上海不定多么出锋头呢！他那两只大拳头，一拳头还不捶死几十个中国鬼！她的蓝眼珠一层一层的往外发着不同的光彩，约翰是她心目中的英雄！……他来信说："加入义勇军，昨天一排枪打死了五个黄鬼，内中还有个女的！"……"打死个女人，不大合人道！"温都姑娘本来可以这样想，可是，约翰打死的，打死的又是个中国女人；她只觉得约翰的英勇，把别的都忘了。……报纸上说：中国人屠宰了英国人，英国人没打死半个中国人，难道约翰是吹牛撒谎？她正想到这里，听见她母亲说："杭便。"她歪过头去问："什么？妈！"她母亲告诉她这个茶叫"杭便"，于是她也跟着学。英国人是事事要逞能的，事事要叫别人说好的，所以她忘了马威——只是因为他是中国人——的讨厌。"杭办""杭办""对不对"？她问马威。

马威当然是说："对了！"

吃完了早饭，马威正要上楼看父亲去。温都姑娘从楼下跑了上来，戴着昨天买的新帽子，帽子上插着一捆老鼠尾巴，看着好像一把儿荞麦面面条；戴老鼠尾巴是最新的花样，——所以她也戴。她斜着眼看了马威一下，说了声"再见，"一溜烟似的跑了。

7

温都姑娘上铺子去作工，温都寡妇出来进去的收拾房屋，拿破仑跟着她左右前后的乱跑。马威一个人坐在客厅里等着伊牧师来。

马威自从八岁的时候死了母亲，差不多没有经过什么女性的爱护。在小学里的时候，成天和一群小泥鬼儿打交道；在中学里，跟一群稍微个儿大一点的泥鬼瞎混；只有礼拜天到教堂作礼拜去，能看见几位妇女：祈祷的时候，他低着头从眼角偷偷的看她们；可是好几回都被伊太太看见，然后报告给伊牧师，叫伊牧师用一半中国话，一半英国话臭骂他一顿："小孩子！不要看姑娘！在祷告的时候！明白？See？……"伊太太祷告的时候，永远是闭着一只眼往天堂上看上帝，睁着一只眼看那群该下地狱的学生；马威的"看姑娘"是逃不出伊太太的眼线的。

教堂的姑娘十之八九是比伊太太还难看的。他横着走的眼光撞到她们的脸上，有时候叫他不由的赶快闭上眼，默想上帝造人的时候或者有点错儿；不然，……有时候也真看到一两个好看的，可是她们的好看只在脸上那一块，纵然脸上真美，到底叫他不能不联想到冥衣铺糊的纸人儿；于是心中未免有点儿害怕！且不管纸人儿吧，不纸人儿吧，能看到她们已经是不容易！跟她们说说话，拉拉手，——妄想！

就是有一回，他真和女人们在一块儿作了好几天的事。这回事是在他上英国来的前一年，学界闹风潮：校长罢长，教员罢教，学生也罢了学；没有多少人知道为什么这样闹，可是一个不剩，全闹起活儿来；连教会的学堂也把《圣经》扔了一地，加入战团。马威是向来能说会道，长得体面，说话又甜甘受听，父亲又不大管他，当然被举为代表。代表会里当然有女代表，于是他在风潮里颇得着些机会和她们说几句话，有一回还跟她们拉手。风潮时期的长短是不能一定的，也许三天，也许五个月；虽然人人盼着越长越好，可是事事总要有个结束，好叫人家看着像一回事儿似的。这回风潮恰巧是个短期的，于是马威和女人们交际的命运像舞台上的小武丑儿，刚翻了一个跟头，就从台帘底下爬进后台去了。

马威和温都姑娘不一定有什么前缘，也不是月下老人把他和她的大拇脚指头隔着印度洋地中海拴上了根无形的细红线。她不过是西洋女子中的一个。可是，马威头一个见的恰巧是她。她那种小野猫似的欢蹦乱跳，一见面他心里便由惊讶而羡慕而怜爱而痴迷，好像头一次喝酒的人，一盅下去，脸上便立刻红起来了。可是，她的神气，言语，……叫他心里凉了好多……她说："再见"的时候确是笑着，眼睛还向他一飞……或者她不见得是讨厌他……对了：她不过是不喜欢中国人罢了！等着，走着瞧，日子多了叫她明白明白中国人到底是怎么回事！……何必一定跟她套交情呢，女子可多了，……

马威翻过来掉过去的想，问题很多，可是结论只有一个："等着吧，瞧！"摸了摸自己的脸蛋儿，颧骨尖儿上那一点特别的热，像有个香火头儿在那里烧着。"等着瞧，别忙！""别忙！"他这么叨唠着，嘴唇张着一些，好像是要笑，可是没笑出来；好像要恼——恼她？——，又不忍的。一会儿照照镜子看自己的白牙，一会儿手插在裤兜里来回走……"别忙！走着瞧！"

"马威！马威！"马老先生一嗓子痰在楼上叫，跟着嗽了嗽，声音才尖溜了一点："马威！"

马威收了收神，三步两步跑上楼上。马老先生一手开着门，一手端着那个磁水罐。脸上睡的许多红褶儿，小胡子也在一块拧拧着。

"去，弄点热水来！"他把磁罐交给马威。

"我不敢上厨房去呀！"马威说："昨天晚上您没听房东说吗：不叫咱们到厨房去！早饭的时候，你没去，她已经说了闲话；您看——"

"别说了！别说了！"马老先生揉着眼睛说："不刮脸啦，行不行？"

"回来伊牧师不是要和咱们一块儿出去哪吗——"

"不去，行不行？"

马威没言语，把水倒在漱口盂里，递给父亲。

马老先生漱口的当儿，马威把昨天晚上来的箱子打开，问父亲换衣裳不换。马老先生是一脑门子官司，没理马威。马威本想告诉父亲：在英国就得随着英国办法走；一看父亲脸上的神气，他一声没出，溜出去了。

马老先生越想越有气："这是上外国吗？没事找罪受吗！——找罪受吗！起晚了不行，热水没有！没有！早知道这么着，要命也不来！"想了半天："有啦！住旅馆去！多少钱也花，自要不受这个臭罪！"跟着看了看箱子什么的，心里又冷静下去一点："东西太多，搬着太麻烦！"又待了一会儿，气更少了："先在这儿忍着吧，有合适的地方再搬吧！"这么一想，气全没有了，戴上大眼镜，拿起烟袋往书房里去了。

思想是生命里最贱的东西：想一回，觉着有点理；再想一回，觉得第一次所想的并不怎么高明；第三次再想——老实呆着吧，越想越糊涂！于是以前所想的全算白饶！马先生的由"住旅馆去！"到"忍着吧！"便是这么一档子事；要不怎么他轻易不思想呢！

温都太太专等着马先生起来问她要早饭，她好抡圆了给他个钉子碰；头一次钉子碰得疼，管保他不再想碰第二次。她听见他起来了，约摸着他已经梳洗完，她嘴里哼唧着往楼上走。走到马先生的屋门外，门儿半开着，一点声儿没有。忽然听见马先生咳嗽了两声，她回头一看，书房的门也开着呢：马先生叼着烟袋在椅子上坐着呢。

"怪不得伊牧师说：中国人有些神魔鬼道儿的，"她心里说："你不给他早饭吃，他更好，连问也不问！好！你就饿着！"

马先生一动也没动，吧嗒着烟袋，头上一圈一圈的冒着蓝烟。

伊牧师到十一点多钟才来，他没见温都太太，在街门口问马威："你父亲呢？出去不出去？"马威跑到楼上去问父亲，马老先生摇了摇头，把头上绕着的蓝烟圈弄散开一些。马威跑下来告诉伊牧师：他父亲还没歇过来，不打算出去，于是他自己和伊牧师走下去了。

8

民族要是老了，人人生下来就是"出窝儿老"。出窝老是生下来便眼花耳聋痰喘咳嗽的！一国里要有这么四万万出窝老，这个老国便越来越老，直到老得爬也爬不动，便一声不出的呜呼哀哉了！

"我们的文明比你们的，先生，老得多呀！"到欧洲宣传中国文化的先生们撇着嘴对洋鬼子说："再说四万万人民，大国！大国！"看这"老"字和"大"字用得多么有劲头儿！

"要是'老的'便是'好的'，为什么贵国老而不见得好呢？"不得人心的老鬼子笑着回答："要是四万万人都是饭桶，再添四万万又有什么用呢？"

于是这些宣传中国文化的先生们，（凡是上西洋来念书的，都是以宣传中国文化为主，念鬼子书不过是那么一回事；鬼子书多么不好念！）听了这类的话，只好溜到中国人唯一的海外事业，中国饭馆，去吃顿叉烧肉，把肚子中的恶气往外挤一挤。

马则仁先生是一点不含糊的"老"民族里的一个"老"分子。由这两层"老"的关系，可以断定：他一辈子不但没用过他的脑子，就是他的眼睛也没有一回钉在一件东西上看三分钟的。为什么活着？为作官！怎么能作官？先请客运动呀！为什么要娶老婆？年岁到了吗！怎么娶？先找媒人呀！娶了老婆干吗还讨姨太太？一个不够吗！……这些东西满够老民族的人们享受一辈子的了。马老先生的志愿也自然止于此。

他到英国来，真像个摸不清的梦：作买卖他不懂；不但不懂，而且向来看不起作买卖的人。发财大道是作官；作买卖，拿着血汗挣钱，没出息！不高明！俗气！一点目的没有，一点计划没有，还叼着烟袋在书房里坐着。"已到了英国，"坐腻了，忽然这么想："马威有机会念书，将来回去作官！……咱呢？吃太平饭吧！哈哈！……"除此以外，连把窗帘打开看看到底伦敦的胡同什么样子都没看；已经到了伦敦，干什么还看，这不是多此一举吗！不但没有看一看伦敦，北京什么样儿也有点记不清了，虽然才离开了四五十天的工夫。到底四牌楼南边有个饽饽铺没有？想不起来了！哎呀，北京的饽饽也吃不着了，这是怎话说的！这么一来，想家的心更重了，把别的事全忘了。咳！——北京的饽饽！

快一点钟了，马老先生的肚子微微响了几声；还勉强吸着烟，烟下去之后，肚子透着分外的空得慌。心里说："看这样儿，是非吃点什么不可呀！"好几次要下楼去向房东说，总觉得还是不开口好。站起来走了几步，不行，越活动越饿。又坐下，从新装上一袋烟；没抽，把烟袋又放下了。又坐了半天，肚子不但响，也有点疼了。"下楼试试去！"站起来慢慢往楼下走。

"马先生，夜里睡得好吧？"温都太太带着点讥讽的意思问。

"很好！很好！"马先生回答："温都太太，你好？姑娘出去了吧？"

温都寡妇哼儿哈儿的回答。马先生好几回话到嘴边——要吃饭——又吞回去了；而且问她的话越来越离"吃饭"远："天气还是冷呀？啊！姑娘出去了？——呕，已经问过了，对不起！拿破仑呢？"

温都太太把拿破仑叫来，马老先生把它抱起来，拿破仑喜欢极了，直舐马先生的耳朵。

"小狗真聪明！"马先生开始夸奖拿破仑。

温都太太早已不耐烦了，可是一听老马称赞狗，登时拉不断扯不断的和他说起来。

"中国人也爱狗吗"她问。

"爱狗！我妻子活着的时候，她养着三个哈吧狗，一只小兔，四只小东西在一块儿吃食，决不打架！"他回答。

"真有趣！有趣极了！"

他又告诉了她一些中国狗的故事，她越听越爱听。马先生是没事儿惯会和三姥姥五姨儿谈天的，所以他对温都太太满有话回答；妇女全是一样的，据他瞧；所不同的，是西洋妇女的鼻子比中国老娘儿们的高一点儿罢了。

说完了狗事，马先生还是不说他要吃饭。温都太太是无论怎么也想不到：他是饿了。英国人是事事讲法律的，履行条件，便完事大吉，不管别的。早饭他没吃，因为他起晚了，起晚了没早饭吃是当然的。午饭呢，租房的时候交待明白了，不管午饭。温都太太在条件上没有作午饭的责任，谁还管你饿不

196

饿呢。

马先生看着没希望，爽得饿一回试试！把拿破仑放下，往楼上走。拿破仑好像很喜爱马先生，摇着尾巴追了上来。马先生又归了位坐下，拿破仑是东咬西抓跟他一个劲儿闹：一会儿藏在椅子背儿后面揪他的衣襟，一会儿绕到前面啃他的皮鞋。

"我说，见好儿就收，别过了火！"马先生对拿破仑说："你吃饱了，在这儿乱蹦；不管别人肚子里有东西没有！……"

温都太太不放心拿破仑，上楼来看；走到书房门口，门是开着的，正听见马先生对拿破仑报委屈。

"呕！马先生，我不知道你要吃饭，我以为你出去吃饭呢！"

"没什么，还不十分——"

"你要吃，我可以给你弄点什么，一个先令一顿。"

"算我两个先令吧，多弄点！"

待了半天，温都太太给他端上来一壶茶，一盘子凉牛肉，几片面包，还有一点青菜。马先生一看东西都是凉的，（除了那壶茶。）皱了皱眉；可是真饿，不吃真不行。慢慢的把茶全喝了，凉牛肉只吃了一半，面包和青菜一点没剩。吃饱喝足又回到椅子上一坐，打了几个沈重的嗝儿，然后撅短了一根火柴当牙签，有滋有味的剔着牙缝。

拿破仑还在那里，斜着眼儿等着马先生和它闹着玩。马先生没心再逗它，它委委屈屈的在椅子旁边一卧。

温都太太进来收拾家伙；看见拿破仑，赶快放下东西，走过来跪在地毯上，把狗抱起来，问它和马先生干什么玩来着。

马先生从一进门到现在，始终没敢正眼看温都太太；君子人吗，那能随便看妇人呢。现在她的头发上的香味，他闻得真真的。心里未免一热，跟着一颤，简直不知怎么办才好。

温都夫人问他：北京一年开多少次"赛狗会"，中国法律上对于狗有什么保护，哈吧狗是由中国来的不是……

马先生对于"狗学"和"科学"一样的没有研究，只好敷衍她几句；反正找她爱听的说，不至于出错儿。一边说，一边放大了胆子看着她。她虽然已经差不多有三十七八岁了，可是脸上还不显得老。身上的衣裳穿得干净抹腻，更显得年青一些。

他由静而动的试着伸手去逗拿破仑。她不但不躲，反倒把狗往前送了一送；马先生的手差点儿没贴着她的胸脯儿。——他身上一哆嗦！忽然一阵明白，把椅子让给温都太太坐，自己搬过一只小凳儿来。两个人由狗学一直谈到作买卖，她似乎都有些经验。

"现在作买卖顶要紧的是广告。"她说。

"我卖古玩，广告似乎没用！"他回答。

"就是卖古玩，也非有广告不行！"

"可不是！"他很快的由辩论而承认，反倒吓了她一跳。她站起来说：

"把拿破仑留在这儿吧？"

他知道拿破仑是不可轻视的，连忙接过来。

她把家伙都收拾在托盘里，临走的时候对小狗说：

"好好的！不准淘气！"

她出去了，老马先生把狗放在地上，在卧椅上一躺又睡着了。

…………

马威到六点多钟才回来，累得脑筋涨起多高，白眼珠上横着几条血丝儿。伊牧师带他先上了伦敦故宫，（就手儿看伦敦桥。）圣保罗教堂和上下议院。伦敦不是一天能逛完的，也不是一天就能看懂的；伊牧师只带他逛了这三处，其余的博物院，美术馆，动物园什么的，等他慢慢的把伦敦走熟了再自己去。上圣保罗教堂的时候，伊牧师就手儿指给马威，他伯父的古玩铺就正在教堂左边的一个小巷儿里。

伊牧师的两条秫秸棍儿腿是真走得快，马威把腰躬起一点，还追不上；可是他到底不肯折脖子，拚命和伊牧师赛了半天的跑。

他刚进门，温都姑娘也回来了，走的很热，她脸更红得好看。他搭讪着要告诉她刚才看见的东西，可是她往厨房跑了去。

马威到楼上去看父亲，马老先生还叼着烟袋在书房里坐着。马威一一把看见的东西告诉了父亲，马老先生并没十分注意的听。直说到古玩铺，马老先生忽然想起个主意来：

"马威！明天咱们先上你伯父的坟，然后到铺子去看一眼，别忘了！"

铃儿响了，父子到饭厅去吃饭。

吃完饭，温都寡妇忙着刷洗家伙。马老先生又回到书房去吃烟。

马威一个人在客厅里坐着，温都姑娘忽然跑进来："看见我的皮夹儿没有？"

马威刚要答声，她又跑出去了，一边跑一边说："对了，在厨房里呢。"

马威站在客厅门口看着她，她从厨房把小皮夹找着，跑上来，慌着忙着把帽子扣上。

"出去吗？"他问。

"可不是，看电影去。"

马威从客厅的窗户往外看：她和一个男的，挨着肩膀一路说笑走下去了。

9

马老先生想起上坟，也就手儿想起哥哥来了；夜里梦见哥哥好几回，彼此都吊了几个眼泪。想起哥哥的好处来，心中稍有一点发愧：花过哥哥多少钱！哥哥的钱是容易挣得！不但净花哥哥的钱，那回哥哥寄来钱，还喝得醉猫儿似的，叫两个巡警把他搀回家去。拿哥哥的钱喝酒！还醉得人事不知！……可是又说回来了，过去的事反正是过去的了，还想它作什么……现在呢，在伦敦当掌柜的，纵然没有作官那么荣耀，到底总得说八字儿不错，命星儿有起色！……对了，怎么没带本阴阳台历来呢！明天上坟是好日子不是呢？……信基督教的人什么也不怕，上帝的势力比别的神都大的多；太岁？不行！太岁还敢跟上帝比比劲头儿！……可是……种种问题，七个上来，八个下去，叫他一夜没能睡实在了。

第二天早晨，天还是阴的很沈，东风也挺凉。马老先生把驼绒紧身法兰绒汗衫，厚青呢衣裤，全穿上了。还怕出去着了凉，试着把小棉袄絮在汗衫上面，可是棉袄太肥，穿上系不上裤子。于是骂了鬼子衣裳一顿，又把棉袄脱下来了。……要不怎么说，东西文化不能调和呢！看，小棉袄和洋裤子就弄不到一块儿！……

吃过早饭，吧嗒了几袋烟，才张罗着出去。

马威领着父亲出了戈登胡同，穿过陶灵吞大院，一直往牛津街走。马威一边走，一边问父亲：是坐地道火车去，还是坐公众汽车去。坟地的地点，他昨天已经和伊牧师打听明白了。马老先生没有主意，只说了声："到街上再说吧。"

到了牛津街，街上的汽车东往的西来的，一串一串，你顶着我，我挤着你。大汽车中间夹着小汽车，小汽车后面紧钉着摩托自行车，好像走欢了的鸵鸟带着一群小鸵鸟。好像都要挤在一块儿碰个粉碎，也不是怎股劲儿没挤上；都像要把前面的车顶出多远去，打个毛跟头，也不怎么没顶上。车后面突突的冒着蓝烟，车轮磁拉磁拉的响，喇叭也有仆仆的，有的吧吧的乱叫。远处也是车，近处也是车，前后左右也全是车：全冒着烟，全磁拉磁拉的响，全仆仆吧吧的叫，把这条大街整个儿的作成一条"车海"。两旁便道上的人，男女老少全像丢了点东西似的，扯着脖子往前跑。往下看，只看见一把儿一把儿的腿，往上看只见一片脑袋一点一点的动；正像"车海"的波浪把两岸的沙石冲得一动一动的。

马老先生抬头看看天，阴得灰糊糊的；本想告诉马威不去了，又不好意思；呆了一会儿，看见街心站着一溜汽车："马威，这些车可以雇吗？"

"价钱可贵呢！"马威说。

"贵也得雇！"马老先生越看那些大公众汽车越眼晕。

"坐地道火车呢？"马威问。

"地道里我出不来气儿！"马先生想起到伦敦那天坐地道车的经验。

"咱们可别太费钱哪。"马威笑着说。

"你是怎么着？——不但雇车，还得告诉赶车的绕着走，找清静道儿走！我告诉你！晕！——"

马威无法，只得叫了辆汽车，并且嘱咐赶车的绕着走。

上了车，马老先生还不放心：不定那一时就碰个脑浆迸裂呀！低着声说："怎么没带本宪书来呢！这东西赶上'点儿低'，非死不可呀！"

"带宪书干吗？"马威问。

"我跟我自己说呢，少搭碴儿！"马老先生斜着眼瞪了马威一眼。

赶车的真是挑着清静道儿走。一会儿向东，一会儿往西，绕过一片草地，又进了一个小胡同……走了四五十分钟，到了个空场儿。空场四围圈着一人来高的铁栅栏，栅栏里面绕着圈儿种着一行小树。草地上高高矮矮的都是石桩和石碑。伦敦真有点奇怪：热闹的地方是真热闹，清静的地方是真清静。

车顺着铁栏杆转，直转到一个小铁门才站住。父子下了车，马威打算把车打发了，马老先生非叫车等着不可。小铁门里边有间小红房子，孤孤零仃的在那群石桩子前面站着，山墙上的小烟筒曲曲弯弯的冒着一股烟儿。他们敲了敲那个小铁门，小红屋子的门开了一个缝儿。门缝儿越开越大，慢慢的一个又圆又胖的脸探出来了。两腮一凸一凹的大概是正嚼着东西。门又开大了一些，这个胖脸和脸以下的那些东西全露出来，把这些东西凑在一块儿，原来是个矮胖的小老太太。

老太太的脸上好像没长着什么玩艺儿，光是"光出溜的"一个软肉球。身上要是把胳臂腿儿去了，整个儿是个小圆辘轴。她一面用围裙擦着嘴，一面问他们找谁的坟墓。她走到他们跟前，他们才看出来：她的脸上确是五官俱全，而且两只小眼睛是笑眯眯的；说话的时候露出嘴里只有一个牙，因为没有什么陪衬，这一个牙看着又长又宽，颇有独霸一方的劲儿。

"我们找马先生的坟，一个中国人。"马威向老太太说。她已经擦完了嘴，用力把手往上凑，大概是要擦眼睛。

"我知道，记得！去年秋天死的！怪可怜的！"老太太又要往起撩围裙："棺材上有三个花圈，记得！秋天——十月七号。头一个中国人埋在这里，头一个！可怜！"说着，老太太的眼泪在脸上横流；脸上肉太多，泪珠不容易一直流下来。"你们跟我来，我知道，记得！"老太太开始向前走，小短腿像刚孵出来的小鸭子的；走的时候，脸上的肉一哆嗦一哆嗦的动，好像冬天吃的鱼冻儿。

他们跟着老太太走，走了几箭远，她指着一个小石桩子说："那里！"马家父子忙着过去，石桩上的姓名是个外国人的。他们刚要问她，她又说了："不对！不对！还得走！我知道，记得！那里——头一个中国人！"

又走了一两箭远，马威眼快，看见左边一块小石碑，上面刻着中国字；他拉了马老先生一把，两个人一齐走过去。

"对了！就是那里！记得！知道！"老太太在后面用胖手指着他们已经找着的石碑说。

石碑不过有二尺来高，上面刻着马威伯父的名字，马唯仁，名字下面刻着生死年月。碑是用人造石作的，浅灰的地儿，灰紫色的花纹。石碑前面的花圈已经叫雨水冲得没有什么颜色了，上面的纸条已早被风刮去了。石碑前面的草地上，淡淡的开着几朵浅黄野花，花瓣儿上带着几点露水，好像泪珠儿。天上的黑云，地上的石碑和零散的花圈，都带出一股凄凉惨淡的气象；马老先生心中一阵难过，不由的落下泪来；马威虽然没有看见过他的伯父，眼圈儿也红了。

马老先生没管马威和那个老太太，跪在石碑前头恭恭敬敬的磕了三个头，低声的说："哥哥！保佑你兄弟发财，把你的灵运回中国去吧！"说到这里，他不觉的哭得失了声。

马威在父亲背后向石碑行了三鞠躬礼。老太太已经走过来，哭得满脸是水，小短胳臂连围裙都撩不起来了，只好用手在脸上横来竖去的抹。

哭着哭着，她说了话："要鲜花不要？我有！"

"多少钱？"马威问。

"拿来！"马老先生在那里跪着说。

"是，我拿去，拿去。"老太太说完，撩着裙子，意思是要快跑，可是腿腕始终没有一点弯的趋向，干跺着脚，前仰后合的走了。去了老大半天才慢慢的扭回来，连脖子带脸全红得像她那间小红房子的砖一样。一手撩着裙子，一手拿着一把儿杏黄的郁金香。

"先生，花儿来了。真新鲜！知道——"说着，哆哩哆嗦的把花交给马老先生。他捡起一个花圈来，从新把铁条紧了一紧，把花儿都插上；插好了，把花圈放在石碑前面；然后退了两步，端详了一番，眼泪又落下来了。

他哭了，老太太也又哭了。"钱呢！"她正哭得高兴，忽然把手伸出来："钱呢！"

马老先生没言语，掏出一张十个先令的票子递给她了。

她看了看钱票，抬起头来细细的看了看马老先生："谢谢！谢谢！头一个中国人埋在这里。谢谢！我知道。谢谢！盼着多死几个中国人，都埋在这里！"这末两句话本来是她对自己说的，可是马家父子听得真真的。

太阳忽然从一块破云彩射出一条光来，正把他们的影子遮在石碑上，把那点地方——埋着人的那点地方——弄得特别的惨淡。马老先生叹了一口气，擦了擦眼泪，回头看了看马威："马威，咱们走吧！"

爷儿俩慢慢的往外走，老太太在后面跟着跑，问他们还要花儿不要，她还有别样的。马威看了她一眼，马老先生摇了摇头。两个人走到小铁门，已经把老太太落下老远，可是还听得见她说："头一个中国人……"

父子又上了车。马老先生闭着眼睛想：怎么把哥哥的灵运回去。又想到哥哥不到六十岁就死了，自己呢，现在已奔着五十走啦！生命就是个梦呀！有什么意思！——梦！

马威也还没把坟地上那点印象忘了，斜靠着车角，两眼直瞪着驶车的宽脊梁背儿。心里想：伯父，英雄！到国外来作事业！英雄！自然卖古玩算不了什么大事业，可是，挣外国的钱，——总算可以！父亲是没用的，他看了马老先生一眼，不是作官，便是弄盅酒充穷酸。作官，名士，该死！真本事是——拿真知识挣公道钱！

10

马家的小古玩铺是在圣保罗教堂左边一个小斜胡同儿里。站在铺子外边，可以看见教堂塔尖的一部分，好像一牙儿西瓜。铺子是一间门面，左边有个小门，门的右边是通上到下的琉璃窗户。窗子里摆着些磁器，铜器，旧扇面，小佛像，和些个零七八碎儿的。窗子右边还有个小门，是楼上那家修理汗伞、箱子的出入口儿。铺子左边是一连气三个小铺子，紧靠马家的铺子也是个卖古玩的。铺子右边是个大衣庄存货的地方，门前放着两辆马车，人们出来进去的往车上搬货。铺子的对面，没有什么，只有一溜山墙。

马家父子正在铺子外面左右前后的端详，李子荣从铺子里出来了。他笑着向他们说：

"马先生吧？请进来。"

马老先生看了看李子荣：脸上还没有什么下不去的地方，只是笑容太过火。再说，李子荣只穿着件汗衫，袖子卷过胳臂肘儿，手上好些铜锈和灰土，因为他正刷洗整理货物架子。马老先生心里不由的给他下了两个字的批语："俗气！"

"李先生吧？"马威赶紧过来要拉李子荣的手。

"别拉手，我手上有泥！"李子荣忙着向裤袋里找手巾，没有找着，只好叫马威拉了拉他的手腕。腕子是又粗又有力气，筋是筋骨是骨的好看。马威亲热的拉着这个滚热的手腕，他算是头一眼就爱上李子荣了。汗衫，挽袖子，一手泥，粗手腕，是个干将！不真干还能和外国人竞争吗！

从外国人眼里看起来，李子荣比马威多带着一点中国味儿。外国人心中的中国人是：矮身量，带辫子，扁脸，肿颧骨，没鼻子，眼睛是一寸来长的两道缝儿，撇着嘴，唇上挂着迎风而动的小胡子，两条哈吧狗腿，一走一扭。这还不过是从表面上看，至于中国人的阴险诡诈，袖子里揣着毒蛇，耳朵眼里放着砒霜，出气是绿气炮，一挤眼便叫人一命呜呼，更是叫外国男女老少从心里打哆嗦的。

李子荣的脸差不多正合"扁而肿"的格式。若是他身量高一点，外国人也许高抬他一下，叫他声日本人；（凡是黄脸而稍微有点好处的便是日本人。）不幸，他只有五尺来高，而且两条短腿确乎是罗圈着一点。头上的黑发又粗又多，因脑门儿的扁窄和头发的蓬松，差不多眉毛以上，头发以下，没有多大的空地方了。眼睛鼻子和嘴全不难看，可惜颧骨太平了一些。他的体格可是真好，腰板又宽又直，脖子挺粗，又加着腿有点弯儿，站在那里老像座小过山炮似的。

李子荣算把外国人弄糊涂了：你说他是日本人吧，他的脸真不能说是体面。（日本人都是体面的！）说他是中国人吧，他的黄脸确是洗得晶光；中国人可有舍得钱买胰子洗脸的？再说，看他的腰板多直；中国人向来是哈着腰挨打的货，直着腰板，多么于理不合！虽然他的腿弯着一点，可是走起路来，一点不含忽，真咯噔呼噔的招呼；不但不扭，并且走得飞快，……外国老爷们真弄不清了，到底这个家伙是那种下等人类的产物呢？"啊！"李子荣的房东太太想出来了："这个家伙是中日合种，"她背地里跟人家说："决不是真正中国人；日本人？他那配！"

马威和李子荣还没松手，马老先生早挺着腰板儿进了门。李子荣慌忙跑进来，把地上的东西都收拾起来，然后让马老先生到柜房里坐。小铺子是两间的进身，一间是作生意的，一间作柜房。柜房很小，靠后山墙放着个保险箱，箱子前面只有放三四把椅子和一张桌子的地方。保险箱旁边放着个小茶几，上面是电话机和电话簿子。屋子里有些潮气味儿，加上一股酸溜溜的擦铜油儿，颇有点像北京的小洋货店的味儿。

"李伙计，"马老先生想了半天，才想起"伙计"这么两个字："先沏壶茶来。"

李子荣抓了抓头上乱蓬蓬的黑头发，瞧了老马一眼，然后笑着对马威说：

"这里没茶壶茶碗，老先生一定要喝茶呢，只好到外边去买；你有钱没有？"

马威刚要掏钱，马老先生沈着脸对李子荣说：

"伙计！"这回把"李"字也省下了："难道掌柜的喝碗茶，还得自己掏腰包吗！再说，架子上有的是茶壶茶碗，你楞说没有？"马老先生拉过张椅子来，在小茶几前面坐下；把脊梁往后一仰的时候，差点儿没把电话机碰倒了。

李子荣慢慢的把汗衫袖子放下来，转过身来看着马老先生说：

"马先生，在你哥哥活着的时候，我就在这里帮过一年多的忙；他死的时候，把买卖托付给我照应着；我不能不照着买卖作！喝茶是个人的事，不能由公账上开销。这里不同中国，公账是由律师签字，然后政府好收税，咱们不能随意开支乱用。至于架子上的茶壶茶碗是为卖的，不是为咱们用的。"他又回过身来对马威说："你们大概明白我的意思？也许你们看我太不客气；可是咱们现在是在英国，英国的办法是人情是人情，买卖是买卖，咱们也非照着这么走不可。"

"对！"马威低声说，没敢看他父亲。

"够了！够了！不喝啦，不喝行不行！"老马先生低着头说，好像有点怕李子荣的样儿。

李子荣没言语，到外间屋把保险箱的钥匙拿进来，开开箱子，拿出几本账簿和文书，都放在马老先生眼前的一把椅子上。

"马先生，这是咱们的账本子什么的，请过过眼，你看完了，我还有话说。"

"干什么呀？反正是那么一回事，我还能疑心你不诚实吗？"马老先生说。

李子荣笑了。

"马老先生，你大概没作过买卖——"

"作买卖？哼——"马老先生插嘴说。

"——好，作过买卖也罢，没作过也罢，还是那句话：公事公办。这是一种手续，提不到疑心不疑心。"李子荣笑也不好，不笑也不好的直为难。明知道中国人的脾气是讲客气，套人情的；又明知道英国人是直说直办，除了办外交，没有转磨绕圈作文章的。进退两难，把他闹得直不知道怎么办才好。只好抓了抓头发，而且把脑门子上的那缕长的，卷，卷，卷成个小圈儿。

马威没等父亲说话，笑着对李子荣说：

"父亲刚由伯父坟地回来，心里还不大消停，等明天再看账吧。"

马老先生点了点头，心里说："到底还是儿子护着爸爸，这个李小子有点成心挤兑我！"

李子荣看了看老马，看了看小马，噗哧一笑，把账本子什么的又全收回去。把东西搁好，又在保险箱的深处轻轻的摸；摸了半天，掏出一个藕荷色的小锦匣儿来。马老先生看着李子荣，直要笑，心里说："这小子变戏法儿玩呢！还有完哪！"

李子荣把小锦匣递给马威。马威看了看父亲，然后慢慢的把小匣打开，里面满塞着细白棉花；把棉花揭开，当中放着一个钻石戒指。

马威把戒指放在手心上细细的看，是件女人的首饰：一个拧着麻花的细金箍，背儿上稍微宽出一点来，镶着一粒钻石，一闪一闪的放着光。

"这是你伯父给你的纪念物。"李子荣把保险箱锁好，对马威说。

"给我瞧瞧！"马老先生说。

马威赶紧把戒指递过去。马老先生要在李子荣面前显一手儿：翻过来掉过去的看，看了外面，又探着头，半闭着眼睛看戒指里面刻着的字。又用手指头抹上点唾沫在钻石上擦了几下。

"钻石，不错，女戒指。"马先生点头咂嘴的说，说着顺手把戒指撂在自己的衣兜里啦。

李子荣刚要张嘴，马威看了他一眼，他把话又吞回去了。

待了一会儿，李子荣把保险箱的钥匙和一串小钥匙托在手掌上，递给马老先生。

"这是铺子的钥匙，你收着吧，马先生！"

"你拿着就结了，嘚！"马先生的手还在兜儿里摸着那个戒指。

"马老先生，咱们该把事情说明白了，你还用我不用？"李子荣问，手掌上还托着那些钥匙。

马威向父亲点了点头。

"我叫你拿着钥匙，还能不用你！"

"好！谢谢！你哥哥活着的时候，我是早十点来，下午四点走，一个礼拜他给我两镑钱；我的事情是招待客人，整理货物。他病了的时候，我还是早十点来，可是下午六点才能走；他给我三镑钱一个礼拜。现在呢，请告诉我：工钱，事情，和作事的时间。我愿意只作半天工，工钱少一点倒不要紧；因为我总得匀出点工夫去念书。"

"啊，你还念书？"马先生真没想到李子荣是个念书的。心里说："这份儿俗气，还会念书，瞧不透！中国念书的人不这样！"

"我本来是个学生。"李子荣说："你——"

"马威！——"马老先生没主意，看着马威，眼睛里似乎是说："你给出个主意！"

"我看，我和李先生谈一谈，然后再定规一切，好不好？"马威说。

"就这么办吧！"马老先生站起来了，屋里挺凉，磕膝盖儿有点发僵。"你先把我送回家去，你再回来和李伙计谈一谈，就手儿看看账；其实看不看并不要紧。"他说着慢慢往外走，走到外间屋的货架子前面又站住了。看了半天，回头向李子荣说：

"李伙计，把那个小白茶壶给我拿下来。"

李子荣把壶轻轻的拿下来，递给马老先生。马老先生掏出手绢来，把茶壶包好，交给马威提着。

"等着我，咱们一块儿吃饭，回头见！"马威向李子荣说。

11

父子两个出了古玩铺。走了几步，马老先生站住了，从新细看看铺子的外面。这一回才看见窗子上边横着条长匾，黑地金字，外面罩着层玻璃。"俗气！"他摇着头儿说。说完了，又欠着脚儿，看楼上的牌匾；然后又转过身来，看对面的山墙。"烟筒正对着咱们的窗口，风水不见强！"

马威没管他父亲说什么，仰着头儿看圣保罗堂的塔尖，越看越觉得好看。

"父亲，赶明儿个你上这儿来作礼拜倒不错。"马威说。

"教堂是不坏，可是塔尖把风水都夺去了，咱们受不了哇！"马老先生似乎把基督教全忘了，一个劲儿抱怨风水不强。

出了小胡同口儿，马先生还连连的摇头，抱怨风水不好。马威看见一辆公众汽车是往牛津街去的，圣保罗堂的外边正好是停车的地方，他没问父亲坐不坐，拉着老头儿就往车上跳；马老先生还迷迷糊糊的不知道是怎么回事，车已经开了。马威买了票，跟父亲说：

"别叫李子荣'伙计'呀。你看，这车上的人买张票还对卖票的说'谢谢'呢。他在铺子里又真有用，你叫他'伙计'不是叫他不好受吗！

况且——"

"你说该叫他什么？我是掌柜的，难道掌柜的管伙计叫老爷？"马老先生说着伸手把马威拿着的小茶壶拿过来，掀开手巾，细细看壶底上的篆字。老先生对于篆字本来有限，加上汽车左右乱摇，越发的看不清楚；心里骂马威，不该一声儿不出便上了汽车。

"叫他声李先生，也不失咱们的身分哪！"马威把眉毛皱在一处，可是没有和父亲拌嘴的意思。

汽车正从一个铁桥底下过，桥上面的火车唧咚咕咚的把耳朵震得什么也听不见了；马威的话，自然老马先生一点没听见。汽车忽然往左边一闪，马老先生往前一出溜，差点没把小茶壶撒了手；嘴里嘟囔着骂了几句，好在汽车的声音真乱，马威也没听见。

"你到底愿意用他不愿意呢？"马威乘着汽车站住的工夫问他父亲。

"怎么不用他呢！他会作买卖，我不会！"马老先生的脸蛋红了一块，把脚伸出去一点，好像如果马威再问，他就往车下跳啦。脚伸出去太猛，差点没踩着对面坐着的老太太的小脚尖，于是赶快把腿收回来，同时把跳车的心也取消了。

马威知道问也无益，反正是这么一回事："你还用他不用？"——"怎么不用呀！""何不叫他声先生呢？"——"我是掌柜的，我叫他先生，他该管我叫什么！"算了吧，不必问了！他回过头去，留神看街上的牌子，怕走过了站；卖票的虽然到一站喊一站的地名，可是卖票人的英文字的拼法不是马威一天半天能明白的。

到了牛津街，父子下了车，马威领着父亲往家走。走不远，马老先生就站住一会儿，喘口气，又拿起小茶壶来看一看。有时候忽然站住了，后头走道的人们，全赶紧往左右躲；不然，非都撞上，跌成一堆不止。马先生不管别人，那时高兴便那时站住；马威也无法，只好随着父亲背后慢慢轧着步儿走。爷儿俩好像鱼盆里的泥鳅，忽然一动，忽然一静，都叫盆里的鱼儿乱腾一回。好容易到了家了，马老先生站在门外，用袖口儿把小茶壶擦了一个过儿。然后一手捧着茶壶，一手拿钥匙开门。

温都太太早已吃过午饭，正在客厅里歇着。看见他们回来，一声也没言语。

马老先生进了街门，便叫："温都太太！"

"进来，马先生。"她在屋里说。

马老先生进去了，马威也跟进去。拿破仑正睡午觉，听见他们进来，没睁眼睛，只从鼻子里哼哼了两声。

"温都太太，瞧！"马老先生把小茶壶举起多高，满脸堆着笑，说话的声音也嫩了许多，好像颇有返老还童的希望。

温都太太刚吃完了饭，困眼巴唧的，鼻子上的粉也谢了，露着小红鼻子尖儿，像个半熟的山里红；可是据马老先生看，这个小红鼻子尖有说不出的美。她刚要往起站，马老先生已经把小茶壶送到她的眼前。他还记得那天逗拿破仑玩的时候，她的头发差点没挨着他的衣裳；现在他所以的放大了胆子往前巴结：爱情是得进一步便进一步的事儿；老不往前迈步，便永远没有接上吻的希望；不接吻还讲什么爱情！马老先生是凡事退步，只有对妇女，他是主张进取的，而且进取的手段也不坏；在这一点，我们不能不说马则仁先生有一点天才。

温都寡妇欠着身把小壶儿接过去，歪着头儿细细的看；马老先生也陪着看，脸上笑得像个小红气球儿。

"多么好看！真好！中国磁，是不是？"温都太太指着壶上的红鸡冠子花和两只小芦花鸡说。

马老先生听她夸奖中国磁，心里喜欢的都痒痒了。

"温都太太，我给你拿来的！"

"给我？真的？马先生？"她的两只小眼睛都睁圆了，薄片嘴也成了个大写的"O"，索子骨底下露着的那点胸脯也红了一点。"这个小壶得值好几镑钱吧？"

"不算什么，"马老先生指着茶几上的小瓶儿说："我知道你爱中国磁，那个小瓶儿就是中国的，是不是？"

"你真有眼力，真细心！那只小瓶是我由一个兵手里买的。拿破仑，还不起来谢谢马先生！"她说着把拿破仑抱起来，用手按着狗头向马先生点了两点；拿破仑是真困，始终没睁眼。叫拿破仑谢完了马先生，她还是觉得不好意思白收下那个小壶，转了转眼珠儿，又说："马先生，咱们对换好不好？我真爱这个小壶儿，我要你的壶，你拿我的瓶去卖——大概那个小瓶也值些个钱，我花——多少钱买的呢？你看，我可忘了！"

"对换？别捣麻烦啦！"马老先生笑着说。

马威站在窗前，眼睛钉着他父亲，心里想：他也许把那个戒指给她呢。马老先生确是在兜儿里摸了摸，可是没有把戒指拿出来。

"马先生，告诉我，这个小壶到底值多少钱？人家问我的时候，我好说呀！"温都太太把壶抱在胸口前面，好像小姑娘抱着新买的小布人一样。

"值多少钱？"马老先生往上推了推大眼镜，回过头去问马威："你说值多少钱？"

"我那知道呢！"马威说："看看壶盖里面号着价码没有。"

"对，来，咱看上一看。"马老先生把这几个字说得真像音乐一般的有腔有调。

"不，等我看！"温都太太逞着能说，然后轻轻把壶盖拿下来："喝！五镑十个先令！五镑十个先令！"

马老先生把头歪着挤过去看："可不是，合多少中国钱？六十来块！冤人的事，六十来块买个茶壶！在东安市场花一块二毛钱买把，准比这个大！"

马威越听越觉得不入耳，抓起帽子来说："父亲，我得去找李子荣，他还等着我吃饭呢。"

"对了，马先生，你还没吃饭哪吧？"温都寡妇问："我还有块凉牛肉，很好，你吃不吃？"

马威已经走出了街口，隔着窗帘的缝儿看见父亲的嘴一动一动的还和她说话。

12

马威又回到古玩铺去找李子荣。

"李先生，对不起！你饿坏了吧？上那儿去吃饭？"马威问。

"叫我老李，别先生先生的！"李子荣笑着说。他已经把货架子的一部分收拾干净了，也洗了脸，黄脸蛋上光润了许多。"出了这个胡同就是个小饭馆，好歹吃点东西算了。"说完他把铺子锁好，带着马威去吃饭。

小饭铺正斜对着圣保罗教堂，隔着窗子把教堂的前脸和外边的石像看得真真的。一群老太太，小孩子，都拿着些个干粮，面包什么的，围着石像喂鸽子。

"你吃什么？"李子荣问："我天天就是一碗茶，两块面包，和一块甜点心。这是伦敦最下等的饭铺子，真想吃好的，这里也没有；好在我也吃不起好的。"

"你要什么，就给我要什么吧。"马威想不出主意来。

李子荣照例要的是茶和面包，可是给马威另要了一根炸肠儿。

小饭铺的桌子都是石头面儿，铁腿儿，桌面擦得晶光，怪爱人儿的。四面墙上都安着大镜子，把屋子里照得光明痛快，也特别显着人多火炽。点心和面包什么的，都在一进门的玻璃窗子里摆着，东西好吃不好吃先放在一边，反正看着漂亮干净。跑堂的都是姑娘，并且是很好看的姑娘：一个个穿着小短裙子，头上箍着带褶儿的小白包头，穿梭似的来回端茶拿菜；脸蛋儿都是红扑扑的，和玻璃罩儿里的红苹果一样鲜润。吃饭的人差不多都是附近铺子里的，人人手里拿着张晚报，（伦敦的晚报是早晨九点多钟就下街的。）专看赛马赛狗的新闻。屋里只听得见姑娘们沙沙的来回跑，和刀叉的声音，差不多没有说话的；英国人自要有报看，是什么也不想说的。马威再细看人们吃的东西，大概都是一碗茶，面包黄油，很少有吃菜的。

"这算最下等的饭铺？"马威问。

"不像啊？"李子荣低声的说。

"真干净！"马威嘴里说，心里回想北京的二荤铺，大碗居的那些长条桌子上的黑泥。

"唉，英国人摆饭的时间比吃饭的时间长，稍微体面一点的人就宁可少吃一口，不能不把吃饭的地方弄干净了！咱们中国人是真吃，不管吃的地方好歹。结果是：在干净地方少吃一口饭的身体倒强，在脏地方吃熏鸡烧鸭子的倒越吃越瘦……"

他还没说完，一个姑娘把他们的吃食拿来了。他们一面吃，一面低声的说话。

"老李，父亲早上说话有点儿——"马威很真诚的说。

"没关系！"李子荣没等马威说完，就接过来了："老人们可不都是那样吗！"

"你还愿意帮助我父亲？"

"你们没我不行，我呢，非挣钱不可！放心吧，咱们散不了伙！"李子荣不知不觉的笑的声音大了一点，对面吃饭的老头子们一齐狠狠的瞪他一眼，他连忙低下头去嚼了一口面包。

"你还念书？"

"不念书还行吗！"李子荣说着又要笑，他总觉得他的话说得俏皮可笑，还是不管别人笑不笑，他自己总先笑出来："我说，快吃，回铺子去说。话多着呢，这里说着不痛快，老头子们净瞪我！"

两个人忙着把东西吃完了，茶也喝净了，李子荣立起来和小姑娘要账单儿。他把账单儿接过来，指着马威对她说："你看他体面不体面？他已经告诉我了，你长的真好看！"

"去你的吧！"小姑娘笑着对李子荣说，然后看了马威一眼，好像很高兴有人夸她长的美。

马威也向她笑了一笑，看李子荣和她说话的神气，大概是李子荣天天上这里吃饭来，所以很熟。李子荣掏出两个铜子，轻轻的放在盘子底下，作为小账。李子荣给了饭钱，告诉马威该出十个便士；马威登时还了他。

"英国办法，彼此不客气。"李子荣接过钱来笑着对马威说。

两个人回到铺子，好在没有照顾主儿，李子荣的嘴像开了闸一样，长江大河的说下去：

"我说，先告诉你一件事：喝茶的时候别带响儿！刚才你喝茶的时候，没看见对面坐着的老头儿直瞪你吗！英国人擤鼻子的时候是有多大力量用多大力量，可是喝东西的时候不准出声儿；风俗吗，没有对不对的理由；你不照着人家那么办，便是野蛮；况且他们本来就看不起我们中国人！当着人别抓脑袋，别剔指甲，别打嗝儿；喝！规矩多啦！有些留学的名士满不管这一套，可是外国人本来就看不起我们，何必再非讨人家的厌烦不可呢！我本来也不注意这些事，有一回可真碰了钉子啦！是这么回事：有一回跟一个朋友到人家里去吃饭，我是吃饱了气足，仰着脖儿来了个深长的嗝儿；喝！可坏了！旁边站着的一位姑娘，登时把脸子一摞，扭过头去跟我的朋友说：'不懂得规矩礼道的人，顶好不出来交际！'请吃饭的人呢是在中国传过教的老牧师，登时得着机会，对那位姑娘说：'要不咱们怎得到东方去传教呢，连吃饭喝茶的规矩都等着咱们教给他们呢！'我怎么办？在那里吧，真僵的慌；走吧，又觉得不好意思，好难过啦！其实打个嗝儿算得了什么，他们可是真拿你当野蛮人对待呢！老马，留点神吧！你不怪我告诉你？"

"不！"马威坐下说。

李子荣也坐下了，跟着说："好，我该告诉你，我的历史啦！我原是出来留学的，山东官费留学生。先到了美国，住了三年，得了个商业学士。得了学位就上欧洲来了，先上了法国；到了巴黎可就坏了，国内打起仗来，官费简直的算无望了。我是个穷小子，跟家里要钱算是办不到的事。于是我东胡搂西抓弄，弄了几个钱上英国来了。我准知道英国生活程度比法国高，可是我也准知道在英国找事，工钱也高；再说英国是个商业国，多少可以学点什么。还有一层，不瞒你说！巴黎的妇女我真惹不起；这里，在伦敦，除非妓女没有人看得起中国人，倒可以少受一点试探。"说到这里，李子荣又乐起来了；而且横三竖四的抓了抓头发。

"老李，你不是说，别当着人抓脑袋吗？"马威故意和他开玩笑。

"可是你不是外国人哪！当着外国人决不干！说到那儿啦——对，到了伦敦，官费还是不来，我可真抓了瞎啦！在东伦敦住了一个来月，除了几本书和身上的衣裳，简直成了光屁股狗啦！一来二去，巡警局给我找了去啦，叫我给中国工人当翻译。中国工人的英国话有限，巡警是动不动就察验他们，（多么好的中国人也是一脑门子官司，要不怎么说别投生个中国人呢！）我替他们来回作翻译；我的广东话本来有限，可是还能对付，反正我比英国巡警强。我要是不怕饿死，我决不作这个事；可是人到快饿死的时候是不想死的！看着这群老同乡叫英国巡警要笑！咳，无法！饿，没法子！我和咱们这群同乡一样没法子！作这个事情，一个月不过能得个三四镑钱，那够花的；后来又慢慢的弄些个广告什么的翻成中国文，这笔买卖倒不错：能到中国卖货的，自然不是小买卖，一篇广告翻完了，总挣个一镑两镑的。这两笔钱凑在一处，对付着够吃面包的了，可还是没钱去念书。可巧你伯父要找个伙计，得懂得作买卖，会说英国话；我一去见他，事情就成了功。你想，留学的老爷们谁肯一礼拜挣两镑钱作碎催；可是两镑钱到我手里，我好像登了天堂一样。行了，可以念书了！白天作翻译，作买卖，晚上到大学去听讲。你看怎样？老马！"

"不容易，老李你行！"马威说。

"不容易？天下没有容易的事！"李子荣咚的一声站起来，颇有点自傲的神气。

"在伦敦一个人至少要花多少钱？论月说吧。"马威问。

"至少二十镑钱一个月，我是个例外！我在这儿这么些日子了，一顿中国饭还没吃过；不是我吃不起一顿，是怕一吃开了头儿，就非常吃不可！"

"这儿有中国饭馆吗？"

"有！作饭，洗衣裳，中国人在海外的两大事业！"李子荣又坐下了："日本人所到的地方，就有日本窑子；中国人所到的地方，就有小饭铺和洗衣裳房。中国人和日本人不同的地方，是日本人除了窑子以外，还有轮船公司，银行，和别的大买卖。中国人除了作饭，洗衣裳，没有别的事业。要不然怎么人家日本人老挺着胸脯子，我们老不敢伸腰呢！欧美人对日本人和对中国人一样的看不起；可是，对日本人于藐视之中含着点'怕'，'佩服'的劲儿。对中国人就完全不搁在眼里了。对日本人是背后叫Jap，当面总是奉承；对中国人是当着面儿骂，满不客气！别提啦，咱们自己不争气，别怨人家！问我点别的事好不好？别提这个了，真把谁气死！"

"该告诉我点关于这个铺子的事啦。"

"好，你听着。你的伯父真是把手，真能干！他不专靠着卖古玩，古玩又不是面包，那能天天有买卖；他也买卖股票，替广东一带商人买办货物什么的。这个古玩铺一年作好了不过赚上，除了一切开销，二百来镑钱；他给你们留下了二千来镑钱，都是他作别的事情赚下的。你们现在有这点钱，顶好把这个生意扩充一下，好好的干一下，还许有希望；要是还守着这点事情作，连你们爷俩的花销恐怕也赚不出来；等把那二千来镑钱都零花出来，事情可就不好办了。老马，你得劝你父亲立刻打主意：扩充这个买卖，或是另开个别的小买卖。据我看呢，还是往大了弄这个买卖好，因为古玩是没有定价的，凑巧了一样东西就赚个几百镑；自然这全凭咱们的能力本事。开别的买卖简直的不容易，你看街上的小铺子，什么卖烟的，卖酒的，全是几家大公司的小分号，他们的资本是成千累万的，咱们打算用千十来镑钱跟他们竞争，不是白饶吗！"

"父亲不是个作买卖的人，很难说话！"马威的眉毛又皱在一块，脸上好像也白了一点。

"老人家是个官迷，糟！糟！中国人不把官迷打破，永不会有出息！"李子荣楞了一会，又说："好在这里有咱们两个呢，咱们非逼着他干不可！不然，铺子一赔钱，你们的将来，实在有点危险呢！我说，你打算干什么呢？"

"我？念书啊！"

"念什么？又是翻译篇《庄子》骗个学位呀？"李子荣笑着说。

"我打算学商业，你看怎么样？"

"学商业，好哇！你先去补习英文，把英文弄好，去学商业，我看这个主意不错。"

两个人又说了半天，马威越看李子荣越可爱，李子荣是越说越上精神。两个人一直说到四点多钟才散。马威临走的时候，李子荣告诉他：明天早晨他同他们父子到巡警局去报到：

"律师，医生，是英国人离不开身的两件宝贝。可是咱们别用他们才好。我告诉你：别犯法，别生病，在英国最要紧的两件事！"李子荣拉不断扯不断的和马威说，"我说，从明天起，咱们见面就说英国话，非练习不可。有许多留学生最讨厌说外国话，好在你我是'下等'留学生，不用和老爷们学，对不对？"

两个人站在铺子外面又说了半天的话。说话的时候，隔壁那家古玩铺的掌柜的出来了，李子荣赶紧的给马威介绍了一下。

马威抬头看着圣保罗堂的塔尖，李子荣还没等他问，又把他拉回去，给他说这个教堂的历史。

"我可该回去啦！"马威把圣保罗堂的历史听完，又往外走。

李子荣又跟出来，他好像是鲁滨孙遇见礼拜五那么亲热。

"老马，问你一件事：你那个戒指，父亲给了你没有？"

"他还拿着呢！"马威低声儿说。

"跟他要过来，那是你伯父给你的；谁的东西是谁的！"

马威点了点头，慢慢的往街上走。圣保罗教堂的钟正打五点。

第三段

1

　　春天随着落花走了，夏天披着一身的绿叶儿在暖风儿里跳动着来了。伦敦
也居然有了响晴的蓝天，戴着草帽的美国人一车一车的在街上跑，大概其的看
看伦敦到底什么样儿。街上高杨树的叶子在阳光底下一动一动的放着一层绿
光，楼上的蓝天四围挂着一层似雾非雾的白气；这层绿光和白气叫人觉着心里
非常的痛快，可是有一点发燥。顶可怜的是大"牛狗"，把全身的力量似乎都
放在舌头上，喘吁吁的跟着姑娘们腿底下跑。街上的车更多了，旅行的人们都
是四五十个坐着一辆大汽车，戴着各色的小纸帽子，狼嚎鬼叫的飞跑，简直的
要把伦敦挤破了似的。车站上，大街上，汽车上，全花红柳绿的贴着避暑的广
告。街上的人除了左右前后的躲车马，都好像心里盘算着怎样到海岸或乡下去
歇几天。姑娘们更显着漂亮了，一个个的把白胳臂露在外面，头上戴着压肩的
大草帽，帽沿上插着无奇不有的玩艺儿，什么老中国绣花荷包咧，什么日本的
小磁娃娃咧，什么鸵鸟翎儿咧，什么大朵的鲜蜀菊花咧，……坐在公众汽车的
顶上往下看，街两旁好像走着无数的大花蘑菇。

　　每逢马威看到这种热闹的光景，他的大眼睛里总含着两颗热泪，他自言自
语的说："看看人家！挣钱，享受！快乐，希望！看看咱们，省吃俭用的苦
耐——省下两个铜子还叫兵大爷抢了去！哼！……"

　　温都姑娘从五月里就盘算着到海岸上去歇夏，每天晚上和母亲讨论，可是
始终没有决定。母亲打算到苏格兰去看亲戚，女儿嫌车费太贵，不如到近处海
岸多住几天。母亲改了主意要和女儿到海岸去，女儿又觉着上苏格兰去的锋头
比上海岸去的高的多。母亲刚要给在苏格兰的亲戚写信，女儿又想起来了：
海岸上比苏格兰热闹的多。本来姑娘们的歇夏并不为是歇着，是为找个人多的

地方欢蹦乱跳的闹几天：露露新衣裳，显显自己的白胳臂；自然是在海岸上还能露露白腿。于是母亲一句，女儿一句，本着英国人的独立精神，一人一个主意，谁也不肯让谁，越商量双方的意见越离的远。

有一天温都太太说了：

"玛力！咱们不能一块儿去；咱们都走了，谁给马先生作饭呢！"（玛力是温都姑娘的名字。）

"叫他们也去歇夏呀！"温都姑娘说，脸上的笑涡一动一动的像个小淘气儿。

"我问过马老先生了，他不歇工！"温都太太把"不"字说得特别有力，小鼻子尖儿往上指着，好像要把棚顶上倒落着的那个苍蝇哄跑似的——棚顶上恰巧有个苍蝇。

"什么？什么？"玛力把眼睛睁得连眼毛全一根一根的立起来了："不歇夏？没听说过！"——英国人真是没听说过，世界上会有终年干活，不歇工的！待了一会儿，她噗哧一笑，说："那个小马对我说了，他要和我一块儿上海岸去玩。我告诉了他，我不愿和中——国——人——一块儿去！跟着他去，笑话！"

"玛力！你不应当那么顶撞人家！说真的，他们父子也没有什么多大不好的地方！"

温都太太虽然不喜欢中国人，可是天生来的有点愿意和别人嚼争理儿；别人要说玫瑰是红的最香，她非说白的香得要命不可；至不济也是粉玫瑰顶香；其实她早知道粉玫瑰不如红的香。

"得啦，妈！"玛力把脑袋一歪，撇着红嘴唇说："我知道，你爱上那个老马先生啦！你看，他给你一筒茶叶，一把小茶壶！要是我呀，我就不收那些宝贝！看那个老东西的脸，老像叫人给打肿了似的！瞧他坐在那里半天不说一句话！那个小马，更讨厌！没事儿就问我出去不出去，昨天又要跟我去看电影，我——"

"他跟你看电影去，他老给你买票，啊？"温都太太板着脸给了玛力一句！

"我没叫他给我买票呀！我给他钱，他不要！说起来了，妈！你还该我六个铜子呢，对不对，妈？"

"明天还你，一定！"温都太太摸了摸小兜儿，真是没有六个铜子："据我看，中国人比咱们还宽宏，你看马老先生给马威钱的时候，老是往手里一塞，没数过数儿。马威给他父亲买东西的时候，也不逼着命要钱。再说，"温都太太把脑袋摇了两摇，赶紧用手指肚儿轻轻的按了按脑袋后边挂着的小髻儿："老马先生每礼拜给房钱的时候，一手把账条往兜儿里一塞，一手交钱，永远没问过一个字。你说——"

"那不新新！"玛力笑着说。

"怎么？"她母亲问。

"伦理是随着经济状况变动的。"玛力把食指插在胸前的小袋里，腆着胸脯儿，颇有点大学教授的派头："咱们的祖先也是一家老少住在一块，大家花大家的钱，和中国人一样；现在经济制度改变了，人人挣自己的钱，吃自己的饭，咱们的道德观念也就随着改了：人人拿独立为荣，谁的钱是谁的，不能有一点儿含忽的地方！中国人，他们又何尝比咱们宽宏呢！他们的经济的制度还没有发展得——"

"这又是打那里听来的，跟我显排？"温都太太问。

"不用管我那儿听来的！"玛力姑娘的蓝眼珠一转，歪棱着脑袋噗哧一笑："反正这些话有理！有理没有？有理没有？妈？"看着她妈妈点了点头，玛力才接着说："妈，不用护着中国人，他们要是不讨人嫌为什么电影上，戏里，小说上的中国人老是些杀人放火抢女人的呢？"

（玛力姑娘的经济和伦理的关系是由报纸上看来的，她的讨厌中国人也全是由报纸上，电影上看来的，其实她对于经济与中国人的知识，全不是她自己揣摸出来的。也难怪她，设若中国不是一团乱糟，外国报纸又何从得到这些坏新闻呢！）

"电影上都不是真事！"温都太太心里也并不十分爱中国人，不过为和女儿辩驳，不得不这么说："我看，拿弱国的人打哈哈，开玩笑，是顶下贱的事！"

"啊哈，妈妈！不是真事？篇篇电影是那样，出出戏是那样，本本小说是那样，就算有五成谎吧，不是还有五成真的吗？"玛力非要把母亲说服了不可，往前探着头问："对不对，妈？对不对？"

温都太太干嗽了一声，没有言语。心里正预备别的理由去攻击女儿。

客厅的门响了两声，好像一根麻绳碰在门上一样。

"拿破仑来了，"温都太太对玛力说："把它放进来。"

玛力把门开开，拿破仑摇着尾巴跳进来了。

"拿破仑，宝贝儿，来！帮助我跟她抬杠！"温都太太拍着手叫拿破仑："她没事儿去听些臭议论，回家来跟咱们露精细！是不是？宝贝儿？"

温都姑娘没等拿破仑往里跑，早并着腿跪在地毯上和它顶起牛儿来。她爬着往后退，小狗儿就前腿伸平了预备往前扑。她撅着嘴忽然说："忽！"小狗儿往后一蹋腰，然后往前一伸脖，说："吧！"她斜着眼看它，它横着身往前凑，轻轻的叼住她的胖手腕。……闹了半天，玛力的头发也叫小狗给顶乱了，鼻子上的粉也抹没了；然后拿破仑转回她的身后，咬住她的鞋跟儿。

"妈！瞧你的狗，咬我的新鞋！"

"快来，拿破仑不用跟她玩！"

玛力站起来，一边喘，一边理头发，又握着小白拳头向拿破仑比画着。小狗儿藏在温都太太的脚底下，用小眼睛一眨巴一眨巴的瞅着玛力。

玛力喘过气儿来，又继续和母亲商议旅行的事。温都太太还是主张母女分着去歇夏，玛力不干，她不肯给马家父子作饭。

"再说，我也不会作饭呀！是不是？妈！"

"也该学着点儿啦！"温都太太借机会给女儿一句俏皮的！

"这么办：咱们一块去，写信把多瑞姑姑找来，替他们作饭，好不好？她在乡下住，一定喜欢到城里来住几天；可是咱们得替她出火车费！"

"好吧，你给她写信，我出火车费。"

温都姑娘先去洗了手，又照着镜子，歪着脸，用粉扑儿撰了粉。左照照，右照照，直到把脸上的粉匀得一星星缺点没有了，才去把信封信纸钢笔墨水都拿来。把小茶几推到紧靠窗户；坐下；先把衣裳的褶儿拉好；然后把钢笔插在墨水瓶儿里。窗外卖苹果的吆喝了一声，搁下笔，掀开窗帘看了看。又拿起笔来，歪着脖，先在吃墨纸上画了几个小苹果，然后又用中指轻轻的弹笔管儿，一滴一滴的墨水慢慢的把画的小苹果都阴过去；又把笔插在墨水瓶儿里；低着头看自己的胖手；掏出小刀修了修指甲；把小刀儿放在吃墨纸上；又觉得不好，把刀子拿起来，吹了吹，放在信封旁边。又拿起笔来，又在吃墨纸上弹了几个墨点儿；有几个墨点弹得不十分圆，都慢慢的用笔尖描好。描完了圆点，站起来了：

"妈，你写吧！我去给拿破仑洗个澡，好不好？"

"我还要上街买东西呢！"温都太太抱着小狗走过来："你怎么给男朋友写信的时候，一写就是五六篇呢？怪！"

"谁爱给姑姑写信呢！"玛力把笔交给母亲，接过拿破仑就跑：

"跟我洗澡去，你个小脏东西子！"

2

马老先生在伦敦三四个月所得的经验，并不算很多：找着了三四个小中国饭铺，天天去吃顿午饭。自己能不用马威领着，由铺子走回家去。英文长进了不少，可是把文法忘了好些，因为许多下等英国人说话是不管文法的。

他的生活是没有一定规律的：有时候早晨九点钟便跑到铺子去，一个人慢条斯理的把窗户上摆着的古玩都从新摆列一回；因为他老看李子荣摆的俗气，不对！李子荣跟他说了好几回，东西该怎摆，颜色应当怎么配，怎么才能惹行人的注意……。他微微的一摇头，作为没听见。

头一回摆的时候，他把东西像抱灵牌似的双手捧定，舌头伸着一点，闭住气，直到把东西摆好才敢呼吸。摆过两回，胆子渐渐的大了。有时候故意要俏：端着东西，两眼特意的不瞧着手，颇像饭馆里跑堂的端菜那么飘洒。遇着李子荣在铺子的时候，他的飘洒劲儿更要得出神；不但手里端着东西，小胡子嘴还叼着一把小茶壶，小胡子撅撅着，斜着眼看李子荣，心里说：

"咱是看不起买卖人，要真讲作买卖，咱不比谁不懂行，嘍！"

正在得意，嘴里一干，要咳嗽；茶壶被地心吸力吸下去，——粉碎！两手急于要救茶壶，手里的一个小瓶，两个盘子，也都分外的滑溜：李子荣跑过来接住了盘子；小瓶儿的脖子细嫩，掉在地上就碎了！

把东西摆好，马老先生出去，偷偷的看一看隔壁那家古玩铺的窗户。他捻着小胡子向自己刚摆好的东西点了点头，觉得那家古玩铺的东西和摆列的方法都俗气！可是隔壁那家的买卖确是比自己的强，他猜不透，是什么原因，只好骂英国人全俗气！隔壁那家的掌柜的是个又肥又大，有脑袋，没头发的老家伙；还有个又肥又大，有脑袋，也有头发的（而且头发不少）老妇人。他们好几次赶着马老先生套亲热说话，马老先生把头一扭，给他们个小钉子碰。然后坐在小椅子上自己想着碴儿笑："你们的买卖好哇，架不住咱不理你！俗气！"

李子荣劝他好几回，怎么应当添货物，怎么应当印些货物的目录和说明书，怎么应当不专卖中国货。马老先生酸酸的给了他几句：

"添货物！这些东西还不够摆半天的呀！还不够眼花的呀！"

有时候马老先生一高兴，整天的不到铺子去，在家里给温都太太种花草什么的。她房后的那块一间屋子大的空地，当马家父子刚到伦敦的时候，只长着一片青草，和两棵快死的月季花。温都太太最喜欢花草，可是没有工夫去种，也舍不得花钱买花秧儿。她的女儿是永远在街上买现成的花，也不大注意养花这回事。有一天，马老先生并没告诉温都太太，在街上买来一捆花秧儿：五六棵玫瑰，十几棵桂竹香，还有一堆刚出芽的西番莲根子，几棵没有很大希望的菊花，梗子很高，叶儿不多，而且不见得一定是绿颜色。

他把花儿堆在墙角儿，浇上了两罐子水，然后到厨房把铁锹花铲全搬运出来。把草地中间用土围成一个圆岗儿，把几棵玫瑰顺着圆圈种上。圆圈的外边用桂竹香种成一个十字。西番莲全埋在墙根底下。那些没什么希望的菊秧子都插在一进园门的小路两旁。种完了花，他把铁锹什么的都送回原地方去，就手儿拿了一筒水，浇了一个过儿。……洗了洗手，一声没言语回到书房抽了一袋烟。……跑到铺子去，找了些小木条和麻绳儿，连哈带喘的又跑回来，把刚种的花儿全扶上一根木条，用麻绳松松的捆好。正好捆完了，来了一阵小雨，他站在那里呆呆的看着那些花儿，在雨水下一点头一点头的微动；直到头发都淋得往下流水啦，才想起往屋里跑。

温都太太下午到小院里放狗，慌着忙着跑上楼去，眼睛和嘴都张着：

"马先生！后面的花是你种的呀？！"

马老先生把烟袋往嘴角上挪了挪，微微的一笑。

"呕！马先生！你是又好又淘气！怎么一声儿不言语！多少钱买的花？"

"没花多少钱！有些花草看着痛快！"马先生笑着说。

"中国人也爱花儿吧？"温都寡妇问。——英国人决想不到：除了英国人，天下还会有懂得爱花的。

"可不是！"马老先生听出她的话味来，可是不好意思顶撞她，只把这三个字说得重一些，并且从嘴里挤出个似笑非笑的笑。楞了一会儿，他又说："自从我妻子去世以后，我没事就种花儿玩。"想到他的妻子，马老先生的眼睛稍微湿润了一些。

温都太太点了点头，也想起她的丈夫；他在世的时候，那个小院是一年四季不短花儿的。

马老先生让她坐下，两个谈了一点多钟。她问马太太爱穿什么衣服，爱戴什么帽子。他问她丈夫爱吃什么烟，作过什么官。两个越说越彼此不了解；可是越谈越亲热。他告诉她：马太太爱穿紫宁绸坎肩，她没瞧见过。她说：温都先生没作过官，他简直的想不透为什么一个人不作官。……

晚上温都姑娘回来，她母亲没等她摘了帽子就扯着她往后院儿跑。

"快来，玛力！给你点新东西看。"

"呕！妈妈！你怎么花钱买这么些个花儿？"玛力说着，哈着腰在花上闻了一鼻子。

"我？马老先生买的，种的！你老说中国人不好，你看——"

"种些花儿也算不了怎么出奇了不得呀！"玛力听说花儿是马先生种的，赶紧的直起腰来，不闻了。

"我是要证明中国人也和文明人一样的懂得爱花——"

"爱花儿不见得就不爱杀人放火呀！妈，说真的，我今天在报纸又看见三张像片，都是在上海照来的。好难看啦，妈！妈！他们把人头杀下来，挂在电线杆子上。不但是挂着，底下还有一群人，男女老少都有，在那块看电影似的看着！"玛力说着，脸上都白了一些，嘴唇不住的颤，忙着跑回屋里去了。

后院种上花之后，马老先生又得了个义务差事：遇到温都太太忙的时候，他得领着拿破仑上街去散逛。小后院儿本来是拿破仑游戏的地方，现在种上花儿，它最好管闲事，看见小蜜蜂儿，它蹦起多高想把蜂儿提住；它这一跳，虫儿是飞了，花儿可是倒啦；所以天天非把它拉出去溜溜不可；老马先生因而得着这份美差。玛力姑娘劝她母亲好几回，不叫老马带狗出去。她听说中国人吃狗肉，万一老马一犯馋，半道儿上用小刀把拿破仑宰了，开开斋，可怎么好！

"我问过马老先生，他说中国人不吃狗。"温都太太板着脸说。

"我明白你了，妈！"玛力成心戏弄她的母亲："他爱花儿，爱狗，就差爱小孩子啦！"

（英国普通人以为一个人爱花爱狗爱儿女便是好丈夫。玛力的意思是：温都太太爱上老马啦。）

温都寡妇没言语，半恼半笑的瞪了她女儿一眼。

马威也劝过他父亲不用带小狗儿出去，因为他看见好几次：他父亲拉着狗在街上或是空地上转，一群孩子在后面跟着起哄：

"瞧这个老黄脸！瞧他的脸！又黄又肿！……"

一个没有门牙的黄毛孩子还过去揪马老先生的衣裳。一个姥姥不疼，舅舅不爱的瘦孩子，抱起拿破仑就跑，成心叫老马先生追他。他一追，别的孩子全扯着脖子嚷：

"看他的腿呀！看他的腿呀！和哈吧狗一样呀！"……"陶马！"——大概那个姥姥不疼，舅舅不爱的瘦孩子叫陶马——"快呀！别叫他追上！"……"陶马！"一个尖嗓儿的小姑娘，头发差不多和脸一样红，喊："好好抱着狗，别摔了它！"

英国的普通学校里教历史是不教中国事的。知道中国事的人只是到过中国做买卖的，传教的；这两种人对中国人自然没有好感，回国来说中国事儿，自然不会往好里说。又搭着中国不强，海军不成海军，陆军不成陆军，怎么不叫专以海陆军的好坏定文明程度高低的欧洲人看低了！再说，中国还没出一个惊动世界的科学家，文学家，探险家——甚至连在万国运动会下场的人材都没有，你想想，人家怎能看得起咱们！

马威劝了父亲，父亲不听。他（马老先生）积攒了好些洋烟画儿，想去贿赂那群小淘气儿；这么一来，小孩子们更闹得欢了。

"叫他Chink！叫他Chink！一叫他，他就给烟卷画儿！"……"陶马！抢他的狗哇！"……

3

在蓝加司特街的一所小红房子里，伊太太下了命令：请马家父子，温都母女，和她自己的哥哥吃饭。第一个说"得令"的，自然是伊牧师。伊夫人在家庭里的势力对于伊牧师是绝对的。她的儿女，（现在都长成人了）有时候还不能完全服从她。儿女是越大越难管，丈夫是越老越好管教；要不怎么西洋女子多数挑着老家伙嫁呢。

伊太太不但嘴里出命令，干脆的说，她一身全是命令。她一睁眼，——两只大黄眼睛，比她丈夫的至少大三倍，而且眼皮老肿着一点儿——丈夫，女儿，儿子全鸦雀无声，屋子里比法庭还严肃一些。

她长着一部小黑胡子，挺软挺黑还挺长；要不然伊牧师怎不敢留胡子呢，他要是也有胡子，那不是有意和她竞争吗！她的身量比伊牧师高出一头来，高，大，外带着真结实。脸上没什么肉，可是所有的那些，全好像洋灰和麻刀作成的，真叫有筋骨！鼻子两旁有两条不浅的小沟，一直通到嘴犄角上；哭的时候，（连伊太太有时候也哭一回！）眼泪很容易流到嘴里去，而且是随流随干，不占什么时间。她的头发已经半白了，歇歇松松的在脑后挽着个髻儿，不留神看，好像一团絮鞋底子的破干棉花。

伊牧师是在天津遇见她的，那时候她鼻子旁边的沟儿已经不浅，可是脑后的髻儿还不完全像干棉花。伊牧师是急于成家，她是不反对有个丈夫，于是他们三七二十一的就结了婚。她的哥哥，亚力山大，不大喜欢作这门子亲；他是个买卖人，自然看不起讲道德说仁义，而挣不了多少钱的一个小牧师；可是他并没说什么；看着她脸上的两条沟儿，和头上那团有名无实的头发，他心里说："嫁个人也好，管他是牧师不是呢！再搁几年，她脸上的沟儿变成河道，还许连个牧师也弄不到手呢！"这么一想，亚力山大自己笑了一阵，没对他妹妹说什么。到了结婚的那天，他还给他们买了一对福建漆瓶。到如今伊太太看见这对瓶子就说："哥哥多么有审美的能力！这对瓶子至少还不值六七镑钱！"除了这对瓶子，亚力山大还给了妹妹四十镑钱的一张支票。

他们的儿女（正好一儿一女，不多不少，不偏不向。）都是在中国生的，可是都不很会说中国话。伊太太的教育原理是：小孩子们一开口就学下等语言——如中国话，印度话等等。——以后绝对不能有高尚的思想。比如一个中国小孩儿在怀抱里便说英国话，成啦，这个孩子长大成人不会像普通中国人那么讨厌。反之，假如一个英国孩子一学话的时候就说中国话，无论怎样，这孩子也不会有起色！英国的茄子用中国水浇，还能长得薄皮大肚一兜儿水吗！她不许她的儿女和中国小孩子们一块儿玩，只许他们对中国人说必不可少的那几句话，像是："拿茶来！""去！""一只小鸡！"……每句话后面带着个"！"。

伊牧师不很赞成这个办法，本着他的英国世传实利主义，他很愿意叫他的儿女学点中国话，将来回国或者也是挣钱的一条道儿。可是他不敢公然和他的夫人挑战；再说伊太太也不是不明白实利主义的人，她不是不许他们说中国话吗，可是她不反对他们学法文。其实伊太太又何尝看得起法文呢；天下还有比英国话再好的！英国贵族，有学问的人，都要学学法文，所以她也不情愿甘落人后；要不然，学法文？嘊！……

她的儿子叫保罗，女儿叫凯萨林。保罗在十二岁的时候就到英国来念书，到了英国把所知道的那些中国话全忘了，只剩下最得意的那几句骂街的话。凯萨林是在中国的外国学校念书的，而且背着母亲学了不少中国话，拿着字典也能念浅近的中国书。

…………

"凯！"伊太太在厨房下了命令："预备个甜米布丁！中国人爱吃米！"

"可是中国人不爱吃搁了牛奶和糖的米，妈！"凯萨林姑娘说。

"你知道多少中国事？你知道的比我多？"伊太太梗着脖子说。她向来是不许世界上再有第二个人知道中国事像她自己知道的那么多。什么驻华公使咧，中国文学教授咧，她全没看在眼里。她常对伊牧师说：（跟别人说总得多费几句话。）"马公使懂得什么？白拉西博士懂得什么？也许他们懂得一点半点的中国事，可是咱们才真明白中国人，中国人的灵魂！"

凯萨林知道母亲的脾气，没说什么，低着头预备甜米布丁去了。

伊太太的哥哥来了。

"俩中国人还没来？"亚力山大在他妹妹的乱头发底下鼻子上边找了块空地亲了一亲。

"没哪，进去坐着吧。"伊太太说，说完又到厨房去预备饭。

亚力山大来的目的是在吃饭，并不要和伊牧师谈天，跟个传教师有什么可说的。

伊牧师把烟荷包递给亚力山大。

"不，谢谢，我有——"亚力山大随手把半尺长的一个金盒子掏出来，挑了支吕宋烟递给伊牧师。自己又挑了一支插在嘴里。噌的一声划着一枝火柴，腮梆子一凹，吸了一口；然后一凸，噗！把烟喷出老远。看了看烟，微微笑了一笑，顺手把火柴往烟碟儿里一扔。

亚力山大跟他的妹妹一样高，宽肩膀，粗脖子，秃脑袋，一嘴假牙。两腮非常的红，老像刚挨过两个很激烈的嘴巴似的。衣裳穿得讲究，从头至脚没有一点含忽的地方。

他一手夹着吕宋烟，一手在脑门上按着，好像想什么事，想了半天：

"我说，那个中国人叫什么来着？天津美利公司跑外的，楞头磕脑的那小子。你明白我的意思？"

"张元。"伊牧师拿着那根吕宋烟，始终没点，又不好意思放下，叫人家看出没有吃吕宋的本事。

"对！张元！我爱那小子；你看，我告诉你，"亚力山大跟着吸了一口烟，又噗的一下把烟喷了个满堂红："别看他傻头傻脑的，他，更聪明。你看

我的中国话有限，他又不会英文，可是我们办事非常快当。你看，他进来说
'二千块！'我一点头；他把货单子递给我。我说：'写名字？'他点点头；
我把货单签了字。你看，完事！"说到这里，亚力山大捧着肚子，哈哈的乐开
了，吕宋烟的灰一层一层的全落在地毯上，直乐得脑皮和脸蛋一样红了，才怪
不高兴的止住。

伊牧师觉不出有什么可笑来，推了推眼镜，咧着嘴看着地毯上的烟灰。

马家父子和温都太太来了。她穿着件黄色的衫子，戴着宽沿的草帽。一进
门被吕宋烟呛的咳嗽了两声。马老先生手里捧着黑呢帽，不知道放在那里好。
马威把帽子接过去，挂在衣架上，马老先生才觉得舒坦一点。

"嘿喽！温都太太！"亚力山大没等别人说话，站起来，举着吕宋烟，瓮
声瓮气的说："有几年没看见你了！温都先生好？他作什么买卖呢？"

伊太太和凯萨林正进来，伊太太忙着把哥哥的话接过来：

"亚力！温都先生已经不在了！温都太太！谢谢你来！温都姑娘呢？"

"嘿喽！马先生！"亚力山大没管他妹妹，扑过马老先生来握手："常听
我妹妹说道你们！你从上海来的？上海的买卖怎么样？近来闹很多的乱子，是
不是？北京还是老张管着吧？那老家伙成！我告诉你，他管东三省这么些年
啦，没闹过一回排外的风潮！你明白我的意思？在天津的时候我告诉他，不
用管——"

"亚力！饭好了，请到饭厅坐吧！"伊太太用全身之力气喊；不然，简直
的压不过去他哥哥的声音。

"怎么着？饭得了？有什么喝的没有？"亚力山大把吕宋烟扔下，跟着大
家走出客厅来。

"姜汁啤酒！"伊太太梗着脖子说。——她爱她的哥哥，又有点怕他，不
然，她连啤酒也不预备。

大家都坐好了，亚力山大又嚷起来了："至不济还不来瓶香槟！"

英国人本来是最讲规矩的，亚力山大少年的时候也是规矩礼道一点不差；
自从到中国作买卖，他觉得对中国人不屑于讲礼貌，对他手下的中国人永远是
吹胡子瞪眼睛，所以现在要改也改不了啦。因为他这么乱嚷不客气，许多的老

朋友现在全不理他了；这是他肯上伊牧师家来吃饭的原因；要是他朋友多，到处受欢迎，他那肯到这里来受罪，喝姜汁啤酒！

"伊太太，保罗呢？"温都太太问。

"他到乡下去啦，还没回来。"伊太太说，跟着用鼻子一指伊牧师："伊牧师，祷告谢饭！"

伊牧师从心里腻烦亚力山大，始终没什么说话，现在他得着机会，没结没完的祷告；他准知道亚力山大不愿意，成心叫他多饿一会儿。亚力山大睁开好几回眼看桌上的啤酒，心里一个劲儿骂伊牧师。伊牧师刚说"阿门！"他就把瓶子抓起来，替大家斟起来，一边斟酒一边问马老先生：

"看英国怎样？"

"美极了！"马老先生近来跟温都太太学的，什么问题全答以：好极了！美极了！对极了！……

"什么意思？美？"亚力山大透着有点糊涂，他心里想不到什么叫做美，除非告诉他"美"值多少钱一斤。他知道古玩铺的大彩瓶美，展览会的画儿美，因为都号着价码。

"啊？"马老先生不知说什么好，翻了翻白眼。

"亚力！"伊太太说："递给温都太太盐瓶儿！"

"对不起！"亚力山大把盐瓶抓起来送给温都太太，就手儿差点把胡椒面瓶碰倒了。

"马威，你爱吃肥的，还是爱吃瘦的？"伊姑娘问。

伊太太没等马威说话，梗着脖子说："中国人都爱吃肥的！"跟着一手用叉子按着牛肉，一手用刀切；嘴唇咧着一点，一条眉毛往上挑着，好像要把谁杀了的神气。

"好极了！"马老先生忽然又用了个温都太太的字眼，谁也不知道他为什么说的。

牛肉吃完了，甜米布丁上来了。

"你能吃这个呀？"伊姑娘问马威。

"可以，"马威向她一笑。

"中国人没有不爱吃米的，是不是？马先生！"伊太太看着凯萨林，问马先生。

"对极了！"马老先生点着头说。

亚力山大笑开了，笑得红脸蛋全变紫了。没有人理他，他妹妹也没管他，直笑到嘴咧的有点疼了，他自己停住了。

马威舀了一匙子甜米布丁，放在嘴唇上，半天没敢往嘴里送。马老先生吞了一口布丁，伸着脖子半天没转眼珠，似乎是要晕过去。

"要点凉水吧？"伊姑娘问马威。马威点了点头。

"你也要点凉水？"温都太太很亲热的问马老先生。

马老先生还伸着脖子，极不自然的向温都太太一笑。

亚力山大又乐起来了。

"亚力！再来一点布丁？"伊太太斜着眼问。

伊牧师没言语，慢慢的给马家父子倒了两碗凉水。他们一口布丁，一口凉水，算是把这场罪忍过去了。

"我说个笑话！"亚力山大对大伙儿说，一点没管人家爱听不爱听。

温都太太用小手轻轻的拍了几下，欢迎亚力山大说笑话。马老先生见她鼓掌，忙着说了好几个："好极了！"

"那年我到北京，"亚力山大把大拇指插在背心的小兜儿里，两腿一直伸出去，脊梁在椅子背上放平了。"我告诉你们，北京，穷地方！一个大铺子没有，一个工厂没有，街上挺脏！有人告诉我北京很好看，我看不出来；脏和美搀不到一块！明白我的意思？"

"凯！"伊太太看见马威的脸有点发红，赶紧说："你带马威去看看你兄弟的书房，回来咱们在客厅里喝咖啡。保罗搜集了不少的书籍，他的书房简直是个小图书馆，马威，你同凯去看看。"

"你听着呀！"亚力山大有点不愿意的样子："我住在北京饭店，真叫好地方，你说喝酒，打台球，跳舞，赌钱，全行！北京只有这么一个好地方，你明白我的意思？吃完饭没事，我到楼下打台球，球房里站着个黑胡子老头儿，中国人，老派的中国人；我就是爱老派的中国人，你明白我的意思？我一打，他撅着胡子嘴一笑。我心里说，这个老家伙倒怪有意思的。我打完球，他还在那里站着。我过去问他，用中国话问的，'喝酒不喝？'"亚力山大说这四个中国字的时候，脖子一仰，把拳头搁在嘴上，闭着眼，嘴里"嗞"的响了一声——学中国人的举动。

伊太太乘着他学中国人的机会，赶紧说："请到客厅坐吧！"

伊牧师忙着站起来去开门，亚力山大奔过马老先生去，想继续说他的笑话。温都太太很想听到过中国的人说中国事，对亚力山大说：

"到客厅里去说，叫大家听。"

"温都太太，你的黄衫子可真是好看！"伊太太设尽方法想打断亚力山大的笑话。

"好看极了！"老马给伊太太补了一句。

大家到了客厅，伊太太给他们倒咖啡。

伊牧师笑着对温都太太说：

"听话匣子吧？爱听什么片子？"

"好极了！可是请等兰茉先生说完了笑话。"（兰茉是亚力山大的姓。）

伊牧师无法，端起咖啡坐下了。亚力山大嗽了两声，继续说他的笑话，心里十分高兴。

"温都太太，你看，我问他喝酒不喝，他点了点头，又笑了。我在前头走，他在后面跟着，像个老狗——"

"亚力，递给温都太太一个——，温都太太，爱吃苹果，还是香蕉？"

亚力山大把果碟子递给她，马不停蹄的往下说：

"'你喝什么？'我说。'你喝什么？'他说。'我喝灰色剂，'我说。'我陪着，'他说。我们一对一个的喝起来了，老家伙真成，陪着我喝了五个，一点不含忽！"

"哈哈，兰茉先生，你在中国敢情给人家中国人喝灰色剂呀！"温都太太笑着说。

伊牧师和伊太太一齐想张嘴说话，把亚力山大的笑话岔过去；可是两个人同时开口，谁也没听出谁的话来，亚力山大乘着机会又说下去了：

"喝完了酒，更新新了，那个老家伙给了酒钱。会了账，他可开了口啦，问我上海赛马的马票怎么买，还是一定求我给他买，你们中国人都好赌钱，是不是？"他问马老先生。

马老先生点了点头。

温都太太嘴里嚼着一点香蕉，低声儿说：

"教给人家赛马赌钱，还说人家——"

她还没说完，伊牧师说：

"温都太太，张伯伦牧师还在——"

伊太太也开了口："马先生，你礼拜到那里作礼拜去呢？"

亚力山大一口跟着一口喝他的咖啡，越想自己的笑话越可笑；结果，哈哈的乐起来了。

4

在保罗的书房里，伊姑娘坐在她兄弟的转椅上，马威站在书架前面看：书架里大概有二三十本书，莎士比亚的全集已经占去十五六本。墙上挂着三四张彩印的名画，都是保罗由小市上六个铜子一张买来的。书架旁边一张小桌上摆着一根鸦片烟枪，一对新小脚儿鞋，一个破三彩鼻烟壶儿，和一对半绣花的旧荷包。

保罗的朋友都知道他是在中国生的，所以他不能不给他们些中国东西看。每逢朋友来的时候，他总是把这几件宝贝编成一套说词：裹着小脚儿抽鸦片，这是装鸦片的小壶，这是装小壶之荷包。好在英国小孩子不懂得中国事，他怎说怎好。

"这就是保罗的收藏啊？"马威回过身来向凯萨林笑着说。

伊姑娘点了点头。

她大概有二十七八岁的样子。像她父亲，身量不高，眼睛大，可是眼珠儿小。头发和她母亲的一样多，因为她没有她妈妈那样高大的身量，这一脑袋头发好像把她的全身全压得不轻俏了。可是她并不难看，尤其是坐着的时候，小脊梁一挺，带光的黄头发往后垂着，颇有一点东方妇女的静美。说话的时候，嘴唇上老带着点笑意，可是不常笑出来。两只手特别肥润好看，不时的抬起来拢拢脑后的长头发。

"马威，你在英国还舒服吧？"伊姑娘看着他问。

"可不是！"

"真的？"她微微的一笑。

马威低着头摆弄桌上那个小烟壶，待了半天才说：

"英国人对待我们的态度，我不很注意。父亲的事业可是——我一想起来就揪心！你知道，姐姐！"他在中国叫惯了她姐姐，现在还改不过来："中国人的脾气，看不起买卖人，父亲简直的对作买卖一点不经心！现在我们指着这个铺子吃饭，不经心成吗！我的话，他不听；李子荣的话，他也不听。他能一天不到铺子去，给温都太太种花草。到铺子去的时候，一听照顾主儿夸奖中国东西，他就能白给人家点什么。伯父留下的那点钱，我们来了这么几个月，已经花了二百多镑。他今天请人吃饭，明天请人喝酒，姐姐，你看这不糟心吗！自要人家一说中国人好，他非请人家吃饭不可；人家再一夸他的饭好，得，非请第二回不可。这还不提，人家问他什么，他老顺着人家的意思爬：普通英国人知道的中国事没有一件是好的，他们最喜把这些坏事在中国人嘴里证明了。比如人家问他有几个妻子，他说'五六个'！我一问他，他急扯白脸的说：'人家信中国人都有好几个妻子，为什么不随着他们说，讨他们的喜欢！'有些个老头儿老太太都把他爱成宝贝似的，因为他老随着他们的意思说话吗！

"那天高耳将军讲演英国往上海送兵的事，特意请父亲去听。高耳将军讲到半中腰，指着我父亲说：'英国兵要老在中国，是不是中国人的福气造化？我们问问中国人，马先生，你说——'好，父亲站起来规规矩矩的说：'欢迎英国兵！'

"那天有位老太太告诉他，中国衣裳好看。他第二天穿上绸子大褂满街上走，招得一群小孩子在后面叫他Chink！他要是自动的穿中国衣裳也本来没有什么；不是，他只是为穿上讨那位走太婆的喜欢。姐姐，你知道，我父亲那一辈的中国人是被外国人打怕了，一听外国人夸奖他们几句，他们觉得非常的光荣。他连一钉点国家观念也没有，没有——"

伊姑娘笑着叹了一口气。

"国家主义。姐姐，只有国家主义能救中国！我不赞成中国人，像日本人一样，造大炮飞艇和一切杀人的利器；可是在今日的世界上，大炮飞艇就是文明的表现！普通的英国人全咧着嘴笑我们，因为我们的陆海军不成。我们打算抬起头来，非打一回不可！——这个不合人道，可是不如此我们便永远不用想在世界上站住脚！"

"马威！"伊姑娘拉住马威的手："马威！好好的念书，不用管别的！我知道你的苦处，你受的刺激！可是空暴燥一回，能把中国就变好了吗？不能！当国家乱的时候，没人跟你表同情。你就是把嘴说破了，告诉英国人，法国人，日本人：'我们是古国，古国变新了是不容易的，你们应当跟我们表同情呀，不应当借火打劫呀！'这不是白饶吗！人家看你弱就欺侮你，看你起革命就讥笑你，国与国的关系本来是你死我活的事。除非你们自己把国变好了，变强了，没人看得起你，没人跟你讲交情。马威，听我的话，只有念书能救国；中国不但短大炮飞艇，也短各样的人材；除了你成了个人材，你不配说什么救国不救国！！现在你总算有这个机会到外国来，看看外国的错处，看看自己国家的错处，——咱们都有错处，是不是？——然后冷静的想一想。不必因着外面的些个刺激，便瞎生气。英国的危险是英国人不念书；看保罗的这几本破书，我妈妈居然有脸叫你来看；可是，英国真有几位真念书的，真人材；这几个真人材便叫英国站得住脚。一个人发明了治霍乱的药，全国的人，全世界的人，便随着享福。一个人发明了电话，全世界的人跟着享受。从一有世界直到世界消灭的那天，人类是不能平等的，永远是普通人随着几个真人物脚后头走。中国人的毛病也是不念书，中国所以不如英国的，就是连一个真念书的人物也没有。马威，不用瞎着急，念书，只有念书！你念什么？商业，好，只有你能真明白商业，你才能帮助你的同胞和外国商人竞争！至于马老先生，你和李子荣应当强迫他干！我知道你的难处，你一方面要顾着你们的孝道，一方面又看着眼前的危险；可是二者不可得兼，从英国人眼中看，避危险比糊涂的讲孝道好！我生在中国，我可以说我知道一点中国事；我是个英国人，我又可以说我明白英国事；拿两国不同的地方比较一下，往往可以得到一个很明确妥当的结论。马威，你有什么过不去的地方，请找我来，我要是不能帮助你，至少我可以给你出个主意。

"你看，马威！我在家里也不十分快乐：父母和我说不到一块儿，兄弟更不用提；可是我自己有我自己的事，作完了事，念我的书，也就不觉得有什么苦恼啦！人生，据我看，只有两件快活事：用自己的知识，和得知识！"

说到这里，凯萨林又微微的一笑。

"马威！"她很亲热的说："我还要多学一点中文，咱们俩交换好不好？你教我中文，我教你英文，可是——"她用手拢了拢头发，想了一会儿："在什么地方呢？我不愿意叫你常上这儿来，实在告诉你说，母亲不喜欢中国人！上你那里去？你们——"

"我们倒有间小书房，"马威赶紧接过来说："可是叫你来回跑道儿，未免——"

"那倒不要紧，因为我常上博物院去念书，离你们那里不远。等等，我还得想想；这么着吧，你听我的信吧！"

谈到念英文，凯萨林又告诉了马威许多应念的书籍，又告诉他怎么到图书馆去借书的方法。

"马威，咱们该到客厅瞧瞧去啦。"

"姐姐，我谢谢你，咱们这一谈，叫我心里痛快多了！"马威低声儿说。

凯萨林没言语，微微的笑了笑。

5

伊太太和温都寡妇的脑门儿差不多都挤到一块了。伊太太的左手在磕膝盖儿上放着，右手在肩膀那溜儿向温都寡妇指着；好几回差一点戳着温都的小尖鼻子。温都太太的小鼻子耸着一点，小嘴儿张着，脑袋随着伊太太的手指头上下左右的动，好像要咬伊太太的手。两位喊喊喳喳的说，没人知道她们说的是什么。

亚力山大坐在椅子上，两只大脚伸出多远，手里的吕宋烟已经慢慢的自己烧灭了。他的两眼闭着，脸蛋儿分外的红，嘴里哧呼哧呼的直响。

马老先生和伊牧师低声的谈，伊牧师的眼镜已经快由鼻子上溜下来了。

伊姑娘和马威进来，伊太太忙着让马威喝咖啡。伊姑娘坐在温都太太边旁，加入她们的谈话。

亚力山大的呼声越来越响，特噜一声，把自己吓醒了："谁打呼来着？"他眨巴着眼睛问。

这一问，大家全笑了；连他妹妹都笑得脑后的乱头发直颤动。他自己也明白过来，也笑开了，比别人笑的声音都高着一个调门儿。

"我说，马先生，喝两盅去！"亚力山大扶着马老先生的肩膀说："伊牧师，你也去，是不是？"

伊牧师推了推眼镜，看着伊太太。

"伊牧师还有事呢！"伊太太说："你和马先生去吧，你可不许把马先生灌醉了，听见没有？"

亚力山大向马先生一挤眼，没说什么。

马老先生微微一笑，站起来对马威说：

"你同温都太太回家，我去喝一盅，就是一盅，不多喝；我老没喝酒啦！"

马威没言语，看了看凯萨林。

亚力山大跟他外甥女亲了个嘴，一把拉住马先生的胳臂："咱们走哇！"

伊太太和她哥哥说了声"再见，"并没站起来。伊牧师把他们送到门口。

"你真不去？"在门口亚力山大问。

"不！"伊牧师说，然后向马先生："一半天见，还有事跟你商议呢！"

两个人出了蓝加司特街，过了马路，顺着公园的铁栏杆往西走。正是夏天日长，街上还不很黑，公园里人还很多。公园里的树叶真是连半个黄的也没有，花池里的晚郁金香开得像一片金红的晚霞。池子边上，挨着地的小白花，一片一片的像刚下的雪，叫人看着心中凉快了好多。隔着树林，还看得见远远的一片水，一群白鸥上下的飞。水的那边奏着军乐，隔着树叶，有时候看见乐人的红军衣。凉风儿吹过来，军乐的声音随着一阵阵的送到耳边。天上没有什么云彩，只有西边的树上挂着一层淡霞，一条儿白，一条儿红，和公园中的姑娘们的帽子一样花哨。

公园对面的旅馆全开着窗子，支着白地粉条，或是绿条的帘子，帘子底下有的坐着露着胳臂的姑娘，端着茶碗，赏玩着公园的晚景。

马老先生看看公园，看看对面的花帘子，一个劲点头夸好。心中好像有点诗意，可是始终作不成一句，因为他向来没作过诗。

亚力山大是一直往前走，有时候向着公园里的男女一冷笑。看见了皇后门街把口的一个酒馆，他真笑了；舐了舐嘴唇，向马老先生一努嘴。马老先生点了点头。

酒馆外面一个瘸子拉着提琴要钱，亚力山大一扭头作为没看见。一个白胡子老头撅着嘴喊："晚报——！晚报！"亚力山大买了一张夹在胳臂底下。

进了门，男男女女全在柜台前面挤满了。一人手里端着杯酒，一边说笑一边喝。一个没牙的老太太在人群里挤，脸蛋红着，问大伙儿："看见我的孩子没有？"她只顾喝酒，不知道什么工夫她的孩子跑出去啦。亚力山大等着这个老太太跑出去，拉着马先生进了里面的雅座。

雅座里三面围着墙全是椅子，中间有一块地毯，地毯上一张镶着玻璃心的方桌，桌子旁边有一架深紫色的钢琴。几个老头子，一人抱着一个墙角，闭着眼吸烟，酒杯在手里托着。一个又胖又高的妇人，眼睛已经喝红，摇着脑袋，正打钢琴。她的旁边站着个脸红胡子黄的家伙，举着酒杯，张着大嘴，（嘴里只有三四个黑而危险的牙。）高唱军歌。他的声音很足，表情也好，就是唱的调子和钢琴一点不发生关系。看见马先生进来，那个弹琴的妇人脸上忽然一红，忽然一白，肩膀向上一耸，说："喝！老天爷！来了个Chink！"说完，一摇头，弹得更欢了，大胖腿在小凳上一起一落的碰得噗哧噗哧的响。那个唱的也忽然停住了，灌了一气酒。四犄角的老头儿全没睁眼，都用烟袋大概其的向屋子当中指着，一齐说："唱呀！乔治！"乔治又灌了一气酒，吧的一声把杯子放在小桌上，又唱起活儿来；还是歌和琴不发生关系。

"喝什么，马先生？"亚力山大问。

"随便！"马老先生规规矩矩的坐在靠墙的椅子上。

亚力山大要了酒，一边喝一边说他的中国故事。四角的老头子全睁开了眼，看了马先生一眼，又闭上了。亚力山大说话的声音比乔治唱的还高还足，乔治赌气子不唱了，那个胖妇人也赌气子不弹了，都听着亚力山大说。马老先生看这个一眼，看那个一眼，抿着嘴笑一笑，喝一口酒。乔治凑过来打算和亚力山大说话，因为他的妹夫在香港当过兵，颇听说过一些中国事。亚力山大是连片子嘴一直往下说，没有乔治开口的机会；乔治咧了咧嘴，用他的黑而危险的牙示了示威，坐下了。

"再来一个？"亚力山大把笑话说到一个结束，问马先生。

马老先生点了点头。

"再来一个？"亚力山大把笑话又说到一个结束，又问马先生。

马老先生又点了点头。

…………

喝来喝去，四个老头全先后脚儿两腿拧着麻花扭出去了。跟着，那个胖妇人也扣上帽子，一步三摇的摇出去。乔治还等着机会告诉亚力山大中国事，亚力山大是始终不露空。乔治看了看表，一声没言语，溜出去；出了门，一个人唱开了。

酒馆的一位姑娘进来，笑着说："先生，对不起！到关门的时候了！"

"谢谢，姑娘！"亚力山大的酒还没喝足。可是政府有令，酒馆是十一点关门；无法，只好走吧："马先生，走啊！"

…………

天上的星密得好像要挤不开了。大街两旁的树在凉风儿里摇动着叶儿，沙沙的有些声韵。汽车不多了，偶尔过来一辆，两只大灯把空寂的马路照得像一条发光的冰河。车跑过去，两旁的黑影登时把这条亮冰又遮盖起来。公园里的树全在黑暗里鼓动着花草的香味，一点声音没有，把公园弄成一片甜美的梦境。

马老先生扶着公园的栏杆，往公园里看，黑丛丛的大树都像长了腿儿，前后左右乱动。而且树的四围挂着些乱飞的火星，随着他的眼睛转。他转过身来，靠定铁栏杆，用手揉了揉眼睛，那些金星儿还是在前面乱飞，而且街旁的煤气灯全是一个灯两道灯苗儿；有的灯杆子是弯的，好像被风吹倒的高粱秆儿。

脑袋也跟他说不来，不扶着点东西脑袋便往前探，有点要把两脚都带起来的意思；一不小心，两脚还真就往空中探险。手扶住些东西，头的"猴儿啃桃"运动不十分激烈了，可是两条腿又成心捣乱。不错，从磕膝盖往上还在身上挂着，但是磕膝盖以下的那一截似乎没有再服从上部的倾向——真正劳工革命！街上的人也奇怪，没有单行客，全是一对一对的，可笑！也不是谁把话匣子片上在马先生的脑子里啦，一个劲儿转，耳朵里听得见，吱，吱，嗡，嗡，吱嗡吱嗡，一劲儿响。

心里还很明白，而且很喜欢：看什么都可笑；不看什么时，也可笑。他看看灯杆子笑开了！笑完了，从栏杆上搬下一只手来，往前一抢，嘴一咧："那边是家！慢慢的走，不忙！忙什么？有什么可忙的呀？嗽！"……"亚力山大，不对，是亚力山大，他上那儿啦？好人！"说完了，低着头满处找："刚才谁说话来着？"找了半天，手向上一抢，碰着鼻子了："嗽！这儿！这儿说话来着！对不对，老伙计？"

…………

6

马威和温都太太到了家。因为和伊太太说话太多了，她有点乏啦。进了门，房里一点声音没有，只听见拿破仑在后院里叫唤呢。温都太太没顾得摘帽子，三步两步跑到后花园，拿破仑正在一棵玫瑰花下坐着：两条前腿壁直，头儿扬着，向天上的星星叫唤呢；听见它主母的脚步声儿，它一蹿蹿到她的眼前，一团毛似的在她腿上乱滚乱绕。

"哈喽！宝贝！剩你一个人啦？玛力呢？"温都太太问。

拿破仑一劲儿往上跳，吧吧的叫着，意思是说："快抱抱我吧！玛力出去不管我！我一共抄了三个大苍蝇吃，吓走了一个黑猫。"

温都太太把狗抱到客厅里去。马威正从窗子往外望，见她进来，他低声儿说：

"父亲怎么还不回来呢！"

"玛力也不知上那儿玩去啦？"温都太太坐下说。

拿破仑在它主母的怀里，一劲儿乱动：用它的脖子在她的胸上蹭来蹭去。

"拿破仑，老实一点！我乏了！跟马威去玩！"她捧着拿破仑递给马威，拿破仑乘机会用小尾巴抽了她的新帽子一下。

马威把他接过来，拿破仑还是乱动乱顶，一点不老实。马威轻轻的给它从耳朵根儿往脖子底下抓，抓了几下，拿破仑老实多了；用鼻子顶住马威的胸口，伸着脖子等他抓。抓着抓着，马威摸着点东西在小狗的领圈上掖着；细一看，原来是个小纸阄儿，用两根红丝线拴着，马威慢慢的解，拿破仑一动也不动的等着，只是小尾巴的尖儿轻轻的摇着。

马威把纸条解下来，递给温都太太。她把纸条舒展开，上面写着：

"妈：晚饭全做糊啦，鸡蛋摊在锅上弄不下来。华盛顿找我来了，一块去吃冰吉凌，晚上见。拿破仑在后院看着老马的玫瑰呢。玛力。"

温都太太看完，顺手把字条撕了；然后用手背遮着小嘴打了个哈哧。

"温都太太，你去歇着吧，我等着他们！"马威说。

"对了，你等着他们！你不喝碗咖啡呀？"

"谢谢，不喝了！"

"来呀，拿破仑！"温都太太抱着小狗走出去。

温都太太近来颇有点喜欢马威，一半是因为他守规矩，说话甜甘；一半是因为玛力不喜欢他；温都太太有点怪脾气，最爱成心和别人别扭着。

马威把窗子开开一点，坐在茶几旁边的椅子上，往街上看。听见个脚步声儿，便往外看看，看了好几回，都不是父亲。从书架上拿下一本小说来，翻了几篇，念不下去，又送回去了。有心试试钢琴，一想天太晚了，没敢弹。又回来坐在窗子里面，皱着眉头想：人家的青年男女多乐！什么也不想，什么也不虑。有烟卷吃，有钱看电影，有足球踢，完事！咱们？……那个亚力山大！

伊太太的那脑袋头发！伊姐姐，她的话是从心里说出来的吗？一定是！看她笑得多么恳切！她也不快乐？反正也比我强！想到这里，伊姑娘的影儿站在他面前了：头发在肩上垂着，嘴唇微动的要笑。他心里痛快了一些，好像要想些什么，可是没等想出来，脸就红了。……玛力真可——，可是——她美！她又跟谁玩去了？叫别人看着她的脸，或者还许享受她的红嘴唇？他的眉毛皱起来，握着拳头在腿上捶了两下。凉风儿从窗缝吹进来，他立起来对着窗户深深的吸了一口气。

一辆汽车远远的来了，马威心中一跳；探头往外看了看。车一闪的工夫到了门口，车里说了声："就是这儿！"——玛力的声音！车门开开了，下来的并不是玛力，是个大巡警！马威慌着跑出来，还没说话，那个大巡警向他一点头。他跳过去，玛力正从车里出来。她的脸挺白，眼睛睁得挺大，帽子在手里拿着，可是举动还不十分惊慌。她指着车里向马威说：

"你父亲！"

"死——，怎么啦？"马威拉着车门向里边看。他不顾得想什么，可是自然的想到：他父亲一定是叫汽车给轧——至少是轧伤了！跟着，他嗓子里像有些东西糊住，说不出话来，嘴唇儿不住的颤。

"往下抬呀！"那个大巡警稳稳当当的说。

马威听见巡警的话，才敢瞧他的父亲。马老先生的脑袋在车犄角里掖着，两条腿斜伸着，看着分外的长。一只手歇歇松松的在怀里放着；那一只手心朝上在车垫子上摆着。脑门子上青了一块，鼻子眼上有些血点，小胡子嘴还像笑着。

"父亲！父亲！"马威拉住父亲一只手叫；手是冰凉，可是手心上有点凉汗；大拇指头破了一块，血已经定了。

"抬呀！没死，不要紧！"那个大巡警笑着说。

马威把手放在父亲的嘴上，确是还有呼吸，小胡子也还微微的动着。他心里安静多了，看了大巡警一眼，跟着脸上一红。

巡警，马威和驾车的把醉马抬下来，他的头四面八方的乱摇，好像要和脖子脱离关系。嗓子里咯喋咯喋的直出声儿。三个人把他抬上楼去，放在床上，他嗓子里又咯喽了一声，吐出一些白沫来。

玛力的脸也红过来了，从楼下端了一罐凉水和半瓶白兰地酒来。马威把罐子和瓶儿接过来，她忙着拢了拢头发，然后又把水罐子拿过来，说："我灌他，你去开发车钱！"马威摸了摸口袋，只有几个铜子，忙着过来轻轻的摸父亲的钱包。打开钱包，拿出一镑钱来递给驶车的。驶车的眉开眼笑的咚咚一步下三层楼梯，跑出去了。马威把钱包掖在父亲的褥子底下，钱包的角儿上有个小硬东西，大概是那个钻石戒指，马威也没心细看。

驶车的跑了，马威赶紧给巡警道谢，把父亲新买的几支吕宋烟递给他。巡警笑着挑了一支，放在兜儿里，跟着过去摸了摸马先生的脑门，他说：

"不要紧了！喝大发了点儿，哎？"巡警说完，看了看屋里，慢慢的往外走："再见吧！"

玛力把凉水给马先生灌下去一点，又拢了拢头发，两个腮梆儿一鼓，叹了一口气。

马威把父亲的纽子解开，领子解下来，回头对她说：

"温都姑娘，今个晚上先不用对温都太太说！"

"不说！"她的脸又红扑扑的和平常一样好看了。

"你怎么碰见父亲的？"马威问。

哇！马老先生把刚灌下去的凉水又吐出来了。

玛力看了看马老先生，然后走到镜子前面照了照，才说：

"我和华盛顿上亥德公园了。公园的门关了以后，我们顺着公园外的小道儿走。我一脚踩上一个软的东西，吓了我一大跳。往下一看，他，你父亲！在地上大鳄鱼似的爬着呢。我在那里看着他，华盛顿去叫了辆汽车来，和一个巡警。巡警要把他送到医院去，华盛顿说，你的父亲是喝醉了，还是送回家来好。你看，多么凑巧！我可真吓坏了，我知道我的嘴直颤！"

"温都姑娘，我不知道怎么谢谢你才好！再见着华盛顿的时候，替我给他道谢！"马威一手扶着床，一面看着她说。心里真恨华盛顿，可是还非这么说不可！

"好啦！睡觉去喽！"玛力又看了马老先生一眼，往外走，走到门口回过头来说："再灌他点凉水。"

温都太太听见楼上的声音，玛力刚一下楼就问：

"怎么啦，玛力？"

"没事，我们都回来晚啦！拿破仑呢？"

"反正不能还在花园里！"

"哈！得！明天见，妈！"

7

马威把父亲的衣裳脱下来，把毡子替他盖好。马老先生的眼睛睁开一点，嘴唇也动了一动，眼睛刚一睁，就闭上了；可是眼皮还微微的动，好像受不住灯光似的。马威坐在床旁边，看见父亲动一下，心里放下一点去。

"华盛顿那小子，天天跟她出去！"马威皱着眉头儿想："可是他们救了父亲！她今天真不错；或者她的心眼儿本来不坏？父亲？真糟！这要是叫汽车轧死呢？白死！亚力山大！好，明天找伊姑娘去！"

马威正上下古今的乱想，看见父亲的手在毡子里动了一动，好像是要翻身；跟着，嘴也张开了：干呕了两声，迷迷忽忽的说：

"不喝了！马威！"

说完，把头往枕头下一溜，又不言语了。

夜里三点多钟，马老先生醒过来了。伸出手来摸了摸脑门上青了的那块，已经凸起来，当中青，四边儿红，像个要坏的鸭蛋黄儿。心口上好像烧着一堆干劈柴，把嗓子烧得一点一点的往外裂，真像年久失修的烟筒，忽然下面升上火。手也有点发僵，大拇指头有点刺着疼。脑袋在枕头上，倒好像在半空里悬着，无着无靠的四下摇动。嘴里和嗓子一样干，舌头贴在下面，像块干透的木塞子。张张嘴，进来点凉气，舒服多了；可是里边那股酸辣劲儿，一气的往上顶，几乎疑心嗓子里有个小干酸枣儿。

"马威！我渴！马威！你在那儿哪？"

马威在椅子上打盹，脑子飘飘荡荡的似乎是作梦，可又不是梦。听见父亲叫，他的头往下一低，忽然向上一抬，眼睛跟着睁开了。电灯还开着，他揉了揉眼睛，说：

"父亲，你好点啦？"

马先生又闭上了眼，一手摸着胸口：

"渴！"

马威把一碗凉水递给父亲，马老先生摇了摇头，从干嘴唇里挤出一个字来，"茶！"

"没地方去做水呀，父亲！"

马老先生半天没言语，打算忍一忍；嗓子里辣得要命，忍不住了：

"凉水也行！"

马威捧着碗，马老先生欠起一点身来，瞪着眼睛，一气把水喝净。喝完，舐了舐嘴唇，把脑袋大咧咧的一撂，撂在枕头旁边了。

待了一会儿：

"把水罐给我，马威！"

把一罐凉水又三下五除二的灌下去了，灌得嗓子里直起水泡，还从鼻子呛出来几个水珠。肚子随着唧噜噜响了几声，把手放在心口上，嗐！深深吸了一口气。

"马威！我死不了哇？"马先生的小胡子嘴一咧，低声的说："把镜子递给我！"

对着镜子，他点了点头。别处还都好，就是眼睛离离光光的不大好看。眼珠上横着些血丝儿，下面还堆着一层黄不唧的膜。脑门上那块坏鸭蛋黄儿倒不要紧，浮伤，浮伤！

眼睛真不像样儿了！

"马威！我死不了哇？"

"那能死呢！"马威还要说别的，可是没好意思说。

马老先生把镜子放下，跟着又拿起来了，吐出舌头来照了照。照完了舌头，还是不能决定到底是"死不了哇"，还是"或者也许死了"。

"马威！我怎么——什么时候回来的？"马老先生还麻麻胡胡的记得：亚

力山大，酒馆，和公园；就是想不起怎么由公园来到家里了。

"温都姑娘用汽车把你送回来了！"

"啊！"马先生没说别的，心里有点要责备自己，可是觉得没有下"罪己诏"的必要；况且父亲对儿子本来没有道歉的道理；况且"老要颠狂少要稳"，老人喝醉了是应当的；况且还不至于死；况且……想到这里，心里舒服多了；故意大大方方的说：

"马威，你睡觉去，我——死不了！"

"我还不困！"马威说。

"去你的！"马老先生看见儿子不去睡觉，心里高兴极了，可是不能不故意的这么说。好，"父慈子孝"吗，什么话呢！

马威又把父亲的毡子从新盖好，自己围上条毯子在椅子上一坐。

马老先生又忍了一个盹儿；醒了之后，身上可疼开了。大拇指头和脑门子自然不用提，大腿根，胳臂肘，连脊梁盖儿，全都拧着疼。用手周身的摸，本想发现些破碎的骨头；没有，什么地方也没伤，就是疼！知道马威在旁边，不愿意哼哼出来；不行，非哼哼不可；而且干嗓子一哼哼，分外的不是味儿。平日有些头疼脑热的时候，哼哼和念诗似的有腔有调；今天可不然了，腿根一紧，跟着就得哼哼，没有拿腔作调的工夫！可是一哼哼出来，心里舒服多了——自要舒服就好，管他有腔儿没有呢！

哼哼了一阵，匀着空想到"死"的问题：人要死的时候可是都哼哼呀！就是别死，老天爷，上帝！一辈子还没享过福，这么死了太冤啊！……下次可别喝这么多了，不受用！可是陪着人家，怎好不多喝点？交际吗！自要不死就得！别哼哼了，哼哼不是好现象；把脑袋往枕头下一缩，慢慢的又睡着了。

含着露水的空气又被太阳的玫瑰嘴唇给吹暖了。伦敦又忙起来，送牛奶的，卖青菜的，都西力哗啷的推着车子跑。工人们拐着腿，叼着小烟袋，一群群的上工。后院的花儿又有好些朵吐了蕊儿。拿破仑起来便到园中细细闻了一回香气，还带手儿活捉了两个没大睡醒的绿苍蝇吃。

马先生被街上的声音惊醒，心里还是苦辣，嘴里干的厉害，舌头是软中硬的像块新配的鞋底儿。肚子有点空，可是胸口堵得慌，嗓子里不住的要呕，一嘴粘涎子简直没有地方销售。脑门上的鹅头，不那么高了；可是还疼。

"死是死不了啦，还是不舒服！"

一想起自己是病人，马先生心里安慰多了：谁不可怜有病的人！回来，李子荣都得来瞧我！小孩子吃生苹果，非挨打不可；可是吃得太多，以至于病了，好办了；谁还能打病孩子一顿；不但不打，大家还给买糖来。现在是老人了，老人而变为病老人，不是更讨人的怜爱吗！对！病呀！于是马先生又哼哼起来，而且颇有韵调。

马威给父亲用热手巾擦了脸和手，问父亲吃什么。马老先生只是摇头。死是不会啦，有病是真的；有病还能说话？不说。

温都太太已经听说马先生的探险史，觉得可笑又可气；及至到楼上一看他的神气，她立刻把母亲的慈善拿出来，站在床前，问他吃什么，喝什么；他还是摇头。她坚决的主张请医生，他还是摇头，而且摇得很凶。

温都姑娘吃完早饭也来了。

"我说马先生，今天再喝一回吧！"玛力笑着说。

马老先生忽然噗哧一笑，倒把温都太太吓了一跳；笑完，觉着不大合适，故意哼唧着说：

"嘻！玛力姑娘，多亏了你！等我好了，给你好好的买个帽子。"

"好啦，可别忘了！"玛力说完跑出去了。

温都太太到底给早饭端来了，马老先生只喝了一碗茶。茶到食道里都有点刺的慌。

马威去找李子荣，叫他早一点上铺子去。温都太太下楼去作事，把拿破仑留在楼上给老马作伴儿。拿破仑跳上床去，从头到脚把病人闻了一个透，然后偷偷的把马先生没喝了的牛奶全喝了。

马威回来，听见父亲还哼哼，主张去请医生，父亲一定不答应。

"找医生干什么？我一哼哼，一痛快，就好了！"

温都太太从后院折来几朵玫瑰，和一把桂竹香，都插在瓶儿里摆在床旁边。马先生闻着花香，心里喜欢了，一边哼哼，一边对拿破仑说：

"你闻闻！你看看！世界上还有比花儿再美的东西没有！谁叫花儿这么

美？你大概不知道，我呢——也不知道。花儿开了，挺香；忽然又谢了，没了；没意思！人也是如此，你们狗也是如此；谁也不知道是怎么一回事！……哎！别死！你看，我死不了吧？"

拿破仑没说什么，眼睛钉住托盘里的白糖块，直舔嘴，可是不敢动。

晚上李子荣来了，给马老先生买了一把儿香蕉，一小筐儿洋梅。马老先生怕李子荣教训他一场，一个劲儿哼哼。李子荣并没说什么，可是和马威在书房里嘀咕了半天。

亚力山大也不是那儿听来的，也知道马先生病啦，他很得意的给老马买了一瓶白兰地来。

"马先生，真不济呀，喝了那么点儿就倒在街上啊？好，来这瓶儿吧！"他把酒放在小桌上，把吕宋烟点着，喷了几口就把屋里全熏到了。

"没喝多！"老马不哼哼了，脸上勉强着笑："老没喝了，乍一来，没底气！下回看，你看咱能喝多少！"

"反正街上有的是巡警！"亚力山大说完笑开了。

拿破仑听见这个笑声，偷偷跑来，把亚力山大的大皮鞋闻了个透，始终没敢咬他的脚后跟——虽然知道这对肥脚满有尝尝的价值。

8

伦敦的天气变动的不大，可是变动得很快。天一阴，凉风立刻把姑娘们光着的白胳臂吹得直起小鸡皮疙疸，老头儿老太太便立刻迎时当令的咳嗽起来，争先恐后的着了凉。伊牧师对于着凉是向来不落后的：看马老先生回来，在公园大树底下坐了一会儿。坐着坐着，鼻子里有点发痒，跟着哆嗦了一下，打了个喷嚏。赶紧回家，到家就上床睡觉。伊太太给了他一杯热柠檬水，又把暖水壶放在他被窝里。他的喷嚏是一个比一个响，一个比一个猛；要不是鼻子长得结实，早几下儿就打飞了。

伊牧师是向来不惹伊太太的，除了有点病，脾气不好，才敢和她吵一回半回的。看着老马摔得那个样，心里已经不大高兴；回来自己又着了凉，更气上加气，越想越不自在。

"好容易运来个中国教徒，好容易！叫亚力山大给弄成醉猫似的！咱劝人信教还劝不过来，他给你破坏！咱教人念《圣经》，他灌人家老白酒！全是他，亚力山大！啊——嚏！瞧！他要不把老马弄醉，我怎能着了凉！全是他！啊——嚏！亚力山大？她的哥哥！非先跟她干点什么不可！他不该灌他酒，她就不该请他，亚力山大，吃饭！看，啊——啊——啊嚏！先教训她一顿！"

想到这里，有心把被子一撩，下去跟她捣一回乱；刚把毡子掀起一点，仅够一股凉气钻得进来的，啊——嚏！老实着吧！性命比什么也要紧！等明天再说！——可是病好一点，还有这点胆气没有呢？倒难说了：从经验上看，他和她拌嘴，他只得过两三次胜利，都是在他病着的时候。她说："别说了，你有理，行不行？我不跟病人捣乱！"就算她虚砍一刀，佯败下去吧，到底"得胜鼓"是他的！病好了再说？她要是虚砍一刀才怪！……这回非真跟她干不可啦，非干不可！她？她的哥哥？一块儿来！我给老马施洗，你哥哥灌他酒！你还有什么说的，我问你！再说，凯萨林一定帮助我。保罗向着他妈，哈哈，他没在家。……其实为老马也犯不上闹架，不过，不闹闹怎么对得起上帝！万一马威问我几句呢！这群年青的中国人，比那群老黄脸鬼可精明多了！可恶！万一温都太太问我几句呢？对，非闹一场不可！再说，向来看亚力山大不顺眼！

他把热水瓶用脚往下推了推，把脚心烫得麻麻苏苏怪好受的，闭上了眼，慢慢的睡着了。

夜里醒了，窗外正沙沙的下着小雨——又他妈的下雨！清香的凉风从窗子吹进来，把他的鼻子尖吹凉了好些。把头往下一缩，刚要想明天怎么和伊太太闹，赶紧闭上眼：别想了，越想心越软，心软还能在这个世界上站得住！这个世界！吧，吧！吧，吧！街坊的大狗叫了几声。你叫什么？这个世界不是为狗预备的！……

第二天早晨，凯萨林姑娘把他的早饭端来，伊牧师本想不吃，闻着鸡子和咸肉怪香的，哎，吃吧！况且，世界上除了英国人，谁能吃这么好的早饭？不吃早饭？白作英国人！吃！而且都吃了！吃完了，心气又壮起来了，非跟他们闹一回不可；不然，对不起这顿早饭！

伊姑娘又进来问父亲吃够了没有。他说了话：

"凯！你母亲呢？"

"在厨房呢，干什么？"伊姑娘端着托盘，笑着问。她的头发还没梳好，乱蓬蓬的在雪白的脖子上堆着。

"马老先生叫她的哥哥给灌醉了！"伊牧师眼睛乱动，因为没戴着眼镜，眼珠不知道往那儿瞧才对。

伊姑娘笑了一笑，没说什么。

"我用尽了心血劝他信了教，现在叫亚力山大给一扫而光弄得干干净净！"他又不说了，眼睛钉着她。

她又笑了笑——其实只是她嘴唇儿动了动，可是笑的意思满有了，而且非常好看。

"你帮助我，凯？"

伊姑娘把托盘又放下，坐在父亲的床边儿上，轻轻拍着他的手。

"我帮助你，父亲！我永远帮助你！可是，何必跟母亲闹气呢？以后遇见亚力山大舅舅的时候，跟他说一声儿好了！"

"他不听我的！他老笑我！"伊牧师自己也纳闷：今天说话怎么这样有力气呢："非你妈跟他说不可；我不跟她闹，她不肯和他说！"他说完自己有点疑心：或者今天是真急了。

伊姑娘看见父亲的鼻子伸出多远，脑筋也蹦着，知道他是真急了。她慢慢的说：

"先养病吧，父亲，过两天再说。"

"我不能等！"他知道：病好了再说，没有取胜的拿手；继而又怕叫女儿看破，赶紧说："我不怕她！我是家长！这是我的家！"

"我去跟母亲说，你信任我，是不是，父亲！"

伊牧师没言语，用手擦了擦嘴角上挂着的鸡蛋黄儿。——嘴要是小一点颇像刚出窝的小家雀。

"你不再要碗茶啦？父亲！"凯萨林又把托盘拿起来。

"够了！跟你妈去说！听见没有？"伊牧师明知道自己有点碎嘴子，病人吗，当然如此！"跟你妈去说！"

"是了，我就去说！"伊姑娘笑着点了点头，托着盘子轻轻走出去了。

"好，你去说！不成，再看我的！"他女儿出去以后，伊牧师向自己发横："她？啊！忘了告诉凯萨林把烟袋递给我了！"他欠起身来看了看，看不见烟袋在那块儿。"对了，亚力山大那天给我一支吕宋还没抽呢。亚力山大！吕宋！想起他就生气！"

吃过午饭，母女正谈马先生的醉事，保罗回来了。他有二十四五岁，比他母亲个子还高。一脑袋稀黄头发，分得整齐，梳得亮。两只黄眼珠发着光往四下里转，可是不一定要看什么。上身穿着件天蓝的褂子，下边一条法兰绒的宽腿裤子。软领子，系着一条红黄道儿的领带。两手插在裤兜儿里，好像长在那块了。嘴里叼着小烟袋，烟早就灭了。

进了门，他从裤袋里掏出一只手来，把烟袋从嘴里拔出来，跟他母亲和姐姐大咧咧的亲了个嘴。

"保罗，你都干吗来着，这些天？"伊太太看见儿子回来，脸上的干肉颇有点发红的趋势，嘴也要笑。

"反正是那些事罢咧。"保罗坐下，把烟袋又送回嘴里去，手又插在袋里，从牙缝儿挤出这几个字。

伊太太乐了。大丈夫吗，说话越简单越表示出男性来。本来吗，几个青年小伙子到野地扎帐棚玩几天，有什么可说的：反正是那些事罢咧！

"母亲，你回来跟父亲说说得了，他不舒服，脾气不好。"凯萨林想把那件事结束一下，不用再提了。

"什么事？"保罗像审判官似的问他姐姐。

"马先生喝醉了！"伊太太替凯萨林回答。

"和咱们有什么关系？"保罗的鼻子中间皱起一层没秩序的纹儿来。

"我请他们吃饭，马先生和亚力山大一齐出去了。"伊太太捎了凯萨林一眼。

"告诉父亲，别再叫他们来，没事叫中国人往家里跑，不是什么体面事！"保罗掏出根火柴，用指甲一搯，搯着了。

"呕，保罗，别那么说呀！咱们是真正基督徒，跟别人——，你舅舅请老马喝了点——"

"全喝醉了？"

"亚力山大没有，马先生倒在街上了！"

"我知道亚力山大有根，我爱这老头子，他行！"保罗把烟袋（又灭了）拔出来，搁在鼻子底下闻了闻。回头向他姐姐说："老姑娘，这回又帮助中国人说舅舅不好哇？不用理他们，中国人！你记得咱们小的时候用小泥弹打中国人的脑袋，打得他们乱叫！"

"我不记得了！"凯萨林很冷静的说。

冷不防，屋门开了，伊牧师披着长袍子，像个不害人的鬼，进来了。

"你快回去！刚好一点，我不许你下来！"伊太太把他拦住。

伊牧师看了他儿子一眼。

"哈喽！老朋友！你又着了凉？快睡觉去！来，我背着你。"保罗说完，扔下烟袋，连拉带扯把父亲弄到楼上去了。

伊牧师一肚子气，没得发散，倒叫儿子抬回来，气更大了。躺在床上，把亚力山大给的那支吕宋烟一气抽完，一边抽烟，一边骂亚力山大。

9

城市生活发展到英国这样，时间是拿金子计算的：白费一刻钟的工夫，便是丢了，说，一块钱吧。除了有金山银海的人们，敢把时间随便消磨在跳舞，看戏，吃饭，请客，说废话，传布谣言，打猎，游泳，生病；其余普通人的生活是要和时辰钟一对一步的走，在极忙极乱极吵的社会背后，站着个极冷酷极有规律的小东西——钟摆！人们的交际来往叫"时间经济"给减去好大一些，于是"电话"和"写信"成了文明人的两件宝贝。白太太的丈夫死了，黑太太给她写封安慰的信，好了，忙！白太太跟着给黑太太在电话上道了谢，忙！

马老先生常纳闷：送信的一天送四五次信，而且差不多老是挨着家儿拍门；那儿来的这么多的信呢？温都太太几乎每天晚上拿着小钢笔，皱着眉头写信；给谁写呢？有什么可写的呢？他有点怀疑，也不由的有点醋劲儿：她，拿着小钢笔，皱着眉头，怪好看的；可是，决不是给他写信！外国娘们都有野——！马老先生说不清自己是否和她发生了恋爱，只是一看见她给人家写信，心里便有点发酸，奇怪！

温都太太，自从马家父子来了以后，确是多用了许多邮票：家里住着两个中国人，不好意思请亲戚朋友来喝茶吃饭；让亲友跟二马一块吃吧？对不起亲友，叫客人和一对中国人坐在一桌上吃喝！叫二马单吃吧？又太麻烦；自然二马不在乎在那儿吃饭，可是自己为什么受这份累呢！算了吧，给他们写信问好，又省事，又四面讨好。况且，在马家父子来了以后，她确是请过两回客，人家不来！她在回信里的字里行间看得出来："我们肯跟两个中国人一块吃饭吗！"自然信里没有写得这么直率不客气，可是她，又不是个傻子，难道看不出来吗！因为这个，她每逢写信差不多就想到：玛力说的一点不假，不该把房租给两个中国人！玛力其实一点影响没受，天天有男朋友来找她，一块出去玩。我，温都太太叫着自己，可苦了：不请人家来吃饭，怎好去吃人家的；没有交际！为两个中国人牺牲了自己的快乐！她不由的掉了一对小圆泪珠！可是，把他们赶出去？他们又没有大错处；况且他们给的房钱比别人多！写信吧，没法，皱着眉头写！

早饭以前，玛力挠着短头发先去看有信没有。两封：一封是煤气公司的账条子，一封是由乡下来的。

"妈，多瑞姑姑的信，看这个小信封！"

温都太太正做早饭，腾不下手来，叫玛力给她念。玛力用小刀把信封裁开：

"亲爱的温都：

谢谢你的信。我的病又犯了，不能到伦敦去，真是对不起！你们那里有两个中国人住着，真的吗？

你的好朋友，

多瑞。"

玛力把信往桌上一扔，吹了一口气：

"得，妈！她不来！'你们那里有两个中国人住着！'看出来没有？妈！"

"她来，我们去歇夏；她不来，我们也得去歇夏！"温都太太把鸡蛋倒在锅里，油往外一溅，把小白腕子烫了一点："Damn！"

早饭做好，温都太太把马老先生的放在托盘里，给他送上楼去。马老先生的醉劲早已过去了，脑门上的那块伤也好了；可是醉后的反动，非常的慎重，早晨非到十一点钟不起来，早饭也在床上吃。她端着托盘，刚一出厨房的门，拿破仑恰巧从后院运动回来；它冷不防往上一扑，她腿一软，坐在门儿里边了，托盘从"四平调"改成"倒板"，哗啦！摊鸡子全贴在地毯上，面包正打拿破仑的鼻子。小狗看了看她，闻了闻面包，知道不是事，夹着尾巴，两眼溜球着又上后院去了。

"妈！怎么啦？"玛力把母亲搀起来，扶着她问："怎么啦？妈！"

温都太太的脸白了一会儿，忽然通红起来。小鼻子尖子出了一层冷汗珠，嘴唇一劲儿颤，比手颤的速度快一些。她呆呆的看着地上的东西，一声没出。

玛力的脸也白了，把母亲搀到一把椅子旁边，叫她坐下；自己忙着捡地上的东西，有地毯接着，碟子碗都没碎，只是牛奶罐儿的把儿掉了一半。

"妈！怎么啦？"

温都太太的脸更红了，一会儿把一生的苦处好像都想起来。嘴唇儿颤着颤着，忽然不颤了；心中的委屈破口而出，颇有点碎嘴子：

"玛力！我活够了！这样的生活我不能受！钱！钱！钱！什么都是钱！你父亲为钱累死了！我为钱去作工，去受苦！现在我为钱去服侍两个中国人！叫亲友看不起！钱！世界上的聪明人不会想点好主意吗？不会想法子把钱赶走吗？生命？没有乐趣！——除非有钱！"

说完了这一套，温都太太痛快了一点，眼泪一串一串的往下落。玛力的眼泪也在眼圈儿里转，不知道说什么好，只用小手绢给母亲擦眼泪。

"妈！不愿意服侍他们，可以叫他们走呀！"

"钱！"

"租别人也一样的收房钱呀，妈！"

"还是钱！"

玛力不明白母亲的意思，看母亲脸上已经没眼泪可擦，擦了擦自己的眼睛。温都太太半天没言语。

"玛力，吃你的饭，我去找拿破仑。"温都太太慢慢站起来。

"妈？你到底怎么倒在地上了？"

"拿破仑猛的一扑我，我没看见它。"

玛力把马威叫来吃早饭。他看玛力脸上的神气，没跟她说什么；先把父亲的饭（玛力给从新打点的）端上去，然后一声没言语把自己的饭吃了。

吃过饭，玛力到后院去找母亲。温都太太抱着拿破仑正在玫瑰花池旁边站着。太阳把后院的花儿都照起一层亮光；微风吹来，花朵和叶子的颤动，把四围的空气都弄得分外的清亮。墙角的蒲公英结了好几个"老头儿"，慢慢随着风向空中飞舞。拿破仑一眼溜着他的主母，一眼捎着空中的白胡子"老头儿"，羞答答的不敢出声。

"妈！你好啦吧？"

"好啦，你走你的吧。已经晚了吧？"温都太太的脸不那么红了，可是被太阳晒的有点干巴巴的难过；因为在后院抱着拿破仑又哭了一回，眼泪都是叫日光给晒干了的。拿破仑的眼睛也好像有点湿，看见玛力，轻轻摇了摇尾巴。

"拿破仑，你给妈赔不是没有？你个淘气鬼，给妈碰倒了，是你不是？"玛力看着母亲，跟小狗说。

温都太太微微一笑："玛力，你上工去吧，晚了！"

"再见，妈妈！再见，拿破仑！妈，你得去吃饭呀！"

拿破仑看见主母笑了，试着声儿吧吧叫了两声，作为向玛力说"再见"。

10

玛力走了以后，温都太太抱着拿破仑回到厨房，从新沏了一壶茶，煮了一个鸡子。喝了一碗茶；吃了一口鸡子，咽不下去，把其余的都给了拿破仑。有心收拾家伙，又懒得站起来；看了看外面：太阳还是响晴的。"到公园转个圈子去吧？"拿破仑听说上公园，两只小耳朵全立起了，顺着嘴角直滴答唾沫。温都太太换了件衣裳，擦了擦皮鞋，戴上帽子；心里一百多个不耐烦，可是被英国人的爱体面，讲排场的天性鼓动着，要上街就不能不打扮起来，不管心里高兴不高兴。况且自己是个妇人，妇人？美的中心！不穿戴起来还成！这群小姑娘们，连玛力都算在里头，不懂的什么叫美：短裙子露着腿，小帽子像个鸡蛋壳！没法说，时代改了，谁也管不了！自己要是还年轻也得穿短裙子，戴小帽子！反正女人穿什么，男人爱什么！男人！就是和男人说说心里的委屈才痛快！老马？呸！一个老中国人！他起来了没有？上去看看他？管他呢，"拿破仑！来！妈妈给你梳梳毛，那里滚得这么脏？"拿破仑伸着舌头叫她给梳毛儿，抬起右腿弹了弹脖子底下，好像那里有个虱子，其实有虱子没有，它自己也说不清。

到了大街，坐了一个铜子的汽车，坐到瑞贞公园。坐在汽车顶上，暖风从耳朵边上嗖嗖的吹过去，她深深的吸了一口气。拿破仑扶着汽车的栏杆立着，探着头想咬下道旁杨树的大绿叶儿来，汽车走得快，始终咬不着。

瑞贞公园的花池子满开着花，深红的绣球，浅蓝的倒挂金钟，还有多少叫不上名儿来的小矮花，都像向着阳光发笑。土坡上全是蜀菊，细高的梗子，大圆叶子，单片的，一团肉的，傻白的，鹅黄的花，都像抿着嘴说："我们是'天然'的代表！我们是夏天的灵魂！"两旁的大树轻悄的动着绿叶，在细沙路上印上变化不定的花纹。树下大椅子上坐着的姑娘，都露着胳臂，树影儿也给她们的白胳臂上印上些一块绿，一块黄的花纹。温都太太找了个空椅子坐下，把拿破仑放在地下。她闻着花草的香味，看着从树叶间透过的几条日光，心里觉得舒展了好些。脑子里又像清楚，又像迷糊的，想起许多事儿来。风儿把裙子吹起一点，一缕阳光射在腿上，暖忽忽的全身都像痒痒了一点；赶紧把裙子正了一正，脸上红了一点。二十年了！跟他在这里坐着！远远的听见动物园中的狮子吼了一声，啊！多少日子啦，没到动物园去！玛力小的时候，他抱着她，我在后面跟着，拿着些干粮，一块儿给猴儿吃！那时候，多快乐！那时候的花一定比现在的香！生命？惨酷的变化！越变越坏！服侍两个中国人？梦想不到的事!

回去吧!空想有什么用处!活着,人们都得活着!老了?不!看人家有钱的妇女,五十多岁还一朵花儿似的!玛力不会想这些事,啊,玛力要是出嫁,剩下我一个人,更冷落了!冷落!树上的小鸟叫了几声:"冷落!冷落!"回去吧,看看老马去吧!——为什么一心想着他呢?奇怪男女的关系!他是中国人,人家笑话咱!为什么管别人说什么呢?一个小麻雀擦着她的帽沿飞过去;可怜的小鸟,终日为找食儿飞来飞去!

拿破仑呢?不见了!

"拿破仑!"她站起来四下看,没有小狗。

"看见拿破仑没有?"她问一个小孩子,他拿着一个小罐正在树底下捡落下来的小红豆儿。

"拿破仑?法国人?"小孩子张着嘴,用小黄眼珠看着她。

"不是,我的小狗。"她笑了笑。

小孩子摇了摇头,又蹲下了:"这里一个大的!"

温都太太慌慌张张的往公园里边走,花丛里,树后边,都看了看,没有小狗!她可真急了,把别的事都忘了,一心想找着拿破仑。

她走过公园的第二道门,两眼张望着小河的两岸,还是没有拿破仑的影儿。河里几个男女摇着两只小船,看见她的帽子,全笑起来了。她顾不得他们是笑她不是,顺着河岸往远处瞧。还是没有!她的眼泪差不多要掉下来了,腿也有点软,一下子坐在草地上了。那群男女还笑呢!笑!没人和你表同情!看他们!身上就穿着那么一点衣裳!拿破仑呢?小桥下两只天鹅领着一群小的,往一棵垂柳底下浮,把小桥的影子用水浪打破了。小桥那边站着一个巡警,心满气足的站在那里好像个铜像。"问问他去。"温都太太想。刚要立起来,背后叫了一声:"温都太太!"

马威!抱着拿破仑!

"呕!马威!你!你在那儿找着它了?"温都太太忙着把狗接过来,亲了几个嘴:"你怎么在这儿玩哪?坐下,歇一会儿咱们一块回去。"她喜欢的把什么都忘了,甚至于忘了马威是个中国人。

"我在那里看小孩们钓鱼，"马威指着北边说："忽然有个东西碰我的腿，一看，是它！"

"你个坏东西，坏宝贝！叫你妈妈着急！还不给马威道谢！"

拿破仑向马威吧吧了两声。

抱着小狗，温都太太再看河上的东西都好看了！"看那些男女，身体多么好！看那群小天鹅，多么有趣！"

"马威，你不摇船吗？"

马威摇了摇头。

"摇船是顶好的运动，马威！游泳呢？"

"会一点。"马威微微一笑，坐在她旁边，看着油汪汪的河水，托着那群天鹅浮悠浮悠的动。

"马威，你近来可瘦了一点。"

"可不是，父亲——你明白——"

"我明白！"温都太太点着头说，居然有点对马威，中国人，表同情。

"父亲——嘻！"马威要说没说，只摇了摇头。

"你们还没定规上那里歇夏去哪？"

"没呢。我打算——"马威又停住了，心里说："我爱你的女儿，你知道吗？"

那个捡红豆的小孩子也来了，看见她抱着小狗，他用手擦着汗说：

"这是你的拿破仑吧？姑娘！"

听小孩子叫她"姑娘"，温都太太笑了。

"喝！姑娘，你怎么跟个中国人一块坐着呀？"

"他？他给我找着了狗！"温都太太还是笑着说。

"哼！"小孩子没言语，跑在树底下，找了根矮枝子，要打忽悠悠。忽然看见桥边的巡警，没敢打，拿起小罐跑啦。

"小孩子，马威，你别计较他们！"

"不！"马威说。

"我反正不讨厌你们中国人！"温都太太话到嘴边，没说出来："自要你们好好儿的！你们笑话中国人，我偏要他们！"温都太太的怪脾气又犯了，眼睛看着河上的白天鹅，心里这样想。

"下礼拜玛力的假期到了，我们就要去休息几天。你们在外边吃饭，成不成！"

"啊！成！玛力跟你一块儿去，温都太太？"马威由地上拔起一把儿草来。

"对啦！你看，我本来打算找个人给你们作饭——"

"人家不伺候中国人？"马威一笑。

温都太太点了点头，心中颇惊讶马威会能猜透了这个。在英国人看，除了法国人有时候比英国人聪明一点，别人全是傻子。在英国人看，只有英国人想的对，只有英国人能明白他们自己的思想；英国人的心事要是被人猜透，不但奇怪，简直奇怪的厉害！

"马威，你看我的帽子好看，还是玛力的好看？"温都太太看马威精明，颇要从心理上明白中国人的"美的观念"，假如中国人也有这么一种观念。

"我看都好。"

"这没回答了我的问题！"

"你的好看！"

"见玛力，说玛力的好看？"

"真的，温都太太，你的帽子确是好看！父亲也这么说。"

"啊！"温都太太把帽子摘下来，用小手巾抽了一抽。

"我得走啦！"马威看了看表说："伊姑娘今天找我来念书！你不走吗？温都太太！"

"好，一块儿走！"温都太太说，说完自己想："谁爱笑话我，谁笑话，我不在乎！偏跟中国人一块走！"

11

马威近来常拿着本书到瑞贞公园去。找个清静没人的地方一坐，把书打开——不一定念。有时候试着念几行，皱着眉头，咬着大拇指头，翻过来掉过去的念；念得眼睛都有点起金花儿了，不知道念的是什么。把书放在草地上，狠狠的在脑杓上打自己两拳："你干什么来的？不是为念书吗！"恨自己没用，打也白饶；反正书上的字不往心里去！

不光是念不下书去，吃饭也不香，喝茶也没味，连人们都不大愿招呼。怎么了？——她！只有见了她，心里才好受！这就叫作恋爱吧？马威的颧骨上红了两小块，非常的烫。别叫父亲看出来，别叫——谁也别看出来，连李子荣算在里头！可是，他妈的脸上这两点红，老是烫手热！李子荣一定早看出来了！

天天吃早饭见她一面，吃晚饭再见一面；早饭晚饭间隔着多少点钟一二三四……没完，没完！有时候在晚饭以前去到门外站一站，等着她回来；还不是一样？她一点头，有时候笑，有时候连笑都不笑，在门外等她没用！上她的铺子去看看？不妥当！对，上街上去绕圈儿，万一遇见她呢！万一在吃午饭的时候遇见她，岂不是可以约她吃饭！明知道她的事情是在铺子里头做的，上街去等有什么用，可是万一……！在街上站一会儿，走一会儿；汽车上，铺子里，都看一眼，万一她在那个汽车上，我！飞上去！啊！自己吓自己一跳，她！细一看，不是！有时候随着个姑娘在人群里挤，踩了老太太的脚尖也不顾得道歉，一劲儿往前赶！赶过去了，又不是她！这个姑娘的脸没有她的白，帽子衣裳可都一样；可恶！和她穿一样的衣裳！再走，再看……心里始终有点疼，脸上的红点儿烫手热！

下雨？下雨也出去；万一她因为下雨早下工呢！"马威你糊涂！那有下雨早放工的事！没关系，反正是坐不住，出去！"伞也不拿，恨拿伞，挡着人们的脸！淋得精湿，帽子往下流水，没看见她！

她，真是她！在街那边走呢！他心里跳得快了，腿好像在裤子里直转圈。赶她！但是，跟她说什么呢？请她吃饭？现在已经三点了，那能还没吃午饭！请喝茶，太早！万一她有要紧事呢，耽误了她岂不……万一她不理我呢？……街上的人看我呢？万一她生了气，以后永不理我呢？都快赶上她了，他的勇气没有了。站住了，眼看着叫她跑了！要不是在大街上，真的他得哭一场！怎么这样没胆气，没果断！心里像空了一样，不知道怎样对待自己才好：恨自己？

打自己？可怜自己？这些事全不在乎他自己，她！她拿着他的心！消极方法：不会把她撇在脑后？不会不看她？世界上姑娘多着呢，何必单爱她？她，每到礼拜六把嘴唇擦得多么红，多么难看？她是英国人，何必呢，何必爱个外国人呢？将来总得回国，她能跟着我走吗？不能！算了吧，把她扔在九霄云外吧！——她又回来了，不是她，是她的影儿！笑涡一动一动的，嘴唇儿颤着，一个白牙咬着一点下嘴唇，黄头发曲曲着，像一汪儿日光下的春浪。她的白嫩的脖子，直着，弯着，都那么自然好看。说什么也好，想什么也好，只是没有说"玛力"，想"玛力"那么香甜！

假如我能抱她一回？命，不算什么，舍了命作代价！跟她上过一回电影院，在黑灯影里摸过她的手，多么润美！她似乎没介意，或者外国妇女全不介意叫人摸手！她救我的父亲，一定她有点意；不然，为什么许我摸她的手，为什么那样诚恳的救我父亲？慢慢的来，或者有希望！华盛顿那小子！他不但摸她的手，一定！一定也……我恨他！她要是个中国妇人，我一定跟她明说："我爱你！"可是，对中国妇人就有这样胆气吗？马威！马威！你是个乏人，没出息！不想了！好好念书！父亲不成，我再不成，将来怎办！谁管将来呢，现在叫我心不疼了，死也干！……

眼前水流着，鸟儿飞着，花在风里动着；水，鸟，花，或者比她美，然而人是人，人是肉作的，恋爱是由精神上想不透，在肉体上可以享受或忍痛的东西；压制是没用的！

伊姑娘？呕！她今天来念书！念书？嘻！非念不可！

温都太太抱着小狗，马威后面跟着，一同走回来。

走到门口，伊姑娘正在阶下立着。她戴着顶蓝色的草帽，帽沿上钉着一朵浅粉的绢花。蓝短衫儿，衬着件米黄的绸裙，脑袋歪着一点，很安静的看着自己的影儿，在白阶石上斜射着。

"她也好看！"马威心里说。

"啊，伊姑娘！近来可好？进来吧！"温都太太和凯萨林拉了拉手。

"对不起，伊姑娘，你等了半天啦吧？"马威也和她握手。

"没有，刚来。"伊姑娘笑了笑。

"伊姑娘，你上楼吧，别叫我耽误你们念书。"温都太太抱着拿破仑，把客厅的门开开，要往里走。

"待一会儿见，温都太太。"伊姑娘把帽子挂在衣架上，拢了拢头发，上了楼。

马老先生正要上街去吃午饭，在楼梯上遇见凯萨林。

"伊姑娘，你好？伊牧师好？伊太太好？你兄弟好？"马老先生的问好向来是不折不扣的。

"都好，马先生。你大好了？我舅舅真不对，你——"

"没什么，没什么！"马先生嗓子里咯嗞了几声，好像是乐呢："我自己不好。他是好意，哥儿们一块凑个热闹。唏，唏，唏。"

"马先生，你走吧，我和马威念点书。"伊姑娘一闪身让马老先生过去。

"那么，我就不陪了，不陪了！唏，唏，唏，"马老先生慢慢下了两层楼梯，对马威说："我吃完饭上铺子去。"说的声音很小，恐怕叫凯萨林听见。"上铺子去"不是什么光荣事；"上衙门去"才够派儿。

凯萨林坐在椅子上，掏出一本杂志来。

"马威，你教我半点钟，我教你半点钟。我把这本杂志上的一段翻成中国话，你逐句给我改。你打算念什么？"

马威把窗子开开，一缕阳光正射在她的头发上，那圈金光，把她衬得有点像图画上的圣母。他拉了把椅子坐在她的里首，因为怕挡住射在她头上的那缕阳光。"她的头发真好，比玛力的还好！然而不知道为什么，玛力总是比她好看。玛力的好看往心里去，凯萨林只是个好看的老姐姐。"马威心里想，听见她问，赶紧敛了敛神，说："你想我念什么好，伊姐姐？"

"念小说吧，你去买本韦尔斯的《保雷先生》，你念我听，多咱我听明白了，多咱往下念，这样你可以一字字的念真了，念正确了。至于生字呢，你先查出来，然后我告诉你那个意思最恰当。这么着，好不好？你要有好主意，更好。"

"就这么办吧，姐姐。我今天没书，先教你，下回你教我。"

"叫我占半点钟的便宜？"凯萨林看着他笑了笑。

马威陪着笑了笑。

…………

"妈！妈！你买了新帽子啦？"玛力一进门就看见凯萨林的蓝草帽儿了。

"那儿呢？"温都太太问。

"那儿！"玛力指着衣架，蓝眼珠儿含着无限的羡慕。

"那不是我的，伊姑娘的。"

"呕！妈，我也得买这么一顶！她干什么来了？哼，我不爱那朵粉花儿！"玛力指点出帽子的毛病来，为是减少一点心中的羡慕，羡慕和嫉妒往往是随着来的。

"你怎么这么早就回来啦？"温都太太问。

"我忘了说啦，妈！我不放心你，早晨你摔了那么一下子，我还得赶紧回去！你好啦吧，妈？妈，我要那样的帽子！我们的铺子里不卖草帽，她也不是那儿买的？"玛力始终没进屋门，眼睛始终没离开那顶帽子；帽子的蓝色和她的蓝眼珠似乎联成了一条蓝线！

"玛力，你吃了饭没有？"

"就吃了一块杏仁饼，一碗咖啡，为是忙着来看你吗！"玛力往衣架那边挪了一步。

"我好了，你去吧！谢谢你，玛力！"

"妈，凯萨林干什么来了？"

"跟马威学中国话呢。"

"赶明儿我也跟他学学！"玛力瞪了那个蓝帽子一眼。

玛力刚要往外走，伊姑娘和马威从楼上下来了。

伊姑娘一面招呼她们母女，一面顺手儿把帽子摘下来，戴上，非常的自然，一点没有显排帽子的样儿，也没有故意造作的态度。

"玛力，你的气色可真好！"凯萨林笑着说。

"伊姑娘，你的帽子多么好看！"玛力的左嘴犄角往上一挑，酸酸的一笑。

"是吗？"

"不用假装不觉乎！"玛力心里说，看了马威一眼。

"再见，温都太太！再见，玛力！"凯萨林和她们拉了拉手，和马威一点头。

"妈，晚上见，"玛力也随着出去。

马威在台阶上看着她们的后影：除了她们两个都是女子，剩下没有相同的地方。凯萨林的脖子挺着，帽沿微微的颤。玛力的脖子往前探着一点，小裙子在腿上前后左右的裹。他把手插在裤袋里，皱着眉头上了楼。已经是吃午饭的时候，可是不饿；其实也不是不饿；——说不上来是怎么一回子事！

…………

"妈，牛津大街的加麦公司有那样的草帽。妈，咱们一人买一顶好不好？"玛力在厨房里，抱着拿破仑，跟母亲说。

"没富裕钱，玛力！把糖罐递给我。"温都太太的小鼻子叫火烤的通红，说话也有点发燥："咱们不是还去歇夏哪吗？把钱都买了帽子，就不用去了！那样的帽子至少也得两镑钱一顶！"——把一匙子糖都倒在青菜上了——"瞧！你净搅我，把糖——"

"要旅行去，非有新帽子不可！"玛力的话是出乎至诚，一使劲把拿破仑的腿夹得生疼。小狗没敢出声，心里说：

"你的帽子要是买不成，我非死不可呀！还是狗好，没有帽子问题！"

"吃完饭再说，玛力！别那么使劲抱着狗！"

马老先生直到晚饭已经摆好才回来。午饭是在中国饭馆吃的三仙汤面，吃过饭到铺子去，郑重其事的抽了几袋烟。本想把货物从新摆一摆，想起来自己刚好，不可以多累；不做点什么，又似乎不大对；拿出账本子看看吧！上两个月赚了四十镑钱，上月赔了十五镑钱；把账本收起去；谁操这份心呢！有时候赚，有时候赔；买卖吗，那能老赚钱？

吃了晚饭，玛力正要继续和母亲讨论帽子问题。马老先生轻轻向她一点头。

"温都姑娘，给你这个。"他递给她一个小信封。

"呕，马先生，两镑钱的支票，干吗？"

"我应许了你一顶帽子，对不对？"

"哈啦！妈——！帽子！"

12

马老先生病好了以后，显得特别的讨好。吃完早饭便到后院去浇花，拿腻虫，剪青草；嘴里哼唧着有声无字的圣诗，颇有点中古时代修道士的乐天爱神的劲儿。心中也特别安适：蜜蜂儿落在脑门上，全不动手去轰；自要你不螫咱，咱就不得罪你，要的是这个稳劲儿，你瞧！

给玛力两镑钱——不少点呀！——买帽子，得，又了啦个心愿！给她母亲也买一顶不呢？上月赔了十五镑，不是玩儿的，省着点儿吧！可是人情不能不讲啊，病了的时候，叫她没少受累，应该买点东西谢谢她！下月再说，下月那能再赔十五镑呢！马威近来瘦了一点，也不是怎么啦？小孩子，总得多吃，糊吃闷睡好上膘吗，非多吃不可！啊，该上铺子瞧瞧去了，李子荣那小子专会瞎叨唠，叨唠唠，叨唠唠，一天叨唠到晚，今天早去，看他还叨唠什么！喝！已经十点了，快走吧！等等，移两盆花，搬到铺子去，多好！他要是说我晚了，我有的说，我移花儿来着，嘻！那几颗没有希望的菊秧子，居然长起来了，而且长得不错。对，来两盆菊花吧。古玩铺里摆菊花，有多么雅！——也许把李子荣比得更俗气！

马先生还是远了雇汽车，近了慢慢走，反正不坐公众汽车和电车；好，一下儿出险，死在伦敦，说着玩儿的呢！近来连汽车也不常雇了：街上是乱的，无论如何，坐车是不保险的！况且，在北京的时候，坐上汽车，巡警把人马全挡住，专叫汽车飞过去，多么出锋头，带官派！这里，在伦敦，大巡警把手一伸，车全站住，连国务总理的车都得站住，鬼子吗，不懂得尊卑上下！端着两盆菊秧，小胡子嘴撅撅着一点，他在人群里挤开了。他妈的，那里都这么些个人！简直的走不开：一个个的都走得那么快，撞丧呢！英国人不会有起色，一点稳重气儿都没有！

到了铺子，耳朵里还是嗡嗡的响；老是这么响，一天到晚是这么响！但愿上帝开恩，叫咱回家吧，受不了这份乱！定了定神，把两盆菊秧子摆在窗子前面，捻着小胡子看了半天：啊，这一棵有个小黄叶儿，掐下去！半个黄叶也不能要，讲究一顺儿绿吗？

"马先生！"李子荣从柜房出来，又是挽着袖子，一手的泥！（这小子横是穿不住衣裳，俗气！）"咱们得想主意呀！上月简直的没见钱，这个月也没卖了几号儿；我拿着工钱，不能瞪眼瞧着！你要是有办法呢，我自然愿意帮你的忙；你没办法呢，我只好另找事，叫你省下点工钱。反正这里事情不多，你和马威足可以照应过来了！我找得着事与否，不敢说一定，好在你要是给我两个礼拜的限，也许有点眉目！咱们打开鼻子说亮话，告诉我一句痛快的，咱们别客气！"

李子荣话说的干脆，可是态度非常的温和，连马先生也看出：他的话是真由心里头说出来的，——可是，到底有点俗气！

马老先生把大眼镜摘下来，用小手巾轻轻的擦着，半天没说话。

"马先生，不忙，你想一想，一半天给我准信好不好？"李子荣知道紧逼老马是半点用没有，不如给他点工夫，叫他想一想；其实他想不想还是个问题，可是这么一说，省得都僵在那儿。

马老先生点了点头，继续着擦眼镜。

"我说，李伙计！"马先生把眼镜戴上，似笑不笑的说："你要是嫌工钱小，咱们可以商量啊！"

"嘿！我的马先生，我嫌工钱小！真，我真没法叫你明白我！"李子荣用手挠着头发，说话有点结巴："你得看事情呀，马先生！我告诉过你多少回了，咱们得想法子，你始终不听我的，现在咱们眼看着赔钱，我，我，真的，我没法说！你看，咱们邻家，上月净卖蒙文满文的书籍，就赚了好几百！我——"

"谁买满蒙文的书啊？买那个干什么？"马老先生不但觉着李子荣俗气，而且有点精神病！笑话，古玩铺卖满蒙文的书籍，谁买呀？"你要嫌工钱小，咱们可以设法；有办法，自要别伤了面子！"

面子！

可笑，中国人的"讲面子"能跟"不要脸"手拉手儿走。马先生在北京的时候，舍着脸跟人家借一块钱，也得去上亲戚家喝盅喜酒，面子！张大帅从日本搬来救兵，也得和苟大帅打一回，面子！王总长明知道李主事是个坏蛋，也不把他免职，面子！

中国人的事情全在"面子"底下蹲着呢，面子过得去，好啦，谁管事实呢！

中国人的办事和小孩子"摸老瞎"差不多：转着圈儿摸，多咱摸住一个，面子上过得去了，算啦，谁管摸住的是小三，小四，还是小三的哥哥傻二儿呢！

马先生真为了难！事实是简单的：买卖赔钱，得想主意。可是马先生，真正中国人，就不肯这么想，洋鬼子才这么想呢；李子荣也这么想，黄脸的洋鬼子！

"买卖赔钱呀？我没要来做这个穷营业呀！"马先生见李子荣不说话了，坐在椅子上，捻着小胡子，想开了："我要是不上英国来，现在也许在国内作了官呢！我花钱多呀，我的钱，谁也管不了！"心中一横，手里一使劲，差点揪下两根胡子来："我不懂得怎么作买卖，读书的君子就不讲作买卖！挤兑我？成心逼我？姓李的，你多咱把书念透了，你就明白你马大叔是什么回事了！俗气！"他向屋里瞪了一眼："卖满蒙文的书籍？笑话，洋鬼子念满文'十二头儿'？怎么着，洋鬼子预备见佐领挑马甲是怎着？现在我们是'中华民国'了！辞我的工不干了？一点面子不讲？你在这儿还要怎么着？咱姓马的待你错不错？猛孤仃的给咱个辞活不伺候，真有鼻子就结啦！"

马先生绕着圈儿想，越想自己的理由越充足，越想越离事实远，越离事实远越觉得自己是真正好中国人，——李子荣是黄脸洋鬼子！

"我说李伙计，"马先生立起来，眼睛瞪着一点，说话的声音也粗了一些，把李子荣吓了一跳："给你长工钱，你也不干；好吧，你要走，走！现在就走！"

说完了话，学着戏台上诸葛亮的笑法，唏唏了几声。唏唏完了，又觉得不该和李子荣这么不讲面子！可是话已出口，后悔有吗用，来个一气到底：

"现在就走！"

李子荣正擦一把铜壶，听见马先生这样说，慢慢把壶放在架子上，看着马先生半天没言语。

马先生身子有点不舒坦："这小子的眼神真足！"

李子荣笑了：

"马先生，你我谁也不明白谁，咱们最好别再费话。我不能现在就走。论交情的话呢，我求你给我两个礼拜的限；论法律呢，我当初和你哥哥定的是：不论谁辞谁，都得两个礼拜以前给信。好了，马先生，我还在这儿做十四天的事，从今天算起。谢谢你！"

说完，李子荣又把铜壶拿起来了。

马老先生的脸红了，瞪了李子荣的脊梁一眼，开开门出去了。出了门口，嘟囔着骂：

"这小子够多么不要脸！人家赶你，你非再干两个礼拜不可！好，让你在这儿两个礼拜，我不能再见你，面子已经弄破了，还在一块儿做事，没有的事！没有的事！！对，回去！回去给他两个礼拜的工钱，叫他登时就走！白给你钱，你还不走吗？你可看明白了，我没辞你，是你不愿意干啦！再干两个礼拜，想再敷衍下去，你当我看不出来呢，谁也不是傻子！对，给他两礼拜的工钱，叫他走！……瞧他那个样儿呀，给他钱，他也不走，他要是说再干两礼拜呀，那算是妥了！没法跟这样人打交待，他满不顾面子！我没法子！赶明儿带马威回国，在外国学不出好来！瞧李子荣，没皮没脸！你叫他走，他说法律吧，交情吧！扯蛋！……没法子！……没面子！……去吃点三仙汤面吧！管他李子荣，张子荣呢！犯不上跟他生气！气着，好，是玩儿的呢！……"

13

"老李！你跟我父亲吵起来了？"马威进门就问，脸上的神气很不好看。

"我能跟他吵架？老马！"李子荣笑着说。

"我告诉你，老李！"马威的脸板着，眉毛拧在一块，嘴唇稍微有点颤：

"你不应该和父亲捣乱！你知道他的人性，有什么事为什么不先跟我说呢！不错，你帮我们的忙不少，可是你别管教我父亲！无论怎说，他比咱们大二十多岁！他是咱们的前辈！"他忽然停住了，看了李子荣一眼。

李子荣楞了一会儿，挠挠头发，噗哧的一笑：

"你怎么了？老马！"

"我没怎么！我就是要告诉你：别再教训我父亲！"

"呕！"李子荣刚要生气，赶紧就又笑了："你吃了饭没有？老马！"

"吃了！"

"你给看一会儿铺子成不成？我出去吃点甚么，就回来。"

马威点了点头。李子荣扣上帽子，出去了，还是笑着。

李子荣出去以后，大约有十分钟，进来一个慈眉善目的老头儿。

"啊，年青的，你是马先生的儿子吧？"老头儿笑嘻嘻的说，脑袋歪在一边儿。

"是，先生！"马威勉强笑着回答。

"啊，我一猜就是吗，你们父子的眼睛长得一个样。"老头儿说着，往屋里看了一眼："李先生呢？"

"出去吃饭，就回来——先生要看点什么东西？我可以伺候你！"马威心里想："我也会作生意，不是非仗着李子荣不可！"

"不用张罗我，我自己随便看吧！"老头儿笑了笑，一手贴在背后，一手插在衣袋里，歪着头细细看架子上的东西。看完一件，微微点点头。

马威要张罗他，不好；死等着，也不好；皱着眉，看着老头儿的脊梁盖儿。有时候老头回过头来，他赶紧勉强一笑，可是老头儿始终没注意他。

老头儿身量不高，可是长得挺富泰。宽宽的肩膀，因为上了年纪，稍微往下溜着一点。头发雪白，大概其往后拢着。连腮一部白胡子，把嘴盖得怪好看的。鼻子不十分高，可是眼睛特别的深，两个小眼珠深深的埋伏着，好像专等着帮助脸上发笑。脑袋常在一边儿歪歪着。老头儿的衣裳非常的讲究。一身深灰呢衣，灰色的绸子领带，拴着个细金箍儿。单硬领儿挺高，每一歪头的时候，硬领的尖儿就藏在白胡子里。没戴着帽子。皮鞋非常的大，至少比脚大着两号儿，走道儿老有点擦着地皮，这样，叫裤子的中缝直直的立着，一点褶儿也没有。

"我说，年青的，这个罐子不能是真的吧？"老头儿从货架子上拿起一个小土罐子，一手端着，一手轻轻的摸着罐口儿，小眼睛半闭着，好像大姑娘摸着自己的头发，非常的谨慎，又非常的得意。

"那——"马威赶过两步去，看了小罐子一眼，跟着又说了个长而无用的"那——"

"啊，你说不上来；不要紧，等着李先生吧。"老头儿说着，双手捧着小罐，嘴唇在白胡子底下动了几动，把小罐又摆在原地方了。"你父亲呢？好些日子没见他了！"老头儿没等马威回答，接着说下去，眼睛还看着那个小罐子："你父亲可真是好人哪，就是不大会做生意，啊，不大会做生意。你在这儿念书哪吧？念什么？啊，李先生来了！啊，李先生，你好？"

"啊，约汗，西门爵士！你好？有四五天没见你啦！"李子荣脸上没有一处不带着笑意，亲亲热热的和西门爵士握了握手。

西门爵士的小眼睛也眨巴着，笑了笑。

"西门爵士，今天要看点什么？上次拿去的宜兴壶已经分析好了吧？"

"哎，哎，已经分析了！你要是有贱的广东磁，不论是什么我都要；就是广东磁我还没试验过。你有什么，我要什么，可有一样，得真贱！"西门爵士说着，向那个小罐子一指："那个是真的吗？"

"冲你这一问，我还敢说那是真的吗！"李子荣的脸笑得真像个混糖的开花馒头。一边说，一边把小罐子拿下来，递给老头儿："釉子太薄，底下的棕色也不够厚的，决不是磁州的！可是，至迟也是明初的！西门爵士，你知道的比我多，你看着办吧，看值多少给多少！马先生，给西门爵士搬把椅子来！"

"哎，哎，不用搬！我在试验室里一天家站着，站惯了，站惯了！"西门爵士特意向马威一笑："哎，谢谢！不用搬！"然后端着小罐又仔细看了一过："哎，你说的不错，底下的棕色不够厚的，不错！好吧，无论怎么说吧，给我送了去吧，算我多少钱？"

"你说个数儿吧，西门爵士！"李子荣搓着手，肩膀稍微耸着点儿，真像个十二分成熟的买卖人。

马威看着李子荣，不知不觉的点了点头。

老头儿把小罐儿捧起来，看了看罐底儿上的价码。跟着一挤眼，说："李先生，算我半价吧！哎！"

"就是吧，西门爵士！还是我亲身给你送了去？"

"哎，哎，六点钟以后我准在家，你跟我一块儿吃饭，好不好！"

"谢谢！我六点半以前准到！广东磁器也送去吧？"

"哎，你有多少？我不要好的！为分析用，你知道——"

"知道！知道！我这儿只有两套茶壶茶碗，不很好，真正广东货。把这两套送到试验室，这个小罐子送到你的书房，是这么办不是？西门爵士！"

"这家伙全知道！"马威心里说。

"哎，哎，李先生你说的一点儿不错！"

"还是偷偷儿的送到书房去，别叫西门夫人看见，是不是，西门爵士？"李子荣说着，把小罐接过来，放在桌儿上。

老头儿笑开了，头一次笑出声儿来。

"哎，哎，我的家事也都叫你知道了！"老头儿掏出块绸子手巾擦了擦小眼睛："你知道，科学家不应该娶妻，太麻烦，太麻烦！西门夫人是个好女人，就是有一样，常搅乱我的工作。哎，我是个科学家兼收藏家，更坏了！西门夫人喜欢珍珠宝石，我专买破罐子烂砖头！哎，妇人到底是妇人！哎，偷偷的把小罐子送到书房去，咱们在那里一块吃饭。我还要问你几个字，前天买了个小铜盒子，盖上的中国字，一个个的小四方块儿，哎，我念不上来，你给我翻译出来吧！还是一个先令三个字，哎？"

"不是篆字？"李子荣还是笑着，倒好像要把这个小古玩铺和世界，全招笑了似的。

"不是，不是！我知道你怕篆字。哎，晚上见吧。连货价带翻译费我一齐给你，晚上给你。晚上见，哎。"西门爵士说完，过去拍了拍马威的肩膀，"哎，你还没告诉我，你念什么书呢！"

"商业！先生——爵士！"

"啊！好，好！中国人有做买卖的才干，忍力；就是不懂得新的方法！学一学吧！好，好好的念书，别净出去找姑娘，哎？"老头儿的小眼睛故意眨巴着，要笑又特意不笑出来，嘴唇在白胡底下动了动。

"是！"马威的脸红了。

"西门爵士，你的帽子呢？"李子荣把门开开，弯着腰请老头儿出来。

"哎，在汽车上呢！晚上见，李先生！"

老头儿走了以后，李子荣忙着把小罐子和两套茶壶茶碗都用棉花垫起来，包好。一边包，一边向马威说：

"这个老头子是个好照顾主儿。专收铜器和陶器。他的书房里的东西比咱们这儿还多上三倍。原先他作过伦敦大学的化学教授，现在养老不作事了，可是还专研究陶土的化学配合。老家伙，真有意思！贵东西买了存着，贱东西买了用化学分析。老家伙，七十多了，那么精神！我说老马，开两张账单儿，搁在这两个包儿一块。"

李子荣把东西包好，马威也把账单儿开来。李子荣看了马威一眼，说：

"老马，你今儿早晨怎么了？你不是跟我闹脾气，你一定别有心事，借我出气！是不是？大概是爱情！我早看出来了，腮上发红，眉毛皱着，话少气多，吃喝不下，就剩——抹脖子，上吊！"李子荣哈哈的乐起来："害相思的眼睛发亮，害单思的眼睛发浑！相思有点甜味，单思完全是苦的！老马？你的是？"

"单思！"马威受这一场奚落，心中倒痛快了！——害单思而没地方去说的，非抹脖子不可！

"温都姑娘？"

"哼！"

"老马，我不用劝你，没用！我有朝一日要是爱上一个女人，她要是戏耍我，我立刻就用小刀抹脖子！嗞！"李子荣用食指在脖子上一抹。"可是，我至少能告诉你这么一点儿：你每一想她的时候，同时也这么想：她拿我，一个中国人，当人看不呢？你当然可以给你自己一个很妥当的回答。她不拿咱当人看，还讲爱情？你的心可以凉一点儿了！这是我独门自造的'冰吉凌'，专治单思热病！没有英国青年男女爱中国人的，因为中国人现在是给全世界的人作笑话用的！写文章的要招人笑，一定骂中国人，因为只有中国人骂着没有危险。研究学问的恨中国人，因为只有中国人不能帮他们的忙；那样学问是中国人的特长？没有！普通人小看中国人，因为中国人——缺点多了，简直的说不清！我们当时就可以叫他们看得重，假如今天我们把英国，德国，或是法国给打败！更好的办法呢，是今天我们的国家成了顶平安的，顶有人才的！你要什么？政治！中国的政治最清明啊！你要什么？化学！中国的化学最好啊！除非我们能这么着，不用希望叫别人看得起；在叫人家看不起的时候，不用乱想人家的姑娘！我就见过温都姑娘一回，我不用说她好看不好看，人品怎么样；我只能告诉你一句话，她不能爱你！她是普通男女中的一个，普通人全看不起中国人，为什么她单与众不同的爱个小马威！"

"不见得她准不爱我！"马威低着头儿说。

"怎见得？"李子荣笑着问。

"她跟我去看电影，她救我的父亲。"

"她跟你去看电影，和我跟你去看电影，有什么分别？我问你！外国男女的界限不那么严——你都知道，不用我说。至于救你父亲，无论是谁，看见他在地上爬着，都得把他拉回家去！中国人见了别人有危险，是躲得越远越好，因为我们的教育是一种独善其身的！外国人见了别人遇难，是拚命去救的，他们不管你是白脸人，黑脸人，还是绿脸人，一样的拯救。他们平时看不起黑脸和绿脸的哥儿们，可是一到出险了，他们就不论脸上的颜色了！她不因为是'你'的父亲才救，是因为她的道德观念如此。我们以为看见一个人在地上躺着，而不去管，满可以讲得下去；外国人不这么想。他们的道德是社会的，群众的。这一点，中国人应当学鬼子！在上海，我前天在报上念的，有个老太婆倒在街上了，中国人全站在那里看热闹，结果是叫个外国兵给挽起来了；他们能不笑话我们吗！我——我说到那儿去啦？往回说吧！不用往脸上贴金，见她和你握手，就想她爱你！她才有工夫爱你呢！吃我的冰吉凌顶好，不用胡思乱想！"

马威双手捧着脑门儿，一声没发。

273

"老马，我已经和你父亲辞了我的事！"

"我知道！你不能走！你不能看着我们把铺子做倒了！"马威还是低着头，说话有点儿发颤！

"我不能不走！我走了，给你们一月省十几镑钱！"

"谁替我们做买卖呀！"马威忽然抬起头来，看着李子荣说："那个西门老头儿问我，我一个字答不出，我不懂！不懂！"

"那没难处！老马！念几本英国书，就懂得好些个。我又何尝懂古玩呢，都仗着念了些书！外国人研究无论那样东西，都能有条有理的写书，关于中国磁器，铜器，书可多了。念几本就行！够咱们能答得上碴儿的就行！老马，你放心，我走了，咱们还是好朋友，我情愿帮你的忙！"

待了半天，马威问：

"你那儿去找事呀？"

"说不上来，碰机会吧！好在我现在得了一笔奖金，五十镑钱，满够我活好几个月的呢！你看，"李子荣又笑了："《亚细亚杂志》征求中国劳工近况的论文，我破了一个月的工夫，连白天带晚上，写了一篇。居然中了选，五十镑！我告诉你，老马！老天爷饿不死瞎家雀，一点不错！我有这五十镑，足够混些日子的！反正事情是不找不来，咱天天去张罗，难道就真没个机会！愿意干事的人不会饿死；饿死的决不是能干的人！老马！把眉头打开，高起兴来干！"

李子荣过去按着马威的肩膀，摇了几下子。

马威哭丧着脸笑了一笑。

14

马老先生跟李子荣闹完气，跑到中国饭馆吃了两个三仙汤面；平日不生气的时候总是吃一个面的。汤面到了肚子里，怒气差不多全没啦。生气倒能吃两个面，好现象！这么一想，几乎转怒为喜了。吃完面，要了壶茶，慢慢滋润着。直到饭座儿全走了，才会账往外溜达。出了饭馆，不知道上那儿去好。反正不能回铺子！掌柜的和伙计闹脾气，掌柜的总是有不到铺子的权柄！——正和总长生气就不到衙门去一样！一样！可是，上那儿去呢？在大街上散逛？车马太乱，心中又有气，一下儿叫汽车给轧扁了，是玩儿的呢！听戏去？谁听鬼子戏呢！又没锣鼓，又不打脸，光是几个男女咕噜的瞎说，没意思！找伊牧师去？对！看看他去！他那天说，要跟咱商议点事。什么事呢？哎，管他什么事呢，反正老远的去看他，不至于有错儿！

叫了辆汽车到蓝加司特街去。

坐在车里，心里不由的想起北京：这要是在北京多么抖！坐着汽车叫街坊四邻看着，多么出色！这里，处处是汽车，不足为奇，车钱算白花！

"嘿喽！马先生！"伊牧师开开街门，把马先生拉进去："你大好了？又见着亚力山大没有？我告诉你，马先生，跟他出去总要小心一点！"

"伊牧师你好？伊太太好？伊小姐好？伊少爷好？"马先生一气把四个好问完，才敢坐下。

"他们都没在家，咱们正好谈一谈。"伊牧师把小眼镜往上推了一推，鼻子中间皱成几个笑纹。自从伤风好了以后，鼻子上老绉着那么几个笑纹，好像是给鼻子一些运动；因为伤风的时候，喷嚏连天，鼻子运动惯了。"我说，有两件事和你商议：第一件，我打算给你介绍到博累牧师的教会去，作个会员，礼拜天你好有个准地方去作礼拜。他的教会离你那儿不远，你知道游思顿街？哎，顺游思顿街一直往东走，斜对着英苏车站就是。我给你介绍，好不好？"

"好极了！"现在马老先生对外国人说话，总喜欢用绝对式的字眼儿。

"好，就这么办啦。"伊牧师嘴唇往下一垂，似是而非的笑了一笑："第二件是：我打算咱们两个晚上闲着作点事儿，你看，我打算写一本书，暂时叫作《中国道教史》吧。可是我的中文不十分好，非有人帮助我不可。你要是肯帮忙，我真感激不尽！"

"那行！那行！"马先生赶紧的说。

"我别净叫你帮助我，我也得替你干点什么。"伊牧师把烟袋掏出来，慢慢的装烟："我替你想了好几天了：你应当借着在外国的机会写点东西，最好写本东西文化的比较。这个题目现在很时兴，无论你写的对不对，自要你敢说话，就能卖得出去。你用中文写，我替你译成英文。这样，咱们彼此对帮忙，书出来以后，我敢保能赚些钱。你看怎么样？"

"我帮助你好了！"马老先生迟迟顿顿的说："我写书？倒真不易了！快五十的人啦，还受那份儿累！"

"我的好朋友！"伊牧师忽然把嗓门提高一个调儿："你五十啦？我六十多了！萧伯纳七十多了，还一劲儿写书呢！我问你，你看见过几个英国老头子不做事？人到五十就养老，世界上的事都交给谁做呀！"

"我也没说，我一定不做！"马老先生赶紧往回收兵，唯恐把伊牧师得罪了，其实心里说："你们洋鬼子不懂得尊敬老人，要不然，你们怎是洋鬼子呢！"

英国人最不喜欢和旁人谈家事，伊牧师本来不想告诉老马，他为什么要写书；可是看老马迟疑的样子，不能不略略的说几句话：

"我告诉你，朋友！我非干点什么不可！你看，伊太太还作伦敦传教公会中国部的秘书，保罗在银行里，凯萨林在女青年会作干事，他们全挣钱，就是我一个人闲着没事！虽然我一年有一百二十镑的养老金，到底我不愿意闲着——"伊牧师又推了推眼镜，心里有点后悔，把家事都告诉了老马！

"儿女都挣钱，老头子还非去受累不可！真不明白鬼子的心是怎么长着的！"马老先生心里说。

"我唯一的希望是得个大学的中文教授，可是我一定要先写本书，造点名誉。你看，伦敦大学的中文部现在没有教授，因为他们找不到个会会说中国话的人。我呢，说话满成，就差写点东西证明我的知识。我六十多了，至少我还可以作五六年事，是不是？"

"是！对极了！我情愿帮助你！"马先生设法想把自己写书的那一层推出去："你看，你若是当了中文教授，多替中国说几句好话，多么好！"

马老先生以为中文教授的职务是专替中国人说好话。

伊牧师笑了笑。

两个人都半天没说话。

"我说，马先生！就这么办了，彼此帮忙！"伊牧师先说了话："你要是不叫我帮助你，我也就不求你了！你知道，英国人的办法是八两半斤，谁也不要吃亏的！我不能白求你！"

"你叫我写东西文化，真，叫我打那儿写起！"

"不必一定是这个题目哇，什么都行，连小说，笑话都成！你看，中国人很少有用英文写书的，你的书，不管好不好，因为是中国人写的，就可以多卖。"

"我不能乱写，给中国人丢脸！"

"呕！"伊牧师的嘴半天没闭上。他真没想到老马会说出这么一句来！

马老先生自己也说不清，怎么想起这么一句来。

没到过中国的英国人，看中国人是阴险诡诈，长着个讨人嫌的黄脸。到过中国的英国人，看中国人是脏，臭，糊涂的傻蛋。伊牧师始终没看起马先生，他叫老马写书，纯是为好叫老马帮他的忙！他知道老马是傻蛋，傻蛋自然不会写书。可是不双方定好，彼此互助，伊牧师的良心上不好过，因为英国人的公平交易，是至少要在形式上表出来的！

伊牧师，和别的英国人一样，爱中国的老人，因为中国的老人一向不说"国家"两个字。他不爱，或者说是恨，中国的青年，因为中国的青年们虽然也和老人一样的糊涂，可是"国家"，"中国"这些字眼老挂在嘴边上。自然空说是没用的，可是老这么说就可恨！他真没想到老马会说："给中国人丢脸！"

马老先生自己也说不清，怎么想起这么一句来！

"马先生，"伊牧师楞了半天才说："你想想再说，好在咱们不是非今天决定不可。马威呢，他念什么呢？"

"补习英文，大概是要念商业。"马先生回答："我叫他念政治，回国后作个官儿什么的，来头大一点。小孩子拧性，非学商业不可，我也管不了！小孩子，没个母亲，老是无着无靠的！近来很瘦，也不是怎么啦！小孩子心眼重，我也不好深问他！随他去吧！反正他要什么，我就给他钱，谁叫咱是作老子的呢！无法！无法！"

马老先生说得十分感慨，眼睛看着顶棚，免得叫眼泪落下来。心中很希望：这样的一说，伊牧师或者给他作媒，说个亲什么的。——比方说吧，给他说温都寡妇。自然娶个后婚儿寡妇，不十分体面，可是娶外国寡妇，或者不至于犯七煞，尅夫主！——他叹了一口气；再说，伊牧师要是肯给他作媒，也总是替他作了点事，不是把那个作文化比较的事可以岔过去了吗！你替咱作大媒，咱帮助你念中国书：不是正合你们洋鬼子的"两不吃亏"的办法吗！他偷着看了伊牧师一眼。

伊牧师叼着烟袋，没言语。

"马先生，"又坐了半天，伊牧师站起来说："礼拜天在博累牧师那里见吧。叫马威也去才好呢，少年人总得有个信仰，总得！你看保罗礼拜天准上三次教会。"

"是！"马老先生看出伊牧师是已下逐客令，心里十二分不高兴的站起来："礼拜天见！"

伊牧师把他送到门口。

"他妈的，这算是朋友！"马先生站在街上，低声儿的骂："不等客人要走，就站起来说'礼拜天见！'礼拜天见？你看着，马大人要是上教堂去才怪！……"

"朋朋！——嗞啦！"一辆汽车擦着马先生的鼻子飞过去了！

15

温都母女歇夏去了，都戴着新帽子。玛力的帽箍上绣着个中国字，是马老先生写的，她母亲给绣的。戴上这个绣着中国字的帽子，玛力有半点来钟没闭上嘴，又有半点来钟没离开镜子。帽子一样的很多，可是绣中国字的总得算新奇独份儿。要是在海岸上戴着这么新奇的帽子，得叫多少姑娘太太们羡慕得落泪，或者甚至于晕过去！连温都太太也高兴得很，女儿的帽子一定惹起一种革命——叫作帽子革命吧！女儿的像片一定要登在报上，那得引起多少人的注意和羡爱！

"马先生，"玛力临走的时候来找马老先生："看！"她左手提着小裙子，叫裙子褶儿像扇面似的铺展开。脖子向左一歪，右手斜着伸出去，然后手腕轻松往回一撇。同时肩膀微微一耸，嘴唇一动："看！"

"好极了！美极了！温都姑娘！"马老先生向她一伸大拇指头。

玛力听老马一夸奖，两手忽然往身上一并，一扬脑袋，唏的一笑，一溜烟似的跑了。

其实，马老先生只把话说了半截：他写的是个"美"字，温都太太绣好之后，给钉倒了，看着——美——好像"大王八"三个字，"大"字拿着顶。他笑开了，从到英国还没这么痛快的笑过一回！"啊！真可笑！外国妇女们！脑袋上顶着'大王八'，大字还拿着顶！哎哟，可笑！可笑！"一边笑！一边摇头！把笑出来的眼泪全抢出去老远！

笑了老半天，马先生慢慢的往楼下走，打算送她们到车站。下了楼，她们母女正在门口儿等汽车。头一样东西到他的眼睛里是那个"大王八"。他咬着牙，梗着脖子，把脸都憋红了，还好，没笑出来。

"再见，马先生！"母女一齐说。温都太太还找补了一句："好好的，别淘气！出去的时候，千万把后门锁好！"

汽车来了，拿破仑第一个蹿进去了。

马老先生哼哧着说了声"再见！好好的歇几天！"

汽车走了，他关上门又笑开了。

笑得有点儿筋乏力尽了，马先生到后院去浇了一回花儿。一个多礼拜没下雨，花叶儿，特别是桂竹香的，有点发黄。他轻轻的把黄透了的全掐下来，就手来把玫瑰放的冗条子也打了打。响晴的蓝天，一点风儿没有，远处的车声，一劲儿响。马先生看着一朵玫瑰花，听着远处的车响，心里说不上来的有点难过！勉强想着玛力的帽子，也不是怎回事，笑不上来了！抬头看了看蓝天，亮，远，无限的远，还有点惨淡！

"几时才能回国呢？"他自己问自己："就这么死在伦敦吗？不！不！等马威毕业就回国！把哥哥的灵运回去！"想起哥哥，他有心要上坟去看看，可是一个人又懒得去。看着蓝天，心由空中飞到哥哥的坟上去了。那块灰色的石碑，那个散落的花圈，连那个小胖老太太，全活现在眼前了！"哎！活着有什么意味！"马先生轻轻摇着头念叨："石碑？连石碑再待几年也得坏了！世界上没有长生的东西，有些洋鬼子说，连太阳将来都是要死的！……可是活着，说回来了！也不错！……那自然看怎样活着，比如能作高官，享厚禄，妻妾一群，儿女又肥又胖，差不多了！值得活着了！……"

马先生一向是由消极想到积极，而后由积极而中庸，那就是说，好歹活着吧！混吧！混过一天又一天，心中好似……他差点没哼哼出几句西皮快板来。这种好歹活着，便是中国半生不死的一个原因，自然老马不会想到这里。

完全消极，至少可以产生几个大思想家。完全积极，至少也叫国家抖抖精神，叫生命多几分乐趣。就怕，像老马，像老马的四万万同胞，既不完全消极，又懒得振起精神干事。这种好歹活着的态度是最贱，最没出息的态度，是人类的羞耻！

马老先生想了半天，没想出什么高明主意来，赌气子不想了。回到书房，擦了一回桌椅，抽了袋烟。本想坐下念点书，向来没念书的习惯，一拿书本就觉得怪可笑的，算了吧。

"到楼下瞧瞧去，各处的门都得关好了！"他对自己说："什么话呢，人家走了，咱再不经心，还成！"

温都太太并没把屋子全锁上，因为怕是万一失了火，门锁着不好办。马先生看了看客厅，然后由楼梯下去，到厨房连温都太太的卧室都看了一个过儿。向来没进过她的屋里去，这次进去，心里还是有点发虚，提手蹑脚的走，好像唯恐叫人看见，虽然明知屋里没有人。进去之后，闻着屋里淡淡的香粉味，心里又不由的一阵发酸。他站在镜子前边，呆呆的立着，半天，又要走，又舍不得动。要想温都寡妇，又不愿意想。要想故去的妻子，又渺茫的想不清楚。不知不觉的出来了，心里迷迷糊糊的，好像吃过午饭睡觉做的那种梦，似乎是想着点什么东西，又似乎是麻糊一片。一点脚步声儿没有，他到了玛力卧房的门口。门儿开着，正看见她的小铁床。床前跪着个人，头在床上，脖子一动一动的好像是低声的哭呢。

马威！

老马先生一时僵在那块儿了。心中完全像空了一会儿，然后不禁不由的低声叫了声：

"马威！"

马威猛孤仃的站起来：脸上由耳朵根红起一直红到脑门儿。

父子站在那里，谁也没说什么。马威低着头把泪擦干，马老先生抹着小胡子，手直颤。

老马先生老以为马威还是十二三岁的小孩子。每逢想起马威，便联想到："没娘的小孩子！"看见马威瘦了一点，他以为是不爱吃英国饭的缘故。看见马威皱着眉，他以为是小孩子心里不合适。他始终没想到马威是二十多的小伙子了，更根本想不到小孩子会和——马老先生想不起相当的字眼，来表示这种男女的关系；想了半天，到底还是用了个老话儿："想不到这么年青就'闹媳妇'！"他不忍的责备马威，就这么一个儿，又没有娘！没有那样的狠心去说他！他又不好不说点什么，做父亲的看见儿子在个大姑娘床上哭，不体面，下贱，没出息！可是，说儿子一顿吧？自己也有错处，为什么始终看儿子还是个无知无识的小孩子！不知道年头儿变了，小孩子们都是胎里坏吗！为什么不事先防备！还算好！他和玛力，还没闹出什么笑话来！这要是……她是个外国姑娘，可怎么好！自己呢，也有时候爱温都寡妇的小红鼻子；可是那只是一时的发狂，谁能真娶她呢！娶洋寡妇，对得起谁！小孩子，想不到这么远！……

老马看了小马一眼，慢慢的往楼上走。

马威跟着出来，站在门口看着那个铁床。忽然又进去了，把床单子……自己的泪痕还湿着——轻轻舒展了一回。低着头出来，把门关好，往楼上走。

"父亲！"马威进了书房，低声儿叫："父亲！"

老马先生答应了一声，差点没落下泪来。

马威站在父亲的椅子后面，慢慢的说：

"父亲！你不用不放心我！我和她没关系！前些日子……我疯了！……疯了！现在好了！我上她屋里去，为是……表示我最后的决心！我再不理她了！她看不起咱们，没有外国人看得起咱们的，难怪她！从今天起，咱们应该打起精神做咱们的事！以前的事……我疯了！李子荣要走，咱们也拦不住他，以后的事，全看咱们的了！他允许帮咱们的忙，我佩服他，信任他，他的话一定是真的！我前两天得罪了他，我没心得罪他，可是，我……疯了！他一点没介意，他真是个好人！父亲！我对不起你，你要是有李子荣那样的一个儿，什么事也不用你操心了！”

“万幸，我没李子荣那样的个儿子！”马老先生摇着头一笑。

“父亲！你答应我，咱们一块儿好好的干！咱们得省着点花钱！咱们得早起晚睡打着精神干！咱们得听李子荣的话！我去找他，问他找着事没有。他已经找着事呢，无法，只好叫他走。他还没找着事呢，咱们留着他！是这样办不是，父亲？”

“好，好，好！”马老先生点着头说，并没看马威：“自要你知道好歹，自要你不野着心闹——什么事都好办！我就有你这么一个儿，你母亲死得早！我就指着你啦，你说什么是什么！你去跟李伙计商议，他要是说把房子拆了，咱登时就拆！去把他找来，一块来吃中国饭去，我在状元楼等你们。你去吧，给你这一镑钱。”老马先生，把一镑钱的票子掖在马威的口袋里。

…………

马威这几天的心里像一锅滚开花的粥：爱情，孝道，交情，事业，读书，全交互冲突着！感情，自尊，自恨，自怜，全彼此矛盾着！父亲不好，到底是父亲！李子荣太直爽，可是一百成的好人！帮助父亲做事，还有工夫念书吗？低着头念书，事业交给谁管呢？除此以外，还有个她！她老在眼前，心上，梦里，出没无常。总想忘了她，可是那里忘得下！什么事都容易摆脱，只有爱情，只有爱情是在心根上下种发芽的！她不爱我，谁管她爱不爱呢！她的笑，她的说话，她的举动，全是叫心里的情芽生长的甘露；她在那儿，你便迷惑颠倒；她在世上，你便不能不想她！不想她，忘了她，只有铁心人能办到！马威的心不是铁石，她的白胳臂一颤动，他的心也就跟着颤动！然而，非忘了她不可！不敢再爱她，因为她不理咱；不敢恨她，因为她是为叫人爱而生下来的！……不敢这么着，不愿意那么着，自己的身分在那儿呢？年青的人一定要有点火气，自尊的心！为什么跟着她后边求情！为什么不把自己看重了些！为什么不帮助父亲作事！为什么不学李子荣！……完了！我把眼泪洒在你的被子上，我求神明保护你，可是我不再看你了，不再想你了！盼望你将来得个好丈夫，快活一辈子！这是……父亲进来了！……有点恨父亲！可是父亲没说什么，我得帮助他，我得明告诉他！告诉了父亲，心里去了一块病。去找李子荣，也照样告诉他。

"老李！"马威进了铺子就叫："老李！完了！"

"什么完了？"李子荣问。

"过去的是历史了，以后我要自己管着我的命运了！"

"来，咱们拉拉手！老马，你是个好小子！来，拉手！"李子荣拉住马威的手，用力握了握。

"老李，你怎样？是走呀，还是帮助我们？"

"我已经答应西门爵士，去帮助他。"李子荣说："他现在正写书，一本是他化验中国磁器的结果，一本是说明他所收藏的古物。我的事是帮助他作这本古物的说明书，因为他不大认识中国字。我只是每天早晨去，一点钟走，正合我的适。"

"我们的买卖怎办呢？"马威问。

"我给你们出个主意：现在预备一大批货，到圣诞节前来个大减价。所有的货物全号上七扣，然后是照顾主儿就送一本彩印的小说明书。我去给你们办这个印刷的事，你们给我出点车钱就行。《亚细亚杂志》和东方学院的《季刊》全登上三个月的广告。至于办货物呢，叫你父亲先请王明川吃顿中国饭，然后我和老王去说，叫他给你们办货，他是你伯父的老朋友，他自己又开古玩铺，又专办入口货的事情。交给他五百镑钱办货，货办来以后，就照着我的办法来一下。这一下子要是成功，你们的事业就算站住了。就是失败——大概不会吧！你看怎样？你得天天下午在这里，早晚去念书；专指马老先生一个人不成！货到了之后我来帮助你们分类定价码，可是你们得管我午饭，怎样？"

"老李，你说什么就是什么啦！我们的失败与成功，就看此一举啦！老李，父亲在状元楼等你吃饭呢，你去不去？"

"不！谢谢！还是那句话，吃一回就想吃第二回，太贵，吃不起！我说老马，你应当上乡下歇一个礼拜去，散逛散逛。好在我还在这儿几天，你正好走。"

"上那儿好呢？"马威问。

　　"地方多了，上车站去要份旅行指南来，挑个地方去住一个礼拜，对身体有益！老马！好，你去吃饭吧，替我谢谢马老先生！多吃点呀！"李子荣笑起来了。

　　马威一个人出来，李子荣还在那儿笑。

第四段

1

从一入秋到冬天，伦敦的热闹事儿可多了。戏园子全上了拿手好戏，铺子忙完秋季大减价，紧跟着预备圣诞节。有钱的男女到伦敦来听戏，会客，置办圣诞礼物。没钱的男女也有不花钱的事儿作：看伦敦市长就职游行，看皇帝到国会行开会礼，小口袋里自要有个先令，当时不是押马，便是赌足球队的胜负。晚报上一大半是赛马和足队比赛的结果，人们在早晨九点钟便买一张，看看自己赢了没有。看见自己是输了，才撅着嘴念点骂外国的新闻，出出恶气。此外溜冰场，马戏，赛狗会，赛菊会，赛猫会，赛腿会，赛车会，一会跟着一会的大赛而特赛，使人们老有的看，老有的说，老有的玩，——英国人不会起革命，有的看，说，玩，谁还有工夫讲革命。伊太太也忙起来，忙着为穷人募捐，好叫没饭吃的人到圣诞节也吃顿饱饭。她头上的乱棉花更乱了，大有不可收拾的趋势。伊牧师也忙得不了，天天抱着本小字典念中国书，而且是越念生字越多。保罗的忙法简直的不易形容，在街上能冒着雨站三点钟，等着看看皇太子，回到家来站在镜子前边微微的笑，因为有人说，他的鼻子真像皇太子的。皇太子那天在无线电传播替失业工人请求募捐，保罗登时捐了两镑钱，要不是皇太子说工人很苦，他一辈子也想不起来这回事；有时候还笑他妈妈的替穷人瞎忙，忙得至于头发都不易收拾。去看足球，棍球，和骂中国人的电影什么的，是风雨勿阻的。凯萨林姑娘还是那么安静，可是也忙。忙着念中文，忙着学音乐，忙着办会里的事，可是她的头发一点不乱，还是那么长长的，在雪白的脖子上轻轻的盖着。温都母女也忙起来，母亲一天到晚添楼上下的火，已足使她的小鼻子尖上常常带着一块黑。天是短的，非抓着空儿上街买东西不可，而且买的东西很多，因为早早买下圣诞应用的和送礼的东西，可以省一点钱。再说，圣诞的节饼在一个多月以前就得做好。玛力的眼睛简直忙不过来了，街上的铺子没有一家不点缀得一百成花梢的，看什么，什么好看。每个礼拜她省下两个先令，经十五六点钟的研究，买件又贱，又好，又美的小东西。买回来，偷偷的藏在自己的小匣里，等到圣诞节送礼。况且，自己到圣诞还要买顶新帽子；这可真不容易办了！拿着小账本日夜的计算，怎么也筹不出这笔钱来。偷偷的花了一个先令押了个马，希望能赢点钱，恰巧她押的马跑到半路折了个毛跟头，一个先令丢了！"越是没钱越输钱！非把钱取消了，不能解决帽子问题！"她一生气，几乎要信社会主义！

伦敦的天气也忙起来了。不是刮风，就是下雨，不是刮风下雨，便是下雾；有时候一高兴，又下雨，又下雾。伦敦的雾真有意思，光说颜色吧，就能同时有几种。有的地方是浅灰的，在几丈之内还能看见东西。有的地方是深灰的，白天和夜里半点分别也没有。有的地方是灰黄的，好像是伦敦全城全烧着冒黄烟的湿木头。有的地方是红黄的，雾要到了红黄的程度，人们是不用打算看见东西了。这种红黄色是站在屋里，隔着玻璃看，才能看出来。若是在雾里走，你的面前是深灰的，抬起头来，找有灯光的地方看，才能看出微微的黄色。这种雾不是一片一片的，是整个的，除了你自己的身体，其余的全是雾。你走，雾也随着走。什么也看不见，谁也看不见你，你自己也不知道是在那儿呢。只有极强的汽灯在空中漂着一点亮儿，只有你自己觉着嘴前面呼着点热气儿，其余的全在一种猜测疑惑的状态里。大汽车慢慢的一步一步的爬，只叫你听见喇叭的声儿；若是连喇叭也听不见了，你要害怕了：世界已经叫雾给闷死了吧！你觉出来你的左右前后似乎全有东西，只是你不敢放胆往左往右往前往后动一动。你前面的东西也许是个马，也许是个车，也许是棵树；除非你的手摸着它，你是不会知道的。

马老先生是伦敦的第一个闲人：下雨不出门，刮风不出门，下雾也不出门。叼着小烟袋，把火添得红而亮，隔着玻璃窗子，细细咂摸雨，雾，风的美。中国人在什么地方都能看出美来，而且美的表现是活的，是由个人心中审美力放射出来的情与景的联合。烟雨归舟咧，踏雪寻梅咧，烟雨与雪之中，总有个含笑的瘦老头儿。这个瘦老头儿便是中国人的美神。这个美神不是住在天宫的，是住在个人心中的。所以马老先生不知不觉的便微笑了，汽车由雨丝里穿过去，美。小姑娘的伞被风吹得歪歪着，美。一串灯光在雾里飘飘着，好像几个秋夜的萤光，美。他叼着小烟袋，看一会儿外面，看一会儿炉中的火苗，把一切的愁闷苦恼全忘了。他只想一件东西，酒！

"来他半斤老绍兴，哎？"他自己叨唠着。

伦敦买不到老绍兴，嘻！还是回国呀！老马始终忘不了回国，回到人人可以赏识踏雪寻梅和烟雨归舟的地方去！中国人忘不了"美"和"中国"，能把这两样充分的发达一下，中国的将来还能产出个黄金时代。把科学的利用和美调和一下，把不忘祖国的思想用清明的政治发展出来，中国大有希望呀！可惜老马，中国人的一个代表，只是糊里糊涂有点审美的天性，而缺少常识。可惜老马只想回国，而不明白国家是什么东西。可惜老马只想作官，而不知道作官的责任。可惜老马爱他的儿子，而不懂得怎么教育他。可惜……

快到圣诞节了，马老先生也稍微忙起来一点。听说英国人到圣诞节彼此送礼，他喜欢了，可有机会套套交情啦！伊家大小四口，温都母女，亚力山大，自然是要送礼的。连李子荣也不能忘下呀！俗气，那小子；给他点俗气礼物，你看！对，给他买双鞋；俗气人喜欢有用的东西。还有谁呢？状元楼的掌柜的。华盛顿——对，非给华盛顿点东西不可，咱醉了的那天，他把咱抬到汽车上！汽车？那小子新买了摩托自行车，早晚是摔死！唉，怎么咒骂人家呢！可是摩托自行车大有危险，希望他别摔死，可是真摔死，咱也管不了呀！老马撇着小胡子嘴儿笑了。

"几个了？"马老先生屈着手指算："四个加三个，七个。加上李子荣，状元楼掌柜的，华盛顿，十个。还有谁呢？对，王明川；人家给咱办货，咱还不送人家点东西！十一个。暂时就算十一个吧，等想起来再说！给温都太太买个帽子？"

马老先生不嘟囔了，闭上眼睛开始琢磨，什么样的帽子能把温都太太抬举得更好看一点。想了半天，只想到她的小鼻尖儿，小黄眼珠儿，小长脸；怎么也想不起：什么样的帽子才能把她的小长脸衬得不那么长了。想不起，算了，到时候再说。

"啊！还有拿破仑呢！"马老先生对拿破仑是十分敬仰的——她的狗吗！"这倒难了，你说，给狗什么礼物？还真没给狗送过礼，说真的！啊哈！有了！有了！有了！"马老先生一高兴，把刚装上的一袋烟，又全磕在炉子里了："弄点花纸，包上七个先令，六个便士，用点绒绳一系，交给温都太太。那天听说：新年后她得给拿破仑买年证，七个六一张。咱给它买，嘿！这个主意妙不妙？！他妈的，一个小狗也一年上七个六的捐！管洋鬼子的事呢，反正咱给它买，她——她一定——对！"

　　他喜欢极了，居然能想出这么高明的主意来，真，真是不容易！快到吃饭的时候了，外面的雾还是很大。有心到铺子去看看，又怕叫汽车给轧死；有心请温都太太给作饭，又根本不喜欢吃凉牛肉。况且在最近一个月内，简直的不敢上铺子去。自从李子荣出主意预备圣诞大减价，马威和李子荣（他天天抓着工夫来帮忙。忙得手脚朝天，可是不许老马动手。有一天马老先生想往家拿个小瓶儿，为插花儿用，李子荣一声没言语，硬把小瓶从老马手里夺过去。而且马威板着脸说他父亲一顿！又一回，老马看马威和李子荣全出去了，他把玻璃窗上的红的绿的单子全揭下来，因为看着俗气，又被马威透透的数落一顿。没法，自己的儿子不向着自己，还有什么法子！谁叫上鬼子国来呢，在鬼子国没地方去告忤逆不孝！忍着吧！可是呀，马威是要强，是为挣钱！就是要强吧，也不能一点面子不留哇！我是你爸爸，你要晓得！

　　"好小子，马威，要强！"马老先生点着头自己赞叹："可是，要强自管要强，别忘了我是你爸爸！"

　　窗外的大雾是由灰而深灰，而黄，而红。对面的房子已经完全看不见了。处处点着灯，可是处处的灯光，是似明似灭的，叫人的心里惊疑不定。街上卖煤的，干苦的吆唤，他的声音好像是就在窗外呢，他的身子和煤车可好像在另一世界呢。

　　"算了吧！"马老先生又坐在火旁："上铺子去也是挨说，老老实实的在这儿忍着吧！"

　　马老先生是伦敦第一个清闲的人。

2

不论是伟人，是小人，自要有极强的意志往前干，他便可以做出点事业来。事业的大小虽然不同，可是那股坚强的心力与成功是一样的，全是可佩服的。最可耻的事是光摇旗呐喊，不干真事。只有意志不坚强的人，只有没主张而喜虚荣的人，才去做摇旗呐喊的事。这种事不但没有成功的可能，不但不足以使人们佩服，简直的连叫人一笑的价值都没有。

可有在中国的外国人——有大炮，飞机，科学，知识，财力的洋鬼子——看着那群摇纸旗，喊正义，争会长，不念书的学生们笑？笑？不值得一笑！你们越不念书越好，越多摇纸旗越好。你们不念书，洋鬼子的知识便永远比你们高，你们的纸旗无论如何打不过老鬼的大炮。你们若是用小炮和鬼子的大炮碰一碰，老鬼子也许笑一笑。你们光是握着根小杆，杆上糊着张红纸，拿这张红纸来和大炮碰，老鬼子要笑一笑才怪呢！真正爱国的人不这么干！

爱情是何等厉害的东西：性命，财产，都可以牺牲了，为一个女人牺牲了。然而，就是爱情也可以用坚强的意志胜过去。生命是复杂的，是多方面的：除了爱情，还有志愿，责任，事业……。有福气的人可以由爱情的满足而达到他的志愿，履行他的责任，成全他的事业。没福气的人只好承认自己的恶运，回过头来看看自己的志愿，责任，事业。爱情是神圣的，不错，志愿，责任，事业也都是神圣的！因为不能亲一个樱桃小口，而把神圣的志愿，责任，事业全抛弃了，把金子做的生命虚掷了，这个人是小说中的英雄，而是社会上的罪人。实在的社会和小说是两件事。

把纸旗子放下，去读书，去做事；和把失恋的悲号止住，看看自己的志愿，责任，事业，是今日中国——破碎的中国，破碎也还可爱的中国！——的青年的两付好药！

马威在中国的时候，也曾打过纸旗，随着人家呐喊，现在他看出来了：英国的强盛，大半是因为英国人不呐喊，而是低着头死干。英国人是最爱自由的，可是，奇怪，大学里的学生对于学校简直的没有发言权。英国人是最爱自由的，可是，奇怪，处处是有秩序的。几百万工人一齐罢工，会没放一枪，没死一个人。秩序和训练是强国的秘宝，马威看出来了。

他心中忘不了玛力，可是他也看出来了：他要是为她颓丧起来，他们父子就非饿死不可！对于他的祖国是丝毫责任不能尽的！马威不是个傻子，他是个新青年，新青年最高的目的是为国家社会做点事。这个责任比什么也重要！为老中国丧了命，比为一个美女死了，要高上千万倍！为爱情牺牲只是在诗料上增加了一朵小花，为国家死是在中国史上加上极光明的一页！

马威明白了这个！

他的方法是简单的：以身体的劳动，抑制精神的抑郁。早晨起来先到公园去跑一个圈，有时候也摇半点来钟的船。头一天摇的时候，差一点把自己扣在船底下。刮风也出去跑，下雨也出去跑，跑过两三个礼拜，脸上已经有点红光儿。跑回来用凉水洗个澡，（现在温都太太已准他们用她的澡盆。）把周身上下搓个通红，颇像鱼店里的新鲜大海虾。洗完澡，下来吃早饭。玛力看他，他也看玛力。玛力说话，他也笑着对答。他知道她美，好，拿她当个美的小布人。"你看不起我，我更看不起你！"他自己心里说："你长得美呀，我要光荣，责任！美与光荣，责任，很难在天平上称一称的！哈哈！"

玛力看着他的脸红润润的，腕子上的筋骨也一天比一天粗实，眼睛分外的亮，倒故意的搭讪着向他套话。因为外国女人爱粗壮的小伙子。马威故意的跳动，吃完早饭，一跳三层楼梯，上楼去念书。在街上遇见她，只是把手一扬，一阵风似的走下去。

"哈哈！有意思！我算出了口气！"马威自己说。

能在事事看出可笑的地方，生命就有趣多了。

念完一两点钟的书，马威出门就跑，一直跑到铺子去，把李子荣出的主意，一一的实行出来。货物在圣诞前一个月到了伦敦，他和李子荣拚命的干：点缀门面，定价码，印说明书……整整的一天准干七点钟。王明川给办的货物，并不全是古玩；中国刺绣，中国玩艺儿，中国旧绣花的衣裳，全有。于是愿给亲友一点中国东西的老太婆们，也知道了马家铺子，今天买个小荷包，明天买把旧团扇。有的时候因为买这些零杂儿，也带手儿买点贵重的东西。货物刚清理好，李子荣就把老西门爵士运来，叫他捡好的挑。西门爵士歪着头整跟这两个小伙子转了半天；除了自己要买的磁器，还买了一件二十五镑钱的老中国绣花裙子，为是到圣诞节送给他的夫人。这半天就卖了一百五十多镑钱。

"行了！老马！"李子荣抓着头发说。

"行了！老李！"马威已经笑得说不出别的来。

两人又商议了半天，怎么能叫行人看见他们的铺子。李子荣主张在胡同口安上个电灯，一明一灭的射出"买中国古玩"和"送中国东西"，红光和绿光一前一后的交换着。少年人作事快，商议好，到第三天就安好了。

他们一忙，隔壁那家古玩铺的掌柜的有点起毛。他向来知道老马是个不行的行货，净等着老马宣告歇业，他好把马家铺子吸收过来。现在一看这两个年青的弄得挺火炽，他决定非下手不可了，等马家铺子完全的立住脚可就不好办了。他光着秃脑袋，捧着大肚子，偷偷的把李子荣约出去吃了顿饭，透了点口话。李子荣笑着告诉他："你好好的去买瓶生发水，先把头发长出来再说。"

那个老掌柜的摸着秃脑袋笑开了，（英国人能有自己笑自己的好处。）也没再说别的。

马老先生来了好几次，假装着给他们帮忙，其实专为给温都太太拿一两样细巧的小玩艺儿。他在屋里扯着四方步转，看看这个，又看看那个，摸着这个，又挪挪那个，偷偷看马威一眼，——马威的大眼睛正钉着他呢！他轻轻咳嗽两声，把手塞在裤兜里，又扯着四方步转开了。等有买主进来的时候，他深深给人家鞠躬，鞠完躬，本想上前做一号买卖，显显自己的本领；那里知道，刚直起腰来，马威早已把照顾主儿领过去了。

"要强！小孩子真成！可是别忘了我是你爸爸！"马老先生自己叨唠着。

圣诞前几天，买卖特别的忙。所卖的东西，十之八九是得包好了给买主送了去。马威和李子荣有时候打包裹打到夜里十点钟，有的送邮局，有的娇细的东西还得自己送去。于是李子荣告奋勇，到车铺赁了一辆破自行车，拚命飞跑各处送东西。马老先生一见李子荣骑着破车在汽车群中挤，便闭上眼替他祷告上帝。

"告诉李子荣，"马老先生对马威说："别那么飞跑呀！那是说着玩儿的呢！在汽车缝儿里挤出来挤进去！喝！别跟华盛顿学，他早晚是摔死！"

马威把父亲的善意告诉了李子荣，李子荣笑开了：

"谢谢马先生的好心！不要紧，我已经保险，多咱撞死，多咱保险公司赔我母亲五百镑钱！我告诉你，老马，由两个大汽车间夹挤出去，顶痛快的事了！要不是身上背着古玩，还能跑得更快呢！昨儿晚上和一群骑车的男女赛开了，我眼瞧着眉毛已经和一辆汽车的后背挨上了，你猜怎么着，我也不知道怎股劲儿，把车弄立起来了，车轮子和汽车挨了个亲儿。我，噗咚，跳下来了！那群男女扯着脖子给我喊了三个'好儿！'干！没错！"

马威把这些话告诉了父亲，马老先生没说什么，点着头叹息了两声。

老马先生看马威这么忙，有一天晚上早早吃完晚饭又回铺子来了。

"马威！"老马先生进门就说："我非干点什么不可！我不会做生意，难道我还不会包包儿吗！我非帮着你不可！"

说着，他把烟荷包，烟袋放在桌上，拿过几张纸来，说：

"给我些容易包的东西！"

马威给了父亲些东西。马老先生把烟袋插在嘴里，鼻子耸耸着一点，看看纸的大小，又端详了东西的形状。包了半天，怎么也包不齐整。偷偷看李子荣一眼，李子荣已经包完好几个，包得是又齐又好看。其实李子荣只是一手按着东西，一手好像在纸上一切，哼，也不怎么纸那么听他的话；一切，正好平平正正的裹在东西上。马老先生也用手一切，忙着用绳儿捆，怪事，绳子结了个大疙瘩，纸角儿全在外面团团着，好像伊太太的头发。

"瓦匠讲话，齐不齐，一把泥。就是他呀！"马老先生好歹包好一包，双手捧着颠了一颠。又看了他们一眼，他们都偷偷的笑呢："你们不用笑！等你们老了的时候，就明白了！你们年青力壮，手脚多么灵便，我——老人了！"

说完了，双手捧着包儿，转了个圈儿，不知放在那里好。李子荣赶过来，接过去，叫马威贴签子，写姓名。马威接过去，顺手放在旁边了。

"我的烟荷包呢？"马老先生问。

"没看见，在纸底下，也许。"他们不约而同的说。

老马先生把纸一张一张的都掀开，没有荷包。

"你们不用管我，我会找！丢烟荷包，常有的事！"

屋里各处都找到了，找不着。

"奇怪！越忙越出事，真他——！"

一眼看见他刚包好的包儿了。一声没言语，把包儿打开，把烟荷包拿出来。

"马威，我回家了！你们也别太晚了！"

他刚一出门，李子荣跳起多高，笑得都不是声儿了。马威笑得也把墨水瓶碰倒。

"我告诉你，老李！我给父亲的那点东西，是没用的，谁也没买过。我准知道老头儿包不好。要不然我怎么把它放在一边，不往上贴签子呢！"

"买东西，喊，白饶，哈，烟荷包！喊，哈，哈，哈，……"

两个青年直笑了一刻钟，或者还许多一点。

3

圣诞节的前一天，伦敦热闹极了。男女老少好像一个没剩，全上了街啦。市场的东西好像是白舍，大嘟噜小挂的背着抱着；街上，除了巡警，简直看不见一个空手走道儿的。汽车和电车公司把车全放出来了，就是这么着，老太太们还挤不上车去，而且往往把筐儿里的东西挤滚了一街。邮差们全不用口袋了，另雇闲人推着小车子，挨家送包裹，在伦敦住的人，有的把节礼送出去，坐着汽车到乡下去过节。乡下的人，同时，坐着汽车上伦敦来玩几天，所以往乡下去的大道上，汽车也都挤满了。

天阴得很沉，东风也挺冷，可是没人觉出来天是阴着，风是很凉。街上的铺子全是新安上的五彩电灯，把货物照得真是五光十色，都放着一股快活的光彩。处处悬着"圣诞老人"，戴着大红风帽，抱着装满礼物的百宝囊。人们只顾着看东西了，忘了天色的黑暗。在人群里一挤便是一身热汗，谁也没工夫说："风很凉啊！"

人们把什么都忘了：政治，社会，官司，苦恼，意见，……都忘了。人们全忽然的变成小孩子了，个个想给朋友点新东西，同时想得点好玩艺儿。人人看着分外的宽宏大量，人人看着完全的无忧无虑，只想吃点好的，喝些好的，有了富余还给穷人一点儿。这天晚上真好像是有个"救世主"要降生了，天下要四海兄弟的太平了。

直到半夜铺子才关门，直到天亮汽车电车还在街上跑，车上还是挤满了人胡同儿里也和大街一样的亮，家家点缀好圣诞树，至不济的也挂起几个小彩球。穷小孩子们唱着圣诞的古歌，挨门要钱。富家的小孩子，半夜还没睡，等着圣诞老人来送好东西。贫富是不同的，可是在今天都可以白得一点东西，把他们的小心儿喜欢的像刚降世的耶稣。教堂的钟声和歌声彻夜的在空中萦绕着，叫没有宗教思想的人们，也发生一种庄严而和美的情感。

马老先生在十天以前便把节礼全买好送出去，因为买了存着，心里痒痒的慌。只有给温都母女的还在书房里搁着，温都太太告诉了他，非到圣诞不准拿出来。把礼物送出以后，天天盼着人家的回礼。邮差一拍门，他和拿破仑便争着往出跑。到圣诞的前两天，礼物都来了：伊牧师给他一本《圣经》，伊太太是一本《圣诗》，伊姑娘是一打手绢，伊少爷光是一个贺节片，虽然老马给保罗一匣吕宋烟。本来普通英国人送礼是一来一往的，保罗根本看不起中国人，所以故意的不还礼。老马本想把《圣经》《圣诗》和保罗的贺片全送回去，后来又改了主意：

"看着伊姑娘的面子，也别这么办！"

这几天简直的没到铺子去，因为那里没他下手的地方。照顾主儿来了，他只会给人家开门，鞠躬，送出去。虽然好几个老太婆都说：

"看那个老头儿多么规矩！多么和气！"可是马先生的意见不是这么着了：

"你当是，作掌柜的光是为给人家开门吗！"他自己叨唠着："我知道你成，可是别忘了，我是你爸爸！叫爸爸给人家开门，鞠躬！"

赌气子不上铺子去了！

他自己闲着在街上溜达，看着男女老少都那么忙，心中有点难过："我要是在中国多么好！过年的时候，咱也是这么忙！在外国过节，无论人家是怎么喜欢，咱也觉不出快活来！盼着发财吧，发了财回国去过节！"越看人家忙，心里越想家；越想家，人家越踩他的脚："回去吧，回去看看温都太太，帮帮她的忙。"

他慢条斯礼的回了家。

温都太太正忙得小脚鸭儿朝了天，脑筋蹦着，小鼻子尖儿通红。打地毯，擦桌子，自炉口以至门环，凡有铜器的地方全见一见油。各屋的画儿上全悬上一枝冬青叶，单买了一把儿菊花供在丈夫的像片前面，客厅的电灯上还挂上两枝白相思豆儿。因为没有小孩儿，不便预备圣诞树，可是七八间屋子里总多少得点缀起来，有的地方是一串彩球，有的地方是两对小纸灯，里里外外看着都有点喜气。厨房里，灶上蒸着圣诞饽，烙着果馅点心，不时的还得看一眼，于是她楼上楼下像小燕儿似的乱飞。飞了一天，到晚上还要写贺节片，打点礼物，简直闹得往鼻子尖上拍粉的工夫都没有了。温都姑娘因为铺子里忙节，是早走晚回来，一点不能帮母亲的忙。拿破仑是楼上楼下乱跑，看着彩球叫唤几声，看着小灯笼又叫唤几声；乘着主母在别处的时候，还到厨房去偷一两个剥好的核桃吃。

"温都太太！"马老先生进门便叫："温都太太！我来给你帮忙，好不好？"

"马先生，谢谢你！"温都寡妇擦着小红鼻子说："你先把拿破仑带出去玩一会儿吧，它净在这儿搅乱我。"

"好啦，温都太太！拿破仑！这儿来！"

拉着小狗出去转了个圈儿，好在小孩子们没跟他捣乱，因为他们都疯着心过节，没工夫起哄。把狗拉回来，正走在门口儿，亚力山大来了。他抱着好些东西，一包一包的直顶到他的大红鼻子。他老远的便喊：

"老马！老马！把顶上头的那包拿下来，那是你的礼物！"

马老先生把包儿拿下来，拿破仑也凑过去闻了闻亚力山大的大脚。

"老马！谢谢你的礼物！"亚力山大嚷着说："怎么着，你上我那里过节去好不好？咱们痛痛快快的喝一回！"

"谢谢！谢谢！"马老先生笑着说："我过节再去行不行？我已经答应了温都太太在家里凑热闹。"

"哈哈！"亚力山大往前走了两步，低声的说，两眼挤箍着："老马，看上小寡妇了！有你的！有你的！好，就这么办了，圣诞节后两天我在家等你，准来！再见！唉，别忙，把从底下数第四包抽出来，交给温都太太，替我给她道节喜。再见，老马！"

　　马老先生把包儿拿下来，亚力山大端着其余的包儿，开路鬼似的走下去了。

　　"温都太太！"马老先生又是进门就叫。

　　"哈喽！"温都太太在楼上扯着小尖嗓子喊。

　　"我回来了，还给你带回点礼物来。"

　　几打疙疸，几打疙疸，温都太太一溜烟似的从楼上跑下来。

　　"呕！"她把包儿接过去，说："亚力山大给我的：我没东西给他，可怎么好！"

　　"不要紧，我这儿还有一匣吕宋烟，包上，送给他，好啦！"马老先生的笑眼钉着她的小红鼻子。

　　"那赶情好！你多少钱买的，我照数给你。"

　　"别提钱！"老马先生还看着她的小红鼻子尖说："别提钱！大节下的，一匣吕宋烟，过的着，咱们过的多！是不是？"

　　温都太太笑着点了点头。

　　老马把狗解开，上楼去拿那匣烟。

　　圣诞的前一天，马威和李子荣忙到午后四点钟就忙完了。

　　"老李！上门哪！该玩玩去了！"马威笑着说。

　　"好，关门！"李子荣笑着回答。

　　"门口的电灯也捻下去吧？"

　　"捻下去，留着胡同口上的那个灯。"

　　"老李，我得送你点礼物，你要什么？"马威问。

　　"马老先生已经给了我一双皮鞋，别再送了！"

　　"那是父亲的，我还非给你点东西不可，你替我们受这么大的累！"

　　"我告诉你，老马，"李子荣笑着说："咱们可不准闹客套！我帮助你，你天天可管我的饭呢！"

"无论怎么说，非送你点东西不可。你要什么？"马威问。

李子荣抓了半天头发，没言语。

"说话！老李！"马威钉着问。

"你要是非送礼不可呀，给我买个表吧。"李子荣说着从衣袋里把他的破表掏出来，放在耳朵旁边摇了一摇："你看这个表，一高兴，一天快两点多钟。一不高兴，一天慢两点多钟。还外带着只有短针，没长针。好啦，你花几个先令给我买个新的吧！"

"几个先令？老李！"马威睁着大眼睛说："要买就得买好的！不用捣乱，咱们一块儿去买！走哇！"

马威扯着李子荣走，李子荣向来是什么事不怕，今天可有点退缩，脸上通红，不知道怎样才好。

"别忙，你先等我把那辆破自行车送回去。"

"咱们一块走，你骑上，我在后面站着。"

两个人上了车，忽忽悠悠的跑到车行还了车，清了账。

出了车行，马威用力扯着李子荣，唯恐他抽空儿跑了。两个人走一会儿，站一会儿。走着也辩论，站着也辩论。马威主张到节送礼是该当的，李子荣说送礼不应花钱太多。马威说买东西就得要好的，李子荣说他的破表已经带了三年，实在没买好表的必要。马威越着急，眼睛瞪的越大，李子荣越着急，脸上越红。

两个人从圣保罗教堂穿过贱卖街，到了贾灵十字街，由这里又穿过皮开得栗，到了瑞贞大街。见一个钟表铺，马威便要进去，李子荣是扯着马威就跑。

"我说，老李，你这么着就不对了！"马威有点真急了。

"你得答应我，买不过十个先令一个的表，不然我不叫你进去！"李子荣也有点真急了。

"就是吧！"马威无法，只好答应了。

在一家极大的钟表铺，买了一支十个先令的表。马威的脸羞的通红，李子荣一点不觉乎，把表放在袋儿里，挺着腰板好像兵马大元帅似的走出来。

"老马！谢谢你！谢谢你！"在铺子外面，李子荣拉住马威的手不放，连三并四的说："谢谢你！我可不给你买东西了！我可不给你买东西了！"

马威几乎落下泪来，没说什么，只是用力握了握李子荣的手。

"老马，你把铺子里的钱都送到银行去了？"

"都送去了！老李，你明天上那里玩去？"

"我？"李子荣摇了摇头。

"你明天找我来，好不好？"

"明天汽车电车都就开半天呀，出来不方便！"

"这么着，你后天来，咱们一块儿听戏去。忙了一节，难道还不玩一天！"

"好啦，后天见吧！谢谢你！老马！"李子荣又和马威拉了一回手，然后赶火车似的向人群里跑去了。

马威看着李子荣，直到看不见他了，才慢慢的低着头回了家。

4

天还是阴着，空中稀拉拉的飘着几片雪花。街上差不多没有什么人马了，男女老少都在家里庆祝圣诞。

温都太太请了多瑞姑姑来过节，可是始终没有回信。直到圣诞早晨末一次邮递，才得着她的一封短简的信，和一包礼物。信中的意思是：和中国人在一块儿，生命是不安全的。圣诞是快乐享受的节气，似乎不应当自找恐怖与危险。

温都太太看完信，有点不高兴，小嘴撅起多高。可是也难怪多瑞姑姑，普通的人谁不把"中国人"与"惨杀"联在一块儿说！

她撅着小嘴把包儿打开，一双手织的毛线手套是给她的，一双肉色丝袜子是给玛力的。她把女儿叫来，母女批评了一回多瑞姑姑的礼物。玛力姑娘打扮得一朵鲜花似的，红嘴唇抹得深浅正合适，眉毛和眼毛也全打得黑黑的，笑涡四围用胭脂润润的拍红，恰像两朵娇羞的海棠花。温都太太看着女儿这么好看，心中又高了兴，把撅着的小嘴改成笑嘻嘻的，轻轻的在女儿的脑门上吻了一下。母女把多瑞姑姑的礼物收起去，开始忙着预备圣诞的大餐。煎炒的事儿全是温都太太的，玛力只伸着白手指头，离火远远的，剥点果仁，拿个碟子什么的。而且是随剥随吃，两个红笑涡一凸一凹的动，一会儿也没闲着。

老马先生吃完早饭，在客厅里坐下抽烟，专等看看圣诞大餐到底是什么样儿。坐了没有一刻钟，叫温都太太给赶出了。

"到书房去！"她笑嘻嘻的说："回来咱们在这里吃饭。不听见铃声别下来，听见没有？"

老马先生知道英国妇女处处要逞强，有点什么好东西总要出其不意的拿出来，好叫人惊异叫好儿。他叼着烟袋笑嘻嘻的上楼了。

"吃饭的时候，想着把礼物拿下来！"温都姑娘帮着母亲说："马威呢？"

"马威！马威！"温都太太在楼下喊。

"这儿哪，干什么？"马威在楼上问。

"不到吃饭的时候别进客厅，听见没有？"

"好啦，我带拿破仑出去，绕个圈儿，好不好？"马威跑下来问。

"正好，走你们的！一点钟准吃饭，别晚了！"温都太太把狗交给马威，轻轻的吻了狗耳朵一下。

马威把狗带走。温都母女在楼下忙。马老先生一个人叼着烟袋，在书房里坐着。

"圣诞节！应当到教会去看看！"马老先生想："等明儿见了伊牧师的时候，也好有话说。……伊牧师！大节下的给我本《圣经》；那怕你给我点小玩艺儿呢，到底有点过节的意味呀！一本《圣经》，我还能吃《圣经》，喝《圣经》！糊涂！"

马老先生决定不上教会了。拿出给温都母女买的节礼，打开包儿看了一遍。然后又照旧包好，包好之后，又嫌麻绳太粗，不好看；叼着烟袋到自己屋里去找，找了半天，找不着细绳子。回到书房，想了半天主意："对了！"跑到马威的屋里去找红墨水，把绳子染红了，放在火旁边烤着。"红颜色多么起眼，妇人们都爱红的！"把绳子烤干，又把包儿捆好，放在桌儿上。然后把红墨水瓶送回去，还细细的看了马威的屋子一回：马威的小桌上已经摆满了书，马老先生也说不清他什么时候买的。墙上挂着李子荣的四寸小像片，头发乱蓬蓬的，脸上挺俗气的笑着，马老先生向像片打了个嚏喷。床底下堆着箱子，靴子，还有一双冰鞋。"这小孩子，什么也干，又学溜冰呢！冰上可有危险呀，回来告诉他，别再去溜冰！好，一下儿掉在冰窟窿里，说着玩儿的呢！"

马老先生回到书房，添上点煤，又坐下抽烟。

"好像忘了点事儿，什么呢？"他用烟袋敲着脑门想："什么呢？呕！忘了给哥哥的坟上送点鲜花去！晚了，晚了！今天圣诞，大家全歇工，街上准保买不到鲜花！人要是老了，可是糟糕！直想着，直想着，到底是忘了！……盼着发财吧，把哥哥的灵运回去！盼着早早的回家吧！……我要是和她——不！不！不！给马威娶个洋母亲，对不起人！娶她，再说，就不用打算回国了！不回国还成！……可是洋太太们真好看！她不算一百成的好看，可是干净抹腻呢！对了，外国妇人是比中国娘们强，外国妇人就是没长着好脸子，至少有个好身体：腰儿是腰儿，腿儿是腿儿，白胸脯在外边露着，胳臂像小藕棒似的！……啊！大圣诞的，别这么没出息！想点好的：回来也不是吃什么？大概是火鸡，没个吃头！可是，自要不给咱凉牛肉吃就得念佛！……"

烧鸡的味儿从门缝钻进一点来，怪香的；还有点白兰地酒味儿。"啊，今儿还许有一盅半盅的喝呢！"马老先生咽了口唾沫。

马威拉着拿破仑在瑞贞公园绕了个大圈，直到十二点半钟才回来。把狗送到楼下，他上楼去洗手，换鞋，预备吃饭。

"马威！"马老先生叫："上这儿来！"

马威换上新鞋进了书房。

"马威！"马老先生说："你看，咱们什么时候才能回国呢？"

"你又想家了，父亲！"马威在火旁烤着手说。

马老先生没言语。

"明天你跟我们听戏去，好不好？"马威问，脸还向着火。

"你们满街飞走，我赶不上。"马老先生说。

父子全没的可说了。

看见桌上的纸包儿，马威到自己屋里，也把礼物拿来，放在一块。

"你也给她们买东西啦？"马老先生问。

"可不是，妇人们喜欢这个。"马威笑着说。

"妇人们，"马老先生说到这儿，就不言语了。

楼下铃儿响了，马威抱着礼物，马老先生后面跟着下了楼。

温都母女已经坐好，都穿着新衣裳，脸上都是刚擦的粉。拿破仑在钢琴前面的小凳儿上蹲着，脖子上系着根红绒绳儿。琴上点着两支红蜡，小狗看着蜡苗儿一跳一跳的，猜不透其中有什么奥妙。马老先生把包好的七个先令六，放在小狗的腿前面。

"坐下呀，你们男人们！"温都太太笑着说。

马威把她们的礼物都放在她们前面，父子就了座。

桌上是新挑花的台布，碟碗下面全垫五色的小席垫儿，也全是新的。桌子中间一瓶儿粉菊花，花叶上挂着一嘟噜五彩纸条儿。瓶子两边是两高脚碟果子和核桃榛子什么的。碟子底里放几个棉花作的雪球。桌子四角放着红纸金箍的小爆竹。一个人面前一个小玩艺儿，马家父子的是小女磁娃娃，玛力的是个小布人，温都太太的是一只小鸟儿。一个小玩艺儿面前又是一个小爆竹。各人的领布全在酒杯里卷着，布尖儿上还插着几个红豆儿。温都太太面前放着一个大盘子，里面一只烧好的火鸡。玛力面前是一盘子火腿和炸肠。两瓶儿葡萄酒在马老先生背后的小桌儿上放着。生菜和煮熟的青菜全在马威那边放着，这样布置，为是叫人人有点事作。

温都太太切火鸡，玛力动手切火腿，马威等着布青菜。马老先生有意要开酒瓶，又不敢动手；试着要把面前的礼物打开看看，看别人不动，自己也不好意思动。

"马先生，给我们点儿酒！"温都太太说。

马先生打开一瓶酒，给大家都斟上。

温都太太把火鸡给他们切好递过去，然后给他们每个人一小匙子鲜红的粉冻儿，和一匙儿面包糟子。马老先生闻着火鸡怪香的，可是对鲜红的粉冻儿有点怀疑，心里说："给我什么吃什么吧，不必问！"

大家拿起酒杯先彼此碰了一下，然后她们抿了一口，他们也抿了一口，开始吃火鸡。一边吃一边说笑。玛力特别的欢喜，喝下点酒去，脸上红得更鲜润了。

火鸡吃完，温都太太把圣诞布丁拿来。在切开以前，她往布丁上倒了一匙子白兰地酒，把酒点着，布丁的四围冒着火光。这样烧了一回，才给大家分。

吃完了，玛力把果碟子递给大家，问他们要什么。马老先生挑了一支香蕉，温都太太拿了个苹果。玛力和马威吃核桃榛子什么的。玛力用钳子把榛子夹碎，马威是扔在嘴里硬咬。

"呕！妈妈！看他的牙多么好！能把榛子咬开！"玛力睁着大眼睛非常的羡慕中国人的牙。

"那不算什么，瞧我的！"老马先生也拿了个榛子，碰的一声咬开。

"呕！你们真淘气！"温都太太的一杯酒下去，心中飘飘忽忽的非常喜欢，她拿起一个雪球，照着马老先生的头打了去。

玛力跟着也拿起一个打在马威的脸上。马威把球接住，反手向温都太太扔了去。马老先生愣了一愣，才明白这些雪球本来是为彼此打着玩的，慢慢抓起一个向拿破仑扔去。拿破仑抱住雪球，用嘴就啃，啃出一张红纸来。

"马先生，拿过来，那是你的帽子！"温都太太说。

马老先生忙着从狗嘴里把红纸抢过来，果然是个红纸帽子。

"戴上！戴上！"玛力喊。

老马先生把帽子戴上，喊喊的笑了一阵。

她们也把雪球打开，戴上纸帽子。玛力还是一劲儿用球打他们，直把马老先生打了一身棉花毛儿。

温都太太叫大家拉住小爆竹，拉成一个圈儿。

"拉！"玛力喊。

唪！唪！唪；爆竹响了，拿破仑吓得往桌底下藏。一个爆竹里有点东西，温都太太得着两个小哨儿，一齐搁在嘴里吹。马威得着一块糖，老马先生又得着一个纸帽子，也套在头上，又笑了一回。玛力什么也没得着，非和老马再拉一个不可。他撅着小胡子嘴和她拉，唪！她得着一截铅笔。

"该看礼物啦吧？"马威问。

"别！别！"温都太太说："一齐拿到书房去，大家比一比：看谁的好！"

"妈！别忙！看这个！"玛力说着伸出右手来给她妈妈看。

"玛力！你和华盛顿定了婚啦！玛力！"温都太太拉着女儿的手，看着她胖手指头上的金戒指。然后母女对抱着，哼唧着，吻了足有三分钟。

马威的脸转了颜色。老马呆呆的看她们接吻，不知干什么好。

马威定了定神，勉强的笑着，把酒杯举起来；向他父亲一使眼神，老马也把酒杯举起来。

"我们庆贺玛力姑娘！"马威说完，抿了一口酒，咽了半天才咽下去。

玛力坐下，看看老马，看看小马，看看母亲，蓝眼珠儿一动一动的放出一股喜欢的光彩来。

"妈！我真喜欢！"玛力把脑袋靠住母亲的胸脯儿说："我明天上他家里去，他的亲友正式的庆贺我们！妈！我真喜欢！"

温都太太轻轻拍着她女儿的肩膀，眼中落下泪来。

"妈！怎么？你哭了？妈！"玛力伸上去一只手搂定她母亲的脖子。

"我是喜欢的！玛力！"温都太太勉强着一笑："玛力，你和他们把这些礼物拿到书房去，我去喂狗，就来。"

"马威，来呀！"玛力说着，拿起她们母女的东西，笑嘻嘻的往外走。

马威看了父亲一眼，惨然一笑，毫不注意的把东西抱起来，走出去。

老马先生眨巴着眼睛，看出儿子的神气不对，可想不起怎样安慰他。等他们都出去了，他拿起酒杯又斟了一杯，在那挂着相思豆的电灯底下，慢慢的滋润着。

温都太太又回来了，他忙把酒杯放下。她看了他一眼，看了灯上的相思豆儿一眼。脸上一红，往后退了两步。忽然小脖子一梗，脸上更红了，飞快的跑到他的前面，捧着他的脸，正在他的嘴上亲了一亲。

老马的脸一下儿就紫了，身上微微的颤动。嘴唇木木张张的笑了一笑，跑上楼去。

温都太太待了一会儿也上楼来了。

…………

晚上都睡了觉，温都太太在床上抱着丈夫的像片连三并四的吻，眼泪一滴一滴的落。

"我对不起你，宝贝！我不得已！我寂寞！玛力也快走了，没有人跟我作伴！你原谅我！宝贝！最亲爱的！我支持了这些年了，我没法再忍了！寂寞！孤苦！你原谅我！……"

她抱着像片睡去了。

5

圣诞的第二天早晨，地上铺着一层白霜，阳光悄悄的从薄云里透出来。人们全出来了，因为阳光在外面。有的在圣诞吃多了，父子兄弟全光着腿往乡下跑，长途的竞走比吃化食丸强。有的带着妻子儿女去看父母，孩子们都不自然的穿着新衣裳，极骄傲的拿着新得的玩艺儿，去给祖父母看。有的昨天睡的晚，到十二点还在被窝里忍着，脑袋生疼，因为酒喝多了。有的早早就起来，预备早些吃午饭，好去看戏，或是看电影，魔术，杂耍，马戏，……无论是看什么吧，反正是非玩一玩不可。

温都母女全起晚了，刚吃过早饭，李子荣就来了。

他的鼻子冻得通红，帽沿上带着几片由树枝飞下来的霜。大氅上有些土，因为穿上新鞋，（马老先生给他的，）一出门便滑倒了；好在摔跟头是常事，爬起以后是向来不撑土的。他起来的早，出来的早，一来因为外面有太阳，二来因为马威给他的表也是一天快二十多分钟。李子荣把新表旧表全带着，为是比比那个走的顶快；时间本来是人造的，何不叫它快一点：使生活显着多忙乱一些呢；你就是不管时间，慢慢的走，难道走到生命的尽头，你还不死吗！

"老马！走哇！"李子荣在门外说。

"进来，坐一会，老李！"马威开开门说。

"别进去了，我们要打算听戏，非早去买票不可。万一买不到票，我们还可以看马戏，或电影去；晚了可就那儿也挤不进去了！走哇！快！"

马威进去，穿上大氅，扣上帽子，又跑出来。

"先到皮开得栗买票去！"李子荣说。

"好。"马威回答，眉毛皱着，脸儿沈着。

"又怎么啦？老马！"李子荣问。

"没怎么，昨天吃多了！"马威把手插在大氅兜儿里，往前一直的走。

"我不信！"李子荣看着马威的脸说。

马威摇了摇头，心中有点恨李子荣！李子荣这个人可佩服，可爱，——有时候也可恨！

李子荣见马威不言语，心中也有点恨他！马威这小孩子可爱，——也有时候可恨！

其实他们谁也不真恨谁，因为彼此相爱，所以有时候仿佛彼此对恨。

"又是温都姑娘那回事儿吧？"李子荣把这句话说得分外不受听。

"你管不着！"马威的话更难听。

"我偏要管！"李子荣说完嘻嘻的一笑。看着马威不出声了，他接着说："老马！事业好容易弄得有点希望，你又要这个，难道你把事业，责任，希望，志愿，就这样轻轻的牺牲了吗！"

"我知道！"马威的脸红了，斜着眼瞪了李子荣一下。

"她不爱你，何必平地掘饽呢！"

"我知道！"

"你知道什么呀？我问你！"李子荣是一句不容，句句问到马威的心窝上："我是个傻小子，我只知道傻干！我不能够为一个女人把事业牺牲了！看事情，看事情！眼前摆着的事：你不干，你们父子就全完事大吉，这点事儿还看不清吗！"

"你是傻子，看不出爱情的重要来！"马威看了天空一眼，太阳还没完全被云彩遮起来。

"我是个傻子，假如我爱一个不爱我的女人！"李子荣说着，全身一使劲，新鞋底儿硬，又差点儿摔了个跟头。

"够了！够了！别说了，成不成？"

"够了？这半天你光跟我抬了杠啦，一句正经的还没说呢！够了？"

"我恨你！李子荣！"

"我还恨你呢，马威！"李子荣笑了。

"无法，还得告诉你！"马威的脸上有一钉点笑容："这么回事，老李，她和别人定了婚啦！"

"与你有什么相干呢？"

"我始终没忘了她，忘不了！这么两三个月了，我试着把她忘了，遇见她的时候，故意的不看她，不行！不行！她老在我心的深处藏着！我知道我的责任，事业；我知道她不爱我；我可是忘不了她！她定了婚，我的心要碎了！心就是碎了，也无用，我知道，可是——"他眼睛看着地，冷笑了一声，不言语了。

李子荣也没说什么。

走了半天，李子荣笑了，说：

"老马，我知道你的委屈，我没法儿劝你！你不是不努力，你不是没试着忘了她，全无效，我也真没法儿啦！搬家，离开她，行不行？"

"等跟父亲商量商量吧！"

两个青年到皮开得栗的戏馆子买票，买了好几家，全买不到，因为节后头天开场，票子早全卖出去了。于是两个人在饭馆吃了些东西，跑到欧林癣雅去看马戏。

李子荣看什么都可笑：猴子骑马，狮子跳圈，白熊骑自行车，小驴跳舞……全可笑。看着马威的脸一点笑容没有，他也不好笑出来了，只好肚子里笑。

看完马戏，两个人喝了点茶。

"老马！还得打起精神干呀！"李子荣说，"事情已经有希望，何必再一歇松弄坏了呢！你已经试过以身体的劳动胜过精神上的抑郁，何不再试一试呢！况且你现在已完全无望，她已经定了婚，何必一定往牛犄角里钻呢！谢谢你，老马！改天见吧！"

"改天见吧，老李！"

…………

马威回到家中，温都太太正和他父亲一块儿在书房里坐着说话呢。

"嘿喽，马威！"她笑着说："看见什么啦？好不好？"

"去看马戏，真好！"马威坐下说。

"我说，咱们也得去看，今年的马戏顶好啦！"

"咱们？"马威心中盘算："不用'马先生'了？有点奇怪！"

"咱们礼拜六去，好带着玛力，是不是？"马老先生笑着说。

"又是一个'咱们'，"马威心里说。

"别忘了！"温都太太搭讪着出去了。

"父亲！咱们搬家，换换地方，好不好？"马威问。

"为什么呢？"老马说。

"不为什么，换个地方，新鲜一点。"

老马先生往火上添了两块煤。

"你不愿意呢，父亲，作为我没说，搬不搬没多大关系！"

"我看，在这儿挺舒服，何必瞎折腾，多费点子钱呢！再说，温都——"老马先生没往下说，假装咳嗽了两声。

父子都不言语了。楼下玛力姑娘唱起来，琴弹得乱七八糟，可是她的嗓子怪清亮的。马威站起来，来回走了几趟。

"马威！"马老先生低声的说："你伯父留下的那个戒指，你给我啦？"

"我多咱说给你来着？父亲！"

"你给我好不好？"

"那是伯父给我的纪念物，似乎我应当存着，其实一个戒指又算得了什么呢！父亲，你要那个干什么？你又不戴。"

"是这么一回事，马威！"老马的脸慢慢的红起来，说话也有点结巴："是这么一回事：你看，我有用。是，你看——温都太太！我无法，——对不起你！无法！她——你看！"

马威要说的话多了，自己想起来的，和李子荣责备他的，多了！但是，他不能说！有什么脸说父亲，看看自己！李子荣可以说，我，马威，没资格说话！况且，父亲娶温都太太倒许有点好处呢。她会过日子，她不像年青的姑娘那么奢侈。他有个家室，也许一高兴，死心踏地的作买卖。可是，将来怎回国呢？想到这里，不知不觉的就说出来了。

"父亲，你要是在这里安了家，将来还回国不呢？"

马老先生叫马威问楞了！真的，会没想到这一层！回国是一定的，带着她？就是她愿意去，我怎么处置她呢？真要是个大财主，也好办了，在上海买大楼，事事跟在英国一样。可是，咱不是阔人，叫她一个人跟着咱去，没社会，没乐趣，言语不通，饮食不服？残忍！她去了非死不可！不带她回国，我老死在这里，和哥哥的灵埋在一块儿？不！不！不！非回国不可，不能老死在这里！没办法！真没办法！

"马威！把这个戒指拿去！"

老马先生低着头把戒指递给马威，然后两手捧着脑门，一声也不出了！
…………

老马真为了难，而且没有地方去说！跟马威说？不成！父子之间那好正本大套的谈这个！跟伊牧师去说？他正恨着咱不帮助念中国书，去了是自找钉子碰！没地方去说，没地方去说！半夜没睡着觉，怎想怎不是路，不想又不行！及至闭上眼睡熟了，偏巧就梦见了故去的妻子！妇人们，死了还不老实着！马先生对妇人们有点怀疑；可是，怀疑也没用，妇人是妇人，就是妇人们全入了"三仙庵"当尼姑，这些事还是免不了的！妇人们！

第二天早晨起来，心中还是糊糊涂涂的，跟天上的乱黑云一样。吃早饭的时候，马威一句话没说，撅着嘴死嚼面包，恨不能把牙全嚼烂了才好。马老先生斜着眼睛，由眼镜的边框上看他儿子，心里有点发酸；赶紧把眼珠转回来，心不在焉的伸手盛了一匙子盐，倒在茶碗里了。温都母女正谈着马戏的事儿，玛力的眼睛好像蓝汪汪的水上加上一点油那么又蓝又润，看着妈妈的小尖鼻子。她已经答应和她妈妈一块儿去看，及至听说马老先生也去，她又设法摆脱，先说华盛顿约她看电影，后又说有人请她去跳舞。马威听着不顺耳，赌气子一推碟子，站起来，出去了。

"哟！怎么啦？"温都太太说，说完，小嘴儿还张着，好像个受了惊的小母鸡。

玛力一耸肩，笑了笑。

老马先生没言语，喝了口碗里的咸茶。

吃过早饭，马老先生叼着烟袋，慢慢的溜出去。

大街上的铺子十之八九还关着门，看着非常的惨淡。叫了辆汽车到亚力山大家里去。

亚力山大的街门是大红的，和亚力山大的脸差不多。老马一按铃，出来个五十多岁的老太婆，脸上只有一只眼睛。鼻子挺大挺红，好像刚喝完两瓶啤酒。此外没有可注意的东西。

老马先生没说什么，老太婆也没说什么。她一点头，那只瞎眼睛无意识的一动，跟着就往里走，老马后面随着。两个人好像可以完全彼此了解，用不着言语传达他们的心意。

亚力山大的书房是又宽又大，颇有点一眼看不到底的样儿。山墙中间一个大火，烧着一堆木头，火苗往起喷着，似乎要把世界都烧红了。地上的毯子真厚，一迈步就能把脚面陷下去似的。只有一张大桌子，四把大椅子；桌子腿儿稍微比象腿粗一点，椅子背儿可是比皇上的宝座矮着一寸多些。墙上挂满了东西，什么也有：像片儿，油画，中国人作寿的喜幛子，好几把宝剑，两三头大鹿脑袋，犄角很危险的往左右撑着。

亚力山大正在火前站着，嘴里叼着根大吕宋烟，烟灰在地毯上已经堆了一个小坟头。

"哈！老马！快来暖和暖和！"亚力山大给他拉过把椅子来，然后对那老太太说："哈定太太，去拿瓶'一九一十'的红葡萄来，谢谢！"

老太太的瞎眼动了动，转身出去了，像个来去无踪的鬼似的。

"我说，老马，节过的好不好？喝了回没有？不能！不能！那个小寡妇决不许你痛痛快快的喝！你明白我的意思？"亚力山大拍了老马肩膀一下，老马差点摔到火里去。

老马先生定了定神，咕吃咕吃的笑了一阵。亚力山大也笑开了，把比象腿粗点的桌腿儿震得直颤动。

　　"老马，给你找俩外钱儿，你干不干？"亚力山大问。

　　"什么事？"马老先生似乎有点不爱听"外钱儿"三个字。脸上还是笑着，可是鼻洼子那溜儿显出点冷笑的意思。

　　"先不用提什么事，五镑钱一次，三次，你干不干吧？"亚力山大用吕宋烟指着老马的鼻子问。

　　门开了，前面走着个老黑猫，后面跟着哈定太太。她端着个小托盘，盘子上一瓶葡萄酒，两个玻璃杯。把托盘放在桌上，她给他们斟上酒。斟完酒，瞎眼睛动了一动，就往外走；捎带脚儿踩了黑猫一下。

　　"老马，喝着！"亚力山大举起酒杯来说："真正一九一十的！明白我的意思？我说，你到底干不干哪？五镑钱一次！"

　　"到底什么事？"老马喝了口酒，问。

　　"作电影，你明白我的意思？"

　　"我那会作电影呢，别打哈哈！"马老先生看着杯里的红酒说。

　　"容易！容易！"亚力山大坐下，把脚，两只小船似的，放在火前面。"我告诉你：我现在帮着电影公司写布景，自然是关于东方的景物；我呢，在东方不少年，当然比他们知道的多；我告诉你，有一分知识挣一分钱；把知识变成金子，才算有用；往回说，现在他们正作一个上海的故事，他们在东伦敦找了一群中国人，全是扁鼻子，狭眼睛的玩艺儿，你明白我的意思？自然哪，这群人专为成群打伙的起哄，叫影片看着真像中国，所以他们鼻子眼睛的好歹，全没关系；导演的人看这群人和一群羊完全没分别：演乡景他们要一群羊，照上海就要一群中国人，你明白我的意思？再往回说：他们要个体面的中国老头，扮中国的一个富商，并没有多少作派，只要长得体面，站在那里像个人儿似的就行。演三幕，一次五镑钱，你干不干？没有作派，导演的告诉你站在那儿，你站在那儿；叫你走道儿，你就走几步。容易！你明白我的意思？白捡十五镑钱！你干不干？"

　　亚力山大越说声音越高；一气说完，把一杯酒全灌下去，灌得喉咙里直咕咕的响。

老马先生听着亚力山大嚷，一面心中盘算："反正是非娶她不可，还是一定得给她买个戒指。由铺子提钱买，就是马威不说什么，李子荣那小子也得给马威出坏主意。这样充一回富商，又不难，白得十五镑钱，给她买个小戒指，倒不错！自然演电影不算什么体面事，况且和东伦敦那把子东西一块挤，失身分！失身分！可是，"

"你到底干不干哪？"亚力山大在老马的耳根子底下放了个炸弹似的："再喝一杯？"

"干！"老马先生一面揉耳朵，一面点头。

"好啦，定规了！过两天咱们一同见导演的去。来，再喝一杯！"

两个人把一瓶酒全喝了。

"哈定太太！哈定！——"亚力山大喊："再给我们来一瓶！"

瞎老太太又给他们拿来一瓶酒，又踩了黑猫一脚。黑猫翻眼珠看了她一眼，一声也没出。

亚力山大凑到老马的耳朵根儿说：

"傻猫！叫唤不出来了，还醉着呢！昨儿晚上跟我一块喝醉了！它要是不常喝醉了，它要命也不在这里；哈定太太睁着的那只眼睛专看不见猫！你明白我的意思？"

亚力山大笑开了。

老马先生也笑开了，把这几天的愁闷全笑出去了。

6

新年不过是圣诞的余波，人们并不疯了似的闹，铺子也照常的开着。"快乐的新年"虽然在耳边嗡嗡着，可是各处没有一点快乐与新鲜的表现。天气还是照常的悲苦，雾里的雨点，鬼鬼啾啾的，把人们打得都缩起脖子，像无精失采的小鹭鸶。

除夕的十二点钟，街上的钟声，汽笛，一齐响起来。马威一个人，光着头，在街上的黑影里站着，偷偷落了几点泪。一来是有点想家，二来是心中的苦处触机而发。擦了擦泪，叹了一口气：

"还得往前干哪！明天是新年了，忘了已往的吧！"

第二天早早的他就起来了，吃过早饭，决定远远的去走一回，给新年一个勇敢的起始。告诉了父亲早一点到铺子去，他自己到十二点以后才能到。

出门坐上辆公众汽车，一直到植物园去。车走了一点来钟才到了植物园外面。园外没有什么人，园门还悄悄的关着。他折回到大桥上，扶着石栏，看着太晤士河。河水灰汪汪的流着，岸上的老树全静悄悄的立着，看着河水的波动。树上只有几只小黑鸟，缩着脖儿，彼此唧咕，似乎是诉什么委屈呢。靠着岸拴着一溜小船，随着浪一起一落，有点像闲腻了，不得不动一动似的。马威呆呆的看着河水，心思随着灰波越走越远，似乎把他自己的存在全忘了。远处的灰云把河水，老树，全合成一片灰雾，渺茫茫的似另有一个世界，和这个世界一样灰淡惨苦，只是极远极远，不容易看清楚了。

远处的钟敲了十点，马威迟迟顿顿的，好像是舍不得，离开大桥，又回到园门来。门已开了，马威把一个铜子放在小铁桌子上，看门的困眼巴唧的看了他一眼，马威向他说了声"快乐的新年"。

除了几个园丁，园内看不见什么人，马威挺着胸，吸了几口气，园中新鲜的空气好像是给他一个人预备的。老树，小树，高树，矮树，全光着枝干，安闲的休息着；没有花儿给人们看，没有果子给鸟儿吃，只有弯曲的瘦枝在空中画上些自然的花纹。小矮常青树在大树后面蹲着，虽然有绿叶儿，可是没有光着臂的老树那么骄傲尊严。缠着枯柳的藤蔓像些睡了的大蛇，只在树梢上挂着几个磁青的豆荚。园中间的玻璃温室挂着一层薄霜，隔着玻璃还看得见里边的绿叶，可是马威没进去看。路旁的花池子连一枝小花也没有，池中的土全翻起来，形成许多三角块儿。

河上的白鸥和小野鸭，唧唧鸭鸭的叫，叫得非常悲苦。野鸭差不多都缩着脖蹲着，有时候用扁嘴在翅上抹一抹，看着总多少有点傻气。白鸥可不像鸭子那么安稳了，飞起来，飞下来，在灰色的空中扯上几条不联续的银线。小黑鸭子老在水上漂着，小尾巴后面扯着条三角形的水线；也不往起飞，也不上岸去蹲着，老是漂着，眼睛极留神的看，有时候看见河内的倒影，也探下头去捞一捞。可怜的小黑鸭子！马威心里有些佩服这些小黑玩艺儿：野鸭太懒，白鸥太浮躁，只有小黑鸭老含着希望。

地上的绿草比夏天还绿上几倍，只是不那么光美。靠着河岸的绿草，在潮气里发出一股香味，非常的清淡，非常的好闻。马威顺着河岸走，看着水影，踏着软草，闻着香味，心里安闲极了，只是有点说不出来的愁闷在脑子里萦绕着。河上几只大白鹅，看见马威，全伸着头上的黄包儿，跟他要吃食。马威手里什么也没有，傻鹅们斜楞着眼彼此看了看，有点失望似的。走到河的尽处，看见了松梢上的塔尖，马威看见老松与中国宝塔，心中不由高兴起来。呆呆的站了半天，他的心思完全被塔尖引到东方去了。

站了半天，只看见一两对游人，从树林中间影儿似的穿过去。他定了定方向，向小竹园走了去。竹园内没有人，没有声音，只有竹叶，带着水珠，轻轻的动。马威哈着腰看竹根插着的小牌子：日本的，中国的，东方各处的竹子，都杂着种在一块。

"帝国主义不是瞎吹的！"马威自己说："不专是夺了人家的地方，灭了人家的国家，也真的把人家的东西都拿来，加一番研究。动物，植物，地理，言语，风俗，他们全研究，这是帝国主义厉害的地方！他们不专在军事上霸道，他们的知识也真高！知识和武力！武力可以有朝一日被废的，知识是永远需要的！英国人厉害，同时，多么可佩服呢！"

地上的潮气把他的脚冰得很凉，他出了竹园，进了杜鹃山，——两个小土山，种满杜鹃，夹着一条小山沟。山沟里比别处都暖一点，地上的干叶闻着有股药味。

"春天杜鹃开花的时候，要多么好看！红的，白的，浅粉的，像——"他忽然想到："像玛力的脸蛋儿！"

想到这儿，他周身忽然觉得不合适，心仿佛也要由嘴里跳出来。不知不觉的把大拇指放在唇上，咬着指甲。

"没用！没用！"他想着她，同时恨自己，着急而又后悔："非忘了她不可！别和父亲学！"他摸了摸口袋，摸着那个小戒指，放在手心上，呆呆的看着，然后用力的往地上一摔，摔到一堆黄叶里去，那颗钻石在一个破叶的缝儿里，一闪一闪的发亮。

楞了半天，听见远远的脚步声儿，他又把戒指捡起来，仍旧放在袋儿里。山沟是弯弯的，他看不见对面来的人，转身，往回走，不愿意遇见人。

"马威！马威！"后面叫。

马威听见了有人叫他，他还走了几步，才回头看。

"嘿喽！伊姐姐！"

"新禧！新禧！"伊姑娘用中国话说，笑着和他握了握手。

她比从前胖了一点。脖子上围着一条狐皮，更显得富泰一点。她穿着一身蓝呢的衣裙，加着一顶青绒软帽，帽沿自然的往下垂着些，看着稳重极了。在小山沟里站着，叫人说不上来，是她，还是那些冷静的杜鹃，更安稳一些。

"伊姐姐！"马威笑着说："你怎这么早？"

"上这里来，非早不可。一等人多，就没意思了！你过年过得好？马威！"她用小手绢揉了揉鼻子，手指在手套里鼓膨膨的把手套全撑圆，怪好看的。

"好。你没上那里去？"

两个齐着肩膀走，出了小山沟。她说：

"没有。大冷的天，上那儿也不舒服。"

马威不言语了，眉头皱着一点，大黑眼珠儿钉着地上的青草。

"马威！"伊姑娘看着他的脸说："你怎么老不喜欢呢？"她的声音非常的柔和，眼睛发着些亮光，显着慈善，聪明，而且秀美。

马威叹了口气，看了她一眼。

"告诉我，马威！告诉我！"她说得很恳切很自然；跟着微微一笑，笑得和天上的仙女一样纯洁，和善。

"叫我从何处说起？姐姐！"马威勉强着一笑，比哭的样子还凄惨一些。"况且，有好些事不好告诉你，姐姐，你是个姑娘。"

她又笑了，觉得马威的话真诚，可是有点小孩子气。

"告诉我，不用管我是姑娘不是。为什么姑娘应当比男人少听一些事呢！"她又笑了，似乎把马威和世上的陋俗全笑了一下。

"咱们找个地方坐一会儿，好不好？"他问。

"你要是不乏，咱们还是走着谈好，坐定了太冷。我的小脚指头已经冻了一个包啦。说吧，马威！"

"全是没法解决的问题！"他迟钝的说，还是不愿意告诉她。

"听一听，解决不解决是另一问题。"她说得非常痛快，声音也高了一些。

"大概其的说吧！"马威知道非说不可，只好粗粗的给她个大略；真要细说，他的言语是不够表现他的心思的："我爱玛力，她不爱我，可是我忘不了她。我什么方法都试了，试，试，试，到底不行。恨自己也没用，恨她也没用。我知道我的责任，事业，但是，她，她老在我心里刺闹着。这是第一个不能解决的问题。第二个是父亲，他或者已经和温都太太定了婚。姐姐你晓得，普通英国人都拿中国人当狗看，他们要是结婚，温都太太就永远不用想再和亲友来往了，岂不是陷入一个活地狱。父亲带她回国，住三天她就得疯了！咱们的风俗这么不同，父亲又不是个财主，她不能受那个苦处！我现在不能说什么，他们相爱，他们要增加彼此的快乐，——是快乐还是苦恼，是另一问题——我怎好反对。这又一个不易解决的问题。还有呢，我们的买卖，现在全搁在我的肩膀上了，我爱念书，可是不能不管铺子的事；管铺子的事，就没工夫再念书。父亲是简直的不会作买卖，我不管，好啦，铺子准一月赔几十镑，我管吧，好啦，不用打算专心念书；不念书，我算干吗来啦！你看，我忙得连和你念英文的时候都没有了！我没高明主意，我不知道我是干什么呢！姐姐，你聪明，你爱我们，请你出个好主意吧！"

两株老马尾松站在他们面前，枝上垂着几个不整齐的松塔儿。灰云薄了一点，极弱秀的阳光把松枝照得有点金黄色。

马威说完，看着枝上的松塔。凯萨林轻轻的往松了拉了拉脖上的狐皮，由胸间放出一股热嘟嘟的香味。

"玛力不是已经和华盛顿定婚了吗？"她慢慢的说。

"你怎么知道？姐姐！"他还看着松塔儿。

"我认识他！"凯萨林的脸板起来了。待了半天，她又笑了，可是很不自然："她已属别人，还想她干吗呢？马威！"

"就这一点不容易解决吗！"马威似乎有点嘲笑她。

"不易解决！不易解决！"她好像跟自己说，点着头儿，帽沿儿轻轻的颤。"爱情！没人明白到底什么是爱情！"

"姐姐，你没好主意？"马威有点着急的样儿。

凯萨林似乎没听见，还嘟囔着：

"爱情！爱情！"

"姐姐，你礼拜六有事没有？"他问。

"干什么？"她忽然看了他一眼。

"我要请你吃中国饭，来不来？姐姐！"

"谢谢你，马威！什么时候？"

"下午一点吧，在状元楼见。"

"就是吧。马威，看树上的松塔多么好看，好像几个小铃铛。"

马威没言语，又抬头看了看。

两个人都不言语了。穿出松林，拐过水池，不知不觉的到了园门。两个都回头看了看，园中还是安静，幽美，清凉。他们把这些都留在后边，都带着一团说不出的混乱，爱情，愁苦，出了园门。——快乐的新年？

7

伦敦的几个中国饭馆要属状元楼的生意最发达。地方宽绰，饭食又贱，早晚真有群贤毕集的样儿。不但是暹罗人，日本人，印度人，到那里解馋去，就是英国人，穷美术家，系着红领带的社会党员，争奇好胜的胖老太太，也常常到那里喝杯龙井茶，吃碗鸡蛋炒饭。美术家和社会党的人，到那里去，为是显出他们没有国界思想，胖老太太到那里去，为是多得一些谈话资料；其实他们并不喜欢喝不加牛奶的茶；和肉丝，鸡蛋，炒在饭一块儿。中国人倒不多，一来是吃不着真正中国饭，二来是不大受女跑堂儿的欢迎。在中国饭馆里作事，当然没有好姑娘。好姑娘那肯和中国人打交待。人人知道跟中国人在一块儿，转眼的工夫就有丧掉生命的危险。美而品行上有可怀疑的姑娘们就不在乎了，和傻印度飞飞眼，晚上就有两三镑钱入手的希望。和日本人套套交情，至不济也得一包橘汁皮糖。中国人呢，不敢惹，更不屑于招待；人们都看不起中国人吗，妓女也不是例外。妓女也有她们的自由与骄傲，谁肯招呼人所不齿的中国人呢！

范掌柜的颇有人缘儿，小眼睛眯缝着，好像自生下来就没睡醒过一回；可是脸上老是笑。美术家很爱他，因为他求他们在墙上随意的画：小脚儿娘们，瘦老头儿抽鸦片，乡下老儿，带着小辫儿，给菩萨磕头，五光十色的画了一墙。美术家所知道的中国事儿正和普通人一样，不过他们能够把知道的事画出来。社会党的人们很爱他，因为范掌柜的爱说："Me no likes capitalisma！"胖老太太们很爱他，因为他常把 me 当 I，有时候高兴，也把 I 当 me，胖老太太们觉着这个非常有可笑的价值。设若普通英国人讨厌中国人，有钱的英国男女是拿中国人当玩艺儿看。中国人吃饭用筷子，不用刀叉；中国人先吃饭，后喝汤；中国人喝茶不搁牛奶，白糖；中国人吃米，不加山药蛋；这些事在普通人——如温都母女——看，都是根本不对而可恶的；在有钱的胖老太太们看，这些事是无理取闹的可笑，非常的可笑而有趣味。

范掌柜的和马老先生已经成了顶好的朋友，真像亲哥儿们似的。马老先生虽然根本看不起买卖人，可是范掌柜的应酬周到，小眼睛老眯缝着笑，并且时常给马老先生作点特别的菜，马老先生真有点不好意思不和老范套套交情了。再说，他是个买卖人，不错，可是买卖人里也有好人不是！

马老先生到饭馆来吃饭，向来是不理学生的，因为学生们看着太俗气，谈不到一块儿。况且，这群学生将来回国都是要作官的，马老先生想到自己的官运不通，不但不愿意理他们，有时候还隔着大眼镜瞪他们一眼。

马老先生和社会党的人们弄得倒挺热活。他虽然不念报纸，不知道人家天天骂中国人，可是他确知道英国人对他的劲儿，决不是自己朋友的来派。连那群爱听中国事的胖老太太们，全不短敲着撩着的损老马几句。老马有时候高兴，也颇听得出来她们的口气。只有这群社会党的人，只有他们，永远向着中国人说话，骂他自己政府的侵略政策。马老先生虽不知道什么是国家，到底自己颇骄傲是个中国人。只有社会党的人们说中国人好，于是老马不自主的笑着请他们吃饭。吃完饭，社会党的人们管他叫真正社会主义家，因为他肯牺牲自己的钱请他们吃饭。

老马要是告诉普通英国人："中国人喝茶不搁牛奶。"

"什么？不搁牛奶！怎么喝？！可怕！"人们至少这样回答，他撅着小胡子不发声了。

他要是告诉社会党的人们，中国茶不要加牛奶，他们立刻说：

"是不是，还是中国人懂得怎么喝茶不是？中国人替世界发明了喝茶，人家也真懂得怎么喝法！没中国人咱们不会想起喝茶，不会穿绸子，不会印书，中国的文明！中国的文明！唉，没有法子形容！"

听了这几句，马老先生的心里都笑痒痒了！毫无疑意的信中国人是天下最文明的人！——再请他们吃饭！

马威到状元楼的时候，马老先生已经吃完一顿水饺子回家了，因为温都太太下了命令，叫他早回去。

状元楼的厨房是在楼底下，茶饭和菜都用和汲水的辘轳差不多的一种机器拉上来。这种机器是范掌柜的发明，简单适用而且颇有声韵，嗞牛咕噜，嗞牛咕噜，带着一股不可分析的菜味一齐上来了。

食堂是分为内外两部：外部长而狭，墙上画着中国文明史的插画：老头儿吸鸦片，小姑娘裹小脚……还写着些"清明时候雨纷纷"之类的诗句。内部是宽而扁，墙上挂着几张美人香烟的广告。中国人总喜欢到内部去，因为看着有点雅座的意味。外国人喜欢在外部坐，一来可以看墙上的画儿，二来可以看辘轳的升降。

外部已经坐满了人，马威到了内部去，找了张靠墙角的空桌坐下。屋里有两位中国学生，他全不认识。他向他们有意无意的微微一点头，他们并没理他。

"等人？"一个小女跑堂的歪着头，大咧咧的问。

马威点了点头。

那两位中国学生正谈怎么请求使馆抗议骂中国人的电影。马威听出来，一个姓茅，一个姓曹，马威看出来，那个姓茅的戴着眼镜，可是几乎没有眉毛；那个姓曹的没戴着眼镜，可是眼神决不充足。马威猜出来，那个姓茅的主张强迫公使馆提出严格抗议：如使馆不办，就把自公使至书记全拉出来臭打一顿。那个姓曹的说，国家衰弱，抗议是没用的；国家强了，不必抗议，人们就根本不敢骂你。两个人越说越拧葱，越说声音越高。姓茅的恨不得就马上打老曹一顿，而姓曹的决没带出愿意挨打的神气，于是老茅也就没敢动手。

　　两个人不说了，低着头吃饭，吃得很带杀气。

　　伊姑娘进来了。

　　"对不起，马威，我晚了！"她和马威握了握手。

　　"不晚，不晚！"马威说着把菜单递给她，她拉了拉衣襟，很自然的坐下。

　　曹和茅同时看了她一眼。说了几句中国话，跟着开始说英文。

　　她点了一碟炸春卷，马威又配上了两三样菜。

　　"马威，你这两天好点啦吧？"伊姑娘微微一笑。

　　"精神好多了！"马威笑着回答。

　　姓茅的恶意的看了马威一眼，马威心中有点不舒坦，可是依旧和凯萨林说话。

　　"马威，你看见华盛顿没有？"伊姑娘看着菜单，低声儿问。

　　"没有，这几天晚上他没找玛力来。"马威说。

　　"啊！"伊姑娘似乎心中安慰了一些，看了马威一眼，刚一和他对眼光儿，她又看到别处去了。

　　春卷儿先来了，马威给她夹了一个。她用叉子把春卷断成两段，非常小心的咬了一口。下巴底下的筋肉轻轻的动着，把春卷慢慢咽下去，吃得那么香甜，安闲，美满；她的举动和玛力一点也不一样。

　　马威刚把春卷夹开，要往嘴里送，那边的老茅用英文说：

　　"外国的妓女是专为陪着人们睡觉的，有钱找她们去睡觉，茶馆酒肆里不是会妓女的地方！我告诉你，老曹，我不反对嫖，我嫖的回数多了；我最不喜欢看年轻轻的小孩子带着妓女满世界串！请妓女吃中国饭！哼！"

伊姑娘的脸红得和红墨水瓶一样了，仍然很安稳的，把叉子放下要站起来。

"别！"马威的脸完全白了，嘴唇颤着，只说了这么一个字。

"老茅，"那个眼神不十分充足的人说："你怎么了！外国妇女不都是妓女！"他是用中国话说的。

姓茅的依旧用英国话说：

"我所知道的女人，全是妓女，可是我不爱看人家把妓女带到公众的地方来出锋头！"他又看了马威一眼："出那家子锋头！你花得起钱请她吃饭，透着你有钱！咱讲究花钱和她们睡一夜！"

伊姑娘站起来了，马威也站起来，拦着她：

"别！你看我治治他！"

凯萨林没言语，还在那里站着，浑身颤动着。

马威走过去，问那位老茅：

"你说谁呢？"他的眼睛瞪着，射出两条纯白的火光。

"我没说谁，饭馆里难道不许说话吗？"茅先生不敢叫横，又不愿意表示软弱，这样的说。

"不管你说谁，我请你道歉，不然，你看这个！"马威把拳头在桌上一放。

老茅像小蚂蚱似的往里一跳，跳到墙角，一劲儿摇头。

马威往前挪了两步，瞪着茅先生。茅先生的"有若无"的眉毛鬼鬼啾啾的往一块拧，还是直摇头。

"好说，好说，不必生气。"姓曹的打算拦住马威。

马威用手一推，老曹又坐下了。马威钉着茅先生的脸问：

"你道歉不？"

茅先生还是摇头，而且摇得颇有规律。

马威冷笑了一声，看准茅先生的脸，左右开花，奉送了两个嘴巴。正在眼镜之下，嘴唇之上，茅先生觉得疼得有点入骨；可是心里觉着非常痛快，也不摇头了。

女跑堂的跑进来两个，都唧咕唧咕的笑，脸上可都转了颜色。外部的饭座儿也凑过来看，谁也莫名其妙怎回事。范掌柜的眯缝着眼儿过来把马威拉住。

伊姑娘看了马威一眼，低着头就往外走，马威也没拦她。她刚走到内外部分界的小门，看热闹的有一位说了话：

"凯！你！你在这儿干吗呢？"

"保罗！咱们一块家去吧！"凯萨林低着头说，没看她的兄弟。

"你等等，等我弄清楚了再走！"保罗说着，从人群里挤进去，把范掌柜的一拉，范掌柜笑嘻嘻的就倒在地上啦，很聪明的把头磕在桌腿上，磕成一个青蓝色的鹅峰。

"马威，你是怎回事？"保罗把手插在衣袋里问："我告诉你，别以为你是个人似的，和我们的姑娘一块混！要贪便宜的时候，想着点英国男人的拳头！"

马威没言语，煞白的脸慢慢红起来。

"你看，老曹，往外带妓女有什么好处？"茅先生用英国话说。

马威一咬牙，猛的向茅先生一扑；保罗兜着马威的下巴就是一拳；马威退，退，退，退了好几步，扶住一张桌子，没有倒下；茅先生小蚂蚱似的由人群跳出去了。范掌柜的要过来劝，又迟疑，笑嘻嘻的用手摸着头上的鹅峰，没敢往前去。

"再来！"保罗冷笑着说。

马威摸着脖子，看了保罗一眼。

门外的中国人们要进来劝，英国人们把门儿拦住：

"看他们打，打完了完事。公平交易，公平的打！"

几个社会党的人，向来是奔走和平，运动非战的；可是到底是英国人，一听见"公平的打"，从心根儿上赞同，都立在那里看他们决一胜负。

马威缓了一口气，把硬领一把扯下来，又扑过保罗去。保罗的脸也白了，他搪住马威的右手，一拳照着马威的左肋打了去，又把马威送回原地。马威并没缓气，一扶桌子，登时一攒劲，在保罗的胸部虚晃了一下，没等保罗还手，他的右拳打在保罗的下巴底下。保罗往后退了几步，一咬牙，又上来了，在他双手还替身体用力平衡的时候，马威稳稳当当又给了他一拳。保罗一手扶着桌子，出溜下去了。他两腿拚命的往起立，可是怎么也立不起来了。马威看着他，他还是没立起来。马威上前把他搀起来，然后把右手伸给他，说：

"握手！"

保罗把头一扭，没有接马威的手。马威把他放在一张椅子上，捡起硬领，慢慢往外走，嘴唇直往下滴滴血。

几位社会党的人们，看着马威，没说什么，可是心里有点恨他！平日讲和平容易，一旦看见外人把本国人给打了，心里不知不觉的就变了卦！

茅先生和曹先生早已走了，马威站在饭馆外面，找伊姑娘，也不见了。他安上硬领，擦了擦嘴上的血，冷笑了一阵。

8

"妈！妈！"玛力含着泪说，两个眼珠好像带着朝露的蓝葡萄珠儿："好几天没看见他了，给他写信，也没回信。我得找他去，我得问问他！妈，我现在恨他！"她倒在母亲的怀里，呜呜的哭起来。

"玛力，好玛力，别哭！"温都太太拍着玛力的脑门儿说，眼中也含着泪："华盛顿一定是忙，没工夫看你来。爱情和事业是有时候不能兼顾的。信任他，别错想了他，他一定是忙！玛力，你是在礼拜六出去惯了，今天没人和你出去，所以特别的不高兴。你等着，晚上他一定来，他要是不来，我陪你看电影去。玛力？"

玛力抬起头来，抱着母亲的脖子亲了亲。温都太太替女儿往后拢了拢头发。玛力一边抽达，一边用小手绢擦眼睛。

"妈妈，你看他是忙？你真这么想吗？连写个明信片的工夫都没有；我不信！我看他是又交了新朋友了，把我忘了！男人都是这样，我恨他！"

"玛力，别这么说！爱情是多少有些波折的。忍耐，信任，他到末末了还是你的人！你父亲当年，"温都太太没往下说，微微摇了摇头。

"妈，你老说忍耐，信任！凭什么女的总得忍耐，信任，而男人可以随便呢！"玛力看着母亲的脸说。

"你已经和他定了婚，是不是？"温都太太问，简单而厉害。

"定婚的条件是要双方守着的，他要是有意破坏，我为什么该一个人受苦呢！再说，我没要和他定婚，是他哀告我的，现在——"玛力还坐在她母亲的怀里，脚尖儿搓搓着地毯。

"玛力，别这么说！"温都太太慢慢的说："人类是逃不出天然律的，男的找女的，女的不能离开男的。婚姻是爱的结束，也是爱的尝试，也是爱的起头！玛力，听妈妈的话，忍耐，信任，他不会抛弃了你，况且，我想这几天他一定是忙。"

玛力站起来，在镜子前面照了照，然后在屋里来回的走。

"妈妈，我自己活着满舒服，欢喜，可以不要男人！"

"你？"温都太太把这个字说得很尖酸。

"要男人的时候，找男人去好了，咱们逃不出天然律的管辖！"玛力说得有点嘲弄的意思，心里并不信这个。

"玛力！"温都太太看着女儿，把小红鼻子支起多高。

玛力不言语了，依旧的来回走。心中痛快了一点，她一点也不信她所说的话，可是这么说着颇足以出出心中的恶气！

在爱家庭的天性完全消灭以前，结婚是必不可少的。不管结婚的手续，形式，是怎样，结婚是一定的。人类的天性是自私的，而最快活的自私便是组织起个小家庭来。这一点天性不容易消灭，不管人们怎么提倡废除婚姻。玛力一点也不信她所说的，只是为出出气。

温都太太也没把玛力的话往心里听，她所盘算的是：怎么叫玛力喜欢了。她知道青年男女，特别是现代的青年男女，是闲不住的。总得给他们点事作，不拘是跳舞，跑车，看电影，……反正别叫他们闲着。想了半天，还是看电影最便宜；可是下半天还不能去，因为跟老马先生定好一块上街。想到这里，温都太太的思想又转了一个弯：她自己的婚事怎么告诉玛力呢！玛力是多么骄傲，能告诉她咱要嫁个老Chink！由这里又想到：到底这个婚事值得一干不值

323

呢？为保存社会的地位，还是不嫁他好。可是，为自己的快乐呢？……真的照玛力的话办？要男人的时候就去找他？结果许更坏！社会，风俗，男女间的关系是不会真自由的！况且，男女间有没有真自由存在的地方？——不能解决的问题！她擦了擦小鼻子，看了玛力一眼，玛力还来回的走，把脸全走红了。

"温都太太！"老马先生低声在门外叫。

"进来！"温都太太很飘洒的说。

老马先生叼着烟袋扭进来。新买的硬领，比脖子大着一号半，看着好像个白罗圈，在脖子的四围转。领带也是新的，可是系得绝不直溜。

"过来！"温都太太笑着说。

她给他整了整领带。玛力斜眼看他们一眼。

"咱们不是说上街买东西去吗？"马老先生问。

"玛力有点——不舒服，把她一个人搁下，我不放心。"温都太太说，然后向玛力："玛力，你跟我们一块儿去，好不好？"

"我不去，我在家等着华盛顿，万一他今天来呢！"玛力把恶气出了，还是希望华盛顿来。

"也好。"温都太太说着出去换衣裳。

马威回来了。他的脸还是煞白，嘴唇还滴滴血，因为保罗把他的牙打活动了一个。硬领儿歪七扭八的，领带上好些个血点。头发刺刺着。呼吸还是很粗。

"马威！"马老先生的脖子在硬领里转了个大圈。

"呕！马威！"玛力的眼皮红着，嘴唇直颤。

马威很骄傲的向他们一笑，一下子坐在椅子上，用袖子擦了擦嘴。

"马威！"马老先生走过来，对着马威的脸问："怎么了？"

"打架来着！"马威说，眼睛看着地毯。

"跟谁？跟谁？"马老先生的脸白了，小胡子也立起来。

"保罗！我把他打啦！"马威笑了笑，看了看自己的手。

"保罗——"

"保罗——"

马老先生和玛力一齐说，谁也不好意思再抢了，待了一会儿，马老先生说：

"马威，咱们可不应当得罪人哪！"

马老先生是最怕打架，连喝醉了的时候，都想不起用酒杯往人家头上摔。马太太活着的时候，小夫妻倒有时候闹起来，可是和夫人开仗是另一回事，况且夫人多半打不过老爷！马威小时候，马老先生一天到晚嘱咐他，别和人家打架，遇到街上有打架的，躲远着点！得，现在居然在伦敦打洋鬼子，而且打的是保罗，伊牧师的儿子！马老先生呆呆的看着儿子，差点昏过去。

"呕！马威！"温都太太进来，喊得颇像吓慌了的小鸟。

"他把保罗打了，怎么好，怎么好？"马老先生和温都太太叨唠。

"呕，你个小淘气鬼！"温都太太过去看着马威。然后向马老先生说："小孩子们打架是常有的事。"然后又对玛力说："玛力，你去找点清水给他洗洗嘴！"然后又对马老先生说："咱们走哇！"

马老先生摇了摇头。

温都太太没说什么，扯着马老先生的胳臂就往外走，他一溜歪斜的跟着她出去。

玛力拿来一罐凉水，一点漱嘴的药，一些药棉花。先叫马威漱了漱口，然后她用棉花轻轻擦他的嘴唇。她的长眼遮毛在他的眼前一动一动的，她的蓝眼珠儿满含着慈善和同情，给他擦几下，仰着脖子看一看，然后又擦。她的头发挨着他的脸蛋，好像几根通过电的金丝，叫马威的脸完全热透了，完全红了。他低下头去，不敢再看她，可是他觉到由她胸脯儿出来的热气，温和，香暖，叫他的全身全颤动起来。

"马威，你们怎么打起来的？"玛力问。

"我和伊姑娘一块儿吃饭，他进来就给我一拳！"马威微笑着说。

"呕！"玛力看着他，心里有点恨他，因为他居然敢和保罗打架；又有点佩服他，因为他不但敢打，而且打胜了。英雄崇拜是西洋人的一种特色，打胜了的总是好的，玛力不由的看着马威有点可爱。他的领子歪着，领带上的血点，头发乱蓬蓬的，都非常有劲的往外吸她心中的爱力，非常的与平日不同，非常的英美，特别的显出男性：力量，胆子，粗卤，血肉，样样足以使女性对男性的信仰加高一些，使女性向男性的趋就更热烈一点。她还给他擦嘴，可是她的心已经被这点崇拜英雄的思想包围住，越擦越慢，东一下，西一下，有时候擦在他的腮上，有时候擦在他的耳唇上。他的黄脸在她的蓝眼珠里带上了一层金色，他的头上射出一圈白光；他已经不是黄脸讨厌的马威，他是一个男性的代表，他是一团热血，一个英雄，武士。

她的右手在他脸上慢慢的擦，左手轻轻的放在他的膝上。他慢慢的，颤着，把他的手搁在她的手上。他的眼光直着射到她的红润的唇上。

"玛力，玛力，你知道，"马威很困难的一个字一个字往外挤："你知道，我爱你？"

玛力忽然把手抽出去，站起来，说：

"你我？不可能的事！"

"为什么？我是个中国人？爱情是没有国界的，中国人就那么不值钱，连爱情都被剥夺了吗！"马威慢慢的站起来，对着她的脸说："我知道，你们看不起中国人；你们想中国人的时候永远和暗杀，毒药，强奸联在一块儿。但是咱们在一块儿快一年啦，你难道看不出我来，我是不是和你们所想的一样？我知道你们关于中国人的知识是由造谣言的报纸，和下贱的小说里得来的，你难道就真信那些话吗？我知道你已经和华盛顿定婚，我只求你作我的好朋友，我只要你知道我爱你。爱情不必一定由身体的接触才能表现的，假如你能领略我的爱心，拿我当个好朋友，我一生能永远快乐！我羡慕华盛顿，可是因为我爱你，我不敢对他起一点嫉妒心！我——"马威好像不能再说，甚至于不能再站着，他的心要跳出来，他的腿已经受不住身上的压力，他咕咚一下子坐下了。

玛力用小木梳轻轻的刮头，半天没言语。忽然一笑，说：

"马威，你这几天也没看见华盛顿？"

"没有，伊姑娘也这么问我来着，我没看见他。"

"凯萨林？她问他干甚么？她也认识华盛顿？"玛力的眼睛睁得很圆，脸上红了一点，把小木梳撂在衣袋里，搓搓着手。

"我不知道！"马威皱着眉说："对不起！我无心中提起凯萨林来！我不

知道他们的关系！好在一个人不能只有一个朋友，是不是？"他微微一笑，故意的冷笑她。

玛力忽然瞪了他一眼，一声没出，跑出去了。

9

温都太太挺着小脖子在前进走，马老先生缩着脖子在后面跟着；走大街，穿小巷，她越走越快，他越走越慢；越人多她越精神，她越精神他越跟不上。要跟个英国人定了婚，在大街上至少可以并着肩，拉着手走；拉着个老中国人在街上扭，不能做的事；她心中有点后悔。要是跟中国妇人一块儿走，至少他可以把她落下几丈多远，现在，居然叫个妇人给拉下多远；他心中也有点后悔。她站住等着他，他躬起腰来往前扯大步；她笑了，他也笑了，又全不后悔了。

两个进了猴儿笨大街的一家首饰店。马老先生要看戒指，伙计给他拿来一盒子小姑娘戴着玩的小铜圈，全是四个便士一只。马老先生要看贵一点的，伙计看了他一眼，又拿出一盒镀银的来，三个先令两只。老马先生还要贵的，伙计笑得很不自然的说：

"再贵的可就过一镑钱了！"

温都太太拉了他一把，脸上通红，说：

"咱们上有贵重东西的地方去买吧！"

马老先生点了点头。

"对不起！太太！"伙计连忙道歉："我错了，我以为这位先生是中国人呢，没想到他是日本人，我们很有些个日本照顾主儿，真对不起！我去拿好的来！"

"这位先生是中国人！"温都太太把"是"字说得分外的有力。

伙计看了马老先生一眼，进去又拿来一盒子戒指，都是金的。把盒子往马老先生眼前一送，说：

"这都是十镑钱以上的，请看吧！"然后恶意的一笑。

马老先生也叫上劲儿啦，把盒子往后一推，问：

"有二十镑钱以上的没有？"

伙计的颜色变了一点，有心要进去打电话，把巡警叫来；因为身上有二十镑钱的中国人，一定是强盗；普通中国人就没有带一镑钱的资格，更没有买戒指的胆量；据他想。他正在迟疑不定，温都太太又拉了马老先生一把。两个一齐走出来。伙计把戒指收起去，赶快的把马老先生的模样，身量，衣裳，全记下来，预备发生了抢案，他好报告巡警。

温都太太都气糊涂了，出了店门，拉着马老先生就走。一边走一边说："不买啦！不买啦！"

"别生气！别生气！"马老先生安慰着她说："小铺子，没有贵东西，咱们到别处去买。"

"不买啦！回家！我受不了这个！"她说着往马路上就跑，抓住一辆飞跑的公众汽车，小燕儿似的飞上去。马老先生在汽车后面干跺了几脚，眼看着叫汽车跑了。自己叨唠着："外国娘们，性傲，性傲！"

马老先生有点伤心：妇人性傲，儿子不老实，官运不通，汽车乱跑，……"叫咱老头子有什么法子！无法！无法！只好忍着吧！"他低着头自己叨唠"先不用回家，给他们个满不在乎；咱越将就，他们越仰头犯脾气！先不用回家，对！"

他叫了辆汽车到伊牧师家去。

"我知道你干什么来了，马先生！"伊牧师和马老先生握了握手，说："不用道歉，小孩子们打架，常有的事！"

老马本来编了一车的好话儿，预备透底的赔不是，听见伊牧师这样说，心里倒有点不得劲儿了，惨惨的笑了一笑。

伊牧师脸上瘦了一点，因为昼夜的念中国书，把字典已掀破两本，还是念不明白。他的小黄眼珠颇带着些失望的神气。

"伊牧师，我真没法子办！"马老先生进了客厅，说："你看，我只有马威这么一个，深了不是，浅了不是！他和保罗会——"

"坐下！马先生！"伊牧师说："不用再提这回事，小孩子们打完，完事！保罗念书的时候常和人家打架，我也没办法，更不愿意管！我说，你到教会去了没有？"

马老先生的脸红了，一时回答不出；待了半天，说：

"下礼拜去！下礼拜去！"

伊牧师也没再下问，心里有点不愿意。他往上推了推眼镜问："我说，马先生！你还得帮我的忙呀！我的中文还是不成，你要是不帮助我，简直的——"

"我极愿意帮你的忙！"马老先生极痛快的说。他心里想：马威打了保罗，咱要是能帮助伊牧师，不是正好两不找，谁也不欠谁的吗！

"马先生，"伊牧师好像猜透了马先生的心思："你帮助我，和保罗们打架，可是两回事。他们打架是他们的事，咱们管不着。你要是愿意帮我，我也得给你干点什么。光阴是值钱的东西，谁也别白耽误了谁的工夫，是不是？"

"是。"马老先生点了点头，其实他心里说："洋鬼子真他妈的死心眼儿，他非把你问得棱儿是棱儿，角儿是角儿不可！"

伊牧师眨巴着眼睛笑了："马先生，你几时有工夫？我帮你作什么？咱们今天决定好，就赶快的做起来！"

"我那天都不忙！"马先生恨这个"忙"字。

伊牧师刚要说话，伊太太顶着一脑袋乱棉花进来了。她鼻子两旁的小沟儿显着特别的深，眼皮肿得特别的高，看着傻而厉害。

"马先生，马威是怎么回事？！"她干辣辣的问。

"我来，……"

她没等马先生说完，梗着脖子，又问：

"马威是怎么啦？！我告诉你，马先生，你们中国的小孩子要反呀！敢打我们！二十年前，你们见了外国人就打哆嗦，现在你们敢动手打架！打死一个试试！这里不是中国，可以无法无天的乱杀乱打，英国有法律！"

马老先生一声儿没出，咽了几口唾沫。

伊牧师看着老马怪可怜的，看着伊太太怪可怕的，要张嘴，又闭上了。

马威并没把保罗打伤，保罗的脖筋扭了一下，所以马威得着机会把他打倒。伊太太虽然爱儿子，可是她决不会因为儿子受一点浮伤就这么生气，她动了怒，完全是因为马威——一个小中国孩子——敢和保罗打架。一个英国人睁开眼，他，或是她，看世界都在脚下：香港，印度，埃及，非洲，……都是他，或是她的属地。他不但自己要骄傲，他也要别的民族承认他们自己确乎是比英国人低下多少多少倍。伊太太不能受这种耻辱，马威敢打保罗！虽然保罗并没受什么伤！谁也不能受这个，除了伊牧师，她有点恨她的丈夫！

"妈！"凯萨林开开一点门缝叫："妈！"

"干什么？"伊太太转过身去问，好像座过山炮转动炮口似的。

"温都姑娘要跟你说几句话。"

"叫她进来！"伊太太又放了一炮。

凯萨林开开门，玛力进来了。伊太太赶过两步去，笑着说："玛力你好？"好像把马先生和伊牧师全忘了。

伊牧师也赶过来，也笑着问："玛力你好？"

玛力没回答他们。她手里拿着帽子，揉搓着帽花儿。脑门上挺红，脸和嘴唇都是白的。眼睛睁得很大，眼角挂着滴未落尽的泪。脖子往前探着一点，两脚松松歇歇的在地上抓着，好像站不住的样儿。

"你坐下，玛力！"伊太太还是笑着说。

伊牧师搬过一把椅子来，玛力歪歪拧拧的坐下了，也没顾得拉一拉裙子；胖胖的腿多半截在外边露着，伊太太撇了撇嘴。

凯萨林的脸也是白的，很安静，可是眼神有点慌，看看她妈，看看玛力。看见马老先生也没过去招呼。

"怎么了，玛力？"伊太太过去把手放在玛力的肩上，显着十分的和善；回头瞪了老马一眼，又显着十分的厉害。

"问你的女儿，她知道！"玛力颤着指了凯萨林一下。

伊太太转过身来看着她女儿，没说话，用眼睛问了她一下。

"玛力说我抢了她的华盛顿！"伊姑娘慢慢的说。

"谁是华盛顿？"伊太太的脑袋在空气中画了个圈。

"骑摩托自行车的那小子，早晚出险！"马老先生低声告诉伊牧师。

"我的未婚夫！"玛力说，说完用两个门牙咬住下嘴唇。

"你干吗抢他？怎么抢的？"伊太太问凯萨林。

"我干吗抢他！"凯萨林安稳而强硬的回答。

"你没抢他，他怎么不找我去了？！你刚才自己告诉我的：你常和他一块去玩，是你说的不是？"玛力问。

"是我说的！我不知道他是你的情人，我只知道他是我的朋友；朋友们一块出去游玩是常有的事。"伊姑娘笑了一笑。

伊太太看两个姑娘辩论，心中有点发酸。她向来是裁判一切的，那能光听着她们瞎说。她梗起脖子来，说：

"凯！你真认识这个华盛顿吗？"

"我认识他，妈！"

伊太太皱上了眉。

"伊太太，你得帮助我，救我！"玛力站起来向伊太太说："我的快乐，生命，都在这儿呢！叫凯萨林放了他，他是我的人，他是我的！"

伊太太冷笑了一声：

"玛力！小心点说话！我的女儿不是满街抢男人的！玛力，你错想了！设若凯真像你所想的那么坏，我能管教她，我是她母亲，我'能'管她！"她喘了一口气，向凯萨林说："凯，去弄碗咖啡来！玛力，你喝碗咖啡？"

玛力没言语。

"玛力，咱们回家吧！"马老先生看大家全不出声，乘机会说了一句。

玛力点了点头。

马老先生和伊牧师握了手，没敢看伊太太，一直走过来，拉住玛力的手，她的手冰凉。

玛力和凯萨林对了对眼光，凯萨林还是很安稳，向马老先生一笑，跟着和玛力说：

"再见，玛力。咱们是好朋友，是不是？别错想了我！再见！"

玛力摇摇头，一举手，把帽子扣上。

"玛力，你等等，我去叫辆汽车！"马老先生说。

10

吃早饭的时候,大家全撅着嘴。马老先生看着儿子不对,马威看着父亲不顺眼,可是谁也不敢说谁;只好脸对脸儿撅着嘴。温都太太看着女儿怪可怜的,可是自己更可怜;玛力看着母亲怪可笑的,可是要笑也笑不出来;只好脸对脸儿撅着嘴。苦了拿破仑,谁也不理它;试着舐玛力的胖腿,她把腿扯回去了;试着闻闻马老先生的大皮鞋,他把脚挪开了;没人理!拿破仑一扫兴,跑到后花园对着几株干玫瑰撅上嘴!它心里说:不知道这群可笑的人们为什么全撅上嘴!想不透!人和狗一样,撅上嘴的时候更可笑!

吃完早饭,马老先生慢慢的上了楼,把烟袋插在嘴里,也没心去点着。玛力给了母亲一个冰凉的吻,扣上帽子去上工。马威穿上大氅,要上铺子去。

"马威,"温都太太把马威叫住:"这儿来!"

马威随着她下了楼,到厨房去。温都太太眼睛里含着两颗干巴巴的泪珠,低声儿说:

"马威,你们得搬家!"

"为什么?温都太太!"马威勉强笑着问。

温都太太长长的叹了一口气:"马威,我不能告诉你!没原因,你们预备找房得了!对不起,对不起的很!"

"我们有什么错过?"马威问。

"没有,一点没有!就是因为你们没有错过,我叫你们搬家!"温都太太似是而非的一笑。

"父亲——"

"不用再问,你父亲,你父亲,他,一点错处没有!你也是好孩子!我爱你们——可是咱们不能再往下,往下;好吧,马威,你去告诉你父亲,我不能和他去说!"

她的两颗干巴巴的泪珠,顺着鼻子两旁滚下去,滴得很快。

"好吧,温都太太,我去告诉他。"马威说着就往外走。她点了点头,用小手绢轻轻的揉着眼睛。

"父亲，温都太太叫咱们搬家！"马威冷不防的进来说，故意的试一试他父亲的态度。

"啊！"马老先生看了马威一眼。

"咱们就张罗着找房吧？"马威问。

"你等等！你等等！听我的信！"马老先生拔出嘴中的烟袋，指着马威说。

"好啦，父亲，我上铺子啦，晚上见！"马威说完，轻快的跑下去。

马老先生想了半点多钟，什么主意也没想出来。下楼跟她去当面说，不敢。一声儿不出就搬家，不好意思。找伊牧师来跟她说，又恐怕他不管这些闲事；外国鬼子全不喜欢管别人的事。

"要不怎么说，自由结婚没好处呢！"他自己念道："这要是中间有个媒人，岂不是很容易办吗：叫大媒来回跑两趟说说弄弄，行了！你看，现在够多难办，找谁也不好；咱自己是没法去说！"

老马先生又想了半点多钟，还是没主意；试着想温都太太的心意：

"她为什么忽然打了退堂鼓呢？想不透！一点也想不透！嫌我穷？咱有铺子呀！嫌咱老，她也不年青呀！嫌咱是中国人？中国人是顶文明的人啦，嗖！嫌咱丑？有眼睛的都可以看出来，咱是多么文雅！没脏没玷儿，地道好人！不要我，新新！"他的小胡子立起来，颇有生气的趋势："咱犯得上要她不呢？这倒是个问题！小洋娘们，小尖鼻子，精明鬼道，吹！谁屑于跟她捣乱呢！吹！搬家，搬就搬！太爷不在乎！"老马先生生气的趋势越来越猛，嘴唇带着小胡子一齐的颤。忽然站起来，叼着烟袋就往楼下走。

"喝一回去！"他心里说："给他个一醉方休！谁也管不了！太爷！"他轻轻拍了胸膛一下，然后大拇指在空中一挑。

温都太太听见他下来，故意的上来看他一眼。马老先生斜着眼飘了她一下，扣上帽子，穿上大氅，开门出去了。出了门，回头向门环说："太爷。"

温都太太一个人在厨房里哭起来了。

…………

马威在小柜房儿坐着，看着春季减价的报单子，明信片，目录，全在桌儿上堆着，没心去动。

事情看着是简单，当你一细想的时候，就不那么简单了。马威心中那点事，可以用手指头数过来的；只是数完了，他还是照样的糊涂，没法办！搬家，跟父亲痛痛快快的说一回，或者甚至闹一回；闹完了，重打鼓，另开张，干！这很容易，想着很容易；办办看？完了！到底应搬家不？到底应和父亲闹一回不？最后，到底应把她完全忘掉？说着容易！大人物和小人物有同样的难处，同样的困苦；大人物之所以为大人物，只是在他那点决断。马威有思想，有主见，只是没有决断。

他坐在那里，只是坐着。思想和伦敦的苦雾一样黑暗，灵魂像在个小盒子里扣着，一点亮儿看不见，渐渐要沈闷死了。心中的那点爱，随着玛力一股，随着父亲一股，随着李子荣一股，零落的分散尽了；只剩下个肉身子坐在那里。活的地狱！

他盼着来个照顾主儿，没有，半天连一个人也没来。盼着父亲来，没有，父亲是向不早来的。

李子荣来了。

他好像带着一团日光，把马威的混身全照亮了。

"老马！怎么还不往外送信呀？"李子荣指着桌上的明信片说。

"老李，别忙，今天准都送出去。"马威看着李子荣，大眼睛里发出点真笑："你这几天干什么玩呢？"

"我？穷忙一锅粥！"他说着把帽子摘下来，用袖子擦擦帽沿，很慎重的放在桌儿上："告诉你点喜事！老马！"

"谁的喜事？"马威问。

"咱的！"李子荣指着自己的鼻子说，脸上稍微红了一点："咱的，咱定了婚啦！"

"什么？你？我不信！我就没看见你跟女人一块走过！"马威扶着李子荣的肩膀说。

"你不信？我不冤你，真的！母亲给定的！"李子荣的脸都红匀了："二十一岁，会做饭，作衣裳，长得还不赖！"

"你没看见过她？"马威板着脸问。

"看见过！小时候，天天一块儿玩！"李子荣说得很得意，把头发全抓乱了。

"老李，你的思想很新，怎么能这么办呢！你想想将来的乐趣！你想想！你这么能干，这么有学问；她？一个乡下老儿，一个字不认识，只会做饭，作衣裳，老李，你想想！"

"她认识字，认识几个！"李子荣打算替她辩护，不由的说漏了。

"认识几个！"马威皱着眉说："老李，我不赞成你的态度！我并不是看咱们自己太高，把普通的女人一笔扫光，我是说你将来的乐趣，你似乎应当慎重一点！你想想，她能帮助你吗，她不识字——"

"认识几个！"李子荣找补了一句。

"——对，就算认得几个吧，你想她能帮助你的事业吗？你的思想，学问；她的思想和那几个字，弄不到一块儿！"

"老马，你的话有理。"李子荣想了一想，说："但是，你得听我的，我也有一片傻理儿不是？咱们坐下说！"

两个青年脸对脸的坐下，李子荣问：

"你以为我的思想太旧？"

"假如不是太糊涂！"马威说，眼珠里挤出一点笑意。

"我一点也不糊涂！我以为结婚是必要的，因为男女的关系——"李子荣抓了抓头发，想不起相当的字眼儿来，看了棚顶一眼，说："可是，现在婚姻的问题非常的难解决：我知道由相爱而结婚是正当的办法，但是，你睁开眼看看中国的妇女，看看她们，看完了，你的心就凉了！中学的，大学的女学生，是不是学问有根底？退一步说是不是会洗衣裳，作饭？爱情，爱情的底下，含藏着互助，体谅，责任！我不能爱一个不能帮助我，体谅我，替我负责的姑娘；不管她怎么好看，不管她的思想怎样新——"

"你以为做饭，洗衣裳，是妇女的唯一责任？"马威看着李子荣问。

"一点不错，在今日的中国！"李子荣也看着马威说："今日的中国没妇女作事的机会，因为成千累万的男人还闲着没事作呢。叫男人都有了事做，叫女人都能帮助男人料理家事！有了快乐的，稳固的家庭，社会才有起色，人们才能享受有趣的生活！有一点知识是最危险的事，今日的男女学生就是吃这个亏，只有一点知识，是把事实轻轻的一笔勾销。念过一两本爱情小说，便疯了似的讲自由恋爱，结果，还是那点老事，男女到一块儿睡一夜，完事！男女间相互的责任，没想；快乐，不会有的！我不能说我恨他们，但是我宁可娶个会做饭，洗衣裳的乡下老，也不去和那位'有一点知识'，念过几本小说的姑娘去套交情！"

"好啦，别说了，老李！"马威笑着说："去和我父亲谈一谈吧，他准爱听你这一套！不用说了，你不能说服了我，我也不能叫你明白我；最好说点别的，不然，咱们就快打起来了！"

"我知道你看不起我！"李子荣说："看我俗气！看我不明白新思想！我知道，老马！"

"除去你太注重事实，没有看不起的地方，老李！"

"除去你太好乱想，太不注重事实，没有看不起你的地方，老马！"

两个青年全笑起来了。

"咱们彼此了解，是不是？"李子荣问。

"事实上！感情上咱们离着很远很远，比由地球到太阳的距离还远！"马威回答。

"咱们要试着明白彼此，是不是？"

"一定！"

"好了，庆贺庆贺咱的婚事！"

马威立起来，握住李子荣的手，没说出什么来。

"我说，老马！我不是为谈婚姻问题来的，真！把正事儿都忘了！"李子荣很后悔的样子说："我请你来了！"

"请我吃饭，庆贺你的婚事？"马威问。

"不是！不是！请你吃饭？你等着吧，多咱你听说老李成了财主，多咱你才有吃我的希望！"李子荣笑了一阵，觉得自己说的非常俏皮："是这么回事：西门太太今天晚上在家里请客，吃饭，喝酒，跳舞，音乐，应有尽有。这一晚上她得花好几百镑。我告诉你，老马，外国阔人真会花钱！今天晚上的宴会是为什么？为是募捐建设一个医院。你猜什么医院？猫狗医院！穷人有了医院，穷人的猫狗生了病上那儿去呢？西门太太没事就跟西门爵士这样念叨。募捐立个猫狗医院！西门爵士告诉她。你看，还是男人有主意不是，老马？我说到那里去了？"李子荣拍着脑门想了想："对了，西门夫人昨天看见了我，叫我给她找个中国人，作点游戏，或是唱个歌。她先问我会唱不会？我说，西门太太，你要不怕把客人全吓跑了，我就唱。她笑了一阵，告诉我，她决无意把客人全吓跑！我于是便想起你来了，你不是会唱两段'昆曲'吗，今天晚上去唱一回，你帮助她，她决不会辜负你！我的经验是：英国的工人顶有涵养，英国的贵族顶有度量；我就是不爱英国中等人！你去不去？白吃白喝一晚上，就手儿看看英国上等社会的状况，今天的客人全是阔人。你去不去？"

"我没礼服呀！"马威的意思是愿意去。

"你有中国衣裳没有？"

"有个绸子夹袄，父亲那里还有个缎子马褂。"

"成了！成了！你拿着衣裳去找我，我在西门爵士的书房等你，在那里换上衣裳，我把你带到西门太太那里去。你这一穿中国衣裳，唱中国曲，她非喜欢坏了不可！我告诉你，你记得年前西门爵士在这儿买的那件中国绣花裙子？西门太太今天晚上就穿上，我前天还又给她在皮开得栗找了件中国旧灰鼠深蓝官袍，今天晚上她是上下一身儿中国衣裳。一来是外国人好奇，二来中国东西也真好看！我有朝一日做了总统，我下令禁止中国人穿西洋衣服！世界上还有比中国服装再大雅，再美的！"

"中国人穿西装也是好奇！"马威说。

"俗气的好奇！没有审美的好奇！"李子荣说。

"西服方便，轻利！"马威说。

"作事的时候穿小褂，一样的方便！绸子衫儿，葛布衫儿比什么都轻利，而且好看！"李子荣说。

"你是顽固老儿，老李！"

"你，维新鬼！老马！"

"得，别说了，又快打起来啦！"

"晚上在西门宅上见，七点！不用吃晚饭，今天晚上是法国席！晚上见了！"李子荣把帽子拿起来，就手儿说："老马！把这些传单和信，赶紧发出去。再要是叫我看见在这里堆着，咱们非打一回不可！"

"给将来的李夫人寄一份去吧？"马威笑着问。

"也好，她认识几个字！"

"这是英文的，先生！"

李子荣扣上帽子，打了马威一拳，跑了。

11

风里裹着些暖气，把细雨丝吹得绵软无力，在空中逗游着，不直着往下落。街上的卖花女已经摆出水仙和一些杂色的春花，给灰暗的伦敦点缀上些有希望的彩色。圣诞和新年的应节舞剧，马戏，什么的，都次第收场了；人们只讲究着足球最后的决赛，和剑桥牛津两大学赛船的预测。英国人的好赌和爱游戏，是和吃牛肉抽叶子烟同样根深蒂固的。

公园的老树挂着水珠，枝儿上已露出些红苞儿。树根的湿土活软的放出一股潮气，一两个小野水仙从土缝儿里顶出一团小白骨朵儿。青草比夏天还绿的多，风儿吹过来，小草叶轻轻的摆动，把水珠儿次第的摆下去。伦敦是喧闹的，忙乱的，可是这些公园老是那么安静幽美，叫人们有个地方去换一口带着香味的空气。

老马先生背着手在草地上扭，脚步很轻，恐怕踩死草根伏着的蚯蚓。没有拿伞，帽沿上已淋满了水珠。鞋已经湿透，还是走；虽然不慌，心中确是很坚决的，走！走着，走着，走到街上来了；街那边还有一片草地；街中间立着个战死炮兵的纪念碑。马先生似乎记得这个碑，又似乎不大认识这个地方；他向来是不记地名的；更不喜欢打听道儿。打算过街到那边的公园看看，马路上的汽车太多，看着眼晕。他跺了跺鞋上的泥，又回来了。

找了条板凳，坐了一会儿。一个老太太拉着条脸长脖子短的小狗，也坐下了。他斜眼瞪了她一眼，瞪了小狗半眼，立起来往草地上走。

"丧气！大早晨的遇见老娘们，还带着条母狗！"他往草叶上吐了两口唾沫。

走了一会儿，又走到街上来了，可是另一条街：汽车不少，没有纪念碑。"这又是什么街呢？"他问自己。远处的墙上有个胡同名牌，身分所在，不愿意过去看；可有贵人在街上找地名的？没有！咱也不能那么干！打算再回公园去绕，腿已经发酸，鞋底儿冰凉；受了寒不是玩的！回家吧！

回家？把早晨带出来的问题一个没解决，就回家？不回去？再在公园绕上三天，三个礼拜，甚至于三年，就会有了主意吗？不一定！难！难！难！自幼儿没受过困苦，没遭过大事，没受过训练，那能那么巧，一遇见事就会有办法！

回家，还是回家！见了她就说！

叫了辆汽车回家。

温太太正收拾书房，马老先生进来了。

"嘿喽！出去走得怎么样？"她问。

"很好，很好！"他回答："公园里很有意思，小水仙花，这么一点，"他伸着小指说："刚由土里冒出来。玛力上工去啦？她今天欢喜点了吧？"

"她今天可喜欢了！"她一边擦窗户一边说，并没看着他："多瑞姑姑死了，给玛力留下一百镑钱，可怜的多瑞！这一百镑钱把玛力的小心给弄乱了，她要买帽子，要买个好留声机，要买件皮袄，又打算存在银行生利。买东西就不能存起来生利，不能两顾着，是不是？小玛力，简直的不知道怎么好了！"

"华盛顿还是没来？"马老先生问。

"没有！"她很慢的摇摇头。

"少年人不可靠！不可靠！"他叹息着说。

她回过头来，看着他，眼中有一星的笑意。

"少年人不可靠！少年人的爱情是一时的激刺，不想怎么继续下去，怎么组织起个家庭来！"马老先生自有生以来没说过这么漂亮的话，而且说得非常自然，诚恳。说完了一摇头，又表示出无限的感慨！——早晨这一趟公园慢步真没白走，真得了些带诗味的感触。说完，他看着温都太太，眼里带出不少恳求哀告的神气来。

她也听出他的话味来，可是没说什么，又转回身去擦玻璃。

他往前走了两步，很勇敢，很坚决，心里说："今儿个就是今儿个了，成败在此一举啦！"

"温都太太！温都太太！"他只叫了这么两声，他的声音把心中要说的话都表示出来。他伸着一只手，手指头都沈重的颤着。

"马先生！"她回过身来，手在窗台上支着："咱们的事儿完了，不用再提！"

"就是因为那天买戒指的时候，那个伙计说了那么几句话？"他问。

"不！理由多了！那个不过是一个起头。那天回来，我细细想了一回，理由多了，没有一个理由叫我敢再进行的！我爱你——"

"爱就够了，管别的呢！"他插嘴说。

"社会！社会！社会专会杀爱情！我们英国人在政治上是平等的，可是在社交上我们是有阶级的。我们婚姻的自由是限于同等阶级的。有同等地位，同等财产，然后敢谈婚姻，这样结婚后才有乐趣。一个王子娶一个村女，只是写小说的愿意这么写，事实上是做不到的！就打算这是事实，那个小乡下姑娘也不会快乐，社会，习惯，礼节，言语，全变了，全是她所不知道的，她怎能快活！"她喘了一口气，无心的用抹布擦了擦小鼻子，然后接着说："至于你我，没有阶级的隔膜；可是，种族的不同在其中作怪！种族比阶级更厉害！我想了，细细的想了，咱们还是不冒险好！你看，玛力的事儿，十分有九分是失败了；为她打算，我不能嫁你；一个年青气壮的小伙子爱上她，一听说她有个中国继父，要命他也不娶她！人类的成见，没法子打破！你初来的时候，我也以为你是什么妖怪野鬼，因为人人都说你们不好吗。现在我知道你并不是那么坏，可是社会上的人不知道；咱们结婚以后还是要在社会上活着的；社会的成见就三天的工夫能把你我杀了！英国男人娶外国妇人是常有的事，人们看着外国的妇女怀疑可是不讨厌；英国妇人嫁外国男人，另一回事了；你知道，马先生，英国人是一个极骄傲的民族，看不起嫁外国人的妇人，讨厌娶英国老婆的外国人！我常听人们说：东方妇女是家中的宝贝，不肯叫外人看见，更不肯嫁给外国人，英国人也是一样，最讨厌外国人动他们的妇女！马先生，种族的成见，你我打不破，更犯不上冒险的破坏！你我可以永远作好朋友，只能作好朋友！"

马老先生浑身全麻木了，一句话也说不出来了。待了老大半天，他低声儿说：

"我还可以在这儿住？"

"呕！一定！我们还是好朋友！前些天我告诉马威，叫你们搬家，是我一时的冲动！我要真有心叫你搬，为什么我不催促你呢！在这儿住，一定！"她笑了一笑。

他没言语，低着头坐下。

"我去叫拿破仑来跟你玩。"她搭讪着走出去了。

第五段

1

三月中间，伦敦忽然见着响晴的蓝天。树木，没有云雾的障蔽，好像分外高瘦了一些。榆树枝儿纷纷往下落红黄的鳞片，柳枝很神速的挂上一层轻黄色。园中的野花，带着响声，由湿土里往外冒嫩芽。人们脸上也都多带出三分笑意。肥狗们乐得满街跳，向地上的树影汪汪的叫。街上的汽车看着花梢多了，在日光里跑得那么利嗖，车尾冒出的蓝烟，是真有点蓝色了。铺子的金匾，各色的点缀，都反射出些光彩来，叫人们的眼睛有点发花，可是心中痛快。

虽然天气这么好，伊家的大小一点笑容都没有，在客厅里会议。保罗叼着烟袋，皱着眉。伊牧师的脑杓顶着椅子背，不时的偷看伊太太一眼。她的头发连一点春气没有，干巴巴的在头上绕着，好像一团死树根儿。她的脖子还是梗得很直，眼睛带出些毒光，鼻子边旁的沟儿深，很深，可是很干，像两条冻死的护城河。

"非把凯萨林拉回来不可！我去找她，我去！"伊太太咬着牙说。

"我不能再见她的面！趁早不用把她弄回来！妈！"保罗说，态度也很坚定。

"咱们不把她弄回来，玛力要是告下华盛顿来，咱们全完，全完！谁也不用混啦！我在教会不能再做事，你在银行也处不下去啦！她要是告状，咱们就全完，毁到底！你我禁得住报纸的宣扬吗！把她弄回来，没第二个办法！"伊太太说，说得很沈痛，字字有力。

"她要是肯和人跑了，咱们就没法子把她再叫回来！"保罗说，脸上显着非常的愤怒："我早知道她！自私，任性，不顾脸面！我早知道她！"

"不用空恨她！没用！想办法！你恨她，我的心都碎了！自幼儿到现在，我那一天不给她些《圣经》上的教训？我那一天不拿眼睛钉着她？你恨她，我才真应当恨她的呢！可是，无济于事，恨她算不了什么；再说，咱们得用爱力感化她！她跑了，咱们还要她，自要她肯改邪归正；自要她明白基督的教训；自要她肯不再念那些邪说谬论！我去找她，找到天边，也把她找回来！我知道她现在不会快乐，我把她找回来，叫她享受一切她从前的快乐；我知道她跟我在一块儿是最快活的；叫我的女儿快活是我的责任，不管她怎么样对不起我！"伊太太一气说完，好像心中已打好了稿子，一字不差的背了一过。眼中有点湿润，似乎是一种泪，和普通人的泪完全不同。

"她决不会再回来！她要是心里有咱们，她就决不会跟华盛顿那小子跑了！妈，你怎办都好，我走！我要求银行把我调到印度，埃及，日本，那儿也好；我不能再见她！英国将来有亡的那一天，就亡在这群自私，不爱家，不爱国，不爱上帝的男女们！"保罗嚷着说，说完，站起来，出去了。

欧洲大战的结果，不但是摇动各国人民的经济基础，也摇动了人们的思想：有思想的人把世界上一切的旧道德，旧观念，重新估量一回，重新加一番解释。他们要把旧势力的拘束一手推翻，重新建设一个和平不战的人类。婚姻，家庭，道德，宗教，政治，在这种新思想下，全整个的翻了一个觔斗；几乎有连根拔去的样子。普通的人们在这种波浪中，有的心宽量大，随着这个波浪游下去，在这种波浪中，他们得到许多许多的自由；有的心窄见短，极力的逆着这个潮浪往回走，要把在浪中浮着的那些破残的旧东西，捉住，紧紧的捉住。这两队人滚来滚去，谁也不了解谁，谁也没心去管谁；只是彼此猜疑，痛恨；甚至于父子兄弟间也演成无可调和的惨剧。

英国人是守旧的，就是守旧的英国人也正在这个怒潮里滚。

凯萨林的思想和保罗的相差至少有一百年：她的是和平，自由；打破婚姻，宗教；不要窄狭的爱国；不要贵族式的代议政治。保罗的呢：战争，爱国，连婚姻与宗教的形式都要保存着。凯萨林看上次的大战是万恶的，战前的一切是可怕的；保罗看上次的大战是最光荣的，战前的一切是黄金的！她的思想是由读书得来的；他的意见是本着本能与天性造成的。她是个青年，他也是个青年，大战后的两种青年。她时时处处含着笑怀疑，他时时处处叼着烟袋断定。她要知道，明白；他要结果，效用。她用脑子，他用心血。谁也不明白谁，他恨她，因为他是本着心血，感情，遗传，而断定的！

她很安稳的和华盛顿住在一块，因为他与她相爱。为什么要买个戒指戴上？为什么要上教堂去摸摸《圣经》？为什么她一定要姓他的姓？……凯萨林对这些问题全微微的一笑。

玛力——和保罗是一样的——一定要个戒指，一定要上教堂去摸《圣经》，一定叫人称呼她华盛顿太太。她的举动像个小野猫儿，她的思想却像个死牛。她喜欢露出白腿叫男人看，可是她的腿只露到膝下，风儿把裙子刮起一点，便赶快的拉住，看着傻气而可笑。她只是为态度，衣帽，叫男人远远看着她活着的。她最后的利器便是她的美。凭着她的美捉住个男人，然后成个小家庭，完了！她的终身大事只尽于此！她不喜欢有小孩，这虽是新思想之一，可是玛力信这个只是为方便。小孩子是最会破坏她的美貌的，小孩是最麻烦的，所以她不愿意生小孩；而根本不承认她有什么生育制限的新思想。

华盛顿拿玛力与凯萨林一比较，他决定和凯萨林一块住了。他还是爱玛力，没忘了她；可是他和凯萨林的关系似乎在"爱"的以上。这点在"爱"以上的东西是欧战以后的新发现，还没有人知道是什么东西。这点东西是不能以形式限制住的，这点东西是极自由的，极活泼的。玛力不会了解，还不会享受，因为她的"爱"的定义是以婚姻，夫妇，家庭，来限定的；而这点东西是决不能叫那些老风俗捆住的。

凯萨林与华盛顿不耻手拉着手儿去见伊太太，也不怕去见玛力；只是伊太太与玛力的不了解，把他与她吓住了；他与她不怕人，可是对于老的思想有些不敢碰。这不是他与她的软弱，是世界潮流的击撞，不是个人的问题，是历史的改变。他与她的良心是平安的，可是良心的标准是不同的；他与她的良心不能和伊太太，玛力的良心搁在同一天平上称。好吧，他与她顶好是不出头，不去见伊太太与玛力。

"可怜的保罗！要强的保罗！我知道他的难处！"伊太太在保罗出去以后，自己叨唠着。

伊牧师看了她一眼，知道到了他说话的时候了，嗽了两下，慢慢的说：

"凯不是个坏丫头，别错想了她。"

"你老向着她说话，要不是你惯纵着她，她还作不出这种丑事呢！"伊太太一炮把老牧师打闷过去。

伊牧师确是有点恨她，可是不敢发作。

"我找她去！我用基督耶稣的话把她劝回来！"伊太太勉强一笑，和魔鬼咧嘴一样的和善。

"你不用找她去，她不回来。"伊牧师低声的说："她和他在一块儿很快乐呢，她一定不肯回来；要是不快乐呢，她有挣饭吃的能力，也不肯回来。我愿意她回来，她最爱我，我最疼她！"他的眼圈儿湿了，接着说："可是我不愿意强迫她回来。她有她的主张，意见。她能实行她的主张与意见，她就快活；我不愿意剥夺她的快活！现在的事，完全在玛力身上，玛力要告状，咱们全完；她高高一抬手，万事皆休；全在她一个人身上。你不用去找凯，我去看她，听一听她的意见，然后我去求玛力！"

"求——玛力！！求！！！"伊太太指着他的鼻子说，除了对于上帝，她没用过这个"求"字！

"求她！"伊牧师也叫了劲，声音很低，可是很坚决。

"你的女儿跑了，去求一个小丫头片子！你的身分，伊牧师！"伊太太喊。

"我没身分！你和保罗都有身分，我没有！你要把女儿找回来，只为保持你的脸面，不管她的快乐！同时你一点没想到玛力的伤心！我没身分，我去求她！她肯听我的呢，她算牺牲了自己，完成凯萨林的快乐；她不肯听我的呢，她有那分权利与自由，我不能强迫她！可怜的玛力！"

伊太太想抓起点东西往他的头上摔；忽然想起上帝，没敢动手。她恶狠狠的瞪了他一眼，顶着那头乱棉花走出去了。

…………

伊牧师和温都太太对着脸坐着，玛力抱着拿破仑坐在钢琴前面。在灯光下，伊牧师的脸是死白死白的。

"玛力！玛力！"他说："凯萨林不对，华盛顿也不对；只委屈了你！可是事已至此，你要严重的对他呢，连他带我就全毁了！你有法律上的立脚地，你请求赔偿，是一定可以得到的。连赔偿带手续费，他非破产不可！报纸上一宣扬，我一家子也全跟着毁了！你有十足的理由去起诉，你有十足的理由去要求赔偿，我只是求你，宽容他一些！华盛顿不是个坏小子，凯萨林也不是个坏丫头，只是他们的行动，对不起你；你能宽容他们，他们的终身快乐是你给的！你不饶恕他们，我一点也不说你太刻，因为你有充分的理由；我是来求你，格外的留情，成全他们，也成全了我们！在法律上他与她是应当受罚的，在感情上他们有可原谅的地方。他们被爱情的冲动做下这个错事，他们决无意戏弄你，错待你，玛力！你说一句话，玛力，饶恕他们，还是责罚他们。玛力姑娘，你说一句话！"

玛力的泪珠都落在拿破仑的身上，没有回答。

"我看，由法律解决是正当的办法，是不是？伊牧师！"温都太太嘴唇颤着说。

伊牧师没言语，双手捧着脑门。

"不！妈！"玛力猛孤丁的站起来说："我恨他，我恨他！我——爱他！我不能责罚他！我不能叫他破产！可是，得叫他亲自来跟我说！叫他亲自来！我不能听旁人的，妈，你不用管！伊牧师，你也管不了！我得见他，我也得见她！我看看他们，只要看看他们！哈哈！哈哈！"玛力忽然怪笑起来。

"玛力！"温都太太有点心慌，过去扶住女儿。

伊牧师坐在那里像傻了一样。

"哈哈！哈哈！"玛力还是怪笑，脸上通红，笑了几声，把头伏在钢琴上哭起来。

拿破仑跑到伊牧师的腿旁，歪着头看着他。

2

马威和李子荣定好在礼拜天去看伦敦北边的韦林新城。这个新城是战后才建设的。城中各处全按着花园的布置修的，夏天的时候，那一条街都闻得见花香。城中只有一个大铺子，什么东西都卖。城中全烧电气，煤炭是不准用的，为是保持空气的清洁。只有几条街道可以走车马，如是，人们日夜可以享受一点清静的生活。城中的一切都近乎自然，可是这个"自然"的保持全仗着科学：电气的利用，新建筑学的方法，花木的保护法，道路的布置，全是科学的。这种科学利用，把天然的美增加了许多。把全城弄成极自然，极清洁，极优美，极合卫生，不是没有科学知识的所能梦想得到的。

科学在精神方面是求绝对的真理，在应用方面是给人类一些幸福。错用了科学的是不懂科学，因科学错用了而攻击科学，是不懂科学。人生的享受只有两个：求真理与娱乐。只有科学能供给这两件。

两个人坐车到邦内地，由那里步行到新城去。顺着铁路走，处处有些景致。绿草地忽高忽低，树林子忽稀忽密。人家儿四散着有藏在树后的，有孤立在路旁的，小园里有的有几只小白鸡，有的挂着几件白汗衫，看着特别的有乡家风味。路上，树林里，都有行人：老太婆戴着非常复杂的帽子，挂着汗伞，上教堂去作礼拜。青年男女有的挨着肩在树林里散逛，有的骑着车到更远的乡间去。中年的男人穿着新衣裳，带着小孩子，在草地上看牛，鸡，白猪，鸟儿，等等。小学生们有的成群打伙的踢足球，有的在草地上滚。

工人们多是叼着小泥烟袋，拿着张小报，在家门口儿念。有时候也到草地上去和牛羊们说回笑话。

英国的乡间真是好看：第一样处处是绿的，第二样处处是自然的，第三样处处是平安的。

"老李，"马威说："你看伊姑娘的事儿怎么样？你不赞成她吧？"

李子荣正出神的看着一株常绿树，结着一树的红豆儿，好像没听见马威说什么。

"什么？呕，伊姑娘！我没有什么不赞成她的地方。你看那树的红豆多么好看？"

"好看！"马威并没注意的看，随便回答了一句，然后问："你不以为她的行动出奇？"

"有什么出奇！"李子荣笑着说："这样的事儿多了！不过我决不肯冒这个险。她，她是多么有本事！她心里有根：她愿意和一个男人一块住，她就这么办了，她有她的自由，她能帮助他。她不愿意和他再混，好，就分离，她有能力挣饭吃。你看，她的英文写得不错，她会打字，速记，她会办事，又长的不丑，她还怕什么！凡是敢实行新思想的，一定心里有点玩艺儿；没真本事，光瞎喊口号，没有个成功！我告诉你，老马，我就佩服外国人一样：他们会挣钱！你看伊太太那个家伙，她也挣三四百一年。你看玛力，小布人似的，她也会卖帽子。你看亚力山大那个野调无腔，他也会给电影厂写布景。你看博物院的林肯，一个小诗人，他也会翻译中国诗卖钱。我有一天问他，中国诗一定是有价值，不然你为什么翻译呢？你猜，他说什么？'中国东西现在时兴，翻点中国诗好卖钱！'他们的挣钱能力真是大，真厉害。有了这种能力，然后他们的美术，音乐，文学，才会发达，因为这些东西是精神上的奢侈品，没钱不能做出来。你看西门爵士那一屋子古玩，值多少钱！他说啦，他死的时候，把那些东西都送给伦敦博物院。中国人可有把一屋子古玩送给博物院的？连窝窝头还吃不上，还买古玩，笑话！有了钱才会宽宏大量，有了钱才敢提倡美术，和慈善事业。钱不是坏东西，假如人们把钱用到高尚的事业上去。我希望成个财主，拿出多少万来，办图书馆，办好报纸，办博物院，办美术馆，办新戏园，多了！多了！好事情多了！"李子荣吸了口气，空气非常的香美。

　　马威还想着伊姑娘的事，并没听清李子荣说的是什么。

　　"可怜的玛力！"马威叹息了一声。

　　"我说的话，你全没听？老马！"李子荣急了。

　　"听见了，全听见了！"马威笑了："可怜的玛力！"

　　"扔开你的玛力和凯萨林！可怜？我才可怜呢！一天到晚穷忙，还发不了财！"李子荣指手画脚的嚷，把树上的小鸟吓飞了一群。

　　马威不说话了，一个劲儿往前走。头低着，好像叫思想给赘沈了似的。

　　李子荣也不出声，扯开粗腿，和马威赛开了跑。两个人一气走了三哩，走得喘吁吁的。脸全红了，手指头也涨起来。谁也不服谁，谁也不说话，只是走，越走越有劲。

马威回头看了李子荣一眼，李子荣往起一挺胸脯，两个人又走下去了。

"可怜的玛力！"李子荣忽然说，学着马威的声调。

马威站住了，看着李子荣说：

"你是成心耍我呀，老李！什么玛力呀？又可怜呀？"

"你老说我太注重事实吗，我得学着浪漫一点，是不是？"李子荣说。

两个人走得慢了。

"老李，你不明白我！"马威拉住李子荣的胳臂，说："说真的，我还是对玛力不死心！我简直的没办法！有时候我半夜半夜的睡不着觉，真的！我乱想一回：想想你的劝导，想想父亲的无望，想想事业，想想学问；不论怎么想吧，总忘不了她！她比仙女还美，同时比魔鬼还厉害！"

"好老马，你我真和亲弟兄一样，我还是劝你不必妄想！"李子荣很诚恳的说："我看她一定把华盛顿给告下来，至少也要求五六百镑的赔偿。她得了这笔钱，好好的一打扮，报纸上把她的影片一登，我敢保，不出三个月她就和别人结婚。外国人最怕报纸，可是也最喜欢把自己的姓名，像片，全登出来。这是一种广告。谁知道小玛力？没人！她一在报纸上闹腾，行了，她一天能接几百封求婚书。你连半点希望也没有！不必妄想，老马！"

"你不知道玛力，她不会那么办！"马威很肯定的说。

"咱们等着瞧！钱，名，都在此一举，她不是个傻子！况且华盛顿破坏婚约，法律上有保护玛力的义务。"

"我没望？"马威说得很凄惨。

李子荣摇了摇头。

"我再试一回，她再拒绝我，我就死心了！"马威说。

"也好！"李子荣带着不赞成的口气。

"我告诉你，老李，我跟她说一回；再跟父亲痛痛快快说一回，关于铺子的事。她拒绝我呢，我无法。父亲不听我的呢，我走！他一点事儿不管，老花钱，说不下去；我得念书。不能一天粘在铺子里。我忍了这么些日子了，他一点看不出来；我知道不抓破面皮的跟他说，他要命也不明白我们的事情，非说不可了！"

"打开鼻子说亮话，顶好的事！不过——"李子荣看见路旁的里数牌："哈，快到了，还有半哩地。我说，现在可快一点钟了，咱们上那儿去吃饭呢？新城里一定没饭馆！"

　　"不要紧，车站上许有酒馆，喝杯酒，来两块面包，就成了。"马威说。

　　离车站不远有一带土坡，上面不少小松树。两个人上了土坡，正望见新城。高低的房屋，全在山坡下边，房屋那边一条油光光的马路，是上剑桥的大道。汽车来回的跑，远远看着好像几个小黑梭。天是阴着，可是没雾，远远的还可以看见韦林旧城。城里教堂的塔尖高高的在树梢上挺出来，看着像几条大笋。两城之间，一片高低的绿地，地中圈着些牛羊。羊群跑动，正像一片雪被风吹着流动似的。

　　两个人看了半天，舍不得动。教堂的钟轻轻的敲了一点。

　　…………

　　自从由韦林新城回来，马威时时刻刻想和玛力谈一谈，可是老没得机会。

　　有一天晚上，温都太太有些头疼，早早的就睡了。马老先生吃完晚饭出去了，并没告诉别人到那里去。玛力一个人抱着拿破仑在客厅里坐着，哭丧着脸和拿破仑报委屈。

　　马威在屋外咳嗽了一声，推门进来。

　　"哈喽，马威！"

　　"玛力，你没出去？"马威说着过去逗拿破仑。

　　"马威，你愿意帮助我吗？"玛力问。

　　"怎么帮助你？"马威往前又凑了凑。

　　"告诉我，华盛顿在那儿住？"她假意的笑着说。

　　"我不知道，真的！"

　　"无关紧要，不知道不要紧！"她很失望的一撇嘴。

　　"玛力，"他又往前凑凑，说："玛力！你还是爱华盛顿？你不会给真爱你的人一点机会？"

　　"我恨他！"玛力往后退退身子："我恨你们男人！"

　　"男人里有好的！"马威的脸红了一点，心里直跳。

玛力乐了，乐的挺不自然。

"马威，你去买瓶酒，咱们喝，好不好？我闷极了，我快疯了！"

"好，我去买，你要喝什么？"

"是有辣劲的就成，我不懂得酒。"

马威点点头，拿上帽子，出去了。

…………

"马威。我脸红了！很热！你摸！"

马威摸了摸她的脸蛋，果然很热。

"我摸摸你的！"玛力的眼睛分外的光亮，脸上红的像朝阳下的海棠花。

他把她的手握住了，他的浑身全颤动着。他的背上流着一股热气。他把她的手，一块儿棉花似的，放在他的唇边。她的手背轻轻往上迎了一迎。他还拉着她的手，那一只手绕过她的背后，把嘴唇送到她的嘴上。她脸上背上的热气把他包围起来，他什么也不知道了，只听得见自己心房的跳动。他把全身上的力量全加到他的唇上，她也紧紧搂着他，好像两个人已经化成一体。他的嘴唇，热，有力，往下按着；她的唇，香软，柔腻，往上凑和。他的手脚全凉了，无意识的往前躬了躬身，把嘴唇更严密的，滚热的，往下扣。她的眼睛闭着，头儿仰着，把身子紧紧靠着他的。

她睁开眼，用手轻轻一推他的嘴，他向后退了两步，差点没倒下。

她又灌下去一杯！喝得很凶，怪可怕的。舐了舐嘴唇，她立起来，看着马威。

"哈哈，原来是你！小马威！我当你是华盛顿呢！你也好，马威，再给我一个吻！这边！"她歪着右脸递给他。

马威傻子似的往后退了两步，颤着说：

"玛力！你醉了？"

"我没醉！你才醉了呢！"她摇晃着向他走过来："你敢羞辱我，吻我！你！"

"玛力！！"他拉住她的手。

她由他拉着手，低下头，一个劲儿笑。笑着，笑着，她的声音变了，哭起来。

拿破仑这半天看着他们，莫明其妙是怎一回事。忽然小耳朵立起来，叫了两声。马老先生开门进来了。

看见他们的神气，马老先生呆着想了半天，结果，他生了气。

"马威！这是怎回事呀！"马老先生理直气壮的问。

马威没回答。

"玛力，你睡觉去吧！"他问玛力。

玛力没言语，由着马威把她搀到楼下去。

马威心里刀刺的难过。后悔不该和她喝酒，心疼她的遭遇，恨她的不领略他的爱情，爱她的温柔嘴唇，想着过去几分钟的香色……难过！没管父亲，一直上楼了。

马老先生的气头不小，自从温都太太拒绝了他，他一肚的气，至今没地方发送；现在得着个机会，非和马威闹一回不可。

他把他们剩下的酒全喝了，心气更壮了。上了楼来找马威。

马威也好，把门从里面锁好，马老先生干跺脚，进不去。

"明天早晨见，马威！明天咱们得说说！没事儿把人家大姑娘灌醉了，拉着人家的手！你有脸皮没有哇？明天见！"

马威一声也没出。

3

马老先生睡了一夜平安觉，把怒气都睡出去了。第二天早晨，肚子空空的，只想吃早饭，把要和马威算账也忘了。

吃完早饭，他回到书房去抽烟，没想到马威反找他来了。马威皱着眉，板着脸，眼睛里一点温和的样儿也没有。

马老先生把昨天晚上的怒气又调回来了。心里说："我忘了，你倒来找寻我！好，咱们得说说，小子！"

马威看着他父亲没有一处不可恨的。马老先生看着儿子至少值三百军棍。

谁也没这么恨过谁，他们都知道；可是今天好像是有一股天外飞来的邪气，叫他们彼此越看越发怒。

"父亲，"马威先说了话："咱们谈一谈，好不好？"

"好吧！"马老先生呷着烟袋，从牙缝里挤出这么两个字来。

"先谈咱们的买卖？"马威问。

"先谈大姑娘吧。"马老先生很俏皮的看了他儿子一眼。

马威的脸色白了，冷笑着说：

"大姑娘吧，二姑娘吧，关于妇女的事儿咱们谁也别说谁，父亲！"

马老先生嗽了两声，没言语，脸上慢慢红起来。

"谈咱们的买卖吧？"马威问。

"买卖，老是买卖！好像我长着个'买卖脑袋'似的！"马老先生不耐烦的说。

"怎么不该提买卖呀？"马威瞪着他父亲问："吃着买卖，喝着买卖！今天咱们得说开了，非说不可！"

"你，兔崽子！你敢瞪我！敢指着脸子教训我！我是你爸爸！我的铺子，你不用管，用不着你操心！"马老先生真急了，不然，他决不肯骂马威。

"不管，更好！咱们看谁管，谁管谁是王——"马威没好意思骂出来，推门出去了。

马威出了街门，不知道上那儿好。不上铺子去，耽误一天的买卖；上铺子去，想着父亲的话真刺心。压了压气，还是得上铺子去；父亲到底是父亲，没法子治他；况且买卖不是父亲一个人的，铺子倒了，他们全得挨饿。没法子，谁叫有这样的父亲呢！

伦敦是大的，马威却觉着非常的孤独寂寞。伦敦有七百万人，谁知道他，谁可怜他；连他的父亲都不明白他，甚至于骂他！玛力拒绝了他，他没有一个知心的！他觉着非常的凄凉，虽然伦敦是这么热闹的一个地方。他没有地方去，虽然伦敦有四百个电影院，几十个戏馆子，多少个博物院，美术馆，千万个铺子，无数的人家；他却没有地方去；他看什么都凄惨；他听什么都可哭；因为他失了人类最宝贵的一件东西：爱！

他坐在铺子里，听着街上的车声，圣保罗堂的钟声，他知道还身在最繁华热闹的伦敦，可是他寂寞，孤苦，好像他在戈壁沙漠里独身游荡，好像在荒岛上和一群野鸟同居。

他鼓舞着自己，压制着怒气，去，去跳舞，去听戏，去看足球，去看电影；啊，离不开这个铺子！没有人帮助我，父亲是第一个不管我的！和他决裂，不肯！不管他罢，也不去跳舞，游戏；好好的念书，作事，由苦难中得一点学问经验；说着容易，感情的激刺往往胜过理智的安排。心血潮动的时候不会低头念书的！

假如玛力能爱我，马威想：假如我能天天吻她一次，天天拉拉她的手，能在一块儿说几句知心的话，我什么事也不管了，只是好好作事，念书；把我所能得的幸福都分给她一半。或者父亲也正这么想，想温都太太，谁管他呢！可怜的玛力，她想华盛顿，正和我想她一样！人事，爱情，永远是没系统的，没一定的！世界是个大网，人人想由网眼儿撞出去，结果全死在网里；没法子，人类是微弱的，意志是不中用的！

不！意志是最伟大的，是钢铁的！谁都可以成个英雄，假如他把意志的钢刃斫断了情丝，烦恼！马威握着拳头捶了胸口两下。干！干！往前走！什么是孤寂？感情的一种现象！什么是弱懦？意志的不坚！

进来个老太婆，问马威卖中国茶不卖。他勉强笑着把她送出去了。

"这是事业？呕，不怪父亲恨做买卖！卖茶叶不卖？谁他妈的卖茶叶！"

只有李子荣是个快乐人！马威想：他只看着事情，眼前的那一钉点事情，不想别的，于是也就没苦恼。他和狮子一样，捉鹿和捉兔用同等的力量，而且同样的喜欢；自要捉住些东西就好，不管大小。李子荣是个豪杰，因为他能自己造出个世界来！他的世界里只有工作，没有理想；只有男女，没有爱情；只有物质，没有玄幻；只有颜色，没有美术！然而他快乐，能快乐的便是豪杰！

马威不赞成李子荣，却是佩服他，敬重他。有心要学他，不成，学不了！

"嘿喽，马威！"亚力山大在窗外喊，把玻璃震得直颤："你父亲呢？"他开开门进来，差点给门轴给推出了槽。他的鼻子特别红，嘴中的酒味好像开着盖的酒缸。他穿着新红灰色的大氅，站在那里，好似一座在夕阳下的小山。

"父亲还没来，干什么？"马威把手搁在亚力山大的手中，叫他握了握。亚力山大的大拇指足有马威的手腕那么粗。

"好，我交给你吧。"亚力山大掏出十张一镑钱的票子。一边递给马威，一边说："他叫我给押两匹马，一匹赢了，一匹输了；胜负相抵，我还应当给他这些钱。"

"我父亲常赌吗？"马威问。

"不用问，你们中国人都好赌。你明白我的意思？"亚力山大说："我说，马威，你父亲真是要和温都太太结婚吗？那天他喝了几盅，告诉我他要买戒指去，真的？"

"没有的事，英国妇人那能嫁中国人，你明白我的意思？"马威笑着说，说得非常俏皮而不好听。

亚力山大看了马威一眼，撇着大嘴笑了笑。然后说："他们不结婚，两好，两好！我问你，你父亲没告诉你，他今天到电影厂去？"

"没有，上那儿去作什么？"马威问。

"你看，是不是！中国人凡事守秘密，不告诉人。你父亲允许帮助我做电影，今天应当去。他可别忘了哇！"

马威心中更恨他父亲了。

"他在家哪？"亚力山大问。

"不知道！"马威回答的干短而且难听。

"回头见，马威！"亚力山大说着，一座小山似的挪动出去。

"赌钱，喝酒，买戒指，作电影，全不告诉我！"马威自己叨唠："好！不用告诉我！咱们到时候再说！"

4

四月中的细雨，忽晴忽落，把空气洗得怪清凉的。嫩树叶儿依然很小，可是处处有些绿意。含羞的春阳只轻轻的，从薄云里探出一些柔和的光线；地上的人影，树影都是很微淡的。野桃花开得最早，淡淡的粉色在风雨里摆动，好像媚弱的小村女，打扮得简单而秀美。

足球什么的已经收场了，人们开始讲论春季的赛马。游戏是英国教育中最重要的一部，也是英国人生活中不可少的东西。从游戏中英国人得到很多的训练：服从，忍耐，守秩序，爱团体……。

马威把他的运动又搁下了，也不去摇船，也不去快走；天天皱着眉坐在家里，或是铺子里，咂着滋味发愁。伊姑娘也见不着，玛力也不大理他。老拿着本书，可是念不下去，看着书皮上的金字恨自己。李子荣也不常来；来了，两个人也说不到一块儿。马老先生打算把买卖收了，把钱交给状元楼的范掌柜的扩充饭馆的买卖，这样，马老先生可以算作股东，什么事不用管，专等分红利。马威不赞成这个计划，爷儿俩也没短拌嘴。

除去这些事实上的缠绕，他精神上也特别的沈闷。春色越重，他心里身上越难过，说不出的难过；这点难是由原始人类传下来的，遇到一定的时令就和花儿一样的往外吐叶发芽。

他嫌大氅太重，穿着件雨衣往铺子走。走到圣保罗堂的外面，他呆呆的看着钟楼上的金顶；他永远爱看那个金顶。

"老马！"李子荣从后面拉了他一把。

马威回头看，李子荣的神色非常的惊慌，脸上的颜色也不正。

"老马！"李子荣又叫了一声："别到铺子去！"

"怎么啦？"马威问。

"你回家！把铺子的钥匙交给我！"李子荣说的很快，很急切。

"怎样啦？"马威问。

"东伦敦的工人要来拆你们的铺子！你赶快回家，我会对付他们！"李子荣张着手和马威要钥匙。

"好哇！"马威忽然精神起来："我正想打一回呢！拆铺子？好！咱们打一回再说！"

"不！老马！你回家，事情交给我了！你我是好朋友不是？你信任我？"李子荣很急切的说。

"我信任你！你是我的亲哥哥！但是我不能把你一个人留下，万一他们打你呢？"马威问。

"他们不会打我！你要是在这儿，事情可就更不好办了！你走！你走！马威，你走！"李子荣还伸着手和他要钥匙。

马威摇了摇头，咬着牙说："我不能走，老李！我不能叫你受一点伤！我们的铺子，我得负责任！我和他们打一回！我活腻了，正想痛痛快快的打一回呢！"

李子荣急得直转磨，马威是无论怎说也不走。

"你要把我急死，马威！"李子荣说，喷出许多唾沫星儿来。

"我问你，他们有什么理由拆我们的铺子呢？"马威冷笑着问。

"没工夫说，他们已经由东伦敦动了身！"李子荣搓着手说。

"我不怕！你说！"马威极坚决的说。

"来不及了！你走！"

"你不说，好，你走，老李！我一个人跟他们拚！"

"我不能走，老马！到危险的时候不帮助你？你把我看成什么东西了？"李子荣说得非常的堂皇，诚恳，马威的心软了。马威看李子荣，在这一两分钟内，不只是个会办事挣钱的平常人，也是个心神健全的英雄。马威好像看透了李子荣的心，一颗血红的心，和他的话一样的热烈诚实。

"老李，咱们谁也别走，好不好？"

"你得允许我一个条件：无论遇见什么事，不准你出来！多咱你听见我叫你打，你再动手！不然，你不准出柜房儿一步！你答应这个条件吗？"

"好，我听你的！老李，我不知道说什么好！你为我们的事这样——"

"快走，没工夫扯闲话！"李子荣扯着马威进了胡同："开门！下窗板！快！"

"给他们收拾好了，等着叫他们拆？"马威问，脸上的神色非常激愤。

"不用问！叫你做什么，做什么！把电灯捻开！不用开柜房的电门！好了，你上里屋去，没我的话，不准出来！在电话机旁边坐下，多咱听我一拍手，给巡警局打电，报告被抢！不用叫号码，叫'巡警局'，听见没有？"李

357

子荣一气说完，把屋中值钱的东西往保险柜里放了几件。然后坐在货架旁边，一声也不发了，好像个守城的大将似的。

马威坐在屋里，心中有点跳。他不怕打架，只怕等着打架。他偷偷的立起来，看看李子荣。他心里平安多了，李子荣纹丝不动的在那里坐着，好像老和尚参禅那么稳当；马威想：有这么个朋友在这里，还有什么可怕的呢！

"坐下！老马！"李子荣下了命令。马威很机械的坐下了。

又过了四五分钟，窗外发现了一个戴着小柿饼帽子的中国人，鬼鬼啾啾的向屋内看了一眼。李子荣故意立起来，假装收拾架子上的货物。又待了一会儿，窗外凑来好几个戴小柿饼帽子的了，都指手画脚的说话。李子荣听不清楚他们说的是什么，只听见广东话句尾的长余音：呕——！喽——！呕——……

哗啦！一块砖头把玻璃窗打了个大窟窿。

李子荣一拍手，马威把电话机抄在手里。

哗啦！又是一块砖头。

李子荣看了马威一眼，慢慢往外走。

哗啦！两块砖头一齐飞进来，带着一群玻璃碴儿，好像两个彗星。一块刚刚落在李子荣的脚前面，一块飞到货架上打碎了一个花瓶。

李子荣走到门前面。外面的人正想往里走。李子荣用力推住了门钮，外面的人就往里撞。李子荣忽然一撒手，外面的人三四个一齐倒进了，摔成一堆。

李子荣一跳，骑在最上边那个人身上，两脚分着，一脚踩着底下的一支脖子。呕——！哼！喽——！底下这几位无奇不有的直叫。李子荣用力往下坐，他们也用力往起顶。李子荣知道他不能维持下去，他向门外的那几个喊："阿丑！阿红！李三兴！潘各来！这是我的铺子，我的铺子！你们是怎回事？！"他用广东话向他们喊。

他认识他们，他是他们的翻译官，是东伦敦的华人都认识他。

外面的几个听见李子荣叫他们的名字，不往前挤了，彼此对看了看，好像不知道怎么办才好。李子荣看外边的楞住了，他借着身下的顶撞，往后一挺身，正摔在地上。他们爬起来了，他也爬起来了，可是正好站在他们前面，挡着他们，不能往前走。

"跑！跑！"李子荣扬着手向他们喊："巡警就到！跑！"

他们回头看了看胡同口，已经站了一圈人；幸而是早晨，人还不多。他们又彼此看了看，还正在犹疑不定，李子荣又给了他们一句："跑！！！"

有一个跑了，其余的也没说什么，也开始拿腿。

巡警正到胡同口，拿去了两个，其余的全跑了。

…………

各晚报的午饭号全用大字登起来："东伦敦华人大闹古玩铺。""东伦敦华人之无法无天！""惊人的抢案！""政府应设法取缔华人！"……马家古玩铺和马威的像片全在报纸的前页登着，《晚星报》还给马威像片下印上"只手打退匪人的英雄"。新闻记者一群一群的拿着像匣子来和马威问询，并且有几个还找到戈登胡同去见马老先生；对于马老先生的话，他们登的是："Me no say. Me no speak."虽然马老先生没有这么说。写中国人的英文，永远是这样狗屁不通；不然，人们以为描写的不真；英国人没有语言的天才，故此不能想到外国人会说好英文。

这件事惊动了全城，东伦敦的街上加派了两队巡警，监视华人的出入。当晚国会议员质问内务总长，为什么不把华人都驱出境外。马家古玩铺外面自午到晚老有一圈人，马威在三点钟内卖了五十多镑钱。

马老先生吓得一天没敢出门，盼着马威回来，看看到底儿子叫人家给打坏了没有。同时决定了，非把铺子收闭了不可，不然，自己的脑袋早晚是叫人家用砖头给打下来。

门外老站着两个人，据温都太太说，他们是便衣侦探。马老先生心更慌了，连烟也不抽了，唯恐怕叫侦探看见烟袋锅上的火星。

5

伦敦的华工分为两党：一党是有工便做，不管体面的。电影厂找挨打的中国人，便找这一党来。第二党是有血性的苦工人，不认识字，不会说英国话，没有什么手艺，可是真心的爱国，宁可饿死也不作给国家丢脸的事。这两党人的知识是一样的有限，举动是一样的粗卤，生活是一样的可怜。他们的分别是：一党只管找饭吃，不管别的；一党是找饭吃要吃的体面。这两党人是不相容的，是见面便打的。傻爱国的和傻不爱国的见面没有第二个办法，只有打！他们这一打，便给外国人许多笑话听；爱国的也挨骂，不爱国的也挨骂！

他们没有什么错处，错处全在中国政府不管他们！政府对人民不加保护，不想办法，人民还不挨骂！

中国留英的学生也分两派：一派是内地来的，一派是华侨的子孙。他们也全爱国，只是他们不明白国势。华侨的子孙生在外国，对中国国事是不知道的。内地来的学生时时刻刻想使外国人了解中国，然而他们没想到：中国的微弱是没法叫外国人能敬重我们的；国与国的关系是肩膀齐为兄弟，小老鼠是不用和老虎讲交情的。

外国人在电影里，戏剧里，小说里，骂中国人，已经成了一种历史的习惯，正像中国戏台上老给曹操打大白脸一样。中国戏台上不会有黑脸曹操，外国戏台上不会有好中国人。这种事不是感情上的，是历史的；不是故意骂人的，是有意做好文章的。中国旧戏家要是作出一出有黑脸曹操的戏，人家一定笑他不懂事；外国人写一出不带杀人放火的中国戏，人们还不是一样笑他。曹操是无望了，再过些年，他的脸也不见得能变颜色；可是中国还有希望，自要中国人能把国家弄强了，外国人当时就搁笔不写中国戏了。人类是欺软怕硬的。

亚力山大约老马演的那个电影，是英国最有名一位文人写的。这位先生明知中国人是文明人，可是为迎合人们心理起见，为文学的技艺起见，他还是把中国人写得残忍险诈，彼此拿刀乱杀；不这样，他不能得到人们的赞许。

这个电影的背景是上海，亚力山大给布置一切上海的景物。一条街代表租界，一条街代表中国城。前者是清洁，美丽，有秩序；后者是污浊，混乱，天昏地暗。

这个故事呢，是一个中国姑娘和一个英国人发生恋爱，她的父亲要杀她，可是也不知怎么一股劲儿，这个中国老头自己服了毒。他死了，他的亲戚朋友想报仇，他们把她活埋了；埋完了她，大家去找那个英国少年；他和英国兵把他们大打而特打；直到他们跪下求情，才饶了他们。东伦敦的工人是扮演这群挨打的东西。马老先生是扮一个富商，挂得小辫，人家打架的时候，他在旁边看热闹。

听见这件事，伦敦的中国学生都炸了烟。连开会议，请使馆提出抗议。使馆提出抗议去了，那位文人第二天在报纸上臭骂了中国使馆一顿。骂一国的使馆，本来是至少该提出严重交涉的；可是中国又不敢打仗，又何必提出交涉呢。学生们看使馆提议无效，而且挨了一顿骂，大家又开会讨论办法。会中的主席是那位在状元楼挨打的茅先生。茅先生的意见是：提出抗议没用，只好消极的不叫中国人去演。大家举了茅先生作代表，到东伦敦去说。工人们已经和电影厂签了字，定了合同，没法再解约。于是茅先生联合傻爱国的工人们，和要作电影的这群人们宣战。马老先生自然也是一个敌人，况且工人们看他开着铺子，有吃有喝的，还肯作这样丢脸的事，特别的可恨。于是大家主张先拆他的铺子，并且臭打马老先生一顿。学生们出好主意，傻工人们答应去执行，于是马家古玩铺便遭了砖头的照顾。

李子荣事前早有耳闻，但是他不敢对马威说。他明知道马老先生决不是要挣那几镑钱，亚力山大约他，他不能拒绝，中国人讲面子吗。（他不知道马老先生要用这笔钱买戒指。）他明知道一和马威说，他们父子非吵起来不可。他要去和工人们说，他明知道，说不圆全，工人许先打他一顿。和学生们去说，也没用，因为学生们只知道爱国而不量实力。于是他没言语。

事到临头了，他有了主意：叫马家父子不露面，他跟他们对付，这样，不致有什么危险。叫工人们砸破些玻璃，出出他们的恶气；砸了的东西自然有保险公司来赔；同时叫马家古玩铺出了名，将来的买卖一定大有希望。现今作买卖是第一要叫人知道，这样一闹呢，马家父子便出了名，这是一种不花钱的广告。他对工人呢，也没意思叫他们下狱受苦；他们的行动不对，而立意不错；所以他叫马威等人们来到才给巡警打电话，匀出他们砸玻璃的工夫，也匀出容他们跑的工夫。

他没想到巡警捉去两个中国人。

他没想到马老先生就这么害怕，决定要把铺子卖了。

他没想到学生会决议和马威为难。

他没想到工人为捉去的两人报仇，要和马老先生拚个你死我活。

他没想到那片电影出来的很快，报纸上故意的赞扬故事的奇警，故意捎着撩着骂中国使馆的抗议。

他故意的在事后躲开，好叫马威的像片登在报上，（一种广告，）谁知道中国人看见这个像片都咬着牙咒骂马威呢！

世事是繁杂的，谁能都想得到呢！但是李子荣是自信的人，——他非常的恨自己。

马威明白李子荣，他要决心往下作买卖，不管谁骂他，不管谁要打他。机会到了，不能不好好作一下。他不知道他父亲的事，工人被捕也不是他的过错。他良心上无愧，他要打起精神来做！这样才对得起李子荣。

他没想到他父亲就那么软弱，没胆气，非要把铺子卖了不可！卖了铺子？可是他要卖，没人能拦住他，铺子是他的！

马老先生不明白人家为什么要打他，成天撅着小胡子叹息世道不良。他不明白为什么马威反打起精神作买卖，他总以为李子荣给马威上了催眠术；心中耽忧儿子生命的安全，同时非常恨李子荣。他不明白为什么温都太太庆贺他的买卖将来有希望，心里说：

"妈的铺子叫人家给砸了，还有希望？外国人的心不定在那块长着呢！"

打算去找伊牧师去诉委屈，白天又不敢出门，怕叫工人把他捉了去；晚上去找他，又怕遇见伊太太。

亚力山大来了一次，他也是这么说："老马！你成了！砸毁的东西有保险公司赔偿！你的铺子已经出了名，赶紧办货呀！别错过了机会！你明白我的意思？"

马老先生一点也不明白。

他晚上偷偷的去找状元楼范掌柜的，一来商议出卖古玩铺，二来求范老板给设法向东伦敦的工人说和一下，他情愿给那两个被捉的工人几十镑钱。范老板答应帮助他，而且给老马热了一碟烧卖，开了一瓶葡萄酒。马先生喝了盅酒，吃了两个薄皮大馅的烧卖，落了两个痛快的眼泪。

回家看见马威正和温都母女谈得欢天喜地，心中有点吃醋。她们现在拿马威当个英雄看，同时鼻子眼睛的颇看不起老马。老马先生有点恨她们，尤其是对温都太太。他恨不能把她揪过来踢两脚，可是很怀疑他是否打得过她，外国妇女身体都很强壮。更可气的是：拿破仑这两天也不大招呼他，因为他这几天不敢白天出门，不能拉着小狗出去转一转；拿破仑见了他总翻白眼看他。

没法子，只好去睡觉。在梦里向故去的妻子哭了一场！——老没梦见她了！

6

马威立在玉石牌楼的便道上，太阳早已落了，公园的人们也散尽了。他面前只有三个影儿：一个无望的父亲，一个忠诚的李子荣，一个可爱的玛力。父亲和他谈不到一块，玛力不接受他的爱心，他只好对不起李子荣了！走！离开他们！

…………

屋里还黑着，他悄悄立在李子荣的床前。李子荣的呼声很匀，睡得像个无知无识的小孩儿。他站了半天，低声叫："子荣！"李子荣没醒。他的一对热泪落在李子荣的被子上。

"子荣，再见！"

伦敦是多么惨淡呀！当人们还都睡得正香甜的时候。电灯煤气灯还都亮着，孤寂的亮着，死白的亮着！伦敦好像是个死鬼，只有这些灯光悄悄的看着——看着什么？没有东西可看！伦敦是死了，连个灵魂也没有！

再过一两点钟，伦敦就又活了，可是马威不等着看了。"再见！伦敦！"

"再见！"好像有个声音这样回答他。谁？……